Julia Bruns

# Der Weihnachtsgurkenfluch

Ein Advents-Krimi

Schon wieder ist Weihnachtszeit im Thüringer Wald: In Eliasborn muss die Ehre des Weihnachtsdorfes erneut verteidigt werden. Und der Blaschke Bürgermeister hat sich mal wieder etwas ganz Besonderes ausgedacht: ein Krippenspiel. Aber natürlich kein stinknormales Krippenspiel. Das ganze Dorf soll sich beteiligen und alles muss originalgetreu und vor allem lebensecht sein. Einzig mit dem Ochsen gibt es ein Problem, denn der ist kurz vor dem großen Auftritt an Altersschwäche gestorben. Notgedrungen werden zwei Dörfler in ein Kostüm gesteckt.
Als während des Krippenspiels an Heiligabend das Hinterteil des Ochsen tot zusammenbricht, müssen Nikolaus und Knecht Ruprecht gezwungenermaßen wieder ermitteln. Denn der tote halbe Ochse ist kein Unfall. Aber da hat die ungeliebte Stadtpolizistin Irmgard auch noch ein Wörtchen mitzureden ...

*Julia Bruns*, in einem kleinen Dorf mitten in Thüringen geboren, studierte Politikwissenschaft, Soziologie und Psychologie an der Universität Jena. Nach ihrer Promotion im Fach Politikwissenschaft arbeitete sie viele Jahre als Redenschreiberin und in der Öffentlichkeitsarbeit. Seit 2011 ist sie als freiberufliche Autorin/Ghostwriterin tätig. Julia Bruns lebt mit ihrer Familie, zu der ein Harzer Fuchs gehört, in Thüringen und im Siegerland.

JULIA BRUNS

# DER WEIHNACHTS-GURKEN-FLUCH

EIN ADVENTS-KRIMI

dtv

Von Julia Bruns
ist bei dtv außerdem erschienen:
Die Rache der Weihnachtsgurke

FSC
www.fsc.org
MIX
Papier aus verantwortungsvollen Quellen
FSC® C019821

Originalausgabe 2021

Dieses Werk wurde vermittelt durch die
Agentur Editio Dialog, Dr. Michael Wenzel
Umschlaggestaltung und -illustration: Katharina Netolitzky
Satz: Uhl + Massopust, Aalen
Gesetzt aus der Stempel Garamond LT Pro
Druck und Bindung: Druckerei C.H.Beck, Nördlingen
Printed in Germany · ISBN 978-3-423-21972-3

Weihnachten ist nichts für Weicheier. Ich muss es wissen. Ich bin der Nikolaus. Aber mal schön der Reihe nach. Heute ist Heiligabend. Wir haben zwölf Grad plus. Ein fieser Regen prasselt vom Himmel. Das Mittagessen liegt mir schwer im Magen und mein Freund Ruprecht steht kurz vor einem Nervenzusammenbruch. Nikolaus und Knecht Ruprecht, genau. Das ist kein schlechter Scherz, also was Ruprecht angeht. Der heißt tatsächlich so. Mein Name ist Adam Märker, ich bin fünfundvierzig Jahre alt. Und ich hasse Weihnachten. Dennoch gebe ich nun schon im zweiten Jahr den heiligen Nikolaus in unserer Dorfweihnacht. Dass ich meinen besten Freund Ruprecht, also Knecht Ruprecht, an meiner Seite habe, macht es nicht besser. Denn was Weihnachten angeht, ist Ruprecht schlimmer als jeder Drogensüchtige auf kaltem Entzug. Ich bin ihm deswegen nicht böse. Jeder braucht nun einmal eine Aufgabe, die ihn ausfüllt, und wenn es nur vom ersten Dezember bis zum sechsten Januar ist. Aber Fakt ist, wenn Ruprecht sich nicht irgendwann dem Terror unseres dörflichen Weihnachtskomitees, ja, auch der Wahnsinn hat Strukturen, gebeugt hätte, wäre mein Leben in der Weihnachtszeit anders verlaufen. Ich bin gut ausgekommen, mit den Pornos, den Tiefkühlpizzen, der Glühheidi und so. Bis Eckbert, der geborene Nikolausdarsteller, vom Alkohol dahingerafft wurde und Ruprecht nach vierundzwanzig gemeinsamen Jahren allein zurückgelassen hat. Knecht Ruprecht ohne den heiligen Nikolaus, das war für unser Dorf schlimmer als der Borkenkäfer und die Fichtenröhrenlaus im Duett auf ihrem Vernichtungszug durch den kompletten Thüringer Wald. Es grenzt an ein Wunder, dass sich das selbst ernannte Weihnachtsdorf Eliasborn jemals wieder von diesem Schock erholt hat. Jedenfalls ist der Blaschke, unser blöder Bürgermeister, auf die Idee gekommen, dass nur ich diese enorme Lücke, die die Flasche Kräuterbitter in unsere Dorfweihnacht gerissen hatte, füllen kann. Das ist hart, ich weiß. Ruprecht allerdings sagt, er vergisst mir das nie. Ich glaube, er hat sogar ein bisschen geweint. Das hätte ich auch getan, wenn mir von Anfang an klar gewesen wäre, was mich als heiliger Nikolaus hier erwartet. Ich bin eine Geißel des Weihnachtsfestes, mit oder ohne Schnee. Grüne Weihnacht ist nur was für die Deppen im Thüringer Becken. Ich weiß nicht, wie oft ich diesen Satz in den letzten drei Wochen bei uns im Dorf gehört habe. Einmal zu viel sicherlich, wenn man dem Gesetz der negativen Aura Glauben schenken darf.

»Dahinten ist schon eine winzig kleine Schneewolke«, sagt Ruprecht und ich kann an seiner undeutlichen Aussprache hören, dass er seine Nase fest gegen die Scheibe drückt. Seit wir vom Mittagessen aufgestanden sind, lehnt er in der Fensterbank und starrt in den Garten. »Komm schon Wölkchen, hierher«, flüstert er.

Opa nickt uns aus seinem Ohrensessel behäbig zu. Er hat den Hosenknopf an seinem Stresemann geöffnet und tätschelt mit der rechten Hand seinen Bauch, als könnte er damit den Kartoffelsalat und die Wiener überreden, sich leichter verdauen zu lassen. Für einen über Achtzigjährigen müssen die zwei Portionen, die er verdrückt hat, eine enorme Herausforderung sein. Marlies, quasi die derzeitige Nummer eins unter Opas Verehrerinnen, und davon hat er ein gutes Dutzend im Dorf, hat in Sachen Mayonnaise alles gegeben, vor allem Öl und Eigelb.

»Unbedingt, mein Junge«, sagt der Opa verständnisvoll und zwinkert mir zu. Ich staune immer wieder, wie er mit alledem so klarkommt. Nicht das fette Essen, das kriegt ein echter Thüringer mit nachgespültem Selbstgebranntem einigermaßen hin. Nein, die Wohngemeinschaft mit Ruprecht, seinem fast fünfzigjährigen, unverheirateten Enkelsohn, der einen ausgeprägten Hang zum Weihnachtsfetischismus hat. Vor allem Letzteres muss man mögen.

Ruprecht kriegt davon nichts mit. Er murmelt gebetsmühlenartig etwas von »Minusgraden« und »weißer Pracht« und wenn er nicht dieses Mantra herunterleiert, dann summt er leise ›Schneeflöckchen, Weißröckchen‹. Wir haben noch ein paar Stunden, bis die Christvesper beginnt. Ruprecht schwört darauf, dass dies der Höhepunkt unserer Arbeit ist, der Heilige Abend. Er kriegt ganz glasige Augen, wenn er davon spricht. Seit dreiundzwanzig Tagen, in seiner Welt *Türchen*, redet er von nichts anderem. Jeden Tag, der vergangen ist und an dem wir uns sinnloserweise durch unser Dorf, also den lebendigen Adventskalender gearbeitet haben, hat er mehr Adrenalin produziert. Wir gehören zu der Prozession um den Blaschke Bürgermeister, ohne die weihnachtstechnisch in unserem Dorf nichts gehen würde, also bei der

Fraktion der Lichterkettenjunkies, Leuchtschlauchfanatiker und LED-Jehovas. Immerhin ist das die Mehrheit der hundertfünfzig Bewohner unseres Dorfes, also quasi alle bis auf Tante Hildegard, die den Blaschke abgrundtief hasst, meine beiden bettlägerigen Nachbarn und Alfred Recknagel, unseren Dorfoppositionellen. Damit alles seine Ordnung hat, verabschiedet das Weihnachtskomitee bereits jedes Jahr im Juni einen Ablauf- und Organisationsplan für diesen Blödsinn, Ruprecht lernt ihn komplett auswendig und wenn es so weit ist, laufe ich nur mit. Seit ich mich hier zum Deppen mache, verdopple ich im Dezember mal locker meine in den restlichen elf Monaten zu Fuß zurückgelegten Kilometer. Meinen Kenntnisstand über meine Mitbürger kann ich proportional dazu auch auffrischen, unfreiwillig natürlich.

Jedenfalls ist Ruprecht am vierundzwanzigsten Dezember absolut aus dem Häuschen, noch viel mehr als an dem Tag, an dem er erfahren hat, dass der Freistaat Thüringen die Tierarztkosten für Herrn Fuchs, also seinen Dackel, übernimmt. Ruprecht ist Förster und der Dackel ein Diensthund mit Fichtenpollenallergie, was bei uns im Thüringer Wald einem Kamikaze gleicht. Aber das tut jetzt nichts zur Sache. Bis an Heiligabend drehen hier alle komplett frei. Und danach wird es auch nicht viel besser.

Immerhin haben wir jetzt noch etwas Zeit, bis der Schwachsinn unserer Dorfweihnacht seinen diesjährigen Zenit erreicht, und ich will Ruprecht seinen Optimismus bezüglich des Schnees nicht nehmen. Schließlich haben die Indianer mit ihrem Regentanz auch mal Glück.

»Wenn die Urvölker ihr Regenritual abhalten, dann malen

sie sich die Gesichter blau an oder tragen blaue Klamotten«, sage ich ein wenig zu euphorisch mitten in die zweite Strophe des Kinderliedes hinein. »Sie glauben, die Farbe lockt das Wasser an.«

Opa schaut auffällig lange auf mein weißes Spitzenkleid. Ich ahne, was er denkt, und beiße mir auf die Zunge. Wieso kann ich mit meinem gepflegten Halbwissen nicht einfach hinter dem Berg halten? Bevor hier jedoch der falsche Eindruck entsteht, das ist nur ein Kostüm und meine Intention, damit herumzulaufen, beruht allein auf Zwang. Das gilt übrigens auch für den roten Umhang und die Mitra, die ein Nikolaus zwingend haben muss und die ich nun an Opas Garderobenhaken parke. Natürlich habe ich das Zeug nicht in der Wohnung an. Ich bin ja nicht total plemplem. Wieso muss ich mich eigentlich permanent rechtfertigen? Schließlich habe ich diese dämliche Tradition nicht erfunden. Ruprecht auch nicht. Er läuft in Kackbraun. Ich will mir nicht ausmalen, was ein Schamane mit dieser Farbe auslösen könnte.

Ruprecht dreht sich zu uns um. Offenkundig hat er zugehört. Ausnahmsweise. »Meinst du, das geht?«, fragt er unsicher.

Ich zucke nur mit den Schultern. Erst jetzt bemerke ich, dass seine Wangen dunkelrot leuchten und ihm der Schweiß auf der Stirn steht. Kein Wunder, er trägt seinen zerfransten, dicken Fellmantel inklusive Hose und schwerer Stiefel.

»Wieso bist du eigentlich schon fertig angezogen?«, frage ich verwundert.

»Bin ich ja gar nicht«, entgegnet Ruprecht ein wenig trotzig und deutet auf seinen Kopf, womit er sagen will, dass er seine hässliche Kosakenmütze und den Rauschebart noch nicht angelegt hat. Über die dazu passende Perücke verlieren wir seit letztem Jahr ohnehin kein Wort mehr. Die liegt im Schrank. Dort kann sie Ruprechts empfindlicher Kopfhaut nichts mehr anhaben. Dass ein schwarzer Kunststoffbart in Kombination mit Ruprechts flachsblondem Haarschopf etwas befremdlich wirken könnte, ist nichts als ein unwesentliches Detail, wenn man bedenkt, dass wir ohnehin in der gesamten Weihnachtszeit wie zwei Idioten herumlaufen. Menschliche Würde ist bei uns im Dorf kein Argument, vor allem in der Weihnachtszeit. Ruprecht stört das nicht. Er ist glücklich. Bei mir hingegen kann man irgendwann sicherlich ein tiefsitzendes Trauma attestieren.

»Dein Mantel?«, frage ich und bemühe mich, meine Stimme dabei nicht zu heben.

Ruprecht wackelt mit dem Oberkörper wie ein verschämtes kleines Mädchen. »Du weißt doch, dass ich Mühe habe, die Knöpfe zuzubekommen, und bevor ich zu spät bin.« Er lässt den Satz so stehen und widmet sich wieder seiner Konversation mit der vermeintlichen Schneewolke. Der von Motten zerfressene Stoff auf seinem Rücken gibt alles, aber ich kann deutlich sehen, dass er diese Spannung kaum ewig aushalten wird. Wenigstens stinken der heilige Nikolaus und Knecht Ruprecht nicht mehr wie ein ausgewachsenes Iltispärchen. Letztes Jahr war es so schlimm, dass man uns nicht einmal sehen musste, um zu wissen, dass wir da sind. Peinlich war mir das nicht. Wieso auch? Ich habe ja nicht meinen, sondern den jahrzehntealten Muff von Eckbert spazieren getragen. Ich kann auch nicht sagen, dass es mir keine Freude gemacht hätte, die Dörfler mit diesem Dunst abzuschrecken, aber das hat die natürlich kein bisschen gestört. Bei uns im Thüringer Wald sind die Menschen einfach härter, auch was ihre Geruchsempfindlichkeit angeht. Nein, ich neige zu Aphten und die gesamte Weihnachtszeit mit einer Batterie voller Bläschen im Mund rumzulaufen, macht wahrlich keine Freude.

Wie auch immer. Im zweiten Jahr meiner Knechtschaft als heiliger Nikolaus hat der Fortschritt Einzug in die dörflichen Traditionen gehalten. Ich denke, das kann man so sagen. Darauf bin ich nicht stolz oder so was. Ich will es einfach mal erwähnt haben. Kurzum, nach einem Vierteljahrhundert wurden unsere Kostüme erstmals gereinigt. Halleluja! Opas besagte Marlies, die Köchin des Kindergartens und eifriges Mitglied im Weihnachtskomitee, hat sich der Sache angenommen. Marlies hat ein gutes Herz. Und noch immer ein verdammt schlechtes Gewissen, was ihre überaus großzügige Dosierung von Abführmittel im Wildschweinbraten unseres Pfarrers angeht. Eigentlich könnte ihr das egal sein, denn kurz darauf war der Kerl ohnehin tot, aber das war ja nicht die Schuld von Marlies. Die Ermordung des Pfarrers hat sich der Erzengel Gabriel auf die Fahnen zu schreiben. Der sitzt nun ein. Ich weiß nicht, wie seine aufgeschnallten Engelsflügel, die Windelhose und das goldene Brusthaartoupet bei den ganzen schweren Jungs ankommen, aber bei uns im Dorf ist er raus. Persona non grata. Punkt. Hier sind ja grundsätzlich einige etwas seltsam: die Abgeschiedenheit von der Zivilisation und der über Jahrzehnte eingefrorene genetische Status quo fordern irgendwann ihren Tribut. Ach, vergessen wir dass. Dass jemand auf die Idee kommen könnte, den Pfarrer mit Weihnachtsgurken zu füttern, hat damit nichts zu tun. Das hoffe ich zumindest.

Der Verlust des Pfarrers hat das Zusammenleben in unserer dörflichen Gemeinschaft nahezu revolutioniert, immerhin was die Hygiene unserer Kostüme anlangt. Marlies jedenfalls wollte unseren Kram in die Reinigung bringen, zumindest habe ich das angenommen. Genau da jedoch lag der Fehler. Marlies ist eher von der pragmatischen Sorte und hat selbst Hand angelegt. Was den Garpunkt ihres Schweinebratens angeht, hat sie echt was drauf, aber beim Wäschewaschen zeigen sich deutliche Defizite. Marlies hat unsere bescheuerten Kostüme so lange durchgekocht wie ein paar Markknochen für eine Fleischbrühe. Die gute Nachricht: Was das Getier angeht, das in dem Stoff siedelte: Es gibt keine Überlebenden. Die schlechte: Wir sehen in den Klamotten nun aus wie zwei Presswürste. Ruprecht noch mehr als ich, aber er hatte schon immer etwas mehr Hüfte. Bei mir hat sich lediglich der Saum des Kleides um etwa zehn Zentimeter nach oben verschoben. Damit hat es jetzt eine modisch zeitlose Kniélänge, zumindest hat das der Opa so formuliert und der ist in der Welt herumgekommen, im Gegensatz zu mir. Für nicht Eingeweihte ist die Veränderung an meinem Spitzenfummel kaum auszumachen. Denn dank der elektrischen Ladung meiner langen Armeeunterhose ist das Kleid ohnehin nie so locker gefallen wie es sollte. Dafür zeigt der Baumwollstoff der Unterhose mittlerweile deutliche Ausbeulungserscheinungen. Die Bundeswehrklamotte ist eben auch nicht auf zwei Jahrzehnte Dauerbetrieb in schwerem Gelände ausgelegt.

Marlies jedenfalls ist keine siebzig mehr und Opas Freundin. Zumindest wenn es nach ihr ginge. Ob ihrem Mann das recht ist, kann ich nicht sagen. Der hat seit ungefähr fünfzig Ehejahren keine eigene Meinung und wird sicherlich auf seine alten Tage damit nicht mehr anfangen. Opa allerdings hat immer eine, ist jedoch zu sehr Gentleman, um diese in jeder Situation kundzutun. Kurzum, Marlies hat an meiner Wäsche eigentlich nichts verloren. Ich stehe eher auf Jüngere, wobei ich nicht sicher bin, ob ich in meiner gegenwärtigen Situation überhaupt noch Ansprüche stellen sollte. Was mein Liebesleben angeht, bin ich mal wieder so richtig am Arsch. Achtzehn Monate, zwei Wochen und vier Tage sexueller Notstand holt ein Mann meines Alters niemals wieder auf. Anderes Thema.

»Die Thailänder bespritzen kleine Kätzchen mit Wasser, um durch deren Geschrei den Regen anzulocken«, vermeldet Opa, als hätte er die Lösung für Ruprechts Problem gefunden. Ich staune immer wieder, wie es ihm gelingt, seinem Enkel das Gefühl zu geben, das er dessen Sorgen ernst nimmt. Opa hat da echt was weg.

Ruprecht wendet sich erneut um. Dieses Mal gilt seine Aufmerksamkeit aber nicht uns, sondern Herrn Fuchs, seinem Dackel. Der liegt in seinem Körbchen neben dem Kachelofen und schnarcht. Ich kann förmlich sehen, was Ruprecht da gerade abwägt. Er scheint es aber zu verwerfen, jedenfalls dreht er sich wieder weg und nölt unzufrieden: »Ich werde mich über die Wettervorhersage beschweren.«

Ich weiß nicht, was das bringen soll, zumal die absolut recht behalten haben, und hoffe, dass Ruprecht jetzt nicht noch damit anfängt, dass es an Weihnachten früher immer geschneit hat. Das höre ich seit dem ersten Dezember täglich in Dauerschleife und es kommt mir so langsam zu den Ohren raus.

»Ich kann mich nicht an ein Weihnachtsfest erinnern, an dem es nicht geschneit hat. Wir hatten immer weiße Weihnachten!« Der ansonsten allzeit friedfertige Ruprecht kämpft offenkundig gerade mit einer unterdrückten Wut. Weihnachten macht aggressiv, mein Reden. Sein Frust entlädt sich, indem er zweimal mit seinem rechten Fuß aufstampft. Wenn es ihm hilft, denke ich. Tut es nicht, denn er trampelt noch mehrmals hintereinander. Ich habe eine derartige Reaktion das letzte Mal bei einem unserer Kindergartenkinder gesehen, als Mandy dem Jungen ein paar Tannenzapfen weggenommen hat. In seiner Verzweiflung musste er sich daraufhin schreiend über den Gehweg rollen. Ich schaue Ruprecht an und warte ab, was passiert. Er seufzt herzzerreißend, bleibt aber auf Position. Ach so, Mandy ist übrigens unsere dicke Kindergärtnerin und sie steht auf mich. Ich erwähne das nur am Rande. Es hat keinerlei Bedeutung, also für mich jedenfalls nicht. Nur so viel: Ich hätte nichts dagegen, wenn zur Abwechslung mal eine scharfe Braut entdecken wollen würde, dass da noch Leben unter meinem Spitzenkleid ist.

»Weiße Weihnachten ist die größte Lüge der Menschheit«, entgegne ich und versuche dabei nicht genervt zu klingen. Ruprecht ist mein Freund, aber dieses Drama um den beschissenen Schnee geht mir langsam komplett auf die Nerven. Immerhin darf man nicht unterschätzen, dass ich schon seit dreiundzwanzig Tagen diesen albernen Fummel trage und damit ebenso viele Türchen unseres lebendigen Adventskalenders öffnen durfte. Damit komme ich der Grenze hinsichtlich dessen, was ein normaler Mensch an Weihnachtsgedöns ertragen kann, schon verdammt nah.

»Da denkt sich einer das ganze Brimborium um die Geburt des Jesuskindes in einem ärmlichen orientalischen Stall aus. Der hatte dort doch auch keine idyllische Winterlandschaft um sich, oder? Ich meine, welchen Sinn macht diese Kombination dann überhaupt?«

»Weihnachten eine Lüge? Eine ganz neue Theorie, die man diskutieren sollte«, sagt der Opa und grinst amüsiert. Ich weiß, dass er diesen Weihnachtsscheiß einzig und allein wegen Ruprecht und auch ein bisschen zu meiner moralischen Unterstützung durchzieht. Wir sind also Leidensgenossen, nicht verwandt wohlgemerkt, was ich persönlich sehr schade finde. Der einzige Mensch, mit dem ich mir die Gene teile, ist Tante Hildegard und als ob das allein nicht schon schlimm genug wäre, wohnen wir auch noch in einem Haus. Meine Mutter hat es uns beiden vermacht. Tante Hildegard ist also quasi meine Erbengemeinschaft. Aber wenn ich jetzt von der anfange, kriege ich einen Pflaumensturz. Tante Hildegard ist Luzifer und der hat mit dem Heiligen Abend definitiv weniger zu schaffen als ein schlecht angezogener, ungewaschener Nikolausverschnitt.

Ruprecht fährt herum und bedenkt mich mit einem vorwurfsvollen Blick. »Nikolaus! Du sollst nicht immer alles schlechtreden. Diese negative Stimmung belastet das Fest. Dabei lebt Weihnachten von Fröhlichkeit, Wärme, Liebe … und Schnee.«

Ich kann schon problemlos auf die Weihnachtszeit verzichten, aber fehlender Schnee steht wirklich ganz oben auf meiner Skala der Belanglosigkeiten. Und überhaupt. Hat sich mal jemand überlegt, was man den Menschen mit diesem meteorologischen Anforderungsprofil für eine Last aufdrückt? Der Geschenkestress, die Essensfrage, die lästigen Familienzusammenkünfte und dann auch noch die romantische Verklärung einer Wetterlage. Ich meine, wir können uns schon die aufdringlichen Verwandten nicht aussuchen. Aber das Wetter? Was ist das eigentlich alles für eine grenzenlose Scheiße. Prima, nun ist meine Laune komplett im Keller. Und wir haben das vierundzwanzigste Türchen, und damit den Weihnachtsgottesdienst, erst vor uns.

»Nicht wahr, Opa?«, fragt Ruprecht Richtung Opa. »Weihnachten hatten wir immer Schnee.«

Der Opa hält sich diplomatisch zurück und lächelt Ruprecht milde an. Er ist etwas blass um die Nase und ich habe Sorge, dass er den restlichen Nachmittag nicht auf der Kirchenbank, sondern auf der Toilette zubringen muss. Aber das wäre für ihn dann allemal netter. Für mich weniger. Ich stünde dann allein gegen das komplette Bollwerk der Weihnachtsnarretei.

»Dieses Jahr nicht«, entgegne ich lapidar und beschließe dann umzuschwenken und Ruprecht seine halluzinatorische Wunschpsychose zu lassen. Wenn es ihn glücklich macht, bitte schön. Ich kann mich zurücknehmen. Aber ich habe schon zu viel gesagt.

»Du! Du!« Ruprecht fuchtelt mit dem Zeigefinger wie wild in der Luft herum. »Heute ist Heiligabend und damit der Höhepunkt unserer Dorfweihnacht. Dazu gehört nun mal Schnee. Für mich ist das wichtig. Nikolaus!«

Nikolaus, na klar. Seit vierundzwanzig Tagen hat mein bester Freund meinen richtigen Namen vergessen. Alle haben meinen Namen vergessen. Dass ich eine gespaltene Persönlichkeit entwickeln könnte, darauf kommt keiner. Und wennschon. Einzelschicksale zählen nicht in einer Weihnachtszauberwelt.

»Nikolaus, hörst du!« Ruprecht wird für seine Verhältnisse energisch.

»Schon klar«, murmle ich, um ihn nicht noch mehr in Rage zu bringen. Schließlich könnte der Sack, den er trägt, reißen und dann hätten wir hier ein echtes Drama. Ach Ruprecht, nenn mich doch, wie du willst. Mir ist alles egal. Ich brauche einen Schnaps. Dann kann ich doch nicht an mich halten.

»Ich bin mal gespannt, was der Weihnachtsmann sagt, wenn der Nikolaus an Heiligabend auf der Matte steht«, provoziere ich Ruprecht. Ich weiß, dass dies eine der offenen Flanken des Weihnachtskomitees ist. Die Hardliner, also Maria und Josef, alias Inge und Walter Zenker, sowie Marlies und der Pfarrer, wenn er noch unter uns weilen würde, bestehen auf den heiligen Nikolaus als Gabenbringer. Für sie ist der Weihnachtsmann nichts als ein Fluch der Moderne, ein sich durch die Hintertür hereinschleichender übergewichtiger Colavertreter. Ich habe kein Problem mit Cola, ganz im Gegenteil, aber wenn man wie Inge Zenker der Überzeugung ist, Zucker sei Nervengift, dann kann man auch Weihnachtsmänner nicht leiden. Dagegen stehen der Blaschke Bürgermeister und dessen Ehefrau sowie der Gemeindediener Ulf und seine Ilse, die der Auffassung sind, dass der Weihnachtsmann und der Nikolaus ein Team sind, so wie Ernie und Bert, Harry und Sally … Na ja, ihr wisst schon. Gegen das Christkind haben sie auch nichts, wobei ich nicht sicher bin, ob der Blaschke den Unterschied kennt. Der ist aber generell der Meinung, dass viel auch viel hilft, und freut sich über jede Weihnachtstradition, die er ausgraben kann. Ulf und Ilse sind dabei nichts als Mitläufer, aber wenn der Blaschke mein Gehalt zahlen würde, würde ich ihn vielleicht auch auf der Straße grüßen.

Was Ruprecht angeht, der hat schon Schwierigkeiten, sich im Sommer vor Kurts Softeismaschine zwischen Erdbeer- und Schokoeis zu entscheiden. Kurt ist der Wirt unserer Dorfkneipe, dem Grünen Hirschen, aber das nur am Rande. Es geht jetzt um Ruprecht. Wie soll jemand, der schon mit der Eisauswahl Probleme hat, so elementare Fragen klären wie: welchem präsenilen Weihnachtspatriarchat er sich unterwerfen soll? Sein Problem ist die Disharmonie, die in diesem Thema liegt. Damit kann er nicht.

Der Flunsch, den er nun zieht, verdeutlicht mir, dass ich ihn getroffen habe.

»Natürlich«, stimmt der Opa seinem Enkel zu und glättet damit die Wogen. »In den Kriegswintern sind wir kaum zum Weihnachtsgottesdienst gekommen, so hoch lag der Schnee. Das war eine schwere Zeit.« Er seufzt, aber es klingt nicht sehr überzeugend. »Da fällt mir ein, gibt es noch Tee, bevor die Blaschke-Festspiele starten?«

Ruprecht schaut ein wenig verstört, lässt es dann aber gut sein. Ich mache Tee für uns und fülle zwei Tassen zur Hälfte mit Selbstgebranntem auf. Eine davon reiche ich dem Opa und die andere genehmige ich mir. Opa schnallt es sofort und schlürft dankbar.

»Was macht deine Arbeit?«, fragt er.

Ich freue mich über das Interesse und darüber, dass jemand

meinem Tun eine solch wertschätzende Umschreibung zuteilwerden lässt. Aber so ist der Opa nun einmal. Er nimmt mich ernst, schon immer. »Ich kann mich nicht beklagen«, entgegne ich und meine das auch so.

»Schön. Schön. Leute deiner Zunft haben es nicht leicht. Die Kreativen sind immer die Ersten, die sich Margarine anstatt Butter auf die Bemme schmieren müssen«, erwidert der Opa.

Genau, denke ich. Aber eine doppelte Lage Wurst ist mir ohnehin lieber.

»Nikolaus, äh, Adam kommt noch einmal ganz groß raus«, wirft Ruprecht von seinem Fensterplatz ein. »Das weiß ich.«

»Deine erotische Weihnachtsgeschichte letztes Jahr jedenfalls war nicht übel«, erwidert der Opa mit lüsternem Grinsen und anerkennender Geste.

Ruprecht reißt den Kopf herum und schaut mich grimmig an. Ihm habe ich dieses Meisterwerk bewusst unterschlagen, nicht aus Boshaftigkeit, wirklich nicht. Eher, um ihn vor sich selbst zu schützen. Ruprecht neigt dazu, die Dinge durcheinanderzubringen, um es einmal höflich auszudrücken. Das wiederum hält ihn jedoch nicht davon ab, alles hemmungslos herumzutratschen. Wie damals, als ich mein Studium angetreten habe. In seinem Überschwang hat er jedem davon erzählt. Blöd nur, dass niemand hier draußen bei uns wirklich etwas mit dem Fach anfangen konnte. GERMANISTIK. Wenn da nicht mein Nachbar Gerhard und seine Leidenschaft für Kreuzworträtsel gewesen wäre. Keimdrüse mit neun Buchstaben. Germinale. Germanistik, Germinale, meine Güte, welchen Unterschied macht das schon? Adam Märker hockt in der Universität und macht was mit Keimdrüsen. Da war der Weg zu den Hoden nicht weit. Na immerhin haben sich alle über Jahre auf meine Kosten amüsiert. Das ist doch auch mal was. Aber ich bin nicht nachtragend. Und was die Leute bei uns von mir denken, interessiert mich ohnehin nicht. Würde ich ansonsten den Nikolaus geben?

»Und sonst so?«, fragt der Opa, um ein anderes Gesprächsthema anzuschneiden. Er scheint Ruprecht den Missmut anzusehen. Immerhin weicht seine fahle Gesichtsfarbe so langsam einem satten Wangenrot.

»Läuft«, entgegne ich und nicke ihm gleichmütig zu. Wenn ich ihm erzählen würde, dass ich neuerdings für das Nadeljournal, also die Zeitung der Tannenbauern, schreibe, könnte er enttäuscht sein, also nach der Sache mit den eingeölten, halb nackten Rauschgoldengeln.

Ruprecht hat sich ausgeklinkt und singt wieder. Die Schneeflocken gehen nun einmal vor.

Ich spüre, wie meine Beine durch den Alkohol ein wenig schwer werden, und dusele so langsam weg. Diese Seligkeit währt nicht lange. Leider.

»So! Tach schön, Freunde.« Unerwartet und vor allem uneingeladen steht der Blaschke Bürgermeister in der Wohnküche des Forsthauses und versucht gute Stimmung zu verbreiten. Seit unsere Dorfweihnacht im letzten Jahr durch die Ermordung des Pfarrers eskaliert ist, hat der Blaschke mir gegenüber Kreide gefressen, vordergründig zumindest. Ich bin noch nicht dahintergekommen, worauf diese Persönlichkeitsveränderung wirklich basiert, aber das juckt mich auch nicht sonderlich. Zeitverschwendung. Ich weiß, dass ich dem Kerl nicht trauen kann und das genügt. Schlimm genug, dass er neuerdings meint, hier einfach so hereinplatzen zu können.

»Wir sind doch nicht zu spät?«, kreischt Ruprecht, während er herumfährt und den Blaschke mit weit aufgerissenen Augen anstarrt. Der Stoff seines Mantels macht dabei ein nicht sehr vertrauenerweckendes Geräusch.

»Nee, nee. Ich wollte nur mal gucken, wie es so ist«, antwortet der Blaschke und winkt ab. An dem ungleichmäßigen Schwingen seines Gebisses kann ich jedoch sehen, dass ihn irgendetwas umtreibt. Die Zähne vom Blaschke sind nicht mehr mit dem Rest verbunden, aber das wäre alles nicht weiter wild, wenn sie nicht sozusagen der Blitzableiter für seine emotionalen Ausnahmezustände wären. Kurzum, ist der Blaschke schlecht drauf, fliegen die Kauleisten durch die Kante.

»Und? Wer hält den Gottesdienst?«, frage ich im vollen Bewusstsein, dass ich gerade einen ganzen Sack Salz in seine Wunde kippe. Seit uns im letzten Jahr auf so unschöne Weise der Pfarrer abhandengekommen ist, liegt Eliasborn, was seinen geistlichen Beistand angeht, förmlich auf dem Trockenen. Zum letzten Weihnachtsfest fiel das nicht weiter auf, der Schock des Verbrechens in Verbindung mit der trostspendenden Glühheidi hat die Wahrnehmung der Dörfler eingetrübt und das Jahr haben wir auch ganz gut herumbekommen. Ostern, Pfingsten und all die anderen wenigen Tage, an denen sich ein Pfarrer gut in den Kulissen machen könnte, werden im selbst ernannten Weihnachtsdorf Eliasborn nicht so hoch gehandelt. In der Adventszeit hat der Blaschke auf Zeit gespielt und improvisiert, aber nun, am Heiligen Abend, puh, da wird es echt brenzlig. Diesen Tag nehmen die Leute verdammt ernst, vor allem die, die sich das ganze Jahr nicht in der Kirche blicken lassen. Da gehört der Pfarrer zum Programm wie der Kartoffelsalat zu den Würstchen. Und wehe, das Ritual bekommt Lücken. Mit einem Pfarrer ist es nämlich so wie mit einem Impfausweis. Du merkst erst, dass er nicht da ist, wenn du in einen rostigen Nagel getreten bist und der Wundstarrkrampf an die Tür klopft. Dann ist das Geschrei groß. Der Blaschke jedenfalls hat verloren, wenn er nicht irgendwie noch einen Pfarrer aus dem Hut zaubert. Und wenn es nur einer ist, den das Arbeitsamt geschickt hat. Das ist bei uns hier draußen im Wald nahezu aussichtslos. Und ebendieser Gedanke erfreut mich.

Den Blaschke offenbar nicht, denn die Hälfte seiner Zähne hängt mittlerweile in der Luft.

»Na ja Jungs, seien wir mal ehrlich. Die ganze Scheiße fängt doch schon frühmorgens mit dem Feuermachen an.« Der Opa erhebt sich langsam, klopft auf seine Hosenbeine, als wollte er sie entstauben, und richtet sein Hals- und Einstecktuch. Dann prüft er mit Daumen und Zeigefinger den Sitz seiner Haare und streckt das Kinn in die Luft, um den Falten an seinem penibel rasierten Hals keine Chance zu geben. Heinrich Gmeiner hat schließlich einen Ruf im Dorf zu verlieren. Abgesehen von seiner Eitelkeit ist dies auch eine Frage der Versorgungslage. Denn keine seiner vollreifen Schnecken wird den Drang verspüren, einen ungepflegten, hässlichen alten Mann zu bekochen. Davon haben die doch alle schon einen zu Hause.

Der Blaschke schaut etwas verstört, was jedoch dazu

führt, dass sich sein Gebiss wieder nach innen verlagert. Seine Vorstellung von Heiligabend korrespondiert offenkundig nicht mit Opas ungeschönter Beschreibung unserer Situation. Er fängt sich jedoch schleunigst wieder und gibt Ruprecht Anweisungen für den Ablauf. Die hat er hundertprozentig allesamt schon Hunderte Male kundgetan, aber Ruprecht nickt eilfertig und macht dabei eine Miene, als hätte der Blaschke ein Wundermittel gegen sämtliche Geißeln der Menschheit entdeckt. Der Blaschke Bürgermeister labert so viel, dass ich schwören könnte, der will von irgendetwas ablenken. Was immer es ist, ich will es nicht wissen. Ich schlurfe zur Garderobenbank herüber, hocke mich darauf und ziehe in Zeitlupe meine Chucks an. Dabei bemühe ich mich, dass der Blaschke das mitbekommt. Es klappt. Das kann ich an den ausladenden Bewegungen seines Kiefers sehen.

»Gesoffen hast du doch auch«, haucht der Blaschke mir sichtlich wütend und im Vorbeigehen zu. Ich puste ihm etwas meiner Atemluft entgegen. Die Mischung aus hochprozentigem Klaren und den Zwiebeln aus dem Kartoffelsalat muss mörderisch sein. Dabei setze ich mein strahlendstes Lächeln auf.

»Adam Märker«, presst er zwischen seinen kraftvoll zusammengedrückten Lippen hervor, als verkünde er mein Todesurteil. Dann hebt er die Mundwinkel und tätschelt mir die Wange. »Das wird der süßen Amelie Brütting nicht sonderlich gefallen oder, heiliger Nikolaus?«, säuselt er übertrieben freundlich.

Ich frage mich, wie der Blaschke das schon wieder spitzgekriegt hat, die falsche Sau, und ich erwäge kurzzeitig, ihn dafür in die Fresse zu hauen. Das allerdings würde sich sofort bis zu Amelie herumsprechen. Eins zu null für unseren Bürgermeister. Ich balle meine Fäuste hinter meinem Rücken und lasse es gut sein. Immerhin habe ich einen Teilsieg errungen. Mein Kostüm ist sauber, Eckberts viel zu große Stiefel wurden durch meine coolen Turnschuhe ersetzt und der heilige Nikolaus unterliegt keinem Alkoholverbot mehr. Das waren meine Bedingungen dafür, dass ich in diesem Jahr wieder mitspiele. Es ist durchaus von Vorteil, seinen Marktwert zu kennen. Dann kann man auch mal was setzen. Wenn ich ehrlich bin, hätte ich im Normalfall darüber nicht einmal nachgedacht. Aber seit ich Amelie kennengelernt habe, bemühe ich mich, meinen Normalfall in den Hintergrund zu drängen. Das fühlt sich ein wenig an wie im Sitzen pinkeln. Das machen Männer auch nur, um ihren Frauen zu gefallen. Wenn es etwas bringt, würde ich mich sogar noch mehr verbiegen. Amelie Brütting jedenfalls ist der eigentliche Grund für meine erneute Selbstgeißelung. Sie findet unser Eliasborn im Weihnachtsrausch einfach bezaubernd. Und als heiliger Nikolaus dürfte ich damit verdammt gute Karten bei ihr haben.

Die Spur der Schafsköttel führt einmal um den Altar herum bis zur Kanzel hinüber. Dass die Hinterlassenschaften der Statisten noch nicht besonders lange den Fußboden unserer Kirche zieren, ist dabei unübersehbar. Die Kacke dampft. Unseren alten Schäfer stört das wenig. Er steht neben den Tieren und pafft seelenruhig seine billigen Zigaretten. Ich habe keine Ahnung, ob die Hirten beim Besuch des frisch geborenen Jesuskindes rauchen durften. Aber Maria hätte das womöglich locker gesehen. Sie war garantiert eine ziemlich coole Braut. Ich meine, wer Weihnachten quasi obdachlos mit einem Kuckuckskind im Stroh hockt und seinem Mann etwas vom Heiligen Geist erzählt, hat sicherlich andere Probleme als ein bisschen Tabakkraut. Zudem waren die Brandschutzvorschriften noch nicht erfunden, geschweige denn die Europäische Union, aber die hat im Morgenland bis heute ja nichts zu melden.

»Die Kippe aus!« Die Ansage des Blaschke Bürgermeister ist unmissverständlich. Für alle, nur nicht für unseren Schäfer. Der steht regungslos und lässt den Glimmstängel glühen. Der Blaschke kann es nicht leiden, wenn seine Befehle durch das Volk nicht umgehend ausgeführt werden. Das kratzt an seiner eingebildeten Autorität. Deswegen lässt er keine Minute verstreichen, um die Sache zu erledigen. Wie von der Tarantel gestochen schießt er auf den harmlosen Schäfer zu, reißt ihm die Fluppe aus dem Mund und wirft sie mit ordentlich Schwung auf den Fußboden. Dann schlägt er mehrfach die Hände gegeneinander, als hätte er eine enorme Drecksarbeit hinter sich gebracht und müsste nun die Spuren beseitigen. Schließlich zieht er mit zufriedener Miene ab. Der alte Bursche hingegen hat nicht einmal gezuckt. Im Gegenteil, er greift in die Innentasche seiner Jacke und zieht ein Päckchen Zigaretten hervor. In unserem Dorf befinden sich mehr Leute im stillen Widerstand gegen den Blaschke, als ich vermutet habe. Einwandfrei! Blöd ist nur, dass der Schäfer seine Merinos gut leiden kann und ihnen für den Abend eine anständige Portion Heu mitgebracht hat. Daraus steigt nun ein dünner Rauchfaden auf, der erstaunlich schnell schöne kleine gelbe Flammen entwickelt. Authentisch ist so ein Hirtenfeuer schon irgendwie, denn Maria und Josef brauchten damals sicherlich auch mal einen Kaffee, und ein Knüppelkuchen macht durchaus satt. In einer Kirche hingegen kommt das vielleicht nicht ganz so gut. Jedenfalls sieht Ulf, der Gemeindediener, das so. Er schnappt sich in seiner Verzweiflung den Abendmahlbecher und sprintet zum Taufbecken herüber. Das aber leider leer ist. Der dort stehende Esel, übrigens auch ein Statist, muss ziemlichen Durst gehabt haben. Vom geweihten Wasser ist nicht mal mehr eine kleine Pfütze übrig. Den armen Ulf erfasst die Panik oder ist es Ratlosigkeit? Ich kann es nicht genau sagen, denn der Schäferhund Hasso jagt gerade eine Katze quer durch das Gestühl, was mich kurzzeitig ablenkt. Just in diesem Moment muss die Blaschkin, also die Frau unseres Bürgermeisters, mit einem Feuerlöscher aufgetaucht sein. Der weiße Schaum kommt schon verdammt nah an Schnee ran. Aber in Bethlehem? Ruprecht wenigstens wird sich freuen. Dem Schäfer ist auch das schnurz. Er hat sich keinen Millimeter bewegt. Ich übrigens auch nicht. Die Blaschkin, die echt Mühe hatte, den Feuerlöscher zu entschärfen, hat das natürlich bemerkt und schmale Augen gemacht. Dadurch wird sie nicht ansatzweise schöner. So leicht korrigiert die Natur ihre Fehler nicht. Nein, sie will damit ausdrücken, was sie von mir hält. Sie hasst mich. Eigentlich trifft es diese Formulierung nicht, aber ich habe keine Ahnung, wie man Hass steigert.

Vor dem letzten Weihnachtsfest konnte sie mich einfach nur nicht leiden, keine unnormale Befindlichkeit bei uns im

Dorf. Es gibt so einige, denen ich quer sitze. Ruprecht sagt, das hätte etwas mit meiner Ausbildung zu tun und es wäre keine Antipathie, sondern Respekt. Na ja, ein zu einem Dreiviertel abgeschlossenes Germanistikstudium kann einem schon Anerkennung abringen. Über mir in der Bildungshierarchie steht ja quasi nur noch der Tierarzt. Der hat sogar ein Diplom. Das stammt bestimmt noch aus der Vorkriegszeit, aber immerhin. So etwas verjährt ja nicht. Oder doch? Egal. Seitdem der Pfarrer im Himmel ist, hat die Blaschkin ihre Negativemotionen mir gegenüber noch potenziert. Sie und unser verblichener Geistlicher waren nämlich ein Liebespaar, ein heimliches, aber das ändert ja nichts. Kurzum, ich habe es herausgefunden und sie zurück zu ihrem Mann geschickt. Das war alles. Mehr nicht. Ich schwöre es. Natürlich habe ich bei der Partnerwahl der Blaschkin nichts zu melden. Aber sie wollte es sich in ihrer Trauer ziemlich leicht machen. Entweder der Einzug ins Forsthaus zum Opa und Ruprecht oder der Gang in das leer stehende Pfarrhaus, hat sie gesagt. Da die zweite Alternative ja wohl kaum noch eine war, zumal die Kirche da ja nicht jeden reinlässt, musste ich handeln. Es geht ja nicht an, dass so ein durchgeknalltes Weib mir mein ruhiges Leben zerschießt. Und das vom Opa und Ruprecht auch nicht. So weit kommt es noch! Der Blaschke jedenfalls hat sie ohne Beanstandungen zurückgenommen. Nach fast fünfzig Jahren Ehe war die Garantie ohnehin abgelaufen. Da kann auch ein Seitensprung nichts dran ändern.

Zu den Abwegen der Blaschkin jedenfalls kann das ganze Dorf etwas beisteuern. Außer der Blaschke selbst. Für den ist dieser Teil des Liebeslebens seiner Frau ein Mysterium. Wegen mir kann das so bleiben. Die Blaschkin sieht allerdings nicht aus, als würde sie sich vor der Wahrheit scheuen. Sie ist durchweg auf Krawall gebürstet und rächt sich in einem fort an ihrem Mann dafür, dass er noch lebt und ihre große Liebe bei den Regenwürmern liegt. Für den Blaschke, der ausnahmsweise an all dem Grusel absolut unschuldig ist, muss sich seine Ehe seit letztem Jahr wie ein falscher Film anfühlen, vorausgesetzt natürlich, er registriert davon überhaupt etwas. Er ist ja nicht die hellste Kerze auf der Torte. Aber am Ende ist der Blaschke irgendwie auch ein Mann, d. h., ich sollte ihm ein Mindestmaß an Loyalität entgegenbringen. Anders verhält es sich mit seiner Angetrauten. Ich weiß nicht, was es bringen soll, einen Menschen für dessen Existenz zu strafen, einfacher wäre es, ihn zu verlassen, aber die Blaschkin wird schon wissen, was sie tut.

»Welcher Idiot hat denn die Hühner freigelassen? Die sollten erst kommen, wenn der Ochse auf Position ist. Kann sich hier nicht mal einer an die Regeln halten.« Der Blaschke Bürgermeister hat offenkundig den nächsten Fehler entdeckt und kann diesen nur schreiend verarbeiten. »Dann regt euch bloß nicht auf, wenn Edelbert Frikassee aus dem Federvieh macht.« Er fuchtelt mit den Armen herum. »Wenn sich keiner an die Sicherheitsvorkehrungen hält, kann ich für nichts garantieren. Aber kommt mir dann bloß nicht und wollt Schadensersatz, wenn nicht alle Komparsen es überleben.«

»Vielleicht macht Edelbert ja auch aus dir Frikassee«, zischt ihm die Blaschkin im Vorbeigehen giftig zu. Dabei macht sie sich nicht einmal die Mühe, leise zu zischen, damit die anderen Mitglieder des Weihnachtskomitees es nicht mitkriegen.

»Wer ist Edelbert?«, frage ich Ruprecht, der sich gerade mit einem riesigen Knäuel Lichterketten neben mir auf der Bank niedergelassen hat und sich daranmacht, das Ganze auseinanderzufriemeln.

Die fünf Merinos nebst ihrem Hirten halten noch immer die Stellung. Dafür kommen ein gutes Dutzend Hühner von allen Seiten unter dem Gestühl hervorgeschossen, um schnurstracks an uns vorbei auf den vom Löschschaum benetzten Altarbereich zuzulaufen. Das Zeug scheint irgendetwas an sich zu haben, was die Tiere mögen. Jedenfalls führen sie sich so auf und scharren, was das Zeug hält. Hasso hingegen hat mittlerweile die Katze gestellt. Zu seinem Ärgernis hat die sich jedoch auf die Kanzel verzogen. Er hockt nun davor und starrt den Platz an, von dem der Pfarrer, wenn wir einen hätten, gleich reden würde. Ab und zu setzt er dabei einen ordentlichen Beller ab. Die Akustik in unserer Kirche ist in Ordnung. Das muss ich schon sagen.

»Edelbert ist der Ochse von den Gabel-Meiers«, antwortet Ruprecht und ich spüre, dass ihn mein Unwissen stört.

Diese versteckte Kritik muss ich mir allerdings nicht zu Herzen nehmen. Jemand, der nicht einmal die Hälfte seiner Mitmenschen namentlich kennt, muss sich wegen deren Haustiere keinen Kopf machen. Soziale Intelligenz ist Luxus. Ich schaue auf den Altarbereich unserer Kirche, der jetzt schon einem Kleinbauernhof gleicht. Nebenbei fallen mir Ulf und Else ins Auge, die jeder mit zwei dicken Weidenkörben bewaffnet auf uns zusteuern.

»Ah, da kommen die Karnickel«, stellt der Blaschke Bürgermeister zufrieden fest und weist seinen Gemeindediener nebst Ehefrau mit übertriebenen Armbewegungen ein. Er möchte, dass die Kaninchen vor allen anderen Tieren sitzen und friedlich ein paar Grashalme mümmeln. Der Plan geht kurzzeitig auch auf. Dann ist eines der Viecher in der Sakristei verschwunden. Hasso schnallt es als Allererster. Seine Chancen, ein Langohr zu erwischen, stehen im Vergleich zu der Katze gut. Entsprechend ändert er seine Strategie.

»Ist das mit den ganzen Tieren nicht etwas übertrieben?«, will ich von Ruprecht wissen.

Er hält in seiner Bewegung inne und schaut mich vorwurfsvoll an. »Die lebensechte Krippenszene ist der diesjährige Höhepunkt. Der Blaschke Bürgermeister wollte etwas ganz Besonderes nach dem Debakel im letzten Jahr«, doziert er.

Ich denke an den ermordeten Pfarrer und nicke einigermaßen betroffen. »Der Weihnachtsgurkenmord.«

Aber das hat er offenkundig nicht im Sinn. »Nachdem das mit dem Schlitten nicht geklappt hat, weil die Leute das Eintrittsgeld vom Nikolaustürchen zurückverlangt haben«, sagt er hörbar getroffen. »Dreitausend Euro. Damit hätten wir das Teil schon anzahlen können.«

Warum habe ich überhaupt gefragt.

Aus der Sakristei dringen seltsame Geräusche. Kurz darauf kommt Hasso heraus. In seinem Maul eines der Karnickel. So schlaff, wie das hängt, liegt dessen Zukunft zwischen Rotkohl und Klößen. Ich spüre, wie mich ein leichtes Hungergefühl überkommt, und halte Ausschau nach dem Opa. Der turtelt mit Marlies auf einer der hinteren Bänke. Besser gesagt, Marlies turtelt. Opa probiert sich durch kleine Gläschen mit Eingemachtem. Offenkundig will Marlies testen, auf was er besonders abfährt. Na klar, es ist Heiligabend, da muss schon etwas Exquisites her.

»Hasso! Wie kannst du …?« Ruprecht hat jetzt auch mitbekommen, dass der Hund den ersten Weihnachtsbraten gesichert hat. Fünf weitere sind noch quietschfidel, aber das ist für Hasso keine Hürde. Er steht direkt vor uns und wedelt ausgelassen mit dem Schwanz.

»Feiner Bursche. Fein«, lobe ich ihn, worauf er das tote Karnickel vor Ruprechts Füßen ablegt und wieder loszieht.

Ich erwäge kurzzeitig, bei ihm ein Huhn zu bestellen. Broiler mag ich gern. Aber dann lasse ich es lieber. Hasso versteht mich ohnehin nicht und Ruprecht könnte es mir krummnehmen. Die Schlachtung der Krippentiere kommt in der Weihnachtsgeschichte garantiert nicht vor, also zumindest nicht, bevor das Jesuskind auf der Welt ist, oder verwechsle ich da etwas?

Ruprecht betrachtet die Beute, als läge der Leibhaftige vor ihm. »Schon wieder ein Mord«, haucht er entsetzt. »Und dann noch in der Kirche an Heiligabend. Das nimmt kein gutes Ende mit unserem Dorf. Kein gutes Ende.« Er seufzt herzzerreißend und jammert weiter. »Ein schlechtes Omen, so ein schlechtes Omen.«

Ich bin der Überzeugung, dass jedes Lebewesen wertvoll ist, ja das bin ich wirklich. Aber auf die Idee, den Pfarrer und ein Karnickel auf eine moralische Stufe zu stellen, wäre ich nie gekommen. Oder meint Ruprecht das eher evolutionär? Ich schaue zu ihm herüber und will ihn gerade danach fragen, als er sein Bein ausstreckt und den Kadaver unter die Sitzbank kickt. Ohne ein weiteres Wort darüber zu verlieren, widmet er sich wieder den Lichtern.

Ich lasse es gut sein und halte nach Hasso Ausschau. Der hat schon das zweite Langohr beim Wickel, kommt aber damit nicht weit, weil sein Herrchen den Ernst der Lage erkennt und einschreitet. Hasso wird schließlich im Beichtstuhl separiert. Das Kratzen seiner Krallen am Holz mischt sich nun in die ohnehin schon anstrengende Geräuschkulisse. Kurz darauf kommen Maria und Josef durch den Mittelgang gewackelt. Sie tragen eine Holzkrippe zwischen sich und machen andächtige Gesichter. Ich kann mir das Grinsen nicht verkneifen. Maria, also Inge Zenker, ist weit über fünfzig und hat so ganz und gar nichts von einer Gottesmutter. Nun, ich bin sicherlich auch alles andere als der Prototyp des heiligen Nikolaus von Myra, aber ich bilde mir das auch nicht ein.

»Ach, heute ist ja der Termin«, flöte ich den beiden entgegen. »Da bin ich ja mal gespannt, was es wird.«

Josef ist nicht ganz so verkniffen wie seine Maria und ringt sich ein müdes Lächeln ab. Sie hingegen rümpft nur die Nase. Die beiden wuchten das für einen durchschnittlichen europäischen Säugling reichlich überdimensionierte Teil zwischen die Schafe. Dabei gibt das vom Löschschaum durchfeuchtete Heu nach und Josef kommt ins Straucheln. Ehe er sich versieht, landet er kopfüber in der Krippe und schlägt dabei unschön mit dem Kopf auf eine der Holzlatten. Maria lässt in ihrem Schock die Krippe schlagartig los und eilt ihrem Mann zur Hilfe. Der hingegen hält sich das rechte Auge und flucht dreckiger, als Tante Hildegard es draufhat, wenn ich sie bei strömendem Regen aus unserem Haus aussperre. Seinem Toben kann ich entnehmen, dass er mit seinem Auge nur knapp einen heraussstehenden Nagel verfehlt hat. Auch dass der Funke Tischler schuld ist, weiß ich nun. Der hat die Krippe nämlich zusammengezimmert. Wieso man einen Mann, dessen Blut durchaus als hochprozentig durchgehen würde und bei dem von zehn Fingern nur noch eine optimistische Hälfte vorhanden ist, mit einer so wichtigen Aufgabe betraut, verstehe ich nicht. Aber der Blaschke wird auch dafür seine Gründe haben und wenn es nur der ist, dass der Funke keine Rechnungen schreiben kann. Das Zehnfingersuchsystem muss für den nach Himmelreich klingen, ein unerreichbares. Josef jedenfalls wird über die Weihnachtszeit ein dickes Veilchen tragen müssen, na ja, es gibt Schlimmeres, also zum Beispiel, wenn es Maria getroffen hätte. Die Leute reden doch, vor allem bei einem Kuckuckskind. Ich schweife ab.

Ulf und seine Ilse haben sich nun darangemacht, die Strohballen, die den Stall darstellen sollen, auf ihre Plätze zu schieben und mit Kerzen zu schmücken. Ich muss schon sagen, die Kulisse macht was her, wirklich herzig. Vor allem der große Weihnachtsbaum ist nett. Nein, wirklich. Es ist eine Nordmann, ohne Frage. Ich kenne mich neuerdings mit Tannen aus. Ich glaube zwar nicht, dass die unteren Kugeln lange heil bleiben, also nicht, wenn der Esel sich noch ein paar Mal an den Zweigen reibt, aber man wird sehen.

»Kommen noch mehr Tiere?«, frage ich Ruprecht, der nur ein paar Kabel im Mund hat, um damit den aufgedröselten Teil der Lichter von den restlichen zu trennen.

Er hält kurz inne, schaut sich um und deutet mit dem Zeigefinger auf die, die ich auch sehe. »Hühner, Schafe, Kaninchen, ein Esel…« Die Lichterkette zwischen seinen Lippen lässt ihn etwas nuscheln, aber ich verstehe ihn trotzdem. »Es fehlen noch die Enten und der Ochse. Das mit dem Fuchs klappt ja womöglich nicht.«

»Ein Fuchs ist auch dabei?«, will ich wissen. »Ich dachte eher an ein Kamel.« Ich dachte an rein gar nichts, aber Ruprecht ist mein Freund und er ist jetzt schon sauer, dass ich den C-Plan des Weihnachtskomitees wieder einmal nicht gelesen habe. Entsprechend sollte ich mich hier etwas mehr einbringen.

»Der Zirkus hat abgesagt«, entgegnet Ruprecht. »Letzte Woche. Dann hat der Blaschke das Kamel gegen einen Fuchs getauscht. Das ist ja auch irgendwie typischer für unsere Region. Deswegen haben wir alle dafür gestimmt.«

»Typischer, genau«, erwidere ich. Über die Gedankengänge des Blaschke Bürgermeisters nachzusinnen, ist zwecklos. Gleiches gilt für das Abstimmungsverhalten des Weihnachtskomitees.

»Ulf hat die Lebendfalle nun eine Woche in Betrieb. Gestern war sie noch leer. Er will aber nachher gleich noch einmal raus«, redet Ruprecht weiter. Einige der kleinen Glühbirnen scheinen sich in seinen künstlichen Rauschebart verhakt zu haben, jedenfalls macht die Lichterkette jede Bewegung seiner Lippen mit, obwohl die Kabel lange nicht mehr in seinem Mund sind.

Ich weiß nicht, warum mich das Treiben hier immer noch überrascht. Aber das tut es. Einen echten Fuchs aus dem Wald zu entführen, ihn in die Kirche zu schleppen und zum unfreiwilligen Statisten in einem Krippenspiel zu machen, hat schon so einiges an Absurdität. Ich hoffe nur, dass der Blaschke das Tier nicht auch frei herumlaufen lassen will. Nicht weil ich Angst habe, Gott bewahre.. Nein, es ekelt mich. Die Bläschen, ihr wisst schon. Seitdem ich einen Artikel über den Fuchsbandwurm geschrieben habe, bin ich dahingehend vorbelastet. Ich merke schon, wie es bei der bloßen Erinnerung an den Bandwurm in meinem Mund zu brennen anfängt. Widerlich! Das kommt davon, wenn man als Gelegenheitsschreiberling jeden Auftrag annehmen muss, um über die Runden zu kommen. Momentan hapert es sogar an den ekligen Angeboten. Aber das ist nichts Neues. Immerhin rettet mich das Nadeljournal über den Januar. Das Thema habe ich schon: »Und immer kommt das Unkraut«. Ein perfektes Thema für dunkle Winterabende. Was zur Hölle mache ich eigentlich?

»Der Blaschke sagt, mit etwas Faustan kriegt der Fuchs die paar Stunden problemlos gewuppt.« Ruprecht klingt dabei, als wäre es das Normalste der Welt.

»Ihr arbeitet mit einem Tranquilizer?«, frage ich unbeabsichtigt forsch. Er verträgt diesen Ton nicht und ich sollte sensibler sein, egal was er von sich gibt. »Bei einem Wildtier?« Mein Entsetzen und meine Sensibilität sind allerdings zwecklos. Absolut zwecklos. Denn Ruprecht ist im Weihnachtsmodus und kriegt davon nichts mit. Er plappert unbekümmert weiter.

»Ulf nimmt den Tierarzt mit in den Wald. Das ist alles kein großes Ding. Nach dem Gottesdienst bringen *wir* das Tier wieder zurück.«

Der Tierarzt sitzt im Rollstuhl und geht auf die neunzig zu oder ist er da schon drüber? Die Wahrscheinlichkeit, dass er Ulf und den Fuchs verwechselt, noch dazu bei Dunkelheit, grenzt an hundert Prozent. Womöglich setzt er sich sogar selbst den Schuss. Ob das Medikament Faustan überhaupt noch zugelassen ist, darüber kann ich nur spekulieren. Für Tiere jedenfalls ganz sicher nicht. Und was heißt überhaupt »wir«? Noch bevor ich das klären kann, fährt Ruprecht fort.

»Ulf hat nachher genug mit dem Abbau hier zu tun, deswegen habe ich angeboten, dass wir beide einspringen. Marlies muss ja auch erst nach Hause und den Karpfen anrichten. Bis zum Abendessen haben wir also noch ein bisschen Luft.« Die Lichterkette bedeckt Ruprechts Körper mittlerweile wie ein dunkelgrünes überdimensioniertes Spinnennetz. Möglicherweise findet er da nie wieder raus. So wie die Dinge gerade liegen, kann er von mir jedoch keine Hilfe erwarten. Unter meiner Zunge drückt sich gerade die erste Aphte heraus. Glücklicherweise fehlen mir die Worte.

»Achtung! Achtung!«, piepst die Blaschkin voller Abscheu. »Eintreffen des Ochsen Edelbert in fünf Minuten.«

»Oh!« Ruprecht fährt herum, wobei sein Werk in sich zusammenrutscht. Er kann von vorn anfangen, garantiert.

Dem Stimmengemurmel am Eingang kann ich entnehmen, dass die ersten Gottesdienstbesucher bereits eingetroffen sein müssen. Ein Blick auf Ruprechts Armbanduhr genügt, um zu wissen, dass wir noch gute zwei Stunden Zeit haben. Was soll der arme Ochse Edelbert bis zum Beginn des Gottesdienstes in der Kirche machen? Seinen Text üben? Der Blaschke Bürgermeister überzieht mal wieder vollkommen. Das wird die Freakshow des Jahrtausends, denke ich. Es wird Zeit, dass Kurt, unser Wirt, mit seinem Bauchladen voller Glühheidi hier eintrifft. Erwartungsvoll schließe ich die Augen.

»Wo ist Edelbert?« Das Brüllen des Blaschke Bürgermeister reißt mich aus dem Halbschlaf.

Ruprecht hat es schneller erfasst und ist hektisch aufgesprungen. Er kommt aber nicht weit, da die Lichterkette sich irgendwie an der Bank verhakt hat. Ich begnüge mich mit einem unmotivierten Blick über meine Schulter. Im nur wenige Meter entfernten Eingangsbereich der Kirche sehe ich Heinz Gabel-Meier stehen. Er trägt einen blauen Arbeitsanzug, Gummistiefel und eine Bommelmütze. Das, was überall an seiner Kleidung klebt, könnte Stroh sein. Wieso das so gut haftet, habe ich schnell raus. Die Mistjauche sorgt dafür. Nebenbei macht sie auch noch jede Menge dunkler Flecken und ein übler Gestank breitet sich aus. Der Gabel-Meier sieht aus, als hätte er sich im Stall gewälzt. Kurz darauf weiß ich, dass ich mit dieser Vermutung richtigliege.

»Edelbert kann nicht«, mault Heinz in einem breiten Thüringer Wald-Dialekt und mit hängendem Kopf.

»Häh?« Der Blaschke hat sich mit in die Hüften gestemmten Händen vor dem einen guten Kopf größeren Heinz aufgebaut und mimt den Bestimmer. »Das wüsste ich aber Freundchen!«

»Nu, er kann eben nicht«, wiederholt Heinz und klingt dabei nicht wirklich selbstbewusst.

»Was soll das heißen? Macht der Ochse Weihnachtsferien? Ist er zur Hufpflege? Hat er etwa keine Lust?« Die Stimme vom Blaschke erreicht schwindelerregende Höhen.

»Nu, er ist tot«, gibt Heinz zurück und man könnte dabei meinen, er rede über seinen besten Freund. Jedenfalls zieht er ein ziemlich verklebtes Taschentuch aus seiner Jacke und schnäuzt so laut, dass es in meinen Ohren fiept. »Nicht mal ich konnte ihn retten.«

Alles klar, denke ich, Heinz hat versucht den Ochsen zu reanimieren, deswegen trägt er die Güllepanade spazieren. Heinz ist ein anständiger Kerl. Alles, was jetzt kommt, fällt eher nicht in diese Kategorie.

»Tot?« Der Blaschke ist außer sich. Etwas Souveränität und Gelassenheit ist ja grundsätzlich in jeder unangenehmen Situation, vor allem bei innerfamiliären Todesfällen, angebracht, aber beim Blaschke ist dahingehend absolute Fehlanzeige. Noch dazu sind seine Ausraster gefährlich. Nicht für ihn. Aber für Heinz. Der bekommt nämlich, ehe er sich versieht, das Gebiss des Blaschke gegen den Kehlkopf gezimmert. Und das mit ordentlich Bums. Ich kann sehen, wie Heinz kurzzeitig die Luft wegbleibt. Er reißt die Augen weit auf, fasst sich an den Hals und röchelt.

»Daf laffe ich nicht gelten!«, plärrt der Blaschke. »Der Ochfe hat ein feftef Engagement beim heutigen Krippenfpiel. Ef gibt keine tfweite Befetfung.«

Der Blaschke nimmt das wirklich ernst. Ruprecht auch. Der Mund steht ihm immer noch offen.

Aus dem Augenwinkel kann ich sehen, wie Hasso die Zähne vom Blaschke schnappt und sich damit hinter den Altar verzieht. Na klar, alles was herrenlos auf dem Fußboden liegt, kann man mitnehmen, auch wenn es ein Kirchenboden ist. Ich will mich gerade wundern, wie der Schäferhund seine Freiheit zurückerlangt hat, da fällt mir das Loch in der Tür des Beichtstuhls auf. Die Holzwürmer haben vorgearbeitet und Hasso hat vollendet. Das nenne ich Teamwork.

»Er war nun eben alt. Fünfundzwanzig, für einen Ochsen.« Heinz bläst die Wangen auf, um zu verdeutlichen, welch biblisches Alter Edelbert hatte. »Dann der Stress. Den hat er nicht verkraftet«, rechtfertigt sich Heinz mit gebrochener Stimme. »Edelbert war schon immer etwas kränklich. Die Sache mit der Kastration. Ich könnte mich heute noch dafür in den Hintern treten. Aber ich habe ihn einfach verwechselt. Einfach verwechselt.« Die Trauer scheint Heinz zu überwältigen und er muss sich das von der Seele reden. »Mit zwei Monaten war das zu früh. Und fünfundzwanzig Jahre später war die Blasenentzündung vorprogrammiert. Und die Urinsteine.«

Der Blaschke Bürgermeister stutzt. Dann schreit er los: »Verarfch mich nicht. Daf ist kein Grund, die Hufe hoch tfu machen. Ich lebe fchlieflich auch.«

»Leider«, wirft die Blaschkin von der Seite ein.

»Edelbert nicht. Mit seinen Vorerkrankungen war der Stress einfach zu viel«, rechtfertig sich Heinz erneut. Man kann ihm ansehen, wie sehr ihn das mitnimmt. »Er ist einfach mit seinem dicken Bauch umgefallen.« Heinz beugt sich zur Seite, als müsste er Edelberts Bewegung nachahmen.

»Ftreff? Ftreff!« Der Blaschke Bürgermeister ist knallrot angelaufen und schnappt nach Luft. »Der Eintfige, der hier Ftreff hat, bin ja wohl ich. Und daf auch nur, weil ich eine Horde von Blödmännern regieren muff.« Er läuft wie wild vor Heinz auf und ab und hämmert sich dabei unentwegt auf die breite Brust.

»Na, kriegst du einen Herzinfarkt«, säuselt die Blaschkin, und so wie sie ihn dabei ansieht, bin ich mir sicher, dass sie die Letzte wäre, die in diesem Fall einen Krankenwagen ruft.

»Das mit dem Viehhänger hätte ohnehin nichts gegeben«, sagt Heinz. »Edelbert war noch nie unterwegs.« Er schüttelt mit betroffener Miene den Kopf. »Er war mein bester Ochse. So ein Jammer.«

»Er war der Eintfige, du Idiot! In gantf Eliafborn, der Eintfige. Fonft hätte ich daf däppifche Vieh niemalf gebucht. Wer will denn fo ein altef Vieh? Fünf Kilometer weiter, ja, die haben noch einen. Aber bevor ein Fremder tfu unferem Weihnachtffeft zugelaffen wird, fpringe ich von der Bahnbrücke.« Das Gesicht von dem Blaschke fängt gleich an zu brennen, so rot ist es.

»Spring doch endlich!«, wiehert die Blaschkin und applaudiert wie besessen. Frauen sind immer so zuversichtlich.

»Kein fremdef Blut, niemalf!« Der Blaschke hält abrupt in seinen Bewegungen inne und greift sich an den Mund. Offenkundig ist ihm gerade aufgegangen, dass eines seiner Körperteile nicht mehr am Platz ist. Immerhin hat er den Verlust bemerkt. Das lässt hoffen. Er fährt herum und scannt mit den Boden ab. Ulf und Ilse sind umgehend zur Stelle und helfen ihm suchen. Während der Blaschke das im Stehen tut und dabei auch noch auf jedwede Bewegung weitestgehend verzichtet, kriecht das Ehepaar diensteifrig auf allen vieren zwischen den Kirchenbänken herum. So viel könnte mir unser feiner Herr Bürgermeister überhaupt nicht zahlen, dass ich mich dazu herablassen würde.

»Es nützt nichts«, antwortet Heinz. »Tot ist tot.« Er hebt und senkt die Schultern und dreht ab. »Für mich ist Weihnachten gelaufen. Und das neue Jahr gleich mit. Ohne meinen Edelbert im Stall taugt alles nichts.«

Der Blaschke schnalzt mit der Zunge, was so ganz ohne Inventar seltsam klingt. »Frau, ef gibt Ochfenfchwantffuppe fum Feft«, ruft er so feinfühlig wie immer.

»Mit Arsen, natürlich«, antwortet die Blaschkin aus der Ferne und auf ihrem Gesicht liegt ein Hauch von Glückseligkeit.

Das Jesuskind ist ein Schreibaby. Ich befürchte, dass diese Erkenntnis sämtliche Christen dieser Welt gegen mich aufbringen könnte, aber es ist die Wahrheit. Der Inhalt der Krippe schreit, seitdem er da hineindrapiert wurde. Ich hoffe, dass der Funke Tischler nicht noch mehr Nägel vergessen hat, aber dann sehe ich das flauschige Schaffell und bin beruhigt. Erstaunlicherweise scheint sich niemand der Gottesdienstbesucher an dem Krach zu stören beziehungsweise sie haben sich im Griff. Vielleicht haben sie aber einfach nur Schiss vor dem Gottessohn und seinem allmächtigen Erzeuger, schon klar. Wenn hier Kevin oder Justin aus dem sozialen Wohnungsbau die Sau rauslassen würden, wären die nicht alle so friedlich. Dennoch, wenn das mit der Erziehung schon von Anfang an klemmt, dann wird das nichts, egal ob der Vater ein übernatürliches Wesen ist oder nicht. Nicht einmal die junge Frau, die das Baby gebracht hat und von der ich vermute, dass dies ihre leibliche Leihgabe zugunsten unserer Dorfweihnacht ist, fühlt sich bemüßigt, für Ruhe zu sorgen. Sie sitzt in der Bank hinter uns und verdrückt eine Träne nach der anderen, während die ältere Dame neben ihr in einem fort mit dem Handy filmt. Was da am Ende drauf sein soll, ist mir ein Rätsel.

Denn obwohl ich den deutlich besseren Platz habe, kann ich schon nichts weiter als das Schaffell erkennen. Wie auch immer, mein Ding ist es nicht. Seinen wehrlosen Säugling in einer debilen Dorfweihnacht in Szene zu setzen, finde ich fast noch schlimmer, als dessen bescheuerten Namen auf der Heckscheibe des Familienautos aufzukleben. Aber das ist nur meine Meinung. Ich bin kinderlos und nach meiner aktuellen Lage bleibe ich das wohl auch. Von Amelie jedenfalls ist weit und breit nichts zu sehen.

Dafür blicke ich in echt viele Gesichter, die mir das ganze Jahr normalerweise nicht unterkommen. Es ist nicht so, dass mir davon irgendjemand fehlt. Ganz im Gegenteil. Meine Mutter hat immer gesagt, an Weihnachten in der Kirche siehst du alles, was dir das ganze Jahr über erspart geblieben ist. Da mag etwas dran sein. Ich wusste zum Beispiel nicht, dass Fräulein Edwina, meine alte Kindergärtnerin, wieder so schöne dichte blonde Locken hat wie während meiner Zeit unter ihrer Fuchtel. Ich freue mich jedenfalls für sie und für den, der ihr das Rosshaar aufgeschwatzt hat. Unweit von ihr sitzt auch Anton Stein, ein Schulkamerad von mir. Das Anton Frau und Kind hat, ist mir ebenfalls neu. Wenigstens gibt der Säugling, den er auf dem Arm hält, keinen Mucks von sich. Dafür heult seine Angetraute in einer Tour. Wenn sie nicht den Ochsen Eckbert betrauert, dann stimmt ihr Timing nicht. Das Programm hat noch nicht einmal begonnen. Anton bemerkt meine neugierigen Blicke. Er nickt mir zu.

»Adam, schöne Weihnachten!«, sagt er.

»Das wünsche ich auch«, entgegne ich und deute ein fragendes Kopfnicken in Richtung seiner Heulfrau an. Die

Heilige Nacht verdoppelt meine emotionale Intelligenz. Ich muss aufpassen, dass das nicht ausufert.

Er zuckt mit den Schultern. »Ihr gefällt der Staubsauger nicht, den ihr meine Mutter geschenkt hat. Frauen eben.«

Ich verstehe. Mehr muss ich nicht wissen. Nach einer bemüht verständnisvollen Geste wende ich mich wieder dem Geschehen vor dem Altar zu.

Das elektrische Licht erlischt und um uns leuchten nur noch ein Dutzend Kerzen. Ich kann hören, wie Bernd vom Jagdbläsersextett seine fünf Mitstreiter durch das Schnipsen seiner Finger auf den Takt einstimmt. Endlich sind die Jungs wieder vollzählig. Seit Albert verstorben ist, sind sie als fünfköpfiges Sextett aufgetreten. Aber das hat nichts gegeben. Der Becher Mirko hat sich bereit erklärt, die Sache wieder rund zu machen. Mirko wollte im letzten Jahr noch unbedingt den Nikolaus geben, also seine Frau wollte das. Und ich habe ihn dabei natürlich nach Kräften unterstützt. Aber nachdem der Advent in unserem Dorf im letzten Jahr so mörderisch geraten ist, hat Mirko seine Bewerbung zurückgezogen. Da geht es bei den Jagdbläsern schon harmloser zu, auch wenn man, so wie er, kein Instrument beherrscht.

Mirko jedenfalls hat seinen Platz in der dörflichen Gemeinschaft gefunden, auch wenn er nur etwas abseits neben Bernd steht und die Triangel vor sich hält. Die Männer blasen nun ›Alle Jahre wieder‹ und würden damit nicht mal übel klingen, wenn Mirko nur ansatzweise Taktgefühl hätte. Aber wir haben alle mal klein angefangen. Was soll's? Überdies werden die Jagdbläser von Jesus ohnehin ziemlich übertönt. Erstaunlich, wie laut so ein kleiner Mensch sein kann. Aber eigentlich ist das doch gar nicht möglich, oder? Ich drehe mich nach allen Seiten um und halte nach Alfred Recknagel, unserem Dorfoppositionellen, Ausschau. Der hockt in der letzten Bank und grinst sich eins. Schlitzohr, denke ich und muss ebenfalls grinsen. Alfred hat die Mikrofonanlage manipuliert, also Jesus ist auf Sendung und der musikalischen Umrahmung hat er den Saft abgedreht. Sauber!

So unruhig wie der Blaschke Bürgermeister auf seinem Platz hin und her wackelt, scheint auch er irgendetwas mitbekommen zu haben. Immer wieder dreht er sich um, aber er starrt nicht zu Alfred, sondern zur Tür. Es hätte mich auch gewundert, wenn der Kerl mal irgendetwas schnallen würde. Dennoch, so wie seine beiden Kiefer vibrieren, steht der Blaschke kurz vor einem Nervenzusammenbruch. Die Musik ist mittlerweile verklungen. Das wiederum scheint auch den Plärr-Jesus zu irritieren, denn er ist plötzlich mucksmäuschenstill. In diesen Moment der andächtigen Ruhe, was für einen Gottesdienst am Heiligen Abend durchaus angemessen ist, dröhnt ein fast schon verzweifelt klingendes Hämmern. Jemand scheint draußengeblieben zu sein.

»Seltsam, wo doch alle da sind«, murmelt Ruprecht und wird nun ebenfalls ein wenig unruhig.

Ich frage mich, woher er diese Gewissheit nimmt. Amelie jedenfalls habe ich noch nicht gesehen. Aber ich spare mir eine Reaktion. Der Blaschke ist gerade irgendwie interessanter. Der hat sich nämlich die flache Hand vor den Mund gedrückt und gibt den Herrn über sein Gebiss. Hat Hasso das freiwillig wieder ausgespuckt? Wie ausgesprochen liebenswürdig von ihm. Der Blaschke jedenfalls macht sich jetzt erstaunlich viel Mühe, alles hinter ihm auszublenden, und starrt wie gebannt auf den Altarbereich.

Das Klopfen lässt nicht nach.

»Das ist der Sensenmann. Lasst ihn ruhig rein«, frohlockt die Blaschkin. »Der will zu meinem Mann.«

»Der kommt auch durch eine geschlossene Tür«, ruft der Opa, der linker Hand neben Ruprecht sitzt. Aus einem der vielen Beutel, die unter seinem Platz stehen, guckt eine fellige Pfote heraus. Der Opa hat das Karnickel entdeckt und hatte noch freie Kapazitäten. Wenn Marlies uns daraus ein Ragout machen könnte, wäre das ein Traum. Das war die Spezialität meiner Mutter, solange sie noch da war. Sortiere dich Nikolaus, ah Adam, du wirst sentimental, ermahne ich mich und schlucke den Kloß in meinem Hals runter.

»Wieso ist die Kirche abgeschlossen?«, raune ich Ruprecht zu. »An Heiligabend? Und überhaupt?«

»Sicherlich wegen der Sicherheit«, gibt er zurück. »Heutzutage weiß man doch nie.«

»Bei uns in Eliasborn?« Der Blaschke Bürgermeister spinnt, da haben wir es mal wieder. »Es wäre zunächst sinnvoller, die Gäste am Eingang auf Sprengstoff zu untersuchen«, frotzle ich. Ruprecht schaut erst mich und dann den Blaschke an. Dabei sieht er aus, als würde er diesen Verbesserungsvorschlag beim nächsten Treffen des Weihnachtskomitees anbringen wollen.

»An Weihnachten sollte niemand allein in der Kälte stehen«, bemerkt der Großvater für alle hörbar.

Der Blaschke sichert nun die erste Hand mit der zweiten ab und scheint schockgefroren.

»Genau!«, salutiert Alfred Recknagel, der seinen Gegner

ziemlich gut zu kennen scheint und offenkundig vermutet, dass sich der Gang zur Tür lohnen könnte. Noch ehe unser Herr Bürgermeister das realisiert, fummelt Alfred schon am Schlüssel.

»Daz Gottezhauz izzt voll«, kreischt der Blaschke, als er Alfreds Manöver mitbekommt, und dabei gelingt es ihm gerade noch so, seine Kauwerkzeuge aufzufangen. Er klingt dabei ein wenig anders als sonst, aber das mag wohl daran liegen, dass sich dank Hassos Kauwut die Frontzähne des Bürgermeisters nun irgendwo befinden, aber nicht mehr in seinem Oberkiefer. Im besten Fall drückt Hasso die Teile in den nächsten Tagen am Stück wieder hinten raus. Das spart dem Blaschke zwei neue Maßanfertigungen.

»Du hast im Hause Gottes nichts zu melden …«, kontert Alfred und zieht mit Schwung die Tür auf.

»Die Kirche gehört tfum Dorf und daz Dorf bin ich!«, brüllt der Blaschke nun. Ich muss nicht einmal hinsehen, um zu wissen, was da über den Steinfußboden kullert. Er springt auf und eilt in Richtung Tür. Die Blaschkin erhebt sich ebenfalls, aber anstatt ihrem Mann nachzugehen oder das allgemeine Gemurmel, das mittlerweile entstanden ist, zu unterbinden, macht sie einen lang gezogenen Ausfallschritt und begräbt die Zähne ihres Mannes unter dem breiten Absatz ihres Stiefels. Dann dreht sie genüsslich ihr Fußgelenk, als müsste sie einem brennenden Zigarettenstummel den Garaus machen. Wenn sie ihren Mann nicht auf einen Schlag erledigen kann, dann macht sie es Stück für Stück, auch ein Ansatz. Na wenigstens sind die beiden Frontzähne vor diesem Weib sicher, denke ich und schaue Hasso an. Der liegt zwischen den Schafen und verdaut.

»Was ist das denn?« Alfred Recknagel kann seine Verwunderung nicht verbergen.

Alle recken ihre Hälse oder erheben sich von ihren Plätzen, um zu sehen, was Alfred da gerade so Sensationelles in unsere Kirche führt.

»Frau Pfarrerin«, flötet der Blaschke Bürgermeister in dem für ihn typischen schleimigen Ton und deutet dabei eine Verbeugung an. »Ich hatte fchon befürchtet, Fie hätten fich auf dem Weg tfu unf hierherauf verfahren. Wie fchön, daff Fie nun da find.«

Der dienernde Blaschke wiederum erlaubt mir, einen kurzen Blick auf die Frau zu werfen, die unbedingt in unsere Kirche wollte. Alle Wetter, das ist mal eine Weihnachtsüberraschung, eine, die ganz nach meinem Geschmack ist. Wow! Das Arbeitsamt hat uns eine Rothaarige mit vollen Lippen und niedlichen Grübchen geschickt. Schade, dass man aufgrund ihres Talars so wenig von ihren Kurven sehen kann. Das Gemurmel ist plötzlich geschlechtertechnisch einseitig verteilt. Die Männer gaffen nur, manche auch mit offenen Mündern, so wie Ruprecht.

»Und diese Vertreterin Gottes auf Erden wollte uns der Blaschke vorenthalten«, sagt der Opa. »Ich wusste schon immer, dass mit dem irgendetwas nicht hinhaut. Gegen die verblasst jeder Rauschgoldengel.«

»Eine Frau. Und noch dazu eine junge.« Ruprecht hat es jetzt auch erkannt. »Als Ersatz für unseren Pfarrer. Das ist ein schlechtes Omen.« Er seufzt.

»Was jetzt genau?«, will ich wissen.

»Eine rothaarige Frau«, wispert Ruprecht, »und dann auch noch von der Kirche. Das bringt Unglück.«

»Im Mittelalter vielleicht«, entgegne ich barsch. Der Blödsinn ist kaum zum Aushalten, vor allem, da ich so langsam wieder nüchtern bin.

Der Opa lacht schallend und ich kann ihm ansehen, dass seine Erinnerungen dahingehend durchaus apart sein müssen. Nach dem er sich wieder eingekriegt hat, sagt er wie nebenbei: »Hildegard hatte auch mal eine rote Mähne, also vor Urzeiten.«

»Tante Hildegard ist eine Frau?«, frage ich und mir bleibt vor Entsetzen fast die Zunge am Gaumen kleben. Dass mein ganz persönlicher Luzifer einmal anders als heute ausgesehen haben könnte, will mir nicht in den Kopf. Ich kenne die Tante mein ganzes Leben und fast ebenso lange wohne ich auch mit ihr zusammen. Tante Hildegard ist der unliebsame Teil meiner Grusel-WG, dass sie ein Mensch sein könnte, ist mir noch nie gekommen.

Der Opa nickt. »Die war ganz schon feurig, so oder so.« Er hebt abwehrend die Hände. »Ich weiß das nur vom Hörensagen.«

»Siehst du, ich sage es ja. Das bringt Unglück.« Ruprecht schaut mich mitleidig an.

Ich zeige ihm einen Vogel.

»Bei uns war es früher Brauch, den Evangelischen nach dem Gottesdienst auf ein gutes Glas Wein nach Hause einzuladen«, schlägt der Opa vor. »Oder auch zum Essen. Sie mag bestimmt Fisch.«

»Ich stehe auf alte Traditionen«, murmle ich noch immer gebannt von diesem Anblick.

Der Blaschke, das Schleimschwein, faselt etwas von Missverständnis, besonderer Ehre und so, während er neben ihr förmlich dienernd durch die Reihen geht. »Wenn ich gewufft hätte, daff Fie … alfo, daff eine fo junge, äh …«, hüstelt er verlegen. »Dabei haben die vom Amt doch gefagt, daff … ein Irrtum, tfweifelfohne. Jetft, wo ich Fie fehe …« Er räuspert sich.

Die junge Frau lässt sich davon nicht beeindrucken. Sie tritt vor die Gemeinde und redet, wobei sie sanfte Bewegungen mit ihren Händen macht. Uhh, wenn ich mir vorstelle, dass diese Hände …. Falscher Ort, falsche Zeit. Obwohl ich für meine Verhältnisse extrem aufmerksam bin, habe ich keine Ahnung, was genau sie von sich gibt, aber ich finde es herrlich. Getauft müsste man sein. Halleluja!

»Allef für mein Eliafborn. Für mein Dorf mache ich allef möglich, fogar ein fo prächtigef, knackigef Weib, äh, eine Pfarrerin«, sagt der Blaschke, während er sich wieder neben seine Frau hockt und so breit grinst, als hätte er den Mond zu Besuch. »Bevor die daf Pfarrhauf fieht, müffen wir daf aber herrichten. Komplett. Vor allem daf fchmuddelige moofgrüne Bad. Eine junge Frau braucht eine fchicke Nafftfelle …« Er schmatzt zufrieden. »Und warmef Waffer. Allef für mein Eliafborn. Allef. Allef. Allef.«

»Dann stirb endlich. Das ist der beste Dienst, den du *deinem* Eliasborn erweisen kannst«, höre ich die Blaschkin sagen.

»Wenn *fie* mich beerdigt …« Der Blaschke starrt auf die Pfarrerin und wirkt wie paralysiert.

Bei mir hingegen setzt relativ schnell die Ernüchterung ein. Das Mädel da spielt in der Oberliga und wir sind nicht einmal Kreisklasse. Was ich meine ist, sie hat sich aus irgendeinem Grund zu dieser Stippvisite bei uns im Wald überreden lassen, womöglich bekommt sie einen extra Tag frei oder einen Hunderter auf die Hand. Vielleicht erhofft sie sich durch diese gute Tat auch die Befreiung von ihren Sünden. Ablass 2.0. Egal. So jemand jedenfalls bleibt nicht bei uns. Und der Blaschke kann lediglich für den mich direkt umgebenden Schwachsinn etwas, aber ganz sicher nicht für diese niedliche Pfarrerin da. Obwohl er bestimmt wusste, dass eine Pfarrerin kommen wird. Todsicher. Aber er hat an eine hässliche, alte gedacht, mit der er sich vor der Gemeinde blamiert. Deswegen hat er die Tür verriegelt. Der Blaschke ist so ein …

Die Pfarrerin hat eine überaus liebliche Stimme und mit der spricht sie mittlerweile den Überleitungstext zum Krippenspiel. »Der Erzengel Gabriel wird zu Maria gesendet, um ihr eine Botschaft zu verkünden …« Sie schaut sich unschlüssig um, aber nichts passiert. Wenn das der Schlüsselsatz war, dann lassen unsere Leutchen die Arme gerade verdammt auflaufen.

»Die hat den C-Plan nicht gelesen«, flüstert Ruprecht mir zu. »Dann wüsste sie, dass es in unserer Weihnachtsgeschichte keinen Gabriel mehr gibt.«

Der Blaschke Bürgermeister hat den Verkündigungsengel eliminiert. Ich erwähnte es bereits, aber die Ausmaße des Ganzen werden mir jetzt erst so richtig bewusst. Die Stille im Raum wird so langsam peinlich, aber niemand steckt der Dame, dass der Engel im Knast sitzt. Ich würde ihr gern beispringen, aber dann müsste ich wissen, was der Plan ist.

Der Blaschke Bürgermeister brummt ungeduldig. »Weiter! Weiter!«, mault er und wackelt dabei mit den Armen als müsste er eine Horde Gänse zusammentreiben. »Fürchte dich nicht Maria. Der Heilige Geift wird über dich kommen … bla, bla, bla«, leiert er. »Haben wir ef nun endlich!« Er wirft Maria und Josef fiese Blicke zu. Die spannen sofort, was er sagen will, und legen los, also Maria widmet sich dem Kind in der Krippe und Josef macht ein nachsichtiges Gesicht. Dazwischen steht unser alter Schäfer, immer noch an gleicher Stelle, und zieht an seiner Zigarette. Ein Huhn gackert, als hätte es ein Ei gelegt. Und der Fuchs? Schwer zu sagen. Seitdem Ulf vorhin mit ihm hier aufgeschlagen ist, liegt er auf dem Rücken und streckt alle vier Beine von sich. Das ihm die Zunge bis zum Anschlag heraushängt, lässt ihn auch nicht besser aussehen. Jeder Fremde würde vermutlich auf Tollwut tippen, aber hier bei uns im Wald stört sich keiner daran. Der Tierarzt hat demzufolge den Richtigen erwischt, wenn auch wohl mit einer etwas gewagten Dosierung des Medikamentes.

Die Pfarrerin bleibt noch einen Moment konsterniert stehen, setzt sich dann aber neben den Opa. Ich kann sehen, dass auf ihrem Hals dunkelrote Flecken leuchten. Sie wähnt sich im falschen Film, keine Frage, und verflucht sich gerade dafür, dass sie sich auf dieses Abenteuer eingelassen hat.

»Sie sollten nachher mit auf ein Glas Wein in mein Forsthaus kommen«, höre ich den Opa sagen. »Nach diesem Spektakel braucht man erfahrungsgemäß einen ordentlichen Schluck, um seinen Glauben an die Menschheit wiederzufinden. Nicht jeder verkraftet unser Eliasborn in der Weihnachtszeit problemlos, vor allem unvorbereitet.« Heinrich Gmeiner hat das mit den Frauen noch immer drauf. Das muss man ihm lassen.

Die Pfarrerin lächelt dankbar. Zu schade, dass ich nicht verstehen kann, was sie antwortet. Aber das Funkeln in Opas Augen macht mir Hoffnung darauf, dass sie seine Einladung angenommen hat.

Während sich die Laienschauspieler fast einen abbrechen, tritt der Esel ungefragt an die Krippe heran und beschmatzt unseren Jesus. Die Leibliche hinter mir hört schlagartig auf zu schluchzen und ich kann förmlich spüren, wie es sie drängt, sich zwischen das Tier und ihr Kind zu werfen. Tja, das ist der Preis für die Wichtigtuerei, denke ich. Abgesehen davon hat ein bisschen Eselsabber noch niemals jemandem geschadet. Das härtet ab und senkt das Risiko auf Allergien.

Da der Blaschke Bürgermeister angeordnet hat, dass der Esel und der Ochse immer nebeneinanderstehen müssen, zieht Letzterer nach.

»Der Efel und der Ochfe gehören tfu den unvertfichtbaren Elementen einer ordentlichen deutfchen Krippe«, doziert der Blaschke halblaut, als müsste er der Pfarrerin das Bild erklären. Dabei macht er ein zutiefst zufriedenes Gesicht.

Die Pfarrerin hingegen wirkt noch irritierter. Ich kann nicht sagen, ob dies an der Formulierung »ordentliche deutsche Krippe« oder an den Tieren liegt. Der vermeintliche Ochse, den der Blaschke nach dem unerwarteten Ableben von Edelbert aus dem Hut gezaubert hat, ist nämlich kein Ochse, sondern ein brauner Fellmantel, eigentlich zwei, den Marlies auf die Schnelle mit ihrer Nähmaschine zu einem Ochsenfell umgearbeitet hat. Darin stecken Otto Lorenz und Silvio Ernst, wobei beide sich nach vorn gebückt hal ten müssen. Otto ist übrigens der Vater von Mandy, meiner Hardcore-Verehrerin, aber das nur nebenbei. Jedenfalls hat er bei seinem Einsatz wenigstens noch die bessere Position, wenn man von der seltsamen Skimütze und den Hörnern, die er auf dem Kopf trägt, absieht. Dagegen kommt Silvio bei der Sache unweigerlich der unappetitliche Teil zu, denn er kann sich zwar an den Hüften von Otto festhalten, hat aber dabei die ganze Zeit dessen Gesäß vorm Gesicht. Und jeder bei uns im Dorf weiß, dass bei Otto ohne ein paar anständige Zwiebeln auf dem Teller nichts geht. Aber da das noch nicht entwürdigend genug zu sein scheint, hat sich Silvio an seinen Hintern auch noch die abgewetzte Kordel vom Bademantel des Blaschke binden lassen. Die Selbstachtung passt hier unter der Türschwelle durch. Lebensecht mal anders. Ein Hoch auf den Erfindungsreichtum des Blaschke Bürgermeister.

»Das ist eine würdige Vertretung für Edelbert«, flüstert Ruprecht ergriffen. »Es fällt auch kaum auf.« Er nimmt den Zipfel seines Mantels und tupft sich ein paar Tränen aus den Augenwinkeln. »Otto engagiert sich seit vielen Jahren. Endlich bekommt er einmal die entsprechende Aufmerksamkeit dafür. Ich freue mich für ihn. Für Silvio natürlich auch. Wenn man gleich mit einer solch bedeutsamen Rolle einsteigt, kann man es bei uns weit bringen. Und das mit gerade mal fünfundzwanzig Jahren. Eine tolle Chance.«

Ich kann darauf nichts sagen. Ruprecht und ich haben schon immer eine höchst unterschiedliche Wahrnehmung der Dinge. Für mich sieht es jedenfalls anders aus. Zwei arglose Gestalten spielen den Kopf und den Arsch eines kastrierten männlichen Rindes und die einzige Chance, die sich daraus ergeben kann, ist die, dass die beiden Burschen sich heillos blamieren. Ich meine, allein der Kopfschmuck, den Otto trägt, genügt, um hier schreiend herauszurennen. Es handelt sich dabei um zwei Trinkhörner von unterschiedlicher Farbe und mit kryptischen Zeichen eingraviert, die irgendeiner der Dörfler auf dem Dachboden ausgegraben hat. Zu allem Überfluss sind diese auch nur leidlich befestigt, sodass eines konsequent nach unten hängt. Ich weiß nicht, ob es so etwas in der Natur gibt, gesund jedenfalls ist das nicht. Dagegen sieht man von Silvio nicht viel. Glücklicherweise. Aber wenn es irgendwo auf der Welt einen Ochsen mit einem Schwanz im grünen Schottenkaro-Look gibt, küsse ich Tante Hildegard. Ich kann mich hier nicht einmal damit trösten, dass der gute Wille zählt, so weit reicht mein Motivationsgen nicht. Das der schönen Pfarrerin übrigens auch nicht. Die hat die Farbe gewechselt und hockt nun mit zusammengesunkenen Schultern und kreidebleichem Antlitz da, als warte sie auf einen Bus, der niemals fährt. Opa hat es auch bemerkt, denn er kramt seinen Flachmann aus der Manteltasche hervor und reicht ihn ihr rüber. Sie wirkt erst ein wenig verdutzt, setzt dann aber an und nimmt einen ordentlichen Schluck. Allen anderen scheint nichts aufzufallen. Sie schauen wie immer. Nun gut, sie kennen es ja auch nicht anders.

Otto und Silvio hingegen haben andere Sorgen. Sie kriegen augenscheinlich ihre neue Vierfüßigkeit nicht koordiniert. Jedenfalls wanken sie wie zwei besoffene Matrosen. Der Esel, der noch immer das Jesuskind knutscht, bekommt dieses Unvermögen schmerzlich zu spüren. Der hintere Teil des Ochsen, also Silvio, fällt quasi ohne Vorankündigung in ihn hinein. Das arme Tier erschreckt sich ganz fürchterlich und galoppiert davon, wobei es dabei fast unseren Mini-Jesus mitgerissen hätte. Wenn Josef nicht so geistesgegenwärtig gewesen wäre, sich schützend vor seinen Stiefsohn zu werfen, hätte das übel ausgehen können. Irgendwie tut es das aber trotzdem, denn Otto und Silvio wirken mit ihrer Rolle, für die man nun wirklich kein Genie sein muss, zunehmend überfordert. Vor allem die Hinterpartie, also Silvio, weicht gewaltig von der Norm ab. Zwischenzeitlich formt sich der Körper des Ochsen sogar zu einem rechten Winkel, um dann wieder auf die Ausgangsposition zurückzuschnellen und umgehend in sich zusammenzurutschen. Silvio schwächelt, ganz offenkundig. Ich tippe zunächst auf den übermäßigen Zwiebelkonsum seines Mitstreiters. So eine beißende Wolke kann einen schon mal taumelig werden lassen. Wer kennt das nicht? Aber Silvios Schwäche hält an, ja, sie steigert sich sogar noch. Kurzum, es rumpelt. Der Arsch des Ochsen trennt sich von dem Rest und knallt zu Boden. Otto Lorenz braucht offenkundig eine Weile, um zu bemerken, dass ihm etwas abhandengekommen ist. Er hält jedenfalls die Stellung, auch wenn so ein halbierter Ochse ziemlich seltsam aussieht. Unsere Leute warten derweil gespannt, welcher Höhepunkt des Programms ihnen hier gerade wohl präsentiert wird. Nur die vom Weihnachtskomitee schauen etwas bedröppelt drein.

Die Blaschkin reagiert zuerst und haut ihrem Mann den Ellenbogen in die Rippen. Der fährt mit schmerzverzerrtem Gesicht zusammen, erbarmt sich dann aber und steht auf, um nach Silvio zu sehen. Der liegt unter seinem Mantelfell begraben und lässt keinen Zucker erkennen.

»Der verascht uns doch«, raune ich Ruprecht zu. »Oder Otto hat ihn narkotisiert.«

»Die streiten sich sogar noch an Weihnachten«, haucht Ruprecht. Er wirkt fassungslos und hat das Atmen eingestellt. »Ich wusste es. Ein schlechtes Omen.« Er lässt seinem Gemurmel einen scheelen Seitenblick zur Pfarrerin folgen.

Die bemerkt es und schaut ihn ängstlich an. Na prima, jetzt hat Opa seinen Charme umsonst spielen lassen und wir hocken nachher wieder zu viert unter dem Weihnachtsbaum: Drei Single-Männer und ein Dackelrüde. Dabei wäre etwas weibliche Gesellschaft nicht übel gewesen, vor allem eine so hübsche. Der Blaschke Bürgermeister kann einem aber auch jede Vorfreude versauen.

Der Blaschke seinerseits hat sich mittlerweile neben dem am Boden liegenden Silvio Ernst aufgebaut und versetzt ihm ein um das andere Mal einen Tritt mit der Spitze seines Stiefels. Irgendwann wird er wütend, bückt sich und reißt ihm den Mantel weg. Ich sehe nicht, was der Blaschke sieht, aber sein Gesicht genügt mir vollkommen. So muss ich aussehen, wenn mir Tante Hildegard am frühen Morgen mit Lockenwicklern auf dem Kopf in unserem Hausflur entgegenkommt.

»Der Arfch def Ochfen ift nun auch im Eimer«, nuschelt der Blaschke mit weinerlicher Stimme und man kann ihm seine Fassungslosigkeit darüber ansehen. »Die Ochfen haben heute einfach keinen Lauf.«

Die Meute wird unruhig.

Opa wirft mir einen vielsagenden Blick zu.

Die Pfarrerin bekreuzigt sich und leert den Flachmann vom Opa in einem Zug.

Ruprecht kreischt wie ein zickiges Mädchen. »Ich habe das Unheil kommen sehen.« Er schluckt die Tränen hinunter. »Das ist der Fluch der Weihnachtsgurke! Er holt uns immer wieder ein, jede Weihnachten, solange wir leben.«

Der Blaschke Bürgermeister stutzt kurz, lässt dann den Mantel von Silvio fallen, als hätte er sich daran die Finger verbrannt, und stapft wutentbrannt aus der Kirche hinaus. »Leck mich doch am Ärmel! Fchluff mit dem Unfug! Die werden mich noch kennenlernen«, schreit er noch. Dann bleibt die Gemeinde allein zurück. Das Krippenspiel ist zu Ende, noch bevor es richtig angefangen hat. Aber Jesus lebt und das ist ja wohl die Hauptsache.

»Niemand verlässt das Objekt!« Irmgard Gmeiner steht an der Stelle, an der vorhin noch die hübsche Pfarrerin zu uns gesprochen hat, und schaut giftig in die Runde. Irmgard ist Ruprechts ältere Schwester und sie ist das, was man landläufig hässlich nennt. Im Thüringer Wald sagt man dazu verdammt derb böse hässlich, aber das ist vielleicht momentan nicht ganz so entscheidend. Irmgard ist jedenfalls bei der Polizei, genauer gesagt, bei der Kripo Suhl. Deswegen steht sie hier und setzt auf die verdorbene Heilige Nacht noch ordentlich einen drauf, soweit das überhaupt möglich ist. Im Gegensatz zu dem Blaschke Bürgermeister und seinem behämmerten Weihnachtskomitee hat Irmgard nämlich tatsächlich etwas zu melden. »Alle gehen zurück auf ihre Plätze und warten, bis sie dran sind!«, befiehlt sie.

Ich frage mich, wer die alte Nebelkrähe überhaupt herbeordert hat. Ich war es jedenfalls ganz sicher nicht. Dem entgeisterten Blick vom Opa kann ich entnehmen, dass er auch nichts damit zu tun hat. Ich meine, Silvio Ernst, also der Arsch des Ochsen, ist tot, aber wie kommt man darauf, dass er nicht einfach vor Erschöpfung oder an etwas anderem Normalem gestorben ist? Es muss doch nicht ganz automatisch die Kripo her, wenn bei uns jemand ins Gras beißt. Ich meine, ja, Silvio hat sich seit fast einer halben Stunde nicht bewegt, da spricht schon einiges dafür, dass ihm nicht mehr zu helfen ist, aber braucht es dann gleich solche Geschütze wie Irmgard?

Irmgards Befehl verhallt ungehört. Solange nicht alle Dörfler den toten Silvio ausgiebig beäugt haben, hat sie einfach schlechte Karten. Irmgard kann keiner hier leiden, aber die Neugier auf das verblichene Hinterteil des Ochsen siegt gegenüber der Abscheu.

Ich habe Irmgard seit letztem Weihnachten nicht mehr gesehen. Eigentlich hat mich seitdem die Hoffnung, niemals wieder auf sie zu treffen, aufrecht gehalten. Ihre Unattraktivität, diese Beschreibung ist unglaublich untertrieben, ist die eine Sache und irgendwie auch händelbar, wenn man sie nicht allzu oft anschaut. Aber schlimmer ist, dass Ruprechts Schwester auch charakterlich der widerwärtige Zweig der Gmeiner Familie ist.

»Eigentlich hatte ich gehofft, meine Enkelin vor meiner Beerdigung nicht mehr sehen zu müssen«, raunt mir der Opa über die Pfarrerin hinweg zu.

Seitdem der Blaschke aus der Kirche geflohen ist, hat Ruprecht irgendwie Muffensausen und konnte nicht bei uns sitzen bleiben, was mir, da ich umgehend aufgerückt bin, nicht unrecht ist. Er steht nun vorn neben Maria und Josef sowie dem Rest vom Weihnachtskomitee und hat sein Trostgesicht aufgesetzt. Nebenbei versucht er, gemeinsam mit den Polizisten, die Schaulustigen abzuwehren, die an dem toten Silvio Ernst vorbeiziehen, als würden sie das Abendmahl in Empfang nehmen.

»Ich glaube, ihre Haare sind schon wieder dünner geworden«, fährt der Opa fort und schnalzt unappetitlich mit der Zunge. »Wie aufgeklebte Sternzwirnfäden. Ekelhaft.«

»Die Frisur steht proportional zum Rest«, entgegne ich.

Die süße Pfarrerin kichert, was mich zugegeben anstachelt. Dass sie eine anständige Ladung Selbstgebrannten vom Opa intus hat, blende ich dabei aus.

»Und dann auch noch dieses Schwarz. Niemand in unserer Familie trägt diese Farbe«, redet der Opa weiter. »Wir sind alle hellblond. Wieso macht sie das?« Der Opa zieht angewidert die Brauen zusammen. »Wenn es besser aussehen würde, dann hätte ich ja nichts dagegen einzuwenden, aber das ... puh. Na ja, ein Schrumpfkopf bleibt eben ein Schrumpfkopf.«

»Das war schon immer so«, entgegne ich. »Ein Geburtsfehler.«

»Meinst du?«, fragt der Opa. »Klar, bei dem Vater.«

Die Pfarrerin prustet laut los. Da das in Gesellschaft eines nur wenige Meter entfernt liegenden Toten nicht so gut kommt, was sie trotz des Alkoholspiegels noch schnallt, stellt sie das Lachen umgehend ein und senkt betreten den Kopf.

»Ihr Bruder hat sie Schrumpfkopf getauft, weil ...«, erkläre ich ihr leise, komme aber nicht weit.

»Ich kann es sehen«, antwortet sie und zwinkert mir keck zu.

Wow. Wie wird mir denn? Ich nicke verständnisvoll und setze meine Unterhaltung mit dem Opa beschwingt fort. »Sie will sich von der Sippe abheben. Oder das ist der letzte Schrei in Suhl. Hier draußen bekommen wir von der gängigen Mode ja nicht sonderlich viel mit«, entgegne ich und deute auf mein Kostüm.

»Dann ist der letzte Schrei aber schon gute dreißig Jahre her«, mischt sich die niedliche Pfarrerin ein. Die Frau hat Humor. Ein Traum. »Aber so ein Nikolauskostüm hat durchaus etwas für sich.«

Etwas für sich. Mhm. Wie sie das wohl meint? War das möglicherweise eine Anmache, die ich nicht geschnallt habe? Ich schaue prüfend zu ihr rüber, aber sie reagiert nicht auf meine Blicke.

»Irmgard kann ihre Herkunft nicht verleugnen. Sieh dir die Nase an, die Gmeiner Frauen haben wirklich ein ganz besonderes Exemplar. Dagegen wirkt der Schnabel eines Geiers wie die liebliche Stupsnase einer Käthe-Kruse-Puppe.« Opa hat es mal wieder auf den Punkt gebracht.

Die Pfarrerin versucht den Kopf unten zu halten, damit niemand ihr Amüsement mitbekommt.

Mit einem Male steht Ruprecht vor mir. Seine Ohren glühen und am Zittern seiner Oberlippe kann ich sehen, dass er ziemlich aufgeregt sein muss.

»Nikolaus, du musst kommen«, japst er. »Irmgard stampft gerade das Weihnachtskomitee ein und der Blaschke ist nicht da, um uns zu verteidigen. Außerdem will sie wissen, warum ich sie angerufen habe, also wie ich darauf käme, dass Silvios

Tod nicht natürlich ist.« Ruprecht hat Mühe, seine Atemzüge mit seinen Worten in Einklang zu bringen. »Was ich genau gesehen habe, hat sie auch gefragt, aber ich habe nichts gesehen, außer natürlich den davongaloppierenden Esel Elwis. Und den auseinanderbrechenden Edelbert, äh, also seinen Stellvertreter. Das lag doch nur am schlechten Omen, du weißt doch, Nikolaus. Das Omen. Aber wie sage ich ihr das? Sie ist doch so empfindlich. Das hat mich schon genug Überwindung gekostet, sie herzubitten …« Er schnauft. »Du kannst dich doch immer besser ausdrücken. Sie nimmt mich ansonsten bestimmt wieder in den Schwitzkasten. Bitte.«

Ich hadere einen Moment mit mir. Und nicht nur, weil ich finde, dass ein Esel nicht Elwis heißen sollte. Irgendwann jedoch folge ich seiner Bitte, wie ich es seit wir uns kennen schon Abertausende Male getan habe, und begebe mich zu der Leiche, um die Mitglieder des Weihnachtskomitees vor einem Schrumpfkopf zu schützen. Wie tief bin ich gesunken? Aber womöglich ist das die Aufgabe von jemandem, der eine tragende Rolle hat? Nächstenliebe jedenfalls sollte bei einer Pfarrerin gut ankommen. Das allerdings ist ein verdammt dickes Opfer und ein schwerer Fehler.

Silvio Ernst liegt auf dem noch immer nassen Stroh. Um ihn herum wuseln die Hühner und die Kaninchen, auch ein Teil der Schafe ist dabei. Von Hasso und dem Esel ist weit und breit nichts zu sehen. Der Fuchs ist auch noch da, aber der ist noch immer Out of Order, fast so wie unser alter Schäfer, aber bei dem kann man wenigstens an den Reaktionen der Pupillen sehen, dass er noch am Leben ist. Irgendjemand hat dem armen Silvio immerhin den peinlichen Mantel abgenommen. Was den Kordelschwanz angeht, nun ja, der scheint noch an Ort und Stelle, das ist aber auch nicht kriegsentscheidend. Interessant ist jedoch ein anderes Detail und das sticht mir sofort ins Auge. Silvio hat Schaum vorm Mund, nicht viel, aber deutlich erkennbar, und seine Gesichtsfarbe gleicht einer kalkgeputzten Wand.

»Was willst du hier, *Nikolaus*?«, faucht mich Irmgard an, während sie neben dem Toten kniet und seine Hosentaschen durchwühlt. »Zieh Leine, du Armleuchter!«

Irmgard ist immer noch sauer, weil ich ihr beim Weihnachtsgurkenmord ein paar wesentliche Details nicht weitergegeben habe. Wieso sollte ich? Erst hat mich der Blaschke gezwungen, die Drecksarbeit zu machen und eigenmächtig den Mörder des Pfarrers zu suchen. Und weil das noch nicht genug war, hat auch noch Irmgard versucht, mich für ihre Ermittlungen auszuhorchen. Ja, wer bin ich denn? Der Depp vom Dienst oder was? Seitdem ich weiß, dass ich auch ohne Irmgard Gmeiner bei einer Mordermittlung eins und eins zusammenzählen kann, braucht die mir nicht mehr blöd kommen. Ich kann das Ding hier selbst wuppen und wenn mir danach ist, mache ich das auch. Dagegen spricht nur, dass ich keinen Bock darauf habe. Ich meine, es ist Weihnachten, da nimmt man sich doch in allem ein wenig zurück.

»So, liebe Leute, jetzt ist hier Abmarsch angesagt«, kommandiere ich und schiebe mich dabei unhöflich zwischen die defilierenden Gruppen. »Schön zurück auf die Plätze. Los! Wir wollen doch nicht, dass Irmgard Gmeiner euch alle nachher zu Hause besucht, um mit euch unter dem Tannenbaum ein Schwätzchen zu halten. Nicht wahr? Womöglich lädt sie sich auch noch zum Essen ein.«

Die Drohung zieht. Das hat sie schon, als Ruprecht und ich noch Kinder waren und die größeren Jungs uns in der Schulpause die Frühstücksbrote abnehmen wollten. Während Ruprecht geheult hat, habe ich den Kerlen ein Schauermärchen über Irmgard erzählt. Da alle Ruprechts Schwester kannten, haben die das sofort geglaubt. Wir haben unsere Bemmen jedenfalls immer behalten dürfen. Manchmal haben wir sie auch an Kurts Schweine verfüttert. Kurt, der Wirt vom Grünen Hirschen, unserer Dorfkneipe, hat seinerzeit noch ein paar gehalten und die waren echt dankbar, im Gegensatz zu den Rowdies aus der Schule. Dafür hat Kurt uns immer mal einen Schnaps spendiert. Damals mit zehn Jahren muss Ruprecht entschieden haben, dass Alkohol ihm nicht schmeckt. Ich hingegen bin erst richtig auf den Geschmack gekommen. Aber das führt zu weit. Entscheidend ist, dass die hemmungslose Gafferei abrupt endet und bis auf die Leute vom Weihnachtskomitee und unserem alten Schäfer alle verschwinden. Sogar das Jesuskind wird abgeholt. Da bin ich echt froh. Wer weiß denn schon, was Irmgards Anblick bei einem so kleinen Wurm auslösen kann? Nachher wird Jesus noch schwul, nur weil er denkt, dass alle Frauen so aussehen. Aber womöglich ist das sogar gewünscht, wie sonst lässt sich die rosa Decke erklären, in der die Leibliche den kleinen Kerl gerade abtransportiert hat. Ich mache mir viel zu viele Gedanken, ist schon klar.

Irmgard schaut sich nicht einmal um. Aber sie tobt ob meiner Einmischerei innerlich, das kann ich sehen.

»Stimmt etwas mit deinen Hormonen nicht oder warum muss ich euch an Heiligabend sehen?«, fragt sie an Ruprecht gewandt.

Ich gebe ihm keine Zeit, auf diese Frechheit zu reagieren, was er sowieso niemals in geeignetem Maße tun würde. Ruprecht ist einfach zu anständig. Ich nicht, ich bin der Nikolaus.

»Ich habe Ruprecht darum gebeten, da mir das Ganze hier komisch vorkam«, lüge ich. »Nach der Geschichte im letzten Jahr sind wir alle etwas vorsichtiger geworden. Abgesehen davon war Silvio jung und kräftig. Da bricht man nicht einfach zusammen.«

»Selbstmord?« Irmgard fletscht die Zähne in einer Art, wie ich es nur von den Menschenaffen aus dem Erfurter Zoo kenne.

»Mitten im Krippenspiel?«, kreischt Ruprecht voller Entsetzen. »Aber das gehört sich doch nicht!«

Wieso nimmt er eigentlich jedes Wort des Schrumpfkopfs für bare Münze?

Sie wendet sich von uns ab und widmet sich wieder Silvio. Es dauert nicht lange und auf ihrer Stirn bilden sich tiefe Furchen. Sie hat etwas bemerkt, das ihr seltsam vorkommt. Jede Wette. Aber Hauptsache, sie hat erst einmal versucht, uns blöd dastehen zu lassen. Das ist mal wieder typisch für dieses Weib.

»Wie soll Silvio sich denn als Ochsenpops selbst umgebracht haben?«, zischt Ruprecht leise zu mir herüber.

Silvio, der Ochsenpops. Hoffentlich kriege ich diese Wortkreation jemals wieder aus meinem Gehirn. Die deutsche Sprache kann einem wahrlich fette Wortfurunkel aufdrücken. »Vergiss es. Sie wollte uns nur provozieren. Du hättest aber womöglich zuerst den Spelzer anrufen sollen.

Ein Arzt, der die Polizei alarmiert, kommt manchmal besser. Vor allem, wenn die Polizei deine Schwester ist.«

»Daran habe ich nicht gedacht. Das tut mir leid. Ich bin nur auf Mord gekommen«, rechtfertigt sich Ruprecht. Dabei kaut er unablässig auf seinem Kunsthaarbart herum. Der zeigt durch die konsequente Einspeichelung schon deutliche Veränderungen in seiner Konsistenz. Kurzum, er ähnelt auf der Höhe der Oberlippe einer klebrigen Masse. »Was soll es denn sonst sein bei den Vorzeichen?«

»Davon sagst du ihr lieber nichts. Null Komma null!« Ruprecht ist gedankentechnisch des Öfteren mal schlicht unterwegs. Deswegen wundert mich seine Schlussfolgerung nicht. Und wenn ich sehe, wie Irmgards Gesicht immer mehr die Maserung einer Krokodillederhandtasche annimmt, bin ich selbst fast sicher, dass Ruprecht richtigliegt. Verdammt.

Ohne dass ich ihn bemerkt hätte, steht plötzlich der Spelzer, der Allgemeinmediziner aus dem Nachbardorf, neben mir.

»Mhm. Adam. Ruprecht.« Pause. »Polizei.« Sein Gruß fällt so euphorisch aus wie immer. Der Spelzer ist der einzige Mensch, den ich kenne, der generell ohne Mimik auskommt. Noch dazu bleibt er beim Sprechen konsequent bei einer Tonlage. Das verleiht ihm das Temperament einer Schlaftablette. »Mal was anderes, was«, murmelt er. »Wir haben Raclette. Das dauert. Da kann man jederzeit wieder einsteigen. Bescherung war ja schon. Handschuhe.« Er hält mir die beiden Lederhandschuhe, die er bereits ausgezogen hat, unter die Nase und wartet auf eine Reaktion. Ich nicke voller Bewunderung, vor allem, weil er bei den zweistelligen Plusgraden, die wir haben, darin anständig schwitzen muss. Nun nimmt er die Dinger, um sich die Regentropfen vom Mantel abzuklopfen, und stellt schließlich seine Tasche neben sich ab. »Schlimme Sache. Ausgerechnet an Heiligabend.«

»Meine Güte!« Irmgard verdreht die Augen. »Beim Raclette sind die Filetstücke immer zuerst weg. Na, geschnallt?« Sie macht einen spitzen Mund und ich befürchte, dass ihre Ohren wegen der labbrigen Gesichtshaut zu weit nach vorn rutschen könnten. Aber das bleibt uns erspart. Der Spelzer stellt es schlauer an. Der guckt nicht mal hin.

Sie will ihn antreiben, schon klar.

»Speckscheiben.« Der Spelzer leckt sich genüsslich die Lippen. »Die will keiner.« Irmgards Druckaufbau perlt nur so an ihm ab.

»Die Aufregung, was?« Der Spelzer ist zum eigentlichen Thema zurückgekommen und deutet mit dem Kopf in Richtung Silvio. »Hatte wohl eine wichtige Rolle beim Krippenspiel, was? Da kann einem schon mal die Pumpe versagen. Ich war ja noch nie Weihnachten bei euch, ist für Fremde verboten.«

»Ochse«, entgegne ich. »Wenn du es genau nimmst, dessen Hintern.« Das Wort Ochsenpops kommt mir nicht über die Lippen. Das, was ich dem Spelzer da erklären muss, hört sich auch so schon ziemlich dämlich an. Aber Leute, ich habe mir das vorhin live reingezogen.

»Dann also nicht die Pumpe«, schlussfolgert der Spelzer.

Ich kann darauf nichts erwidern.

»Scherz, wegen des Hinterns«, antwortet der Spelzer.

Der kommt so flach, dass nicht einmal er selbst lachen kann. Aber das tut er sonst auch nie.

»Was ist das hier, das Treffen der Dorfdebilen oder was?«, faucht Irmgard dazwischen. »Ich will Ergebnisse, aber hurtig, oder wie lange soll der arme Kerl noch in der Hühnerscheiße liegen? Das stinkt doch hier so schon genug.« Sie zieht ihren Mund auf eine Art zur linken Gesichtshälfte rüber, dass sich mir der Magen dreht. »Das Veterinäramt findet das bestimmt auch ganz prickelnd, vor allem den Einsatz von Narkotikum.« Sie lässt ihren kalten Blick kurz zum Fuchs huschen.

»Der ist ausgestopft«, lüge ich, ohne rot zu werden. Ich weiß natürlich, dass sie recht hat, aber wenn ich den Blaschke und seine Truppen verrate, dann verrate ich auch meinen Freund Ruprecht. Und das kommt nicht infrage. Was den unangenehmen Geruch angeht, kann ich ihr auch nicht widersprechen.

Meine Güte, das Getier hat aber wirklich alles gegeben. Lampenfieberfäkalierer, keine Frage.

»Silvio Ernst war fünfundzwanzig«, sage ich, um etwas Sinnvolles beizusteuern, was zudem noch deeskalierend wirken könnte.

»Wie Edelbert. Das gleiche Alter. Zufälle gibt's«, ergänzt der Spelzer. »So jung müsste man noch mal sein. Aber das hat ja wohl am Ende auch nichts genützt.« Er leckt sich die Lippen. »Des einen Leid ist des anderen Freud.

»Wie meinen?« Irmgard bekommt Gesichtsmuskelzuckungen.

Das mit der Entschärfung der Gefechtslage kann man vergessen, wenn nicht alle Parteien mitspielen.

»Die Frau hat umdisponiert. Statt Eierstich Ochsenschwanz. Das ist auch was Feines zum ersten Weihnachtsfeiertag«, erklärt Spelzer.

Die archaischen Gewogenheitsrituale funktionieren bei uns noch tadellos, denke ich und staune, wie schnell Heinz den Ochsen klargemacht hat. Nur nichts anbrennen lassen. Bei dem Doktor ist der Schwanz von Edelbert auch besser aufgehoben. Der dankt es mit ein paar Arzneimittelproben oder einer Packung abgelaufener Vitamine. In Blaschkes Wortschatz hingegen existiert so einen Begriff wie Dankbarkeit nicht. So ist jedwede Gegenleistung von ihm von vornherein ausgeschlossen.

»Wer ist Edelbert?« Irmgard wird ungeduldig und ich sehe das nächste Unheil nahen.

»Der echte Ochse, der die Rolle eigentlich spielen sollte«, antworte ich. »Er ist kurz vor dem Gottesdienst verstorben und Silvio und Otto sind für ihn eingesprungen. Aber Otto lebt.« Ich werfe einen Blick auf Otto, der etwas abseits von den anderen auf einer freien Bank hockt, sanft seinen Oberkörper kreisen lässt und vor sich hin singt. Dabei trägt er noch immer die Skimütze. Nur die Hörner sind nun komplett verrutscht und baumeln irgendwo auf Höhe seiner Ohrläppchen. Wenn er nicht komplett volltrunken ist, scheint ihn das mit Silvio ziemlich mitzunehmen. Verständlich. Ich weiß nicht, wie ich drauf wäre, wenn plötzlich mein Hinterteil abkackt. Schönes Wortspiel, ich weiß.

Irmgards Lachen hat das Zeug, kleine Kinder zu erschrecken. Sie hält uns alle für total bescheuert, das weiß ich. Die Überheblichkeit, mit der sie das kundtut, ist frappierend. Das Stadtweib, wie Opa sie nennt, hat sich schon als Kind für etwas Besseres gehalten. Und sie hat die erste Chance genutzt, aus unserem Dorf wegzukommen. Ruprecht sagt, sie wollte Karriere machen und das ist bei uns im Wald schwierig, wenn man nicht gerade Glasbläser oder Waldarbeiter ist. Ich denke eher, sie wusste, dass sie bei uns keinen Mann abbekommt. Nun, soweit ich das mitbekommen habe, hat das in Suhl auch nicht geklappt. Die Städter sind ja auch nicht blind.

Irmgard kriegt sich wieder ein. »Seit wann war klar, dass Silvio Ernst für den Ochsen einspringt?«, will sie wissen.

»Na, seit der Nachricht von Edelberts Tod«, antwortet Ruprecht kleinlaut.

Seine Schwester verdreht die Augen.

»Seit etwa zwei Stunden«, werfe ich ein. »Nach geplanter Tat sieht das also nicht aus. Und einen Zusammenhang mit der Rolle beim Krippenspiel kann ich auch nicht erkennen.«

»Ach, kannst du nicht«, giftet Irmgard. »Und du meinst, die Meinung eines alkoholisierten rosa Nikolaus in ausgetretenen Turnschuhen interessiert mich, was?«

Ich zucke mit den Schultern. Ich stehe nur hier, um aufzupassen, dass der Schrumpfkopf meinen Freund Ruprecht nicht in den Schwitzkasten nimmt. Irmgard kann mich mal.

»Soll ich mal gucken?«, fragt der Spelzer in die Runde.

Irmgard ist kurzzeitig ein wenig perplex, da sie offenkundig nicht weiß, ob der Arzt das ernst meint oder nicht. Einer wie Spelzer macht keine Witze, aber das behalte ich lieber für mich. Ohne ein Wort von sich zu geben, erhebt sie sich und tritt einen Schritt zurück.

»Ruprecht, den Mantel da«, befiehlt der Spelzer und meint Silvios improvisiertes Ochsenfell. »Sichtschutz.«

Ruprecht ist schnell dabei und in mir kommt leichte Vorfreude darüber auf, dass ich hier nicht gebraucht werde. Gerade als ich mich klammheimlich verdrücken will, meldet sich der Spelzer erneut.

»Ich hab Rücken. Immer Weihnachten. Der Adventsstress«, sagt er. »Die Klamotten stören. Adam.«

Ich weiß nicht, was er meint.

»Nackig«, ergänzt er noch und klingt dabei so unbeteiligt wie einer, der beim Striptease geht, bevor der Büstenhalter fällt. »Alles muss runter. Nützt ja nichts.« Er pfeift schrill zwischen den Zähnen. »Der Künstler braucht Beinfreiheit.«

»Und was habe ich damit zu tun?«, frage ich erbost. So weit kommt es noch, dass ich Silvio hier in unserer Kirche nackig mache, am Heiligen Abend. Pfui! »Ist nicht mein Typ«, ergänze ich noch.

»Wir können ja tauschen, Nikolaus«, sagt Ruprecht, nimmt den Mantel runter und beginnt damit, ihn zusammenzulegen. Das wiederum ermöglicht den Kirchgängern einen unverstellten Blick auf die Leiche. Obwohl sich an dieser seit ihrem erst wenige Minuten zurückliegenden Aufmarsch nichts geändert hat, werden Entsetzensschreie laut. Aber so sind die Menschen nun einmal. Liegen die Dinge erst einmal im Verborgenen, erhöht sich deren gefühltes Schockpotenzial quasi von selbst. Ruprecht jedoch erschrickt darüber und nimmt umgehend wieder seine ursprüngliche Position ein, inklusive ausgebreitetem Mantel. Dabei schaut er mich unsicher an.

Der Spelzer reicht mir seine neuen Handschuhe. »Da. Kalbsleder. Macht Sinn«, murmelt er. »Die aus Gummi sind gerade bisschen aus.«

Ruprechts weinerliche Miene. Der stechende Blick des Schrumpfkopfs. Die schöne Evangelische. Habe ich eine Wahl? Ich greife nach den Teilen vom Spelzer und ziehe sie über. Das hat so viel Charme wie die angewärmte Klobrille des Vorgängers auf einer belgischen Autobahnraststätte in Beschlag zu nehmen. Oder anders gesagt: Das Leder braucht noch Stunden, um die Schweißpfoten des Doktors zu absorbieren. Und das mir. Die zweite Weihnachtsaphte bahnt sich ihren Weg. Dennoch bleibt mir nichts anderes übrig, als Silvio aus seinen Klamotten zu schälen. Damit ich mich langsam daran gewöhnen kann, beginne ich mit dem Pullover und dem Unterhemd. Scheiße, was ist denn das für ein schwarzer Fleck, der sich da fast über seine gesamte Brust bis zum Bauch hinunter ausbreitet? Ist das ein Bluterguss oder etwa schon nekrotisches Gewebe? Ich ziehe meine Hand unversehens zurück. Ich war nicht schnell genug, das dritte Ekelbläschen ist schon im Anmarsch.

Irmgard scheint nicht mehr so viel Spaß gehabt zu haben, seit sie Ruprecht und mich in Opas altes Plumpsklo gesperrt hat, um in Ruhe ihre schmierigen Groschenromane lesen zu können. Damals waren wir zwölf, es war Hochsommer und Opa musste noch nicht alle Stunde auf die Toilette. Am Ende hatte Ruprecht erste Anzeichen von Dehydrierung und ich habe beschlossen, Irmgard für die Wahl zur hässlichsten Frau der Welt zu nominieren. Am Ende ist sie uns über diese Nummer jedoch auch nicht losgeworden. Im Gegenteil, vier Wochen später ist sie ausgezogen. Ich weiß nicht, ob das etwas damit zu tun hatte, dass ich überall im Dorf Aushänge mit ihrem Foto gemacht habe. Ich meine, wenn man eine Wahl gewinnen will, muss man doch Stimmen sammeln oder nicht?

»Meine Fresse«, brummt der Spelzer. »Ein echter Tintling.«

Jetzt kann ich es auch erkennen. Mann o Mann, Adam, du bist wirklich mit den Nerven durch. Vierundzwanzig Tage im Advent und ich bin überhaupt nicht mehr ich selbst. Da soll mal einer sagen, dass diese Weihnachtsgehirnwäsche keinen Schaden anrichtet. Erschreckend.

»Ist das eine Krankheit oder eine schlimme Verletzung?«, will Ruprecht wissen.

»Kommt darauf an«, gibt der Spelzer zurück.

»Eher ein Tattoo«, erkläre ich.

»Mein Bruder ist mit dem Klammerbeutel gepudert, seit Geburt«, höre ich Irmgard zu einem ihrer Kollegen sagen. Der reagiert mit einem überheblichen Lachen. Ich fixiere ihn, um ihm klarzumachen, dass ich mir sein Gesicht gemerkt habe und er unser Dorf nicht wieder zu betreten braucht, vor allem nicht im Dunkeln. Ihm scheint das unangenehm zu sein, denn er schüttelt den Kopf und dreht sich weg.

Silvio hat es Blackwork-mäßig verdammt krachen lassen. Ich erkenne ein Baby, ein paar Tannen, einen Hund (oder ist es eine Ziege?). Dann gibt es da noch etwas, das aussieht wie eine Köhlerhütte. Es könnte aber auch ein Iglu sein? Meine Güte, wenn man so etwas schon an sich machen lässt, dann sollte man zu einem Rembrandt gehen und nicht zum Maler und Lackierer von nebenan. Das ist an der falschen Stelle gespart. Aber was geht es mich an. Auf Silvio gibt es auch noch ein paar Kugeln und …

»Neben der Brustwarze«, japst Ruprecht. »Das ist, das ist … eine Weihnachtsgurke.« Er schaut mich an und ich hoffe, dass er seine Augäpfel drinbehält.

Ich neige den Kopf ein wenig, um die Perspektive zu

wechseln. »Es könnte auch eine Banane sein«, antworte ich. Der vorschulmäßige Körperschmuck sieht so schräg aus, da kommt es auf eine Geschmacklosigkeit mehr oder weniger auch nicht an.

»Eindeutig Gurke«, vermeldet der Spelzer. »Daneben sind die Weihnachtsbaumkugeln und der Herrnhuter. So hat das seine Ordnung. Sieht aus wie ein Abbild seines Lebens.«

Ich schaue zum Doktor rüber und frage mich, wo der den Psychokurs gemacht hat, in der Volkshochschule? Wenn das Silvios Leben sein soll, dann würde jeder Psychiater ihn umgehend in eine geschlossene Anstalt einweisen lassen, ohne Rückfahrschein.

»Du hast recht«, vermeldet Ruprecht aufgeregt. »Das am linken Rippenbogen ist der Thüringer Wald, dort die alte Hütte an unserem Wolfsacker, der Wolf, mhm, der Weihnachtsbaumschmuck. Ganz eindeutig. Silvio hat versucht, die Liebe zu seiner Heimat auszudrücken.« Ruprecht nickt anerkennend. »Das ist irgendwie ... na ja, irgendwie ... wunderschön!«

Der Spelzer brummt zustimmend.

Ich frage mich, was in jemandem vorgehen muss, der sich eine Köhlerhütte auf den Bauch krakeln lässt, einschließlich einer lebenslangen Garantie. Außerdem könnte man auch anders interpretieren, vielleicht als Hilfeschrei eines auf ewig hier im Thüringer Wald Festgehaltenen. Seht alle her, Leute, ich komme hier niemals weg! Der Dunstkreis derer, die in den Genuss dieses Kunstwerks gekommen sind, ist sicherlich überschaubar, aber immerhin, Silvios Leid bleibt nicht ganz im Verborgenen. Das mit den Tattoos kennt man ja von den Gefängnisbrüdern. Die kennzeichnen sich auch als Leidensgemeinschaft. Wieso sollte das dann bei uns im Wald nicht möglich sein? Die Analogie ist nicht ganz von der Hand zu weisen. Ich meine, Silvio ist fünfundzwanzig, also war fünfundzwanzig, und wenn er mit seinem Leben bereits abgeschlossen hatte, ist das seine Sache. Schade ist es trotzdem, denn wenn er gewusst hätte, dass er nicht noch ungefähr fünfzig Jahre bei uns im Dorf hätte rumbringen müssen, dann hätte er sich vielleicht etwas Schöneres stechen lassen. Da haben wir es mal wieder. Man sollte jeden Tag so leben, als wäre es der letzte. Keine Köhlerhütte, sondern zehn nackte Rauschgoldengel. Ich halte Ausschau nach der Pfarrerin, aber da brennt nichts an. Opa ist ein Meister seines Fachs. Und Amelie? Die ist noch immer nicht aufgetaucht, das ist aber möglicherweise auch besser so.

»Dennoch, die Weihnachtsgurke«, murmelt Ruprecht unsicher. »Was, wenn das ein Zeichen ist?«

»Möglich«, brummt der Spelzer. »Die chinesische Mafia soll Abtrünnigen ja auch die kleinen Finger abschneiden, um sie zu disziplinieren. Habe ich mal im Fernsehen gesehen.« Der Spelzer hat die Ruhe weg. Das ist unübersehbar. Auch dass Silvios Vorliebe für Malen-nach-Zahlen ihn mehr fasziniert als eine anständige Leichenschau, kann er schlecht überspielen. »Hier sind es halt Weihnachtsgurken oder …«

»Oder eine fiese Beschwerde bei der Ärztekammer«, fährt Irmgard fuchsteufelswild dazwischen und fängt an, mit ihrem Absatz unschöne Geräusche auf dem Fußboden zu produzieren. Das hat sie als Kind schon so gemacht, wenn ihr was gestunken hat. Ruprecht kennt das und ich kann sehen, dass es ihn genauso einschüchtert wie vor drei ßig Jahren. Die Pawlowschen Reflexe funktionieren eben nicht nur beim Hund.

»Adam«, knurrt der Spelzer. »Mach hinne.«

Na toll, jetzt bin ich es wieder. So langsam werde ich wirklich sauer. Das Krippenspiel hätte nicht schlimmer sein können, das ist reiner Terror. Unwillig öffne ich Silvio die Hose. Wenn der mit der Kriegsbemalung in den unteren Regionen weitergemacht hat, gehe ich nach Hause. Wer weiß, worauf er in diesem Bereich gekommen ist. Den Ekelporno jedenfalls tue ich mir nicht an. Nein, danke. Mit Schwung reiße ich ihm die Hose runter. Der Schwanz des Ochsen, also die Kordel vom Blaschke, folgt meiner Bewegung. Das Teil war mit drei Sicherheitsnadeln am Bund befestigt. Das zumindest hätte ewig gehalten. Silvio hat nun nur noch die Unterhose an, also besser gesagt, etwas in der Art aus extrem wenig Stoff, und ich würde jetzt hier auch meine Hilfsbereitschaft ausgereizt sehen, noch dazu, da sich der üble Geruch schlagartig gesteigert zu haben scheint.

»Ich muss hinten dran«, kommandiert der Spelzer ungewohnt herrisch. »Temperatur.«

»Dein Problem«, entgegne ich. »Schieb das Thermometer einfach an dem Strick vorbei. Ich bin raus.«

»Was riecht denn hier so?«, vermeldet Ruprecht.

Irmgard verliert die Geduld. Sie stößt mich beiseite und schreitet zur Tat. Ich schließe die Augen. Silvio hat an diesem Punkt wirklich Glück. Er muss das nicht miterleben.

»Stuhlgang«, konstatiert der Spelzer.

»Während des Krippenspiels?«, ergänzt Ruprecht.

Wenn ich die Augen geschlossen halte, bewahre ich mich möglicherweise vor einem Bild, das ich nie wieder aus dem

Kopf bekomme. Aber dann finde ich den Ausgang nicht. Und die schöne Pfarrerin könnte auch verschwunden sein. Ganz abgesehen von Amelie. Es nützt nichts. Scheiße, ist das ekelhaft! Die Ekelbläschen in meinem Mund ploppen auf wie Popcorn-Mais in einer Mikrowelle.

»Erstaunliche Sache«, bemerkt der Spelzer. »Ich wusste nicht, dass Euer Gottesdienst am Heiligen Abend so aufregend ist.«

»Unsinn«, plärrt Irmgard. »Kein erwachsener Mensch macht sich vor Lampenfieber in die Hose. Wir sind ja nicht im Kindergarten.«

»Schock? Todesangst?«, fragt der Spelzer, als stünde er in einer mündlichen Prüfung und wüsste ohne die Hilfe seiner Lehrerin nicht weiter. »Malheurchen?«

Irmgard scheint sich an der Unsicherheit des Doktors zu weiden. Das wird immer widerwärtiger.

»Der Doktor ist nie um einen flotten Spruch verlegen, nicht wahr!«, sage ich und klopfe dem Spelzer freundschaftlich auf die Schulter. Irgendjemand muss ihn ja aus der Misere befreien.

Der Spelzer nickt dankbar. »Eine Stuhlinkontinenz in diesem Alter ist äußerst selten«, sagt er und klingt nun schon gefasster. »Allerdings gibt es natürlich Krankheiten, die damit einhergehen können, wie zum Beispiel ein Schlaganfall.«

Irmgard stößt einen grellen Pfiff aus. »Sieh an, sieh an.« Sie betrachtet Ruprecht noch herablassender, als er es gewöhnt ist. »Sollte sich herausstellen, dass der Kerl hier eines natürlichen Todes gestorben ist und ich mir meinen freien Abend umsonst versaut habe, mache ich dich fertig, Bruderherz. Aber so was von. Hast du das verstanden!« Sie fuchtelt mit ihrem Zeigefinger vor Ruprechts Nase herum. Wenn die Fingerkuppe zu leuchten anfängt, ist E.T zurück. Aber gegen Irmgards Visage sieht der Außerirdische aus wie Heidi Klum. Ich fange schon mal an, mir zu wünschen, dass der Ochsenpops unfreiwillig ins Gras gebissen hat. Für meinen Freund Ruprecht. Aber irgendwie auch für den Blaschke Bürgermeister und seine bescheuerte Dorfweihnacht. Die steht ganz offenkundig unter keinem guten Stern mehr, oder vielleicht eher: unter keiner guten Gurke.

Karpfen an Heiligabend ist nicht so mein Ding. Eigentlich mag ich generell Fisch nicht so übermäßig gern, außer ab und zu mal den in der Kastenform, aber dann mit ordentlich Ketchup. Dennoch, ich bin mit der Füllung, einem Kanten Brot und Opas Christnachtpunsch auch ganz gut dabei. Das Rezept für den Punsch stammt noch von Opas Ururgroßvater und es ist allein schon deswegen etwas ganz Besonderes. Ich kenne es auch nur, weil ich gefühlt zur Familie gehöre, ansonsten verrät Opa es niemandem. Da ist er eigen. Eine Flasche Kräuterbitter erwärmen und zwei Orangenscheiben darin versenken. Das wird bei den Gmeiners heilig und ich muss sagen: zu Recht.

»So einen entspannten Heiligen Abend hatten wir lange nicht mehr«, konstatiert der Opa und fischt mit seiner Gabel eine der Orangenscheiben, die sich in seiner Tasse verirrt hat, heraus. Als er sie endlich hat, sagt er grinsend: »Wegen mir braucht es das Obst nicht, aber das muss ja nun mal.«

»Ich tippe auf genau ein Jahr, nur damals hatten wir

Fondue, weil Marlies noch so mitgenommen vom Advent war«, entgegne ich. Kurzzeitig hatte ich doch irgendwie die Hoffnung, dass wir heute nach dem Abendessen ein etwas anderes Programm fahren könnten, aber die schöne Pfarrerin war irgendwann einfach verschwunden. Der Opa kann sich das auch nicht erklären. Jedenfalls hat er sie ab dem Zeitpunkt, an dem er Marlies das tote Karnickel plus Arbeitsauftrag übergeben hat, nicht mehr gesehen. Heiligabend hin oder her, das Fell muss runter und Marlies ist nicht zimperlich, nicht wenn es um Opa geht. Ich jedenfalls hatte gehofft, die scharfe Evangelische wäre durch Opas Selbstgemachten etwas zugänglicher. Aber das scheint mein Schicksal zu sein. Wenn sich einmal eine echte Schönheit zu uns in den Wald verirrt, verschwindet sie, noch bevor ich richtig loslegen kann. Verdenken kann ich es ihr nicht, also nicht wegen mir. Ganz und gar nicht. Die anderen sind das Problem.

»Was ist, wenn Silvio wirklich einfach so gestorben ist?«, fragt Ruprecht mit einem leicht ängstlichen Unterton. Er drapiert die Champignonscheiben, die Marlies in den Karpfen gesteckt hat, auf dem Tellerrand. Ruprecht hasst Pilze, das ist aber unerheblich, weil der Opa sie liebt, und Marlies bezieht hier ganz klar Position. Kurzum, der Fisch war zum Bersten voll davon. Und der Opa hat es genossen. Deswegen langt er auch immer wieder rüber auf Ruprechts Teller und stibitzt sich einen Happen.

»Nun, dann hätte Gott mal wieder seinen außergewöhnlich schwarzen Humor bewiesen«, bemerkt der Opa kauend.

»Genau, dann ist das tragisch, aber nicht zu ändern«, antworte ich und proste dem Opa zu. »Immerhin hat er den Dörflern ganz großes Kino beschert. Das vergisst niemand so schnell. In hundert Jahren werden alle noch wissen, was in unserem schönen Eliasborn heute passiert ist! Der Arsch des Ochsen hat ins Gras gebissen. Einwandfrei.«

Der Opa kann sich vor Lachen kaum halten: »Ein schöner Tod. Absolut.«

»Ohne Mord ist Irmgard aber sauer.« Ruprecht hört sich an, als hätten der Weihnachtsmann oder das Christkind, ich bin in dieser Frage absolut tolerant, für ihn nicht die erhofften Geschenke mitgebracht.

»Die war schon als Kind komisch«, entgegnet der Opa. »Aber sie soll ruhig kommen. Zur Not habe ich ja noch meinen alten Seitenspanner. Den hab ich bekommen, als ich geheiratet habe«, sagt der Opa und grinst.

Erstaunlicherweise scheint Ruprecht das zu beruhigen.

Ich bin überrascht, dass Opas Luftgewehr noch einsatzbereit ist. Aber ich verlasse mich auf ihn.

Der Opa fängt an, eine alte Liebesschnulze zu singen. Ich glaube, ein Lied von Marlene Dietrich zu erkennen, aber ich bin bei alten Klassikern kein Experte und nach drei Bechern Punsch werde ich auch in anderen Bereichen unsicher.

»Opa!«, empört sich Ruprecht, als er Opas Seitenhieb endlich verstanden hat. »Oma war doch die Liebe deines Lebens.« Er zieht einen Flunsch. »Das hat sie immer gesagt.«

»Natürlich!« So wie der Opa das sagt, klingt es nach einem Staubsaugervertreter, der alles behaupten würde, nur um seinen Kram an den Mann zu bringen. »Wie hieß sie noch mal gleich? Emma? Brigitte? Elfriede? Christa?« Er macht ein unschlüssiges Gesicht.

Ruprecht ist den Tränen nah. Tja, wenn man am Heiligen Abend nur Limo trinkt, rächt sich das irgendwann.

»Christa.« Ohne dass wir irgendetwas mitbekommen hätten, steht plötzlich der Doktor im Raum. Sein Gesicht glänzt vor Schweiß und ihn umhüllt ein deftiger Geruch von leicht verbranntem Speck, der im Nu unseren Fischdunst verdrängt. Das Haus des Spelzer muss dermaßen kontaminiert sein, dass es Wochen dauern wird, die Erinnerung an den Heiligabend herauszulüften. »Christa Gmeiner hieß deine Frau. Hast du öfters solche Aussetzer, Heinrich? Du erinnerst dich doch aber an deinen Namen, oder«, fragt er. »Oder kannst du sie womöglich sehen. Ist sie gerade hier im Raum, deine Christa? Spricht sie mit dir?« Der Doktor hat den Kopf nach vorn geschoben und benimmt sich, als hätte er ein Kleinkind vor sich.

»Oma ist zwanzig Jahre tot«, wirft Ruprecht zögerlich ein. Ich kann ihm ansehen, dass er zwischen der Sorge um den Opa und der Verwunderung über das Erscheinen des Doktors schwankt.

Opa haut sich auf die Schenkel vor Lachen. »Das, was der Doktor sich einpfeift, will ich auch. Das scheint ja richtig zu knallen.«

»Nichts für ungut«, brummt der Spelzer und schiebt seinen kleinen runden Körper, den der fest zusammengezogene Gürtel seines Mantels in zwei kugelige Teile zu separieren scheint, auf den einzig freien Stuhl. Ich muss unweigerlich an Pflaumen im Speckmantel denken.

»Ich will euch nicht stören. Es ist schließlich der wunderbarste Abend des Jahres und da sollte sich niemand Fremdes ins Haus schleichen. Da will man unter sich sein.« Er senkt den Kopf und wirkt kurzzeitig so, als würde er beten.

»Das haben Maria und Josef auch gedacht und dann

standen die Heiligen Drei Könige vor der Stalltür«, bemerkt der Opa. »Aber die hatten wenigstens Geschenke dabei.« Der Spezialpunsch lässt den alten Knaben übermütig werden.

Der Doktor macht ein Geräusch, als müsste er etwas hochwürgen. Dann legt er seine neuen Handschuhe auf den Tisch und schiebt sie ein wenig von sich. Ich stutze. Die will er doch nicht etwa dem Opa …? Nein, ganz sicher nicht. Außerdem weiß jeder hier, wo die schon dran waren. Abartig. So ganz klar ist mir noch nicht, warum der Spelzer sich hier den Hintern breitsitzt.

»Äh, der Silvio Ernst, der Ochse, also der Tote, der war schwerer Allergiker«, hebt der Doktor nun mit etwas festerer Stimme an. »Aber durch den Portwein … na ja, die Aufregung … mein Erinnerungsvermögen.« Der Spelzer bläst die Wangen bis zum Anschlag auf, was seine ohnehin schon schmalen Augen nahezu verschwinden lässt. »Es tut mir leid.«

Wir starren den Spelzer verständnislos an, aber zum Glück redet er irgendwann weiter.

»Silvio verträgt keine Nüsse, also gar keine. Nicht einmal ein Hauch einer Nuss. Nicht mal Nussspucke.«

Ich frage mich, in welche Nahrungsmittelkategorie Nussspucke wohl gehört, komme aber nicht dazu, etwas von mir zu geben.

»Also, wenn du Adam Nüsse gegessen hättest und den Silvio dann küssen würdest …«, erklärt der Spelzer, als wäre dies ein zutiefst natürlicher Vorgang, »dann könnte er …«

Ich spüre, wie mir die Zornesröte ins Gesicht steigt. »*Du* wolltest, dass ich den Kerl ausziehe. Schon vergessen? Ich habe dir lediglich einen Gefallen getan.« Ich gebe zu, ich bin dem Doktor unhöflicherweise ins Wort gefallen, und ziemlich laut werde ich dabei auch noch. »Da ist man hilfsbereit und schon kommt man ins Gerede.«

Ruprecht legt seine Hand auf meinen Arm. »Wenn es so wäre, ist es auch nicht schlimm«, sagt er und schaut mich an, als wäre ich jetzt das kleine Kind. »Ich kann trotzdem mit dir befreundet sein. Das macht mir nichts.«

»So was kommt sogar im Thüringer Wald vor«, ergänzt der Opa. »Zugegeben, nicht oft, das gibt die Bevölkerungsdichte nicht her, aber hin und wieder sieht man dergleichen.« Dann fasst er sich an die Stirn, als sei ihm etwas eingefallen. »Denk doch mal an deinen Nachbarn Gerhard.« Er nickt mir aufmunternd zu. »Der geht auch in diese Richtung.« Er wackelt mit seiner Hand hin und her, um die Wahrscheinlichkeit anzudeuten. »Ganz bestimmt.«

Gerhard trägt die Kleider seiner verstorbenen Mutter auf. Seine Rente ist nicht besonders üppig. Mehr nicht.

»Spinnt ihr alle zusammen?«, schreie ich. »Ich habe noch nie zuvor einen Mann ausgezogen, und freiwillig hätte ich das niemals gemacht.«

»Nikolaus, irgendwann ist immer das erste Mal«, tröstet Ruprecht. »Bei meinen Kollegen ist auch so einer dabei. Der war sogar erst verheiratet, mit einer richtigen Frau.«

Seine Wortwahl bringt mich nun erst recht auf die Palme. »Was heißt denn auch SO EINER? Reden wir über eine Krankheit oder was? Schon mal was von Toleranz und Respekt gehört? Das gilt übrigens auch für Gerhard.«

»Siehst du, Opa, ich habe es dir neulich schon gesagt, aber du wolltest es nicht hören«, sagt Ruprecht.

»Was gesagt?«, will ich wissen und nehme noch einen großen Schluck Punsch.

»Na ja, weil das mit Sabine so lange … und Menschen ändern sich manchmal auch«, stammelt Ruprecht. »Da muss man ja nicht mal was für können. Das geht quasi automatisch, so wie die Natur es bestimmt.«

Ich bin kurz vorm Ausflippen. Aber da sieht man es mal wieder, immer wird man missverstanden. »Die Natur kann mich mal«, brülle ich.

»Silvio hatte Plätzchenreste zwischen seinen Zähnen. Lebkuchen können es auch gewesen sein«, vermeldet der Spelzer in unsere hitzige Diskussion hinein.

Opa und Ruprecht schauen mich vorwurfsvoll an.

»Ich habe keine gegessen«, fauche ich beleidigt.

Darf man seinen Hausarzt schlagen? Gerade wäre ein hervorragender Zeitpunkt dafür. Und ich würde mildernde Umstände kriegen.

»Klitzekleine Krümelchen«, bestätigt der Spelzer noch einmal.»Hat der etwa in dem Kostüm gegessen?«, empört sich Ruprecht. Dass sich ein soeben Verstorbener unter einem ausgedienten, abgewetzten Mantel ein paar Lebkuchen reingezogen hat, scheint für mehr Entsetzen zu sorgen als meine vermeintliche sexuelle Umorientierung. Na immerhin.

»Silvio war nicht doof«, erklärt der Spelzer.

Ich bin mir nicht sicher. Ich habe die Köhlerhütte um seinen Bauchnabel herum gesehen.

»Nein, das war er ganz sicher nicht«, bestätigt Ruprecht. »Er mochte unsere Dorfweihnacht sehr gern. Deswegen hat er sich auch sofort freiwillig für die Rolle des Ochsenpops gemeldet.«

Ich sehe, wie Opa die linke Braue hebt, und freue mich, dass wir uns einig sind. Ich mag es nicht, mit ihm und Ruprecht entzwei zu sein. Spätestens jetzt allerdings bin ich sicher, dass Silvio Ernst, der Ochsenpops, nicht alle Latten am Zaun gehabt haben muss.

»Ich meine, er wusste, dass er Allergiker ist«, der Doktor macht eine bedeutungsschwangere Pause, »so wie ich es auch wusste. Immerhin habe ich es in meiner Karteikarte vermerkt. Aber dadurch, dass ich Silvio das letzte Mal zur Vorschuluntersuchung gesehen habe…« Er seufzt. »Ich habe nicht alle Wehwehchen meiner Patienten im Kopf.« Er windet sich. »Die Rechtsmedizin habe ich schon informiert, aber diese, na ja, die Polizei, deine Schwester«, er schaut Ruprecht an, als hätte er ihn damit beleidigt, »die, nee, ich nicht.« Er wiegelt ab. »Silvio wusste, dass er an Nüssen sterben kann, sogar schon an Nussspu…«

»Wir wissen das«, fahre ich dem Doktor über den Mund.

»Aber wieso hat er denn dann…?«, Ruprecht versteht augenscheinlich, worauf der Doktor hinauswill.

»Hat er nicht«, antwortet der Opa.

»Aber…«, Ruprecht will erneut einhaken, kommt aber nicht weit.

»Jemand hat ihn dazu gezwungen oder ihm irgendwie ein paar Nüsse untergejubelt. Jemand, der genau wusste, dass er daran stirbt«, sage ich und merke, wie es in meinen Schläfen anfängt zu hämmern.

Der Doktor nickt. »Silvio wurde umgebracht.«

»Und keiner hat es unter dem alten Mantel mitbekommen.« Silvio mit der Köhlerhütte fängt an, mir ein wenig leidzutun.

»Atemnot, Kreislaufkollaps, Bewusstlosigkeit und schließlich Kreislaufstillstand. Da kann man nicht mehr viel machen, schon gar nicht eine halbe Stunde später«, rechtfertigt sich der Doktor. »Alles andere passt auch.« Er schaut mich von unten an.

»Kapiert«, knurre ich und bin froh, dass der Kräuterschnaps in meinen Gedärmen schon aufgeräumt hat. Ekelbläschen allerdings verhindert er nicht. Leider. »Und unter dem alten Mantel hat das keiner mitgekriegt.«

»Wenige Minuten«, bestätigt der Spelzer. »Nicht schön. Gar nicht schön.« Wird der Doktor mit jeder Silbe kleinlauter oder kommt mir das nur so vor?

»Das peppt die Weihnachtsstimmung im Dorf noch einmal so richtig auf«, wirft der Opa ein.

»Dabei wollten wir das Krippenspiel morgen früh im Weihnachtsgottesdienst nachholen«, sagt Ruprecht und klingt unangemessen larmoyant.

»Morgen ist schon wieder ein Gottesdienst?«, frage ich, darauf bedacht, mir meine Vorfreude nicht anmerken zu lassen. Wenn die Pfarrerin so cool ist, wie ich hoffe, traut sie sich noch einmal zu uns.

Ruprecht nickt eilig. »Karsten springt für Silvio ein. Er war schon ziemlich traurig, dass Silvio ihm die Rolle vor der Nase weggeschnappt hat.«

Ich stutze. Karsten ist zwar groß gewachsen, aber höchstens zwölf Jahre alt. Abgesehen davon hat er das Gemüt eines Lammes. Er kommt also als Verdächtiger nicht infrage. Obwohl die Verdrängung in die zweite Besetzungsreihe eines Ochsenhinterns ein verdammt starkes Motiv ist. Also zumindest in unserer verqueren Dorfwelt.

»Deswegen will Karsten auch unbedingt besser sein als Silvio und übt schon fleißig. Er hat nur diese Nacht Zeit. Aber wir sind alle optimistisch.«

»Was übt man als Arsch eines Ochsen?«, will Opa wissen.

Hoffentlich nicht das Sterben, denke ich und genehmige mir noch eine ordentliche Ration Spezialpunsch. Damit wird das Leben erträglicher, zumindest bis morgen früh.

Der erste Weihnachtsfeiertag beginnt mit einem dicken Nebel, der sich zwischen den Häuserzeilen durch unser Dorf zieht. Dafür ist das Thermometer bestimmt um gute zwei Grad gefallen, nicht dass dies irgendetwas in Sachen Schnee und Weihnachtsromantik bewirken würde, bei mir ohnehin nicht, aber immerhin stimmt die Richtung. Es ist kurz nach acht in der Früh und ich staune selbst, dass mein Körper schon funktioniert. Es muss ewig her sein, dass ich das ausgetestet habe. Das beruht nicht auf Freiwilligkeit, sondern ist eher so etwas wie eine gute Tat, Ruprechts Weihnachtsgeschenk, zumindest hat er es gestern Abend so genannt. Normalerweise verzichten wir seit einiger Zeit auf Derartiges, also genauer gesagt, seit dem Weihnachten, an dem ich ihm eine rosafarbene Hornhautraspel unter den Baum gelegt habe. Die habe ich zu dem Toaster gratis dazubekommen. Ich weiß nicht, wer genau sich die Kombination Küchengerät plus Kosmetik-Schnickschnack ausgedacht hat, aber die Marketingleute in den Discountern sind absolut genial. Für mich jedenfalls haben sich damals zwei Probleme auf einen Schlag gelöst. Gut, ich gebe es zu, die Hornhautraspel war eigentlich für Sabine, meine damalige Freundin, gedacht gewesen, aber da der Gratis-Verpackungsservice an Papierauswahl gespart hat, habe ich den Überblick verloren. Das allein war auch der Grund, warum Sabine mir die auf eine Mini-Kabeltrommel gewickelte Salami vor die Füße geworfen hat. Meine Güte, das waren locker zwei Meter, sogar mit Chiligeschmack. Das ist doch nichts Schlechtes. Ruprecht jedenfalls mag Chili und er hätte sich darüber gefreut. Aber der war beleidigt, weil der bei den Schrunden an seinen Füßen unmöglich eine Raspel nehmen kann. Und Sabine? Mittlerweile denke ich, sie hätte sich so oder so von mir getrennt. So ein Hornhautdings kann auch keine Beziehung kitten. Das weiß ich heute. Dieses Jahr machen wir also alles anders. Sabine ist ohnehin lange mit diesem Finanzbeamten zusammen und Ruprecht hat seine Wünsche klar geäußert, da kann es so oder so keine Unstimmigkeiten geben. Ich frage mich immer noch, was sie an diesem Langweiler findet. Vielleicht hat sie ja gestern Abend an mich gedacht, als sie den Staubsauer oder das Bügeleisen des Fuzzis ausgepackt hat. Obwohl selbst das noch zu temperamentvoll für diesen Kerl wäre. Sicherlich hat er so etwas wie eine Dörrobst-Maschine springen lassen, Energieeffizienz A, versteht sich. Ich bin kein gehässiger Mensch aber irgendwie ... Ich schweife ab.

Der Opa schenkt Ruprecht einen Anruf bei seiner Enkelin und ich habe versprochen, mit dem Blaschke zu reden. Die Sache mit Irmgards Drohung muss aus der Welt. Nichts leichter als das, denn so wie die Dinge stehen, wurde Silvio tatsächlich ermordet. Das der Blaschke Bürgermeister eingebunden sein muss, halte ich für überflüssig, aber Ruprecht besteht darauf. Er glaubt eben noch an Autoritäten. Und er hat Angst um unsere Dorfgemeinschaft. Die will er gewarnt wissen, besonders den Blaschke. Denn er sagt, man wisse ja nie, welche Lawine so ein Verbrechen auslösen könne, vor allem hier bei uns im Dorf.

Ich schlendere also über unseren Dorfanger. Noch ist keine Menschenseele unterwegs, was mir nicht unrecht ist, denn ich habe es nicht so mit dem Austausch von Belanglosigkeiten über das Wetter, die frühe Stunde oder die Tatsache, dass Weihnachten ist. Und zu allem anderen, was unser Dorf gerade bewegt, also der Tod von Silvio Köhlerhütte Ernst, äußere ich mich grundsätzlich nicht. Mitten auf dem Anger steht das Wahrzeichen unseres Dorfes: die Fichte, und an ihr strahlen Tausende von Lämpchen. Normalerweise fällt mir der Baum schon nicht mehr auf, aber heute ist irgendetwas anders. Die dicken Kabel der Lichterkette liegen nicht, wie vom Blaschke Bürgermeister per Dekret angeordnet, von den Nadeln verdeckt auf den Ästen, sondern hängen an einigen Stellen fast einen halben Meter herunter, sodass jeder Idiot schnallen muss, dass hier jemand, was die Beleuchtung angeht, nachgeholfen hat. Ich frage mich ja generell, wieso der Blaschke meint, die Leute könnten annehmen, die Lampen gehörten zur Grundausstattung, aber offenkundig geht die herrschende Klasse oder zumindest die, die sich dafür hält, davon aus, dass alle anderen plemplem sind. Ich sage nur Windräder im Wald, wenn das ökologisch ist, bin ich der Osterhase und nicht der Nikolaus. Vielleicht meint unser über alle Maßen geschätzter Bürgermeister auch, dass man die Dinge nur lange genug behaupten muss, damit sie wahr werden. Als kleiner Junge habe ich immer, wenn ich etwas ganz sehr wollte, meine Augen zusammengekniffen und die Daumen fest gedrückt. Das scheint ein ähnliches Prinzip zu sein.

Zu meiner Einschulung gab es dann einen Metallbaukasten. Volltreffer. Einige Jahre hat es auch mit Schokoeis funktioniert. Aber mit zunehmendem Alter wurde das irgendwie immer schwieriger. Mit fünfzehn habe ich es noch einmal probiert. Das Dekolleté meiner neuen Mitschülerin war aber auch wirklich zu verlockend. Unsere Lehrerin hat mich zum Arzt geschickt und der hat eine Belastungsstörung diagnostiziert. Damals hieß das noch anders. Ich glaube, er hat etwas gesagt wie: »Der Junge hat einen Dachschaden« oder so. Seitdem habe ich damit aufgehört. Dem Blaschke Bürgermeister würde ich das auch raten. Irgendwann hat jeder Lauf ein Ende. Ich schweife ab.

Überall weiträumig um die Fichte herum liegen Ästchen und kleine Zweige verstreut, die in einer derartigen Fülle heruntergefallen sind, dass letzte Nacht ein Orkan über den Thüringer Wald gezogen sein muss. Ich schaue mich nach den anderen Bäumen um. Fehlanzeige. Die wirken ganz normal. Ich sehe da nur zwei Möglichkeiten: Entweder ein Vogelschwarm hat sich hier einen Spaß erlaubt oder jemand hat versucht, unseren Dorfweihnachtsbaum mutwillig kaputt zu machen. Bei Letzterem wäre eine Säge wohl effektiver gewesen. Das muss einem aber einfallen. Damit ist die Gefechtslage klar. Die vermeintlichen Saboteure können nur aus dem Nachbardorf stammen. Die dort sind noch blöder als unsere Einheimischen. Aber wieso beschäftigt mich das überhaupt? Alles unnütze Energie, erst recht auf nüchternen Magen und mit einem leichten Brummschädel.

Das Eigenheim der Blaschkes, ein Traum aus Asbestzementplatten Made in GDR, zeigt abgesehen von der weihnachtlichen, konsequent in Blautönen gehaltenen Lichtershow noch keine Anzeichen, dass seine Bewohner schon aktiv sind. Ich klingle und lungere dann, nachdem keiner aufmacht, im Vorgarten herum. Nicht lange, denn bei dem überbordenden Blaulicht bekomme ich zunehmend Beklemmungen. Jeder SEK-Einsatz ist dagegen dezent. Da ich keine Lust verspüre, mir meinen ruhigen ersten Feiertag noch einmal mit einem Marsch durch unser Dorf zu verderben, versuche ich es hinter dem Haus. Und tatsächlich, da ist ein Lichtschein. Die Tür zu dem kleinen Nebengebäude steht offen und ich kann hören, dass jemand im Inneren hantiert.

»Blaschke!«, rufe ich aus genügend Abstand. Ich möchte angesichts der aktuellen Krisenlage niemanden im Dorf erschrecken, aber einen normalen Gruß, den kann ich mir auch nicht abringen. Prinzipien sind nun einmal Prinzipien, sogar an Weihnachten.

»Verschwinde, du Verräter, oder ich hetze die Hunde auf dich«, schreit die Blaschkin mir entgegen. »Jetzt stellt mir dieser schreckliche Mensch auch noch nach. Als ob der nicht genug Unheil angerichtet hat. Mein Magnus Sebastian würde sich im Grab herumdrehen, wenn er wüsste, was ich hier alles auszustehen habe.«

Magnus Sebastian hieß unser Pfarrer und der hat sich lebendig schon kaum bewegt, wieso sollte er es dann bitte schön jetzt anders halten? Nicht einmal an Weihnachten hat dieses Weibsbild ihren Hass unter Kontrolle. Aber auch damit kann ich leben. Mit dieser albernen Drohung ebenfalls. Die einzigen Tiere, die im Haus des Bürgermeisters leben, sind aus Holz und kommen im Jahr nur etwas mehr als einen Monat ans Tageslicht, nämlich dann, wenn der Blaschke sein Wohnzimmer ausräumt, um dort eine Krippenszene nachzustellen. Die Blaschkin muss doch echt meinen, ich bin auf der Wurstsuppe hergeschwommen.

»Ist dein Alter zu Hause?«, rufe ich, noch immer ohne das Weib zu Gesicht bekommen zu haben.

»Mit etwas Glück ist er schon kalt«, erwidert sie.

Das wird mir zu blöd und ich marschiere zu ihr rüber. Sie steht in einem kleinen Raum vor einem Frontlader und sortiert Wäsche. Dabei trägt sie Gummihandschuhe, denen sie allerdings nicht viel zuzutrauen scheint. Sie greift die schmutzige Kleidung nur mit Daumen und Zeigefinger an und hält sie so weit es ihr die Arme erlauben von sich weg. Und überhaupt, warum trägt sie Handschuhe?

Die Blaschkin scheint mir meine Verwunderung anzusehen. Jedenfalls hält sie mir eine von den abgewetzten Stoffhosen ihres Mannes entgegen, rümpft die Nase und sagt: »Meinst du, ich lange dem seine Sachen an? So tief werde ich nie wieder sinken.«

»Aber waschen tust du sie schon noch«, entgegne ich.

»Das ist nur die ausrangierte Maschine, die für die Putzlappen und Flickenteppiche«, entgegnet sie und stopft alles, wie es kommt in die Trommel. Dass der Blaschke weiße Feinrippunterhosen trägt, überrascht mich nicht. Aber die Farbe ist nun ohnehin relativ, bei dem, was sie da noch alles durchkochen will. Der rote Wollpullover immerhin hat das Zeug, sich unabänderlich zu verewigen.

»Heute ist der fünfundzwanzigste Dezember«, sage ich.

»Gehst du durchs Dorf, um das Datum anzusagen, für

ein warmes Essen oder einen Schnaps?« Manche Frauen laben sich an ihrer Boshaftigkeit. Die Blaschkin zählt definitiv dazu. »Wenn du mir noch die Uhrzeit verrätst, gebe ich dir ein paar Plätzchen«, legt sie noch nach. »Aber von den gekauften.«

Mich lässt das kalt. Wer bin ich denn? »Es soll Unglück bringen, wenn man in den zwölf Nächten wäscht, zumindest sagt das Tante Hildegard.« Normalerweise zitiere ich die Tante nie, dann müsste ich ihr ja auch zuhören, aber hier kann eine kleine Spitze nicht schaden. Die Blaschkin und Tante Hildegard sind ungefähr vom selben Kaliber. Bei der Gattin des Bürgermeisters klemmen zwar ein paar Windungen mehr, aber die Botschaft scheint trotzdem anzukommen, quasi von einer Hexe zur anderen. Sie schaut mich jedenfalls mit großen Augen an.

»Wieso sollte ich das nicht wissen? Schlauberger!«, giftet sie.

Sie braucht es nicht aussprechen. Ich schnalle es auch so. Sie tut es aber trotzdem.

»Deswegen wasche ich ja auch nur *seine* Wäsche.« Ihre Augen werden so schmal, dass ich Zweifel habe, ob sie mich noch sehen kann. »Die Bettwäsche fliegt gleich auch noch hinterher. Die zieht den Tod an.« Sie dreht sich um und achtet nicht mehr auf mich. Je schneller sich die Trommel dreht, umso eher ist sie ihren Angetrauten los. Alles klar. Meine Fresse ist das alles krank hier.

»Wo ist er jetzt? Ich muss dringend mit ihm reden«, hake ich noch einmal nach. Wenn die Blaschkin so überzeugt von ihrer Strategie ist, sollte ich mich ebenfalls sputen. Nicht, dass Ruprecht dieses Jahr Weihnachten wieder leer ausgeht.

»Auf dem Anger, bei der Fichte, da wo er die halbe Nacht verbracht hat. Glücklicherweise«, antwortet sie. »Fast fünfzig Jahre musste ich warten, um eine so wunderbare Heilige Nacht zu haben. Aber wenn er erst unter der Erde ist, ist das ein Dauerzustand. Ich kann es kaum erwarten.«

Ich könnte etwas darauf erwidern, lasse es aber. Mit garstigen Frauen ist nicht zu spaßen. Und ich habe Hunger. Kurzum, ich verschwinde. Auf der Straße kommt mir Kurt, unser Wirt, entgegen. Er schiebt einen vollbeladenen Handwagen.

»Na Adam, alles klar?«, ruft er schon von Weitem. »Wenn der Tag beim Blaschke anfängt, kann er nur beschissen werden.« Kurt ist ein echter Kumpel. Er versteht mich. »Zwischen den Jahren gibt es im Hirschen Rindergulasch, nach dem Rezept von meiner Trude«, lässt er mich noch wissen. »Für kleines Geld. Nur falls ihr mal ein Lüstchen auf etwas anderes habt. Immer nur Marlies wird ja auch mal fad.«

»Edelberts Keulen hatten schon ein paar Jahre auf dem Buckel. Die müssen länger kochen«, entgegne ich und frage mich, ob das Fleisch überhaupt noch genießbar ist. Immerhin sind Urinsteine kein Pappenstiel. Edelberts Nieren jedenfalls will ich nicht auf dem Teller haben. Mal sehen, wer die abbekommt.

Kurt deutet auf seine Ladung. »Edelbert, freilich.« Er schickt sich an, weiterzulaufen, stoppt aber noch einmal kurz. »Wenn du den Blaschke Bürgermeister suchst, der hängt in unserer Fichte«, sagt Kurt grinsend.

Das ging aber schnell, denke ich. Die Blaschkin hatte die Waschmaschine kaum angestellt. Ein paar Meter weiter sehe ich, dass es mit dem Volksglauben doch nicht so weit her sein kann. Der Blaschke Bürgermeister steht auf einer riesigen Leiter, wobei sein Oberkörper komplett in unserem Wahrzeichen verschwunden ist. Am unteren Ende hat Ulf, der Gemeindearbeiter, das Aluminium fest umklammert und macht dabei ein Gesicht, als ruhe die Verantwortung für den Weltfrieden auf seinen Schultern.

»Teufelftfeug«, höre ich den Blaschke krakeelen, während unablässig Nadeln und Stöckchen aus dem Baum heruntersegeln. »Irgendwo muff fie doch fein.«

Ich trete neben Ulf und hebe meine Hand zum Gruß. »Alles in Ordnung?«, frage ich. Dabei ist unübersehbar das Gegenteil der Fall. Wenn der Blaschke Bürgermeister selbst Hand anlegt, läuft in unserem Dorf etwas richtig schief.

»Schwierig«, antwortet Ulf.

Ich muss ihn nicht lange ansehen, um zu bemerken, dass er irgendwie anders aussieht als sonst. Die Klamotten und so, das ist alles wie immer, aber was um alles in der Welt ist mit seinem Gesicht passiert? Über den größten Teil seiner Haut zieht sich ein hellbrauner durchsichtiger Film. Der scheint ziemlich klebrig zu sein, zumindest habe ich momentan keine andere Erklärung dafür, warum die abgebrochenen Fichtennadeln und die kleinen Dreckbröckchen sonst daran halten sollen. Besonders schlimm hat es aber Ulfs Wimpern erwischt. Die sind kaum noch einzeln auszumachen und haften bei jedem Lidschlag so sehr aneinander, dass Ulf die Augen kaum noch richtig aufbekommt.

»Harz?«, erkundige ich mich.

»Korrekt«, entgegnet Ulf, ohne mit der Wimper zu zucken. Wie denn auch?

»Ich muff noch tiefer rein«, schreit der Blaschke über uns. »Ich fehe nichtf.«

»Braucht ihr noch ein Eichhörnchen für die Wiederholung des verkorksten Krippenspiels oder was veranstaltet ihr hier?«, frage ich.

»Wir suchen die Weihnachtsgurke«, antwortet Ulf. »Letzte Nacht mussten wir abbrechen. Die Dunkelheit. Aber irgendwie ist es heute Morgen auch nicht einfacher.«

Vor allem, da zwischen Ulfs Lidern kaum noch zwei Millimeter Schlitz übrig ist, denke ich, halte mich aber zurück. Das wiederum erklärt jedoch den Einsatz vom Blaschke. »Wieso? Wurde die nicht gestern nach dem Krippenspiel feierlich von irgendeinem unserer Mitbürger gefunden?« Ich gebe zu, unsere Bräuche können auf Außenstehende etwas befremdlich wirken, aber das kann ich auch nicht ändern. Ich habe sie mir nicht ausgedacht.

»Der Herr Bürgermeister hat diese Zeremonie aufgrund des gestrigen Unglücks gestrichen.« Ulf scheint nicht mehr an den Blaschke auf der Leiter zu denken und gestikuliert wild mit den Händen, um seine Worte zu unterstreichen. »Alles abgesperrt, noch während ihr alle in der Kirche wart. Damit auch nichts schiefgeht.«

Ulf ist gewissenhaft, keine Frage. Und er ist der Einzige, der den Blaschke einen Herrn nennt. Meine Güte, für den ersten Moment habe ich doch tatsächlich gedacht, das wäre sein Vorname. So selten, wie jemand dieses Wort im Zusammenhang mit unserem Bürgermeister gebraucht. Und was heißt überhaupt abgesagt? Wenn ich schon einmal von einem Akt des weihnachtlichen Firlefanz erlöst werde, weil ich etwas anderes Krankes machen muss, nämlich einen sedierten Fuchs im Wald auszusetzen, dann findet die Gurkensuche nicht statt? Eine Unverschämtheit ist das. Noch dazu, da Ruprecht und ich den Weg in den Wald vollkommen umsonst auf uns genommen haben. Der Fuchs wollte einfach nicht wieder aufwachen. Ihn einfach so da draußen abzulegen, wäre sein Todesurteil gewesen, hat Ruprecht gesagt. Und ich glaube ihm. Reineke steht jetzt unter persönlicher Betreuung von Ruprecht, und ich sehe mich heute Abend schon auf einem neuen Auswilderungstrip. Die andere Alterative wäre ein Loch im Garten des Forsthauses, aber das müsste man erst noch ausheben – viel zu anstrengend.

»Mhm.« Ich schaue hoch in den Baum. Etwa zehn Meter über mir kann ich nur noch die Gummistiefel vom Blaschke ausmachen. »Was soll das bringen mit den Sicherungsmaßnahmen?«

»Wir dürfen die Leute nicht unnötig anlocken. Wenn die Gurke im Baum bleibt, könnte das aber passieren. Nicht alle halten sich an die Regeln«, erklärt Ulf. »Es gibt immer Trittbrettfahrer, die sich an dem Unglück anderer Leute freuen.« Dabei scheint er mir anzusehen, dass ich noch immer nicht folgen kann, und fährt fort: »Die Weihnachtsgurke ist schuld«, flüstert er. »Wenn sie nicht wäre, würde Silvio noch leben.«

»Aha.« Etwas Klügeres fällt mir für den Moment nicht ein. Ob Ulf weiß, was Silvios Brustwarze geziert hat? Ich könnte es ihm erzählen. Zumindest würde diese Information den Aberglauben noch etwas anheizen. Das kann aber auch schiefgehen. Denn was machen die Leute, wenn sie mit Magie nicht weiterkommen? Richtig. Sie wenden sich an Gott. Und da es den nicht gibt, suchen sie sich etwas Ähnliches, kurzum, den Nächstbesten. In unserem Fall wäre das dann der heilige Nikolaus. Und wer ist das? Genau. Manchmal muss man eben einfach nur die Klappe halten.

»Wir dürfen nicht zulassen, dass unsere Dorfweihnacht durch die Sache mit der Gurke Schaden nimmt. Silvio ist nun schon der zweite Tote an Weihnachten. Das sieht nach einem Muster aus.« Ulf beugt sich zu mir nach vorn. »Womöglich haben wir uns da sogar schon einen Fluch eingebrockt. Immerhin hat es beim ersten Mal einen Geistlichen getroffen. Man kann ja nie wissen.« Er schaut sich mit eingezogenem Kopf nach allen Seiten um.

»Etwas Speiseöl drauf und du siehst wieder klarer«, antworte ich, weil ich das Gefühl habe, ihm helfen zu müssen. Den Blödsinn mit dem Fluch hat Ruprecht in die Welt gesetzt und jetzt verselbstständigt sich das auf eine äußerst unschöne Art. Wenn der Blaschke Bürgermeister dafür sogar auf ein elementares Element unserer Dorfweihnacht verzichtet, gehen bei mir jedenfalls alle Alarmglocken an.

»Ich sehe einwandfrei«, gibt Ulf zurück. »Was soll mit meinen Augen sein?«

»Nichts, schon gut«, antworte ich. »Passt schon alles so.«

»Halleluja!«, kreischt der Blaschke zwischen den Ästen. Dann kommt ziemlich viel Bewegung in die Leiter.

Ulf kann das ab. Auf seinem Gesicht zeichnet sich sogar ein wenig Erleichterung ab, soweit sich das erkennen lässt zumindest. Die Gesichtsmuskeln haben durch den Kleber durchaus an Bewegungsfreiheit eingebüßt.

»Jetft habe ich dich, du kleinef Luder«, frohlockt der

Blaschke, während er zu uns herunterkommt. »Du richteft keinen Fchaden mehr an.« Er spuckt drei Mal auf die Glasgurke, ein Aberglaube, der mir ebenfalls fremd ist, und überspringt die letzten beiden Stufen. Dass unser Bürgermeister sich für einen Superhelden hält, hätte ich mir denken können. Dass er so geistig umnachtet ist, weder sein fortgeschrittenes Alter noch sein erhebliches Gewicht realistisch einschätzen zu können, hätte ich jedoch nicht unbedingt für möglich gehalten. Um es kurz zu machen, seine Beinmuskulatur versagt, er schlägt der Länge nach in den Dreck und begräbt dabei die Weihnachtsgurke unter sich.

»Nicht jeder Weihnachtsbaumbehang verträgt diesen Ton«, sage ich und habe Mühe, mir das Lachen zu verkneifen. »Die Strafe dafür folgt auf dem Fuß.«

So wie Ulf und der Blaschke gucken, nehmen sie das tatsächlich ernst. Ulf steht noch dazu vor der Frage, ob er nun die Leiter loslassen darf, um dem Bürgermeister aufzuhelfen. Ich kann ihm ansehen, wie schwer ihm diese Entscheidung fällt.

»Hilf mir, verdammt!«, plärrt der Blaschke ungehalten.

Ulf schaut mich an. Ich zucke nur mit den Schultern. Schließlich lässt er von der Leiter ab und wuchtet den Blaschke in die Senkrechte. Den hat es harztechnisch gewaltig erwischt, was das Bad im Straßendreck noch problematischer macht. Eine geschlossene Schneedecke hätte jetzt echt was gebracht. Aber man kann nicht alles haben. Jedenfalls ist es ein Wunder, dass der Blaschke und Ulf nicht aneinander haften bleiben. Na ja, die Blaschkin wird die Sauerei freuen. Der Dauerbetrieb der Waschmaschine ist jedenfalls garantiert und damit steigen die Chancen, dass sich die Prophezeiung erfüllt. Immerhin hat sie noch elf wilde Nächte Zeit.

»Scherben bringen Glück«, sage ich und deute auf die Reste der Weihnachtsgurke vor Blaschkes Füßen.

»Hoffentlich«, erwidert er mürrisch. Offenkundig hatte er sich das Ende der Gurke anders vorgestellt, eventuell im Feuer eines Scheiterhaufens oder bei der Zeremonie eines Teufelsaustreibers. Uhh, das hätte ich mir nur allzu gern reingezogen. Der Blaschke, der Dorfheld, besiegt den Fluch der Weihnachtsgurke. Extraklasse.

»Äh …« Ich hebe den Zeigefinger, denn immerhin habe ich einen Auftrag zu erledigen.

Der Blaschke hat keine Lust, sich mit mir zu unterhalten. Schon klar. Aber da muss er durch.

»Silvio ist nicht freiwillig aus dieser Welt geschieden. Das soll ich vom Doktor ausrichten. Das war es auch schon. Man sieht sich!« Ich deute ein Winken an und trotte davon. Opas Frühstück ist hervorragend und ich möchte nicht zu spät kommen. Aber das ist nur ein Teil der Wahrheit. Der andere ist, dass der Überbringer schlechter Nachrichten sich schleunigst vom Acker machen sollte. Leider ist mein Plan unausgegoren.

»Märker!«, ruft der Blaschke auch sofort.

Ich schlage den Kragen meiner Jacke hoch und spekuliere darauf, dass der Nebel die Worte verschluckt, je weiter ich weg bin.

»Märker! Du kümmerft dich darum, daff daf klar ist.« Der Blaschke kann noch lauter. »Ich traue dem Ftadtweib nicht über den Weg.«

Ich beschleunige meine Schritte.

»Filivo ift der Lieblingfcoufin von Amelie Brütting und fie ift fehr, fehr traurig.« Der Blaschke gibt alles.

Und ich bin so richtig am Arsch.

»Einwandfrei!« Der Opa haut mit der Faust auf den Tisch, dass die Hirschknackwurst kurzzeitig über der Tischdecke schwebt. »Jetzt haben wir spannende Zeiten vor uns, vor allem, da es im Fernsehen ohnehin nur Wiederholungen gibt. Ich habe in meinem Leben so oft ›Sissi – die junge Kaiserin‹ gesehen, dass die Quersumme der grünen Geierfedern an den Stulphüten der Offiziere lange keine Hürde für mich mehr ist. Aber genügt das, um die grauen Zellen auf Trab zu halten? Wohl kaum.« Opa zuckt mit den Schultern. »Eine Mörderjagd ist da schon anspruchsvoller.« Er fasst nach seiner Untertasse, die durch die Erschütterung den überschwappenden Kaffee aufgefangen hat, und gießt diesen zurück in die Tasse. »Wenn wir bei der Ermittlung wieder so einen guten Lauf wie letztes Jahr haben, dann könnten wir Irmgard anständig ausstechen. Und dann ist Party angesagt.« Opa streckt seine Ellenbogen von sich und fängt an, seinen Oberkörper hin und her zu schwingen, als würde er Walzer tanzen. »Ich hätte mal ein Lüstchen auf roten Heringssalat.«

»D.e.r F.u.c.h.s.«, buchstabiert Ruprecht, der gerade aus dem Keller zurückkommt und nichts von unserem Gespräch mitbekommen hat, »ist noch immer nicht wieder munter. Langsam mache ich mir ernsthaft Sorgen.«

Ich brauche kurz, um es zu schnallen. Er möchte nicht, dass sich der echte Herr Fuchs, also sein Dackel, angesprochen fühlt oder womöglich noch beleidigt ist, weil es ein zweites Tier im Haus gibt. Natürlich, klar, auch das muss man bedenken.

»Das wäre dann ja wohl das dritte Opfer der Blaschke-Weihnacht«, sagt der Opa. »Langsam sollten sich die Dörfler wirklich einmal fragen, welchem Psychopathen sie ausgeliefert sind.«

»Opa! So kann man das nicht sagen«, erregt sich Ruprecht. Der Blaschke ist seit über vierzig Jahren Bürgermeister bei uns im Dorf und noch niemals vorher ist irgendetwas dergleichen vorgekommen.« Er stockt. »Na gut, das mit der Karnickelseuche damals, aber das war ja im Sommer. Und das ist ja auch nie nachgewiesen worden, dass der Blaschke das nur behauptet hat, um genügend Karnickelbraten für seine Silberne Hochzeit zu haben. Das gilt nicht.« Er schüttelt den Kopf, um diese Einschätzung zu unterstreichen. »Seit letztem Jahr …«

»Gut, Junge«, fährt der Opa ihm in die Parade. »Alles Blödsinn. Sagt mir lieber, wie eure Strategie in diesem Fall aussieht. Dieses Mal will ich aber von Anfang an ganz eng eingebunden sein. Hört ihr!« Er droht uns mit seinem ausgestreckten Zeigefinger. »Keine Minute dieser Gaudi soll mir entgehen.« Er feixt. »Das ich erst alt werden muss, um so einen Heidenspaß zu haben!«

»Gleich ist Gottesdienst und …«, Ruprecht beißt sich auf die Zunge. Offenbar gibt es noch eine tolle Überraschung für das weihnachtsaffine Volk, von der nicht einmal der Nikolaus etwas wissen darf. Na super, der Nachmittag ist also auch im Eimer. Ruprecht schaut mich unsicher an. Ich mache ein blödes Gesicht. Das kann ich. Es wirkt.

»Morgen Nachmittag treffen sich alle im Hirschen zum Weihnachtsbingo, dann ist ein Tag frei und ...«, zählt er weiter auf. Nebenbei bestreicht er eine Brötchenhälfte ganz dick mit der Aprikosen-Orangen-Marmelade, die Marlies dem Opa gestern Abend eingepackt hat.

An Opas Atemgeräusch kann ich erkennen, was er davon hält.

Ich überlege kurz, wie ich Ruprecht die Ansage vom Blaschke möglichst behutsam beibringe. Seit letztem Jahr ist er bei solchen Dingen ziemlich empfindlich, vor allem, seit Irmgards Leute mit ihren Sturmgewehren das Forsthaus gestürmt haben, weil der Mörder Opa und Herrn Fuchs als Geiseln genommen hatte. »Wir müssen den Mörder von Silvio schnappen, Ansage vom Blaschke Bürgermeister.« Mein Gesichtsausdruck passt nicht zur Botschaft. Ich lächle, aber mit dieser Verwirrungstaktik komme ich nicht durch.

Ruprecht hält in der Bewegung inne, sein angebissenes Brötchen schwebt zehn Zentimeter vor seinem Mund und der Inhalt wird auch nicht weiterbearbeitet. Von der Marmeladenspur an seiner Nasenspitze und in den Mundwinkeln einmal ganz abgesehen.

»Du machst nie, was der Blaschke sagt«, antwortet er, wobei er kaum zu verstehen ist. Dass wir uns erneut in Lebensgefahr begeben müssen, scheint ihn vergleichsweise wenig zu stören. Mit misstrauischem Blick dreht er sich in Richtung Opa. Ich bin in Versuchung, ihm die Speisekarte aus dem Gesicht zu wischen, lasse es aber lieber bleiben. Wenn ich bei ihm erst mit so etwas anfange, habe ich verloren. Ruprecht gewöhnt sich schnell.

»Es ist wichtig für unser Dorf ... und das Weihnachtsfest«, behaupte ich, obwohl ich nicht sagen kann, was mir mehr am Hintern vorbeigeht, das Kaff oder der Blaschke. Und der tote Silvio, den habe ich ja nicht einmal richtig gekannt.

Ruprecht schaut wieder mich an. Er hat noch immer nicht weitergekaut. »Du hast mit unserem Eliasborn nichts am Hut. Mit Weihnachten auch nicht.«

Ich frage mich, wieso Ruprecht mich, wenn er meine Antipathie tatsächlich mitgeschnitten hat, dann in diesen Nikolausquatsch hineinzwingt. Offenkundig scheint es da ein ganz eklatantes Ungleichgewicht bezüglich seiner Interessen und unserer Freundschaft zu geben.

»Es sind die Frauen, die den Männern ihre Würde rauben«, wirft der Opa wie nebenbei ein. Sein Zwinkern zeigt mir, dass er weiß, wie der Hase läuft. »Nun ja, und wenn man das einmal geschluckt hat, mhm, dann ist alles halb so wild, vor allem, wenn man zweigleisig unterwegs sein kann, gleicher Aufwand, doppelte Gewinnchance.« Er reibt sich die Hände. »Ich für meinen Teil könnte jedenfalls nicht sagen, ob ich die kleine Brütting oder die Evangelische besser finde, vorausgesetzt natürlich, Letztere war hier bei uns nicht nur eine Eintagsfliege.« Er lehnt sich zurück, legt seine gefalteten Hände auf seiner Brust ab und schaut versonnen an die Decke. »Es gibt einfach zu viele schöne Frauen auf der Welt. Ein Mann sollte sich nicht entscheiden müssen.«

In unserem Dorf normalerweise nicht, denke ich. Dass hier überhaupt eine auftaucht, ist so wahrscheinlich wie die Sichtung des Halley'schen Kometen. Den hat man 1986 letztmalig gesehen. Dass aktuell sogar zwei Schönheiten am

Start sind, könnte ich glatt als Weihnachtswunder durchgehen lassen.

Ruprecht rührt sich eine ganze Weile nicht. »Aber du bist doch schwul«, sagt er irgendwann und man möchte meinen, er wäre bei unserer gestrigen Unterhaltung über dieses Thema nicht zugegen gewesen. Ich kenne ihn ziemlich lange und überhöre das.

»Silvio Ernst ist der Lieblingscousin von Amelie«, sage ich und hoffe, dass das jetzt von Ruprecht vollumfänglich verstanden wird. Seit ich Amelie am letzten Advent das erste Mal gesehen habe, versuche ich alles, um ihr Interesse zu wecken. Ich war allein im November vier Mal beim Spelzer, nur weil sie dort als Helferin arbeitet. So langsam gehen mir echt die fingierten Krankheiten aus, also diejenigen, die der Doktor nicht sehen kann. Eine Quartalsdiarrhö nutzt sich schneller ab als man denkt. Amelie ist immer freundlich, aber mehr als ab und zu mal eine kleine Plauderei ist einfach nicht drin. Wie soll ich es auch anstellen, sie in den Hirschen einzuladen? Man soll zwar das Romantikpotenzial von Kurts durchgesessener Couch, dem besoffenen Funke Tischler und einem Mikrowellen-Cordon bleu nicht unterschätzen, aber mein Ding ist es nicht, also zumindest nicht, wenn ich auf eine Frau wie Amelie aus bin. Der Hirsch ist zwei Tage alter Hackepeter aus der Packung. Amelie ist Krabbencocktail mit selbst gemachter Remouladensoße. Und auf den von der Erlebnisarmut potenzierten Dorftratsch bin ich auch nicht sonderlich scharf. Ruprecht weiß das und hat mir sogar sein Auto angeboten, damit ich sie in Suhl schick ausführen kann. Letzteres ist schon ein Widerspruch in sich. Egal. Ruprecht jedenfalls ist von Anfang an eingeweiht. Er ist schließlich mein bester Freund. Der Groschen fällt bei ihm gerade trotzdem nicht. Dieser Weihnachtspunsch löscht wohl doch mehr Gehirnzellen aus, als ich dachte.

»Brütting. Ernst. Ernst. Brütting«, sortiert Ruprecht offenkundig seine Gedanken. »Stimmt. Die Mütter von Silvo und Amelie sind Schwestern. Jetzt musste ich wirklich überlegen. Die Brütting ist aber lange weggezogen. Deswegen kam ich nicht gleich drauf.« Er beißt erneut in sein Brötchen und macht ein Gesicht, als ob sich das Ganze damit für ihn erledigt hätte.

Na klar, wer es wagt, unser Dorf zu verlassen, der wird aus dem kollektiven Gedächtnis gelöscht. Den Verräter trifft die Verbannung. Wenn nicht Schlimmeres.

»Amelie«, insistiert der Opa mit eindeutigen Handzeichen in meine Richtung.

Ruprecht könnte nicht ahnungsloser dreinblicken.

»Meine Güte, ich bin scharf auf die Braut«, blaffe ich, was sogar für meine Ohren ein wenig derb klingt. »Kapiert?«

»Na das ist ja mal was ganz Neues.« Irmgards kreischende Stimme zerschneidet unser friedliches Weihnachtsfrühstück. »Wer das noch nicht geschnallt hat, muss als Baby mehrfach vom Winkeltisch gerollt sein.« Ihr Blick in Richtung ihres Bruders bereitet mir Unbehagen. Ich sollte Ruprecht einmal fragen, ob ihm dergleichen widerfahren ist. Die Schuldige hat sich gerade entlarvt. Aber das hat Zeit. Jetzt ist erst einmal der Schrumpfkopf über uns gekommen. Und das bedeutet nichts Gutes.

»Schon wieder«, kommentiert der Opa angesichts seiner Enkelin und die Worte scheinen ihm nicht einmal aus Versehen aus dem Mund gerutscht zu sein.

»Korrekt«, giftet sie zurück und schiebt ihren Absatz über die Dielen, als müsste sie Schwung holen, um zum Sprung auf uns anzusetzen. So etwas Ähnliches passiert auch, verbal zumindest. »Jetzt hört mir mal genau zu, ihr einfältigen Hinterwäldler!«

Ich achte darauf, ob sie auch den Opa ins Visier nimmt, aber das wagt sie dann doch nicht. Der Opa ist der Meister der familiären Ignoranz. Er schält Mandarinen, deren Hälften er abwechselnd bei Ruprecht und mir auf die Teller legt, und wartet, bis das Grauen verschwindet.

»Ein zahnloses Vögelchen hat mir gerade gezwitschert, dass Nikolaus und Knecht Ruprecht meine willfährigen Handlager in der Mordsache Ernst sein wollen…« Irmgard saugt die Luft ein, als würde sie sie uns wegatmen wollen. »Euer dusseliges Dorfoberhaupt mag das für eine gute Idee halten. Aber der freut sich auch über ein paar vom Lkw gefallene angelaufene Walnusslebkuchen, zumindest sah das, was ihm seine Frau da gerade aufgetischt hat, verdammt danach aus. Weihnachten ist das Fest der Liebe, schon klar.« Irmgard gibt nun einen Laut von sich, der jeden Gaul in die Ecke stellen könnte. »Wenn der Blaschke an dem trockenen Zeug erstickt ist, dürft ihr mich anrufen, aber erst, wenn ihr ganz sicher seid, dass er keinen Mucks mehr tut. Ansonsten möchte ich ab sofort nichts mehr von euch sehen oder hören. Und wagt es nicht, euch auch nur ansatzweise in meine Arbeit einzumischen. Ich brauche euch nicht! Erst recht nicht die geschwätzige Beschränktheit meines Bruders…« Sie würdigt Ruprecht keines Blickes, sondern stiert mit diesem kranken Ausdruck in den Augen nur auf mich. »…und dein dummes Gequatsche. Das juckelt nur die Leute auf. Den Blaschke erledige ich allein. Verstanden!«

»Schiss, dass wir wieder schneller draufkommen, was?«, grinse ich sie unverschämt an. Eine solche Unverfrorenheit darf nicht ungesühnt bleiben. Beim Weihnachtsgurkenmord war immerhin sie es gewesen, die mich als Spitzel engagieren wollte. Und überhaupt. Wieso nutzt dieses grässliche Weib jedes Verbrechen, das bei uns im Dorf geschieht, für ihre Privatfehde mit dem Blaschke? Irgendwann muss sie sich doch einmal von ihren traumatischen Kindheitserlebnissen lösen können. Gut, der Blaschke hat ihr einziges Haustier, den Rammler Erich, konfisziert und gegessen, aber meine Güte, muss man deswegen so kleinlich sein? Ich habe doch auch keine Essstörung, nur weil Tante Hildegard meinen Kinderwagen am Abholtag neben die Restmülltonne auf die Straße gestellt hat. Mit mir drin, wohlgemerkt. Das ist Geschichte. Irmgard hingegen scheint ihr Trauma zu zelebrieren. Dass das den Vorschriften entspricht, bezweifle ich.

»Ich habe mich klar ausgedrückt.« Sie dreht ab, hält jedoch in der Bewegung inne und schaut uns über ihre dürre Schulter an. »Wagt es nicht.« Kurz darauf ist sie verschwunden und lässt nur einen Hauch ihres Parfüms zurück. Zumindest fängt mein Riechorgan etwas ein, das hier nicht hergehört. Ich weiß nicht, ob Stinkfrüchte auch für Deos herhalten müssen, aber das möchte ich lieber nicht zu genau wissen. Irgendwo habe ich mal gelesen, dass das Aussehen und der Duft einer Frau eine Einheit bilden. Der Beweis ist erbracht.

Der Opa bewegt sich von uns dreien zuerst wieder. Er steht auf, öffnet das Fenster sperrangelweit und geht dann zum Kühlschrank, um seinen Selbstgebrannten herauszunehmen. »Ich glaube, irgendwo fault eine Orange oder hat jemand von Euch das Frühstück nicht vertragen?« Er nimmt den Teller mit dem Käse, hält ihn sich unter die Nase und schüttelt den Kopf. »Mhm. Seltsam.«

»Irmgards Parfüm«, bemerke ich und ziehe mir die Flasche mit dem Schnaps herüber, um ihn auszuschenken. Ich muss den Ekel herunterspülen, und die Dummheit des Blaschke Bürgermeisters gleich mit. Beides ist kaum zum Aushalten.

»Ach so«, antwortet der Opa trocken und nimmt ohne Umschweife das Thema des Tages wieder auf. »Kennst du den Toten überhaupt? Ich kann mich nicht erinnern, ihn schon mal getroffen zu haben. Aber er bewegt sich sicherlich auch nicht in meiner Altersklasse.«

Ruprecht stiert vor sich hin.

»Nie vorher gesehen«, antworte ich und hoffe, dass Ruprecht nun endlich mitmacht.

Er braucht noch ein paar Minuten.

»Ich hatte mal ein Tretauto …« Ruprecht schnauft, »… das war sogar aus dem Westen.«

Nicht diese alte Geschichte, denke ich, aber der Opa gibt mir ein Zeichen, Weihnachtsmilde walten zu lassen.

»Das Auto war neongrün und gelb«, fährt Ruprecht fort.

Und Irmgard hat es mir weggenommen, vollende ich den Satz im Geiste.

»Und Irmgard hat es mir weggenommen«, sagt Ruprecht und beugt sich mit verschwörerischer Miene weit über den Tisch. »An dem Tag, an dem sie ausgezogen ist, um ihre Ausbildung anzufangen, hat sie es eingepackt und von da an habe ich es nie wiedergesehen.« Er nickt wichtig. »Nur weil sie wusste, wie gern ich damit herumgefahren bin.«

Ich habe bereits vor dreißig Jahren aufgehört mich zu fragen, wieso eine Sechzehnjährige ihrem kleinen Bruder das Tretauto klauen sollte. Um es im Lehrlingswohnheim unterzustellen? Damit sie bei ihren Mitschülern etwas zum Angeben hat? Das ist doch Bockmist. Aber Ruprecht lässt sich davon nicht abbringen. Dass dieser Starrsinn einmal nützlich sein könnte, hätte ich allerdings nicht für möglich gehalten.

»Silvio Ernst ist mein Tretauto«, konstatiert Ruprecht entschlossen.

Aha.

»Selbst wenn es mir gelingt, das auszublenden, bin ich dabei«, fährt Ruprecht fort. »Allerdings glaube ich nicht, dass ich das hinkriege. So eine Erfahrung ist schon prägend …«

»Was willst du sagen, Junge?« Der Opa weiß, worauf es ankommt.

»Na ja, ich meine, ich tue das für Silvio«, antwortet Ruprecht mit bedeutungsschwangerer Miene.

Wieso hätte mein ältester und engster Freund auch etwas anderes sagen sollen? Ich bin es, der ihn um etwas bittet und er tut es für irgendeinen Silvio. Danke schön!

»Du kennst den Knaben?«, fragt Opa und kommt mir damit zuvor.

Ruprecht nickt eifrig. »Seit Heiligabend. Ich habe mit ihm den Anmeldebogen ausgefüllt.«

»Seit gestern also, so, so«, entgegnet der Opa. »Interessant …«

»Welchen Anmeldebogen?«, will ich wissen.

Ruprecht rümpft die Nase, was ich als Reaktion auf meine

Unwissenheit deute. »Alle Teilnehmer müssen so etwas ausfüllen. Das sind die Regeln. Das Weihnachtskomitee muss ja nachkommen können, auch wegen Schadensersatz und so. Im Notfall brauchen wir ja auch die Kontaktadresse eines Angehörigen«, erklärt er pikiert.

Ich will es eigentlich nicht wissen. Auch wer meinen Bogen ausgefüllt hat, interessiert mich nicht. Aber es nützt nichts. »Wen hat Silvio eingetragen?«

Ruprecht stutzt und tut sich irgendwie schwer mit der Antwort. »Niemanden.«

»Aber dass du den Burschen erst seit gestern kennst …«, hebt der Opa noch einmal an.

»Es ist vollkommen egal, wie lange man jemanden kennt. Hauptsache, die Chemie stimmt«, doziert Ruprecht. »Silvio Ernst hat keine Minute gezögert, die Rolle des Ochsenhinterteils zu übernehmen. Er war ein Freund unserer Heimat. Er verdient es, dass wir seinen Mörder finden.« Ruprecht klingt nun wie der Bundespräsident zur Neujahrsansprache. »Wer sich den Thüringer Wald auf die Haut malen lässt, der ist ein guter Mensch.«

Der Opa schaut mich fragend an. »Tätowierung«, flüstere ich. Er versteht mich akustisch, aber ich kann ihm ansehen, dass er diese Information nur äußerst schwerfällig verarbeiten kann. Dabei hat er nicht einmal das gesehen, was ich gesehen habe. Schließlich zeigt er auf seinen Bauch. Ich nicke und flüstere: »Köhlerhütte im Tannendickicht«. Darauf gießt er uns beiden nach und noch ehe ich nach meinem Glas fassen kann, hat er seines leer.

Ruprecht zückt sein Mobiltelefon. Kurz darauf hält er es dem Opa unter die Nase. »Siehst du. Das meine ich.«

Er hat den Toten fotografiert, denke ich. Mein bester Freund hat ein Foto vom Thüringer-Wald-Tattoo einer Leiche gemacht. Ich bin fassungslos.

»Ist das die Köhlerhütte am Wolfsacker?«, will der Opa wissen. Er liebt seinen Enkel wirklich.

Ruprecht ist kaum noch zu halten. »Das ist toll, nicht wahr?«

»Mhm.«

Ruprecht schaut mich an.

»Mhm.«

Nun hat mein Freund Tränen in den Augen. »Wenn es mehr solche Leute wie Silvio geben würde ...!«

Ich kürze diesen Teil der Unterhaltung lieber ab, aus eigenem Interesse: »Du bist also dabei.«

»Dieses Mal hat der Schrumpfkopf das Nachsehen. So was wie mit dem Tretauto passiert mir nie wieder. Das schwöre ich.« Er hält mir seine flache Hand entgegen, so wie er es in den amerikanischen Filmen gesehen hat. Ich schlage ein.

»Na dann, Prost«, antwortet der Opa und streckt uns sein Glas entgegen. Er zwinkert mir zu und wir lassen die Gläser klirren. Es ist der erste Weihnachtsfeiertag. Die Kirchturmuhr hat gerade zehn Mal geschlagen. Auf dass die Spiele beginnen.

Ich kann es schon von Weitem sehen. Das halbe Dorf hat sich vor unserer Kirche versammelt. Die meisten haben sich herausgeputzt, also tragen ihr Sonntagsoutfit. Nur der Funke Tischler sticht mit seiner Arbeitshose und der schlammgrünen Wattejacke etwas heraus, aber da er diese Klamotten die ganze Woche trägt, passt das mit der Sonntagskleidung für ihn auch irgendwie.

Mich stören die Leute nicht. Ich kann mich prima mit mir selbst beschäftigen. Gerade frage ich mich zum Beispiel, ob es Zufall ist, dass die Blaschkin ihrem Mann Walnusslebkuchen füttert. Irmgard scheint das nicht seltsam vorgekommen zu sein, sonst hätte sie es vor uns nicht erwähnt, schon klar. Aber ich traue dem Blaschkeweib alles zu. Was, wenn sie auf den Zug aufspringen will? Dann müsste sie aber von dem tödlichen Gewürzkuchen wissen. Das wirft bei mir die dringliche Frage auf, von wem Silvio das Zeug bekommen hat. Wenn der Doktor richtig schlussfolgert, was ich nicht bezweifle, dann lagen nur wenige Minuten zwischen dem Snack und Silvios Ableben. Das wiederum würde bedeuten, er müsste den Süßkram erst in der Kirche bekommen und sofort davon genascht haben. Kein Mensch stopft sich Essen in die Taschen, wenn er zur Heiligen Nacht in den Gottesdienst geht, zumal alle sich danach auf ein opulentes Abendessen stürzen. Wenn man aber gezielt töten will …? Mhm. Dann muss das Opfer nur noch so dämlich sein und zugreifen. Aber ich mache den zweiten Schritt vor dem ersten. Die Sache mit der Kirche jedenfalls schränkt den potenziellen Täterkreis wahnsinnig ein. Achtung, Ironie! Das komplette Dorf hockt an Weihnachten in den Kirchenbänken. Ich hasse mein Leben. Dennoch, Silvio war Allergiker. Die Nuss konnte nur ihn allein umbringen. Der Blaschke hingegen ist ein Mastschwein. Der verträgt sogar Kurts abgelaufenes Würzformfleisch.

»Wieso gehen die nicht rein?«, fragt Ruprecht und fängt

an, aufgeregt seinen Hals nach allen Seiten zu recken. »Davon, dass wir Einlasskontrollen haben, hat mir keiner etwas gesagt. Das hätte angekündigt werden müssen, da sich dadurch der Beginn verzögern kann. So etwas sprengt doch jeden Zeitplan.«

»Es ist nur ein Weihnachtsgottesdienst«, gebe ich zurück. »Ob der Braten danach fünf oder zehn Minuten später auf den Tisch kommt, ist wurscht.« Ich bleibe stehen und schaue Ruprecht von der Seite an.

Er bemerkt mich nicht und geht weiter. Nebenbei höre ich ihn jammern: »Die Zeit wird zu knapp. Die Leute wollen ihr Weihnachtsessen pünktlich auf dem Tisch haben. Oh, nein. Vierzehn Uhr beginnt dann auch der Film. Wie soll ich denn …?«

Ich schließe zu ihm auf. »Mein alter Videorekorder tut es noch. Ich könnte dir den Film aufnehmen«, sage ich, weil ich sehe, dass er immer nervöser wird und nun anfängt, sich zwischen den Leuten hindurch in Richtung Kirchentür zu schieben. Obwohl mir das alles zu viel fremde Körperwärme ist, folge ich ihm. Die Leute weichen aber auch keinen Millimeter von ihren Plätzen. Sie ziehen an meinem Umhang. Einige klopfen mir auf die Schulter, fassen nach meiner Hand. So müssen sich der Papst und die Stones fühlen, wenn sie ein Bad in der Menge nehmen. Jetzt spüre ich etwas an meinem Hintern. Das ist kein Missgeschick. Da testet jemand die Qualität. Ich bin der Letzte, den man als prüde bezeichnen kann, aber das ist der reine Sexismus. An Weihnachten? Bei einem Heiligen? Wenn die Liturgie keine Grenzen setzt, was dann? Ich drehe mich zackig um und betrachte die Gesichter derer, die es gewesen sein könnten.

Unser alter Schäfer scheidet schon mal aus. Die beiden älteren Männer, auf deren Namen ich nicht komme, auch. Dann ist da noch mein Nachbar Gerhardt, der mir freundlich zunickt. Also bitte, echt jetzt? Nein. So plump ist Gerhardt nicht. Er trägt Seidenhemden. Zwei Köpfe weiter erspähe ich Mandy. Als sich unsere Blicke treffen, läuft sie knallrot an. Sie wird doch nicht? Mandy ist zwar keine Schönheit, aber einem Affen ähnelt sie trotzdem nicht, zumindest was die Länge ihrer Arme angeht. Das haut nicht hin. Aber wer um alles in der Welt…? Ich will gerade wieder nach Ruprecht Ausschau halten, als eine in dicke Schals eingepackte Hutzeloma in mein Sichtfeld kommt. Ihr anzügliches Zwinkern und ihr lasziv geöffneter Mund sprechen eine deutliche Sprache. Ist das Sabber an ihren Mundwinkeln? Jesus! Jetzt leckt sie sich auch noch die Lippen. Jedenfalls habe ich nun keine Zweifel mehr. Sie war es, die mich begrapscht hat. Aus dem Augenwinkel sehe ich, wie sie erneut ihre Hand nach mir ausstreckt, aber ich bin schneller und weiche zurück. Eine Greisin. Echt jetzt? Die meint doch nicht, dass ich ihr das durchgehen lasse? Der Tod steht schon vor der Tür und es fallen alle Hemmungen oder was? Da hat sie sich aber geschnitten. Hier ist ein Machtwort fällig. Glücklicherweise schaue ich, bevor ich den Mund aufmache, noch einmal genauer hin. Bei dem Lüstling handelt es sich um Oma Brütting, Amelies neunzigjährige Großmutter. Und jetzt erst sehe ich sie. Amelie. Ihr Lächeln ist einfach bezaubernd.

»Ich hatte mal was mit einem Weihnachtsmann«, höre ich Oma Brütting sagen. »Aber deine Nase ist mir zu groß. Insgesamt siehst du für einen Nikolaus ziemlich scheiße aus. Und zu abgefummelt bist du auch.«

Das ist ja wirklich schön, erst betatschen und dann beschweren. Sauber! Und was bitte stört sie an meiner Nase? Ich weiß nicht, warum die, die selbst ein eklatantes Problem haben, immer am lautesten schreien müssen. Die Nase der Oma ist gute zwei Zentimeter länger als ihre Ohren und wir alle wissen, welcher Schwerkraft die Lauschlappen einer Neunzigjährigen ausgesetzt sind. Ich schlucke meine Kränkung herunter und überlege fieberhaft, wie ich mit Amelie ins Gespräch kommen kann. Aber die schüttet sich angesichts der Worte ihrer Großmutter aus vor Lachen. Ich versuche Größe zu zeigen, denn Oma Brütting ist ein weiblicher Methusalem, deren Gehirnsynapsen nur noch nach dem Zufallsprinzip arbeiten. Wenn man Pech hat, erwischt man eben einen Tag, an dem es klemmt. So wie heute. Egal.

Dennoch wäre ein Widerspruch von Amelie echt nett gewesen oder meinetwegen auch nur eine kleine Korrektur. Aber nichts davon lässt sich auf ihrem hübschen Gesicht ablesen. Ehe ich sie weiter angaffen kann, hat mich Ruprecht beim Wickel.

»Mach schon, Nikolaus«, schimpft er. »Wir gehören zum Stab und müssen Vorbild sein.«

»Bis nachher«, rufe ich Amelie noch zu und lasse mich von meinem Freund wegzerren.

»Bloß nicht«, schreit Oma Brütting. »Nachher denkt noch einer, ich habe was mit dem.« Amelie bleibt wieder still.

Ruprecht hat wie immer nichts mitbekommen und wälzt seine eigenen Probleme. »Die kontrollieren, ganz eindeutig«, schimpft er. »Einen anderen Grund kann es nicht geben.«

Insgeheim spekuliere ich darüber, ob Ulf der Gemeindearbeiter, nur die Ausweise prüft oder in den Taschen auch nach Waffen sucht. Das könnte dann natürlich deutlich länger dauern. Womöglich hat er es sogar auf Nusslebkuchen abgesehen? Allerdings zählt der Doktor nicht gerade zu den mitteilungsfreudigen Zeitgenossen. Deswegen könnte sich Silvios Todesursache noch nicht zu unseren Leutchen herumgesprochen haben. Wenn die ersten Tumulte wegen einer Tüte Weihnachtsgebäck ausbrechen, ist die Sache allerdings klar.

Ruprecht ist nun in der ersten Reihe angekommen und beginnt zu hyperventilieren. Ich nicht. Ich gucke nur. Vor der Eingangstür unserer Kirche versperrt eine rostige Kette den Weg. Dem zerfledderten Schild, das daran baumelt, kann ich entnehmen, dass in unserem Gotteshaus gerade ein Manöver stattfindet. Für die russischen Gäste unter uns wird diese Information noch einmal in kyrillischen Buchstaben wiederholt.

»Wie …? Was …? Aber …?« Ruprecht bekommt Schnappatmung. »Seit über dreißig Jahren hat die Sowjetarmee kein Manöver mehr bei uns gefahren. Wieso nun ausgerechnet an Weihnachten?« Er legt den Kopf in den Nacken und schaut zum Kirchturm hinauf, als könnte er so erkennen, was hier gerade abgeht. »In einem Gotteshaus? Ob das der Blaschke Bürgermeister weiß? Damit ist er garantiert nicht einverstanden.«

Hinter uns werden die Dörfler unruhig.

»Das sowjetische Brudervolk duldet keinen Widerspruch und knallt ihn ohne Vorwarnung ab«, frotzle ich. »Womöglich haben die auch schon die Kirche vermint.«

Jetzt gibt es wirklich Tumulte, aber nicht um Pfefferkuchen.

Auch Ruprechts Sinn für Humor ist begrenzt. Sehr begrenzt. Er ist den Tränen nah.

Schuld ist Ulf. Wenn der nicht jeden Mist aufheben würde und sich im Baumarkt ein normales Absperrband gekauft hätte, käme nicht einmal Ruprecht auf so krude Ideen.

Bevor die ersten ihre Waffen holen, tritt der Blaschke vor die Massen. »Volk!«, schreit er. »Liebef Volk.«

Ich registriere, dass unser Dorfüberhaupt sich bester Gesundheit erfreut, und fühle mich trotzdem nicht angesprochen.

»Frohe Weihnachten«, schmettert er aus voller Kehle.

Niemand antwortet. Die Angst vor den Russen hat sie sprachlos gemacht. Ich habe Mühe, mir das Lachen zu verkneifen.

Der Blaschke Bürgermeister wirkt ein wenig irritiert angesichts der Unhöflichkeit seiner Untergebenen. Aber er ist Politiker und es gewohnt, sein Volk zu ignorieren. »Änderung def Ablaufplanef«, kommandiert er. »Erftenf, die Gottefdienfte fallen bis auf Weiteref mangelf Perfonal aus.«

Mist, denke ich. Die schöne Evangelische war also doch nur auf Kurzbesuch.

Der Missmut der Leute hält sich in Grenzen. Nur die Familienangehörigen der Krippentiere sowie die Statisten scheinen damit nicht einverstanden zu sein. Fragen nach der Wiederholung des Krippenspiels an Neujahr werden laut.

Der Blaschke knüppelt das nieder. »Daf Jesufkind hat Fchnupfen«, verkündet er, wohl wissend, dass das ein Totschlagargument ist. Ein krankes Kind? Schrecklich. Dann auch noch das kleine Jesulein. Eine Katastrophe. Eine verwaiste Krippe? Doppelte Katastrophe. Kurzum, die Massen schweigen. »Zweitenf«, legt der Blaschke nach. »Unfere Fichte wird ab fofort tfum Fperrgebiet erklärt. Niemand darf fich ihr auch nur auf tfehn Meter nähern.«

Jetzt kommt doch tatsächlich Protest auf. Was um alles in der Welt ist an diesem Baum so besonders? Also mal abgesehen davon, dass er gut gewachsen ist. Das riecht förmlich nach einer plumpen Verschleierungstaktik durch den Blaschke Bürgermeister. Unsere Leutchen merken das. Hier regiert die reine Willkür. Nordkorea lässt grüßen.

»Lass unsere Fichte da raus, Blaschke!«, brüllt ein Mann aus der hinteren Reihe. »Schlimm genug, dass du zuschaust, wie einer nach dem anderen von uns abgeschlachtet wird.«

Tosender Applaus.

Das ist mal ein ganz neuer Ansatz, denke ich. Die innere Sicherheit von Eliasborn hängt gerade an einem ganz seidenen Faden.

Alfred Recknagel, unser Dorfoppositioneller, merkt das auch. Er streckt die Arme in die Luft und schreit: »Mörder!«

Einige der Dörfler steigen darauf ein.

Ganz großes Kino. Der Blaschke fängt an zu schwitzen und auch Ulf, der nur ein paar Schritte hinter ihm steht, sieht irgendwie mitgenommen aus.

»Bürger! Ich bitte euch …!« Der Bürgermeister hebt beschwichtigend die Hände. Dabei bleibt es zunächst.

»Du schuldest uns die Weihnachtsgurke, Blaschke«, kreischt eine der Frauen.

»Wir wollen suchen!«, rufen immer mehr Leute.

Ich vermute einen Scherz oder zumindest eine versteckte

Kamera, aber augenscheinlich hat das Gurkenritual eine tief verwurzelte Bedeutung. Wow!

»Äh … Freunde … es ist zu eurem Beften«, stammelt der Blaschke nervös. Offenkundig will er den Unsinn mit dem Weihnachtsgurkenfluch nicht öffentlich verkünden. Der Idiot hat Angst, es auszusprechen. Na klar, immerhin kann man Flüche auch herbeireden, zumindest in der Welt, in der der Blaschke lebt. Ich kann ihm ansehen, dass er erwägt, die bloße Existenz der Gurkentradition zu bestreiten. Aber so aufgeladen wie die Stimmung mittlerweile ist, kommt er damit nicht durch. Das schnallt selbst unser beschränktes Dorfoberhaupt.

Die Massen geraten in Bewegung. Alles deutet auf eine Revolution hin. Ich finde das prima. Ruprecht hingegen schaut mich ängstlich an. Noch halte ich das aus. Nicht lange. Ruprecht hat in Sachen Penetranz was weg. O Mann, wieso eigentlich immer ich?

»Ruhe!«, brülle ich und erstaunlicherweise wird es sofort still. »Was euch der Bürgermeister zu sagen versucht, ist …«, ich werfe dem Blaschke einen arroganten Blick zu, »… eine Sturmböe hat letzte Nacht die Weihnachtsgurke aus dem Baum geweht. Sie ist kaputt. Wir müssen also in diesem Jahr schweren Herzens auf unsere beliebte Tradition verzichten.« Pause.

»Genau daf wollte ich fagen«, pflichtet mir der Blaschke, die Lügensau, bei.

»Und das wusstet du gestern Abend schon und hast deswegen alles abgeblasen«, wirft Alfred Recknagel boshaft ein. Alfred ist nicht doof und ergreift jeden Strohhalm, den Blaschke zu stürzen.

»Äh … also … nee …« Der Blaschke ist wortgewandt wie immer. Dass er das Baumharz nicht abbekommen hat, macht es nicht besser. Er sieht aus wie ein sprachloser Zombie.

»Angesichts der furchtbaren Ereignisse, die unsere Dorfgemeinschaft am Heiligen Abend ereilt haben, war dies ein Akt der Verantwortung und des Respekts«, erkläre ich und staune dabei selbst über mein hochtrabendes Gequatsche.

»Mein armer Edelbert, genau«, jammert Heinz Gabel-Meier. »Möge es ihm im Ochsenhimmel gut ergehen.«

Ein paar der Leute nicken zustimmend. Ich vermute, dass die schon dran sind, die sterblichen Überreste von Edelbert in Lebkuchensoße zu ertränken. So ein toter Ochse an Weihnachten ist echt eine glückliche Fügung, besser als Gold, Weihrauch und Myrrhe. Scheinheilige Bande. Dass ich von Silvio Ernst gesprochen habe, scheint niemandem aufzugehen. Das jedoch ist nebensächlich, da meine Worte ihre Wirkung zeigen.

»Absolut nachzuvollziehen«, meldet irgendjemand.

»Gut gemacht«, bestätigt ein anderer.

Der Blaschke Bürgermeister macht ein breites Kreuz und grinst zufrieden auf sein Wahlvolk hinab. »Und damit ihr alle nicht gar fo traurig feid, habe ich gut für euch geforgt.« Er deutet mit dem Kopf in Richtung eines vor dem Portal aufgebauten Tischchens, hinter dem Ilse, Ulfs Frau, steht und drei Glühweinkocher gleichzeitig bedient. »Und Walnufflebkuchen gibt ef auch«, flötet er. Der letzte Satz ist noch nicht ganz verklungen, da schieben sich die Massen in Richtung der milden Gaben. Die Diktatur ist vergessen, wenn es Alkohol gibt, kostenlos, versteht sich. Ich steuere auf den Blaschke zu.

»Hej Bürgermeister«, rufe ich, damit er mir nicht auskommt. »Wo hast du die Lebkuchen her?«

»Felbft gebacken«, antwortet er, ohne rot zu werden. »Allef für meine lieben Wählerinnen und Wähler.«

»Erzähl das dem Fuchs«, antworte ich, wobei ich so nah an ihn herantrete, dass sich unsere Nasenspitzen fast berühren. Das macht Eindruck auf ihn. Ich kann meine Drohgebärde nur nicht lange durchhalten, denn was immer der Kerl auch gegessen hat, es riecht ekelhafter als Irmgards Parfüm. »Die Lebkuchen, Blaschke!«

Er schaut mich mit weit aufgerissen Augen an. »Fpinnft du oder waf?«, blafft er. »Fei froh, wenn du etwaf gefchenkt bekommft. Da ift man doch nicht wählerifch.«

»Woher?«, lege ich nach.

»Annemarie«, haucht der Blaschke und sieht dabei aus, als würde er jeden Moment davonrennen wollen.

Ich stutze. »Welche Annemarie?«

Der Blaschke bekommt wieder ein wenig Oberwasser. »Welche Annemarie? Welche Annemarie? Wie blöd bift du denn?«, echauffiert er sich. »Wir haben nur eine Annemarie im Dorf und die macht daf befte Pfeffertfeug im gantfen Thüringer Wald.«

»Für dich?«, frage ich ungläubig nach. So langsam komme ich drauf. Eine von Opas Verehrerinnen heißt Annemarie. Sie ist weit abgeschlagen hinter Marlies, aber das ist jetzt unerheblich.

»Für die lieben Kindergartenkinder«, entgegnet der Blaschke in schleimigem Ton.

»Vollständige Sätze«, fordere ich.

Er schnauft genervt. »Meine Güte, daf waren die Gaben

für unferen Kindergarten. Der Nikolauftag, du erinnerft dich vielleicht.« Er winkt ab. »Tuft du ja doch nicht, da ef bei dir nicht fo weit reicht. Aber daf geht mich nichtf an. Wie dem auch fei. Annemarie kann nur in grofen Mengen …«

»Und da wirfst du alles, was du seit dem sechste Dezember nicht selber fressen konntest, am ersten Weihnachtsfeiertag unter dein *geliebtes* Volk«, fahre ich ihn an. »Wie großzügig von dir.«

Der Blaschke Bürgermeister nickt eilig. »Fo bin ich nun einmal.«

»Und gestern Abend vor dem Gottesdienst habt ihr das Zeug auch verteilt, ja?«, bohre ich weiter.

»Nee.« Der Blaschke Bürgermeister schüttelt den Kopf. »Am Heiligen Abend?« Er rümpft die Nase. »Daf hat doch keinen Wert fo kurtf vor dem Abendeffen. Noch dazu laffe ich mir doch nicht meine Kirche vollkrümeln.«

»An wen, außer die Kindergartenkinder, habt ihr die Kuchen noch verschenkt?«, bohre ich weiter.

Der Blaschke Bürgermeister macht dicke Backen. »Meine Frau?«

Dass die Blaschkes sich selbst bedienen, hatte ich schon einkalkuliert. »Noch jemand?«

»Alfo erlaube mal, daf ist Volkfeigentum!«, empört sich der Blaschke. »Daf wird nicht verfchleudert.«

Ich weiß nun, was ich wissen wollte, und lasse ihn stehen. Immerhin habe ich mit ihm heute schon mehr Worte gewechselt als das gesamte Jahr über. So viel Selbstkasteiung ertrage nicht einmal ich. Jedenfalls komme ich der Sache nun schon näher. In unserem Dorf gibt es acht Kindergartenkinder plus ihre Familien. Dazu kommt Annemarie, die ich nicht persönlich kenne, aber der ich, nach allem, was ich gerade gehört habe, unterstellen würde, dass sie mit ihren Erzeugnissen sehr freigiebig ist. Das kriege ich raus.

»Nikolauf«, flüstert der Blaschke mir von hinten ins Ohr, als ich schon bei Ilse auf meinen Glühwein warte. Ich zucke nicht mal zusammen, so sehr bin ich den Grusel hier gewöhnt. »Ich habe den Lorentf Otto geftern vor der Kirche mit einer Tüte Walnufflebkuchen gefehen.« Er spricht extrem leise und wenn ich es richtig mitbekomme, ohne seine Lippen zu bewegen. Tja, Denunziantentum will auch gelernt sein. »Der hat fchon immer geklaut.« Er hebt beide Hände, als würde ich ihm eine Knarre an den Kopf halten. Mich erfreut der Gedanke – theoretisch. »Von mir haft du daf nicht. Klar!« Er bewegt sich zwei Schritte von mir weg. »Ach, wenn du magft, lege ich ein gutef Wort bei deiner Amelie für dich ein.« Sein schmieriges Grinsen verlangt förmlich nach meiner Faust. Aber ich habe mich unter Kontrolle. Stattdessen nehme ich meinen ersten Becher auf Ex. Wie ich gerade den zweiten ordere, sehe ich, wie Heinz Gabel-Meier, der trauernde Ochsenbauer, der Blaschkin eine Tüte reicht. Wenn da mal nicht zum zweiten Weihnachtsfeiertag im Hause des Bürgermeisters Saure Nieren auf dem Speiseplan stehen. Ich gönne sie ihm, von ganzem Herzen.

Otto wollte den Weihnachtsgottesdienst schwänzen. Ich verurteile das nicht. Wie komme ich denn dazu? Im Gegenteil. Ich habe sogar Verständnis für sein Fernbleiben. Ich hätte mir auch lieber alle fünf Teile von ›Stirb langsam‹ reingezogen. Eventuell hat Otto aber auch andere Beweggründe. Nicht jeder steckt den Tod eines Menschen einfach so weg, noch dazu einen gewaltsamen. Immerhin war er als Kopf des Ochsen so dicht dran wie kein anderer. Irgendwie gruselig ist das schon, also wenn man sich vorstellt, das nur wenige Zentimeter hinter einem ein Mensch stirbt, während man damit zu tun hat, die Ochsenhörner auf dem Kopf zu behalten. Puh! In Ottos Haut wollte ich nicht stecken.

Von Otto und seiner Frau war vor der Kirche jedenfalls weit und breit nichts zu sehen. Mandy, unsere Kindergärtnerin und die Tochter des Ochsenkopfes, ist allein gekommen. Ich genehmige mir also noch einen dritten Becher des Heißgetränks, natürlich nur für meine Nervenstärkung, und mache mich auf den Weg. Mit ein wenig Glück hat der Kindergartenchor gleich noch einen Auftritt und Mandy ist unabkömmlich. Das ist reiner Selbstschutz. Denn Mandys romantische Fixierung auf mich löst bei mir Beklemmungen und damit Stress aus. Meine Abwehrmechanismen laufen dann so dauerhaft auf Hochdruck, dass ich Sorge habe, sie könnten irgendwann Ermüdungserscheinungen zeigen. Ich bin mir sicher, nur ein kurzer schwacher Moment und zack, Mandy würde sich auf mich stürzen wie eine ausgehungerte Elefantenkuh auf ein Bündel frisches Heu. Nicht, dass ich damit sagen will, unsere Kindergärtnerin erinnert mich an einen Elefanten. So schnell rennen kann sie nun wirklich nicht. Derartige Assoziationen können aber auch wirklich tückisch sein. Schnurzegal. Ich muss mit Otto reden. Die üble Nachrede des Blaschke Bürgermeister lasse ich da mal außen vor. Entscheidend ist, dass Otto der Letzte war, der Silvio lebend gesehen hat, und nach allem, was ich aus dem Fernsehen weiß, ist das schon mal ein solider Ausgangspunkt für eine Zeugenbefragung.

»Wo willst du hin?« Ruprecht ist mir nachgelaufen. »Wir müssen noch ein wenig repräsentieren, vor allem, weil der Glühwein gleich alle ist. Und du weißt doch, wie empfindlich unsere Leutchen bei so etwas sind. Der Blaschke Bürgermeister braucht uns.«

»Otto geht vor«, antworte ich. Mein guter Dienst am Blaschke genügt für vier Leben.

»Womöglich hast du recht«, entgegnet Ruprecht und klingt nicht recht überzeugt. Er schweigt kurz, fängt dann aber wie gewohnt an zu plappern. »Dass ich Silvio nicht vorher gekannt habe, ärgert mich. Er war garantiert ein netter Kerl. Ich mag Menschen gern, vor allen Dingen, wenn sie Weihnachten und unser Eliasborn so lieben wie ich.« Er bleibt abrupt stehen, was mich ebenfalls zum Anhalten veranlasst, da ich annehme, er hat irgendetwas entdeckt oder ihm ist etwas eingefallen. Vergeblich gehofft. Ruprecht legt seinen Kopf in den Nacken und schaut in den Himmel. »Immer noch nichts«, konstatiert er und setzt seinen Weg fort. Die Gedankensprünge meines Freundes sind legendär. »Silvio wohnt im Haus der Rudolfs. Das am Waldrand, du weißt schon«, sagt er. »Dass da jemand wohnen will?«

»Wieso?«, frage ich. Meines Wissens ist das Häuschen nicht übel. Vor allem der Abstand zur dörflichen Zivilisation könnte mir gefallen. Und natürlich die Tatsache, dass es eine Tante-Hildegard-freie-Zone ist. Egal. Meine finanziellen Möglichkeiten reichen nicht, um mich abzusetzen. Dafür habe ich aber einen schlagkräftigen Verbündeten: die Zeit. Tante Hildegard ist lange über das Verfallsdatum hinaus und Vorfreude ist bekanntlich ja die schönste Freude. Ich schweife ab.

»Dort spukt es«, entgegnet Ruprecht im Brustton der Überzeugung.

»Poltergeister, Zombies, Zwerge oder Modell klassischer Totengeist?«, werfe ich mit einem Augenzwinkern ein. Aber ich hätte es wissen müssen.

Ruprecht stoppt erneut und fasst nach meinem Arm. »Was weißt du darüber? Hast du die gesehen? Los, sag schon!« Mit einem Mal ist er so aufgeregt, dass sein Bart hinunter aufs Kinn gerutscht ist. »Wenn sogar du das schon mitbekommen hast, dann ist da was dran«, haspelt er. »Ich wusste es, ich wusste es.«

»Klar, ich höre die Schreie der verlorenen Seelen bis in meine Wohnung«, entgegne ich. »Die mischen sich mit dem Gedudel von diesem Silbereisen aus Tante Hildegards Fernseher. Mittlerweile kann ich sie auseinanderhalten, aber nur dank jahrelangen Trainings. Das kannst du mir glauben.«

Ruprecht lebt in seiner eigenen Welt. Aber das ist ja nichts Neues. »Also lag es doch nicht an der Früchtebowle«, antwortet er nachdenklich.

Da ich nichts so sehr verabscheue wie Bowle, ausgenommen natürlich Tante Hildegard, bin ich bei dem Thema raus.

»Ilse hat etwas gehört, auf dem Nachhauseweg vom Kirmesball. Sie sagt, es hätte nicht menschlich geklungen, also ungefähr so, wie wenn der Spelzer ihrem Mann die vereiterten Nietnägel herauszieht. Furchtbar laut soll das Geräusch auch gewesen sein«, erklärt Ruprecht ungefragt. »Sie hat es mit der Angst gekriegt und ist weggerannt.«

»Was wollte sie überhaupt dort? Sie wohnt am anderen Ende des Dorfes.« Nur um eines mal absolut klarzustellen, mich interessiert das nicht. Gar nicht. Kein bisschen. Ich beteilige mich niemals am gesellschaftlichen Leben in unserem Dorf. Niemals. Ausgenommen in der Weihnachtszeit. Eine echte Männerfreundschaft erträgt eben alles, sogar Weihnachten. Ich schaue Ruprecht scheel von der Seite an.

»Ulf war weg. Und sie wollte nicht ohne ihn nach Hause«, erwidert Ruprecht.

»Aha.«

»Jedenfalls sagt Ilse, sie geht nie wieder auch nur in die Nähe dieses Hauses. Oma Rudolf war ihr ohnehin nie geheuer. Und bei der Kirmes sieht sie auch niemand mehr. Ulf war geschlagene zwei Stunden verschwunden. Und bis heute weiß niemand, wo er gesteckt hat. Er weiß es ja selbst nicht einmal.« Ruprecht hält inne. »Das hat alles mit dem Spukhaus zu tun … wenn man bedenkt, was mit dem armen Silvio geschehen ist, hat Ilse damit wohl recht.«

Bis vorhin dachte ich noch, das Elend in unserem Dorf

hat mit der Weihnachtsgurke angefangen, aber das behalte ich lieber für mich. Ruprecht könnte noch mehr Angst bekommen. Was Ilse angeht, nicht meine Baustelle. Sie hat mit mir seit meiner Geburt noch keine hundert Worte gewechselt und das ist sehr großzügig geschätzt. Stattdessen schaut sie mich nur immer komisch an. Ungefähr so wie man guckt, wenn man beim Bäcker ein Stück Quarkkuchen kauft, sich diebisch darauf freut und zu Hause beim Auspacken dann feststellt, dass die Verkäuferin einem eine angetrocknete Pflaumenschnitte untergeschoben hat. Aber das grämt mich nicht, ich kenne sie ja kaum.

»Seit wann wohnt Silvio in dem Haus der Rudolfs?«, frage ich.

»Ich weiß es nicht«, sagt Ruprecht und scheint sich darüber mächtig zu ärgern. »Die genauen Einwohnermeldedaten fragen wir auf unseren Bögen nicht ab. Ich wusste gleich, dass das ein Fehler ist. Oma Rudolf jedenfalls ist seit neunzehn Monaten und zwei Wochen tot. Ihre Beerdigung war ziemlich armselig, nur zwei Trauergäste, mit mir.« Er seufzt. »Die Frau, die am Grab stand, war angeblich eine Nichte von ihr. So wie die geguckt hat, wollte sie nur sehen, ob Oma Rudolf wirklich tot ist. Sie war wohl die Erbin und hat alles verscherbelt.«

Ich weiß, dass Ruprecht keine Beerdigung bei uns versäumt. Zunächst habe ich gedacht, dass er eine Art sepulkralen Fetischismus entwickelt, aber davon ist er so weit entfernt wie der Blaschke von dem IQ eines Suppenhuhnes, was ich als Kompliment für das Huhn verstanden wissen will. Ruprecht nimmt gern Anteil am Leben seiner Mitmenschen. Das zieht er dann auch konsequent bis zum Ende durch.

»Kaum ein paar Wochen später jedenfalls war das Haus verkauft. Ich habe mich nicht großartig darum gekümmert. Die Saison stand kurz vor dem Start und du weißt, wie knapp die Zeit bis Weihnachten immer ist«, lamentiert er. »Das ist ab Juni aber auch immer dermaßen stressig bei uns. Ab dann kriege ich irgendwie nichts mehr mit.«

Wer könnte dafür mehr Verständnis aufbringen als ich? Ich stoppe und schaue Ruprecht an. »Otto kann warten. Wir gehen zuerst zu Silvio nach Hause«, sage ich bestimmt.

Ruprecht wird ganz weiß um die Nasenspitze. »Äh, Nikolaus, das ist keine so gute Idee«, stammelt er besorgt.

Ich überhöre das und biege in Richtung Wald ab.

»Irmgard war bestimmt schon dort. Dann müssen wir nicht auch noch …« Er schnappt nach Luft. »Und wenn er da allein gewohnt hat, kommen wir ohnehin nicht rein. Es macht keinen Sinn. Außerdem ist heute Weihnachten. Das gehört sich nicht, so unangekündigt, ohne Einladung … Nikolaus!« Das letzte Wort klingt unendlich gequält.

»Wenn keiner da ist, stört sich auch keiner«, antworte ich.

»Du kannst doch da nicht einfach eindringen, heimlich, ohne Erlaubnis?«, echauffiert Ruprecht sich. »Das ist kriminell.« Bei der Lautstärke, mit der er spricht, ist die Heimlichkeit dieses Vorhabens nun relativ.

Ich beachte ihn nicht weiter.

Aber Ruprecht ist die ausdauerndste Nervensäge, die ich kenne. »Nicht in den zwölf Nächten«, fährt er fort und kommt damit zu seinem eigentlichen Anliegen. »Wenn die Zwischenwesen zur Kirmes dort schon ihr Unwesen treiben, was muss da jetzt erst los sein. Du weißt genau, dass wir uns momentan zwischen Raum und Zeit befinden, die

Tage zwischen den Jahren sind magisch und sie sind gefährlich. Nikolaus, bitte!«

Aberglaube, Schabernack, Altweibergeschwätz. Ich schlucke all das runter und sage stattdessen: »Du bist Knecht Ruprecht und damit kann dir niemand etwas anhaben, nicht einmal irgendwelche Geister. Denk an Obi-Wan Kenobi.« Ich gebe zu, der Vergleich hinkt, aber Ruprecht liebt die ›Star Wars‹-Reihe und ihre Helden. Er steht auch auf Al Bundy, wobei ich mich echt frage, wer das heutzutage sonst noch tut. Egal.

Ruprecht erwidert nichts. Entweder hat er nicht zugehört oder meine Argumente haben ihn überzeugt. Da er noch immer neben mir herläuft, gehe ich vom Letzteren aus.

Kurz vor dem Ziel stoppt Ruprecht und schaut an sich herunter. Es sieht aus, als checke er, ob noch alles an ihm dran ist. Sogar seine Rute beäugt er kritisch. Schließlich prüft er noch den Griff in seiner rechten Hand.

»Was machst du?«, frage ich.

»Nichts«, entgegnet er und dabei kann ich sehen, wie er leicht in die Knie geht, als müsste er seine Standfestigkeit prüfen. Nachdem das durch ist, nickt er zwei Mal entschieden und steuert mit festem Schritt auf das Haus zu.

Ich war seit ewigen Zeiten nicht mehr hier. Ich gehe normalerweise nicht ins Dorf. Eigentlich nur in der Adventszeit, also für diesen blödsinnigen lebendigen Adventskalender. Die fünfundzwanzig Häuser genügen mir. Nein, ich habe da nichts verwechselt. Bei uns gibt es tatsächlich fünfundzwanzig Türchen. Alfred Recknagel sorgt dafür, indem er sein Haus dazu macht, die riesige Zahl im Vorgarten inbegriffen. Und wenn der Blaschke Bürgermeister nicht an seinen gewaschenen Unterhosen stirbt, dann womöglich an den Sabotageakten der Dorfopposition. Jedenfalls ist das Haus, in dem Silvio Ochsenpops Ernst gelebt hat, ein echter Hingucker. Da hat sich jemand mit der Sanierung wirklich Mühe gegeben. Dass dies noch nicht lange her sein kann, sieht man auf den ersten Blick. Gleiches gilt für die Bepflanzung des Vorgartens. Die Blaufichte ähnelt mehr einem Bonsai als den Gewächsen, die bei uns ansonsten so herumstehen. Nichtsdestotrotz hat sich jemand darangemacht, sie zu beleuchten. Hundert Lämpchen auf fünfzig Zentimetern, das ist sportlich, das muss ich schon sagen. Dafür ist das die einzige weihnachtliche Entgleisung hier draußen. Sympathisch, wirklich sympathisch.

»Schönes Haus, aber beim Weihnachtsschmuck fallen die durch. Silvio hätte noch ganz schön nachlegen müssen, um bei uns im Dorf etwas zu gelten. Allein beim Krippenspiel aufzutreten, genügt da nicht. Hier zählt der ganzheitliche Ansatz.« Ruprecht streckt die Finger seiner linken Hand und beginnt damit herunterzuzählen. »Die Ausstattung des Anwesens, Vorgarten, Hausfassade, Eingangsbereich, die gute Stube …«

Hier muss ich reingrätschen. »Ihr kontrolliert die Wohnzimmer?«, frage ich. »Das ist eine eklatante Verletzung der Privatsphäre. Das ist dir schon klar.«

»Weihnachten ist nicht privat. Es gehört uns allen«, widerspricht Ruprecht. »Der Blaschke Bürgermeister sagt, wenn man darauf kein Auge hat, verschludern die Leute das Fest. Das endet dann in einer Null-Baum-Stimmung oder noch schlimmer«, Ruprecht reißt die Augen weit auf und haucht: »oder Plastik.« Ich höre, wie er mit dem Kloß in seinem Hals kämpft. »Wusstest du, dass derartige Bäume bei diesen Leuten das ganze Jahr geschmückt auf dem Dachboden stehen?« Er schüttelt fassungslos den Kopf.

»Tante Hildegard hat so einen«, antworte ich. »Und da sie warten muss, bis ihr jemand das Teil die steile Treppe hochträgt, steht der bis in den Mai. Mindestens.« Sie wird jedes Mal ganz grün vor Wut, wenn ich sie ab Februar auf den Baum anspreche. Spätestens im März wird ihr das dann zu blöd und sie wirft ein Tischtuch darüber. Da sich vor Tante Hildegards Möbeln sogar der Sperrmüll ekeln würde, fällt das Ungetüm zwischen dem Ramsch eigentlich nicht auf. Tante Hildegard jedoch stört sich daran und genau das finde ich prima.

Ruprechts Gesichtsausdruck ist von Abscheu erfüllt. Er will das scheinbar auch verbal deutlich machen, winkt dann aber ab und murmelt nur kleinlaut: »Zu der traut sich der Blaschke nicht rein.«

»Weihnachtliche Exklave«, sage ich grinsend. »Autonomes Gebiet. Die Keimzelle des Widerstands.«

»Das sagt Josef auch, also so ähnlich«, gibt Ruprecht zurück. »Deswegen arbeitet er an einer Strategie, um den Abtrünnigen beizukommen.«

Eine Diktatur ist ein Scheißdreck gegen unser Dorf, denke ich. Und Josef alias Walter Zenker ist ein opportunistischer Wichtigtuer. Er hat bei einer Bank gearbeitet und ist damit quasi das Gehirn des Weihnachtskomitees, zumindest denkt er das. Außerdem glaube ich, dass seine Rolle ihm über die Jahre zu Kopf gestiegen ist. Allein schon wie er »Stiefvater Gottes« sagt. Meine Güte! An seiner Stelle würde ich den Ball flach halten, vor allem, weil jeder weiß, dass seine Ehefrau ein wenig abseits geturtelt hat. Ich weiß nicht, wie die Bibelwissenschaft die Rolle Josefs in dieser Ménage-à-trois bewertet, nach meinem Dafürhalten war er eine arme Sau.

»Wenn ihr Tante Hildegard in Beugehaft nehmt, sag mir Bescheid. Ich nehme das auf Video auf. Dann habe ich endlos Spaß«, sage ich.

»Das trauen die sich nie«, sagt Ruprecht bedauernd.

»Mhm.« Nach allem, was wir wissen, hat Silvio hier allein gewohnt. Dann ist es das Mindeste, dass jemand die Beleuchtung des Baumes ausschaltet. Und da ich ein verantwortungsvoller Mitmensch bin, gehe ich zum Baum und suche das von dort abgehende Kabel. Wenn ich Glück habe, führt es in irgendein halb geöffnetes Kellerfenster und zack, bin ich drin. Das klingt, als würde ich so etwas öfter tun. Ich weiß. Aber mal ehrlich, wenn man seit frühster Kindheit mit einer Tante Hildegard geschlagen ist, lernt man so einiges über das Leben, insbesondere das Überleben. Den Schlüssel von innen im Schloss stecken zu lassen, war viele Jahre die Spezialität meiner Haushexe. Ich weiß überhaupt nicht mehr, wie oft ich als kleiner Junge im tiefsten Winter vor der Tür gewartet habe. Irgendwann habe ich mich in Einbruchstechniken geübt. Not macht nun mal erfinderisch. Aber wo hat Silvio …? Ich hocke mich hin und schaue unter den Baum. »Kannst du mal gucken. Ich finde die Stromleitung nicht.«

Ruprecht kommt rüber und geht auf die Knie. »Vielleicht ist das Solar?« Er hebt vorsichtig einen der unteren Zweige an, um darunterzuschauen. »Das ist nicht gern gesehen, da eine durchgehende, verlässliche Beleuchtung nicht gegeben ist.« Ich fasse es nicht, was man alles regeln kann. Da der

Baum wirklich noch ein Winzling ist, legt sich Ruprecht schließlich flach auf die Erde und betrachtet die Sache von unten. »Keine Weihnachtsgurke«, konstatiert er.

Nicht alle leiden automatisch an einer Geschmacksverirrung, denke ich, lasse mich aber lediglich zu einem höflichen »Aha« hinreißen.

»Die sind zwar erst seit gestern verboten, aber es muss ja nicht sein, dass Silvio nach seinem Tod noch Ärger bekommt«, erklärt Ruprecht. »Das hat jemand wie er einfach nicht verdient.«

»Natürlich nicht«, gebe ich zurück. Ruprecht schließt im Allgemeinen schnell Freundschaften, auch einseitige. »Wo ist nur dieses verdammte Kabel?«

»Nikolaus!«, jammert Ruprecht. »Nicht fluchen. Bloß nicht fluchen. Das rächt sich sofort.« Er fängt an, nervös auf seinem künstlichen Gesichtsfell zu kauen.

Dass er recht hat, kriege ich umgehend mit.

»Helau Gartenfreunde!« Der Ruf erschüttert unsere angestrengte Suche. Ich gebe zu, ich bin ziemlich erschrocken, aber Ruprecht zuckt zusammen, als hätte er einen Stromschlag bekommen. Ehe ich mich versehe, ist er wieder in der Senkrechten. Dass seine Beine dabei zittern wie verrückt, kann hoffentlich nur ich sehen.

»Seid ihr die Vorboten für den Rosenmontagsumzug? Ist euch die Lichterkette durchgebrannt? Oder seid ihr einfach nur ein paar Perverse, die sich wichtigmachen wollen?« Die junge Frau, die das sagt, lehnt in der Haustür und mustert uns abschätzig. Ich habe sie nie vorher bei uns gesehen, aber nach einem kurzen Scan weiß ich, dass mir nichts entgangen ist. Sie ist nicht unansehnlich, das will ich damit nicht ausdrücken, aber irgendetwas sagt mir, dass sie in zehn Sekunden eine Hundertschaft gegen sich aufbringen kann. Frauen dieses Typs bedeuten Ärger. Dafür habe ich ein Gespür. Immerhin bin ich an die fünfundvierzig Jahre auf Drachen konditioniert. Der arme Silvio hatte also auch seine Tante Hildegard und da sie kaum ein paar Jahre älter zu sein scheint als er, kann er über die Nussspucke irgendwie auch froh sein. Die Frage ist jetzt nur, wer ist sie und was macht sie im Haus des Toten?

»Wir sind der heilige Nikolaus und Knecht Ruprecht«, schreit Ruprecht mit brüchiger Stimme. Ich kann ihm ansehen, dass er dabei allen Mut zusammennimmt, und wenn er gleich mit seinen beiden Zeigefingern ein Kreuzzeichen machen würde, wäre ich auch nicht überrascht. Der Aberglaube sitzt tief hier draußen in den einsamen Weiten des Thüringer Waldes.

»Alles klar, Trickbetrüger«, mault die Frau abweisend. »Ihr seid drei Wochen zu spät. Deswegen fällt das sofort auf. Wisst ihr.« Sie ist drauf und dran, uns die Tür vor der Nase zuzuknallen. »Dämliche Dörfler!«

»Wir kommen wegen Silvio Ernst«, beeile ich mich zu sagen. Dabei staune ich selbst, wie betroffen ich sein kann. »Wir waren dabei als er, na ja, bei seinem Tod. Und sie standen ihm doch nahe, oder?« Schleimer ist mein zweiter Vorname. Aber was tut man nicht alles, wenn man eine so scharfe Braut wie Amelie beeindrucken will.

Mein Gefasel scheint anzukommen, zumindest wirkt sie nun etwas sanftmütiger. Sie hält in ihrer Bewegung inne, wiegt den Kopf nachdenklich hin und her und sagt: »Nahegestanden ist vielleicht etwas zu viel gesagt. Er war mein Bruder.«

Über diese Formulierung werde ich noch einige Zeit nachdenken müssen.

»Silvio war einer der wichtigsten Darsteller bei unserem Krippenspiel und da dachten wir, da wollten wir …« Ruprecht ist ein guter Kerl, aber irgendwie verpasst er immer den Augenblick, an dem er lieber still sein sollte.

»Verarscht mich nicht!«, faucht sie. »Die Polizistin, die gestern hier war, hat mich gewarnt. Zwei verkleidete Deppen, die auf wichtig machen, hat sie gesagt, und dass ich euch auf keinen Fall hereinlassen oder irgendwelche Fragen beantworten soll.« Sie tritt einen Schritt zurück und macht damit den Eingang frei. »Zunächst habe ich gedacht, sie hatte zu viel Weihnachtspunsch, aber jetzt, da ihr hier seid, will ich wissen, ob ihr haltet, was sie versprochen hat. Eurem Aufzug nach seid ihr doch die Kerle. Und bei dem Interesse an fremdem Tannengrün …«

Ihren Spott kann man förmlich greifen. Sie tut alles dafür, dass meine Abneigung ihr gegenüber wächst. Und das soll Amelies Cousine sein? Ich kann es überhaupt nicht glauben.

»Abgesehen davon kann eine Ablenkung an diesen drögen Tagen nicht schaden, zumal meine Familie«, sie lächelt ein bisschen bösartig, »von eurem Besuch ziemlich angefressen sein wird.« Sie bedeutet uns mit einer zackigen Kopfbewegung, dass wir hereinkommen sollen. Da Ruprecht zögert, trete ich vor. Direkt neben ihr stehend, raunt sie mir zu: »Aber kein Wort über Silvios Tod zu meinem Großvater. Eine Leiche an Weihnachten genügt.« Ein schiefer Blick in Richtung des noch immer zaudernden Ruprechts folgt. »Der Gnom da auch nicht. Ist das klar?«

Wenn mich Frauen einschüchtern könnten, hätte Silvios Schwester das Potenzial dazu. Wer die mal abkriegt, hat nichts zu lachen, aber wenigstens spart derjenige sich das Futter für den Rottweiler.

»Ich kann auch hier draußen warten«, entgegnet Ruprecht zögerlich. »Etwas frische Luft tut mir gut. Und ich will nicht so hereinplatzen, immerhin ist Weihnachten.« Er tritt von einem Bein auf das andere, wobei er ängstlich das Haus beäugt.

»Das fehlte noch«, antwortet die junge Frau unwirsch. »Ich kann es nicht leiden, wenn Männer vor meiner Tür herumlungern.« Sie hält inne und schaut mich aus schmalen Augen an. »Oder will der etwa die Baumlichter klemmen?«

Na ja, woher soll sie wissen, dass Ruprecht nicht klaut. Nie im Leben. Eher legt er was dazu. Wenn sie das nochmal wiederholt, muss ich leider ausfällig werden.

Sie sagt nichts mehr. Dafür packt sie Ruprecht unvermittelt an seinem Ärmel und zerrt ihn mit so viel Schwung hinein, dass er Mühe hat, das Gleichgewicht zu halten. Trotzdem lässt er es geschehen, aber schaut mich dabei an, als hätte ich ihn auf einem Kannibalen-Treffen als Tagesgericht angeboten.

Mit energischen Schritten marschiert sie vorneweg.

Ruprecht läuft dicht vor mir. Die Forschheit dieser Frau hat ihm fast den Ärmel seines Mantels gekostet. Der hängt nämlich nur noch an ein paar einzelnen Fäden. Wenn er das mitbekommt, ist das Fest gelaufen. In den Zwölf Nächten ist Handarbeit tabu. Das bringt Unglück oder so? Keine Ahnung. Wenn die Blaschkin die Socken ihres Mannes stopft, weiß ich es. Ruprechts Klamotte jedenfalls bleibt bis zum sechsten Januar futsch. Da kennt er nichts. Ein Drama gibt es trotzdem.

»Ist das Silvio?«, ruft ein alter Mann, kaum dass wir den ersten Schritt über die Schwelle zum Wohnzimmer gemacht haben. Er sitzt mit durchgedrücktem Rücken und auf seinen Stock gestützt auf einem Ohrensessel und mustert uns ungeniert. Dabei trägt er einen grauen Polyesteranzug, der bei meiner Geburt in Mode gewesen sein muss und an dessen Revers eine Latte Orden baumelt, die jeden russischen General hätte grün vor Neid werden lassen.

»Vater, der Junge ist viel beschäftigt. Das weißt du doch. Er stößt später zu uns«, erwidert eine Frau, die ich aufgrund ihres Alters und der Ähnlichkeit zum Ochsenpops für dessen Mutter halten würde. Damit ist sie Amelies Tante. Na ja, immerhin lerne ich so die Familie kennen. Normalerweise ist das nicht meine Masche, also der Umweg über das Hinterland, aber es ist ein Anfang und wer weiß schon, für was der gut ist. Jedenfalls bemüht sich die Dame angestrengt, Ruprecht und mich nicht ansehen zu müssen. Und sie lügt schlecht. Das ist wohl mal Fakt. Der Opa allerdings schnallt das nicht, so sehr ist er auf sich fixiert. Ohne weiter auf uns zu achten, bedient sie mit hektischen Bewegungen ein Radio, das für meinen Geschmack etwas zu viel klassische Musik absondert. »Die Wiener Philharmoniker«, erklärt sie, ganz offenkundig um ein anderes Thema anzuschneiden, aber noch immer, ohne dabei den Blick zu heben. »Wir lieben ihre Konzerte.« Die vornehm gespitzten Lippen hätte es nicht gebraucht. Ich sehe auch so, dass sie vom Planeten Etepetete ist.

»Du vielleicht«, meldet sich ein Mann aus der anderen Zimmerecke, der bis jetzt hinter seiner aufgeschlagenen Zeitung nahezu komplett verborgen war. »Und ...« Er beendet den Satz nicht, aber sein Minenspiel in Richtung des Alten spricht Bände.

»Wenn hier so viel geredet wird, brauchen sich die Musiker nicht so anstrengen«, beschwert sich der Großvater.

»Du redest doch auch andauernd, ohne dich daran zu stören, ob es jemand hören will«, entgegnet der Mann und verschwindet wieder hinter seiner Zeitung.

»Schatz bitte. Du hast es mir versprochen«, flüstert Silvios Mutter in seine Richtung.

»Ja, ja«, knurrt er mürrisch, ohne sich noch einmal sehen zu lassen.

Harmonie ist etwas Schönes, vor allem an Weihnachten, denke ich.

»Silvio ist ein fleißiger Junge«, sagt der Alte und man könnte meinen, sein Hörgerät wäre bei den Verlautbarungen seines Schwiegersohnes nicht auf Sendung gewesen. »Man darf keine Rücksicht nehmen, weder auf Weihnachten noch auf alles andere. Wenn die Pflicht ruft, gibt es keine Ausrede. Wenn wir uns früher nicht daran gehalten hätten, pah, dann hätte das mit dem Neuanfang nach dem Krieg niemals hingehauen ...«

»... bla, bla, bla. Geschichten, die die Welt nicht braucht«, tönt der Mann.

»Schatz!«, mahnt Silvios Mutter nun schon energischer. »Es ist Weihnachten und ...« Sie hält inne und kämpft sichtbar mit sich.

»Er hat angefangen«, knurrt Schatz.

»*Er* ist ein alter Mann«, widerspricht sie. »Und wir wollen wenigstens an Weihnachten Frieden halten.«

»Wollen wir das?«, murmelt Silvios Schwester neben mir.

Der Opa macht nicht den Eindruck. »Die Radiogebühren für diesen Teil der Übertragung sind herausgeschmissenes Geld«, nölt der Alte, ohne jemanden direkt anzusehen. »Der Strom auch.« Er schnauft. »Jedes Jahr die gleiche Scheiße. Undankbares Gesocks.«

Schweigen.

Nach einer Weile beginnt der Alte uns ungeniert zu mustern. Augenscheinlich hat er uns als Fremdkörper identifiziert. »Haben wir Gäste zum Fest, Antonia?«, fragt er kurz darauf in die Unterbrechung des Konzertes hinein und es klingt, als würde er dabei das Frühstück hochwürgen. »Das ist unüblich bei uns. Das weißt du. Weihnachten gehört der Familie.«

So wie er das letzte Wort betont, muss *die Familie* bei ihm ganz oben stehen, äh, das Gesocks, meine ich.

»Leute aus dem Dorf. Sie geben nur Silvios Geschenk ab«, antwortet Silvios Schwester schmallippig und schiebt uns in die angrenzende Küche.

Zack! Wie auf Knopfdruck legt sich über das Gesicht des Alten ein freundliches Lächeln. »Ja, der Junge ist angesehen. Er leistet etwas für die Gesellschaft. Die Steuern, die er zahlt, sind auch nicht zu verachten. Das schafft Respekt«, erklärt der Großvater gebieterisch und nickt uns zu. »Da kommt die Delegation der Gemeinde sogar an Weihnachten ins Haus.« Er hebt das Kinn. »Doktor Ernst, Diplomagraringenieur im Ruhestand. Freut mich.« Die Euphorie muss groß sein, denn er rammt seinen Stock drei Mal hintereinander mit Karacho auf die frisch geölten Dielen. »Anständig! Sehr anständig.«

Antonia steigt die Wutröte ins Gesicht und auch das Rascheln der Zeitung ihres Vaters hört sich mit einem Male ziemlich aggressiv an. Dagegen kündigt die zitternde Unterlippe ihrer Mutter Tränen an. Bei meiner Ex-Freundin Sabine war das auch so. Heulalarm, ganz klar. Wenn man das weiß, kann man rechtzeitig verduften. Glücklicherweise schiebt uns Antonia weiter und schließt im nächsten Moment die Tür hinter uns.

»So, nun zu euch«, sagt sie und klingt, als wollte sie uns drohen. »Was ist euer Problem?«

»Nette Familie«, sage ich frech grinsend. Was die kann, kann ich schon lange.

»Und bei den Leuten willst du einheiraten«, raunt mir Ruprecht zu.

Abgesehen davon, dass Selbstgeißelung garantiert nicht auf meiner Agenda steht, ist Ruprechts Fähigkeit zur Diskretion immer wieder atemberaubend.

Antonia jedenfalls scheint keinen Grund zu sehen, das zu überhören. Sie starrt mich an, als würde sie mich im Geiste filetieren, mit der Nagelschere wohlgemerkt. Das fehlt mir noch, dass sie unseren Besuch in den falschen Hals bekommen hat. Ich weiß genau, wie Frauen sind, die vergessen das Gesicht eines Verehrers niemals, nicht einmal das eines eingebildeten. Ich sehe mich schon unter der Lawine der Unannehmlichkeiten ersticken. Ruprecht hingegen zupft ein paar Grashalme aus seinem eingelaufenen Pelz. Naivität schafft Freiheit.

»Und was steht heute sonst noch so auf dem Plan?«, frage ich, um die bedrohliche Stille zu brechen.

»Wiener Philharmoniker, Mittagessen in der Stadt und dann Abflug. Weihnachten finito!« Sie klatscht in die Hände und mir drängt sich das Gefühl auf, dass sie am liebsten meinen Kopf dazwischen hätte.

»Klingt gut«, entgegne ich, also zumindest das mit dem warmen Essen.

Sie nickt entschieden und legt nach. »Danach beseitige ich den Firlefanz im Vorgarten. Oder habt ihr das Teil doch schon unter euren Kleidchen? Die leuchtenden Birnen scheinen es euch ja angetan zu haben.«

Ruprecht schaut so gleichmütig drein, dass ich sicher bin, dass er die Ansage nicht verstanden hat.

Ich schon. Das Herzchen hier könnte sich prima in die Riege unserer Dorfopposition einreihen. Mit Weihnachten jedenfalls hat die nichts am Hut. Ihr Bruder hat das anders gehalten. Nur seine Durchsetzungskraft war mau. Eine Lichterkette an einem Setzling, das ist auf der Weihnachtsskala im Minusbereich. Weicheialarm. Da wächst eine Generation junger Männer heran, deren Testosteronspiegel von jedem zwölfjährigen Mädchen getoppt wird.

»Sind Sie öfter hier, also bei Ihrem Bruder?«, frage ich. Nicht, dass dies ihr dominantes Verhalten gutheißen würde, aber irgendwie muss ich die Verhältnisse hier für mich mal auf die Reihe bekommen. Und immerhin hockt die ganze Sippe in Silvios Bude und tut so, als wäre nichts.

Sie legt den Kopf leicht schief, hebt die rechte Augenbraue und sagt in einem Tonfall, der John Wayne neidisch gemacht hätte: »Das ist mein Haus.«

»Und Silvio war zu Besuch?«, hake ich nach. Hoffentlich denkt sie nicht, dass ich *ihr* Privatleben auskundschaften will. Da interessiert mich jedes Eichhörnchen im Thüringer Wald mehr.

»Leider nein«, entgegnet sie und wirkt dabei immer angefressener.

»Aber er hat diese Adresse auf dem Formular des Weihnachtskomitees angegeben«, wirft Ruprecht unsicher ein.

»Eben!«, kontert sie.

Ruprecht schnallt es noch immer nicht. »Die Meldedaten nicht korrekt anzugeben ist Betrug«, flüstert er, zwischen seinem Entsetzen über diesen Tatbestand und der Angst vor Silvios Schwester hin- und hergerissen. Die meisten Wiedergänger sind weiblich und haben Haare auf den Zähnen, schon klar.

»Silvio hat hier gewohnt, bei seiner Schwester«, erkläre ich Ruprecht. In mir jedoch keimt ein Verdacht: Seine scheußliche Kriegsbemalung war also doch nur eine Verzweiflungstat. Ich bin in meiner Grusel-WG mit Tante Hildegard schon gebeutelt. Da allerdings verläuft die unüberwindbare Grenze an der Treppe ins Obergeschoss, denn mir gehört die Hälfte der Chose. Bei Silvio jedoch …? Puh! Ich nehme alles zurück und fange an, ihn zu bemitleiden.

»Aber das ist doch nett«, antwortet Ruprecht erfreut. »Dann hat doch alles seine Richtigkeit.«

Die hochgezogene Braue in ihrem Gesicht scheint festzuklemmen. »Ich weiß nicht, was daran richtig sein soll. Widernatürlich trifft das eher. Aber manchmal kann man sich das eben nicht aussuchen.«

Wie meint sie das? Wir sind im Thüringer Wald, da sind die Sitten mitunter etwas derber. Schon klar. Außerdem sind die Männer bei uns in der Überzahl. Aber dieses Problem lässt sich doch auch anders lösen, vor allem, wenn man so aussah wie Silvio. Und dann ist sie doch mindestens zehn

Jahre älter. Ich versuche, mir meine Verstörung nicht anmerken zu lassen. Immerhin geht sie absolut offen mit alldem um. Das sollte man anerkennen.

Nun allerdings wirkt sie angesichts unseres Schweigens etwas konfus. Ruprecht ist abgelenkt. Er scannt die Küche auf die Vorgaben des Weihnachtskomitees. Er hört längst nicht mehr zu.

»Na ja, ich bin ja nun mal seine Schwester«, räumt sie etwas zurückhaltender ein.

Ach, das ist der Knackpunkt. Das wäre mir nicht aufgefallen.

»Da hilft man sich eben«, fügt sie an.

Nun ist es gut. Die Angelegenheit wird nicht normaler, wenn wir stundenlang darauf herumreiten. Thüringer Wald hin oder her.

»Silvio hat sein Leben nicht so richtig auf die Reihe bekommen. Seit er sich von seiner langjährigen Freundin getrennt hat, ging bei ihm irgendwie alles schief. Irgendwann war der Job auch noch weg.« Ihre Augenbraue rutscht wieder auf Normalniveau. »Ohne Kohle wird das Leben nun mal nicht leichter. Er wollte bei mir wohnen, bis sein Unternehmen läuft und er sich etwas Eigenes leisten kann. Es war also nur für den Übergang.«

»Ach so«, antworte ich und an ihrer erzürnten Miene kann ich erkennen, dass sie endlich kapiert hat, was ich eigentlich dachte. »Und wie lange dauerte der Übergang schon so?«, frage ich und trete aus der Nahkampfzone. Man weiß ja nie, wann solche Frauen handgreiflich werden.

»Zu lange«, entgegnet sie, »fast ein dreiviertel Jahr musste ich ihn durchfüttern. Das wäre noch ewig so gegangen. Wenn man es in Suhl nicht schafft, schafft man es nirgendwo.«

»Jetzt ja nicht mehr«, entgegne ich lapidar. Suhl? Den Spruch muss ich mir merken.

»Korrekt.« Sie sagt das ohne einen Funken Bedauern.

»Was wollte Silvio denn bei uns im Dorf aufziehen?«, hake ich nach. Er war jung, äußerst attraktiv und mir kommt erstaunlich schnell der String, den er getragen hat, wieder in den Sinn. Der Ochsenpops ein Callboy? Ich bin mir absolut sicher, dass dafür keine bei uns im Dorf nur einen Euro ausgegeben hätte. Nicht solange sie den Funke Tischler umsonst haben können. Die Ekelbläschen kommen zurück. Aber Mord im Rotlichtmilieu ist nicht abwegig. Absolut nicht.

Ihr Blick wandert zu Ruprecht und dann zurück zu mir. Sie scheint zu überlegen, ob sie darüber reden kann. Ich werde doch mit meiner Ahnung nicht richtigliegen? Bedauernswert, wie Silvio sein junges Leben weggeworfen hat. Ekelhaft außerdem.

»Weihnachtsbaumverkauf«, sagt sie schließlich, und die Schamesröte steigt ihr ins Gesicht.

Mal ehrlich, das wäre mir auch peinlich.

Dieses Mal sind Ruprechts Gehirnzellen schneller als meine. Das Reizwort ist gefallen, schon klar. WEIHNACHT. Zack, und der Schalter in seinem Kopf legt sich um.

»Einen Weihnachtsbaumverkauf bei uns im Dorf?«, fragt er entgeistert und mit einem Strahlen auf dem Gesicht, das ich das letzte Mal bei ihm gesehen habe, als wir Tanzschule hatten. Eigentlich hat Ruprecht damals darauf bestanden, mich als Tanzpartner zu haben. Er hatte wohl Sorge, dass keins der Mädels für ihn übrig bleibt. Er sieht nun mal nach nichts aus, also eher weniger als nichts, was sich mit den Jahren noch gesteigert hat. Aber er ist mein Freund und mir ist das egal. Die Kleine mit den neckischen blonden Zöpfen, die ihn dann schließlich aufgefordert hat, der hat er genau dieses Lächeln geschenkt. Das hat mich vierzehn Softeis gekostet. Die blöde Kuh hat aber auch wirklich knallhart verhandelt. Seit ich sie neulich auf der Straße gesehen habe, weiß ich, dass das mit dem Eis ein Fehler war. Jugendsünden rächen sich nun mal bitter.

»Weihnachtsbäume. Bescheuerte Idee. Ich weiß«, entgegnet Antonia. »Mitten im Wald Bäume zu verkaufen. Darauf kann nur mein Bruder kommen. Total idiotisch.« Sie schüttelt den Kopf und abgesehen davon, dass sie ihren Bruder nicht ausstehen konnte, macht sie gerade keinen Hehl daraus, dass sie ihn auch noch für vollkommen dämlich gehalten hat. »Und das Schlimmste ist, dass ich den ganzen Quatsch nun an der Backe habe.«

Ich schweige und versuche nachzudenken. Manchmal gelingt mir das.

Ruprecht stutzt. Ich kann ihm ansehen, dass Silvio bei ihm gerade zum Superhelden avanciert und er es nur schwer ertragen kann, wenn dieser mit Dreck beworfen wird.

»Na ja, er war jung und wollte sich ausprobieren«, sage ich versöhnlich.

»Auf Kosten meines Großvaters. Und auf meine«, erwidert sie. »Aber das ist nun auch schon wurscht.« Sie winkt ab.

Das lasse ich einfach mal so stehen.

»Sagt mal«, hebt sie an. »Und ihr beide meint, ihr findet den Mörder meines Bruders eher als die Polizei?« Das hämische Grinsen hätte sie sich sparen können. »Nur weil ihr letztes Jahr auf Weihnachtssheriffs gemacht habt.«

»Wir wollen nur nett sein«, entgegne ich. »Immerhin kannten wir Silvio vom Krippenspiel.« Das fehlte noch, dass ich mir von dieser Tarantel hier in die Karten gucken lasse.

Ruprecht nickt so zackig, dass ihm sein künstlicher Bart herunterrutscht.

»Krippenspiel.« Sie legt die Stirn in Falten. »Davon hat mir die von der Kripo gestern auch schon erzählt. Wie viel Blutalkohol mein liebes Brüderlein hatte, konnte sie mir aber nicht sagen.« Sie lacht verächtlich. »Na ja, wer weiß, welches Weibsbild er damit beeindrucken wollte.«

»Hatte Silvio eine Freundin?«, hake ich ein.

Sie bläht ihre Nasenlöcher auf. »Noch ein Schmarotzer, nee!«

»Die Aktiven dürfen in der Weihnachtszeit keinen Alkohol trinken, erst recht die nicht, die für das Krippenspiel eingeteilt sind«, lamentiert Ruprecht mit weinerlicher Stimme. Mein Freund ist ein Meister der selektiven Wahrnehmung. »Mit einer einzigen Ausnahme«, ergänzt er leise und wirft mir einen vorwurfsvollen Blick zu.

»Mein Bruder hat sich also nüchtern und mit voller Absicht zum Trottel gemacht. Na ja, das wäre auch nicht das erste Mal.« Sie hebt und senkt die Schultern. »Jeder, wie er mag.« Bei diesem Satz schaut sie uns beide hochnäsig an. »Um das hier mal abzukürzen. Ich weiß nichts und …«

»Pünktlichkeit ist eine Zier.« Der schmetternde Ruf des Alten, der sogar durch die geschlossene Tür noch ziemlich eindrucksvoll ist, vor allem, da er durch das Aufschlagen seines Stockes untermauert wird, unterbricht sie abrupt. Sie verdreht die Augen, rührt sich aber sonst keinen Millimeter.

»Silvio mochte Weihnachten sehr«, sagt Ruprecht unvermittelt in das Schweigen hinein.

»Wenn du das sagst, Rupi«, entgegnet sie abfällig und macht sich nun doch auf den Weg zu ihren Lieben.

»Weihnachten und äh Nusslebkuchen«, ergänze ich provokant.

»Ganz genau«, entgegnet sie und denkt nicht einmal daran, meinem Blick auszuweichen.

Wir stehen wieder im Vorgarten. Die Baumbeleuchtung brennt immer noch. Wenigstens der Diplomagraringenieur hat uns gebührend verabschiedet. Antonia beäugt unseren Abgang kritisch durch das Fenster. Dass es ihr um die Lichterkette geht, bezweifle ich allerdings.

»Überleg dir das mit Amelie noch einmal gründlich. Eine Familie färbt immer auf ihre einzelnen Mitglieder ab«, sagt Ruprecht besorgt. »Und dann sind da noch die Gene«, fügt er hinzu. »Die gehen ja nicht weg.

Freilich nicht. Aber selbst wenn ich Amelie dazu bringen würde, mit mir auf Kurts Sofa zähes Cordon bleu zu essen, würde ich mir darüber keinen Kopf machen. Opa sagt, man muss Kompromisse machen können. Aber momentan treibt mich etwas ganz anderes um.

»Weißt du, wo Silvios Weihnachtsbaumplantage sein sollte?«, frage ich.

»Keine Ahnung.« Der Gleichmut, mit dem Ruprecht das von sich gibt, ist erstaunlich, zumal er ansonsten bei jeder

Gemeindeangelegenheit auf wichtig macht. Offenkundig beschäftigt ihn aber augenblicklich etwas Dringlicheres. »Trotzdem Nikolaus, überleg dir das mit Amelie noch einmal. Ehrlich«, insistiert er. »Sie ist …«

»Komm mit«, befehle ich, ohne ihn ausreden zu lassen. Ich will aus dem Sichtfeld dieser Frau, sonst glaube ich wirklich noch irgendwann an den bösen Blick.

Ruprecht folgt mir ohne Widerworte. Wenig später mahnt er leise an: »Du gehst in die falsche Richtung. Das Dorf liegt hinter uns.«

»Dort wäre uns Silvios Plantage aber aufgefallen«, gebe ich zurück.

»Hier ist nur Gemeindewald«, nörgelt er.

»Und die Lichtung am Wolfsacker«, antworte ich aus einer mir fast schon unheimlichen Intuition heraus und im gleichen Moment tut sie sich bereits vor uns auf.

Ruprecht bewegt den Kopf hin und her. »Die Lichtung ist weg«, konstatiert er irgendwann irritiert.

Dafür war Silvio verdammt fleißig. Ich zähle fünfzig Reihen mit jeweils mindestens dreißig Setzlingen. Einige davon sehen sogar schon verdammt fett aus. In zwei oder drei Jahren hätte er Kasse machen können. So viel zum Übergang. Ich muss grinsen.

»Die Lichtung ist weg«, wiederholt Ruprecht noch einmal. Er braucht offenkundig etwas länger, um das Gesehene zu verarbeiten.

»Dafür stehen die Nordmänner prima«, antworte ich und klinge, als wäre ich dreißig Jahre im Geschäft. Immerhin kann ich mein Nadelbaum-Wissen mal anwenden. So oft kommt das bei meinem Job nicht vor. Ich sage nur Sexartikel.

»Auf Gemeindeland«, entgegnet Ruprecht. »Und die alte Köhlerhütte sieht auch seltsam aus.«

Wenn repariert und frisch gestrichen seltsam ist, dann passt das.

»Wer macht denn so etwas?«, fragt Ruprecht. »Davon weiß ich nichts. Das geht doch so nicht!« Sein Flunsch verdeutlicht den Grad der Empörung.

Ich könnte einwerfen, dass ihm durch diesen Weihnachtswahnsinn ab Juni das halbe Leben flöten geht, dagegen ist das bisschen Baumschule hier ein Fliegendreck, aber ich schweige. Und denke an Silvios Bauchnabel. Der Bursche war tatsächlich ein Freak. Die Frage ist, was uns seine Malen-nach-Zahlen-Epidermis sonst noch so über ihn verrät?

»Ich muss das melden«, stellt Ruprecht mit Vehemenz fest und tritt den Rückweg an.

Ich widerspreche ihm nicht. Ruprecht muss tun, was er tun muss. Und bis zum Dreikönigstag passiert ohnehin erst einmal gar nichts. Der Blaschke hat derzeit garantiert keinen Nerv für eine unangemeldete Weihnachtsbaumzucht. Und sonst hat über die Feiertage sicher auch niemand Lust, hier herauszumarschieren und sich die Hände schmutzig zu machen. Kurzum, es besteht zunächst erst einmal keine Gefahr, dass Silvios Eigentum unter den Dörflern aufgeteilt wird. Da Ruprecht extrem aufgewühlt ist und kein Wort mehr sagt, kann ich meinen Gedanken nachhängen. Silvio hat Eltern. Und eine Schwester. Die müssen ihm auf dem Formular des Weihnachtskomitees irgendwie durchgeflutscht sein. Drei Möglichkeiten: Erstens, ihm waren die Formalitäten rund um den Weihnachtsquatsch zu doof und er hat beim Ausfüllen geschludert. Für mich absolut nachvollziehbar, aber für jemanden, der sich einen ausgedienten Bademantelgürtel an die Hose heften lässt, eher unwahrscheinlich. Zweitens, ihm sind seine Leute peinlich, was ich absolut nachvollziehen kann. Drittens, und darauf würde ich tippen, er wollte nicht, dass sie von seinem Engagement für das Weihnachtsfest erfahren. Was seine Schwester angeht, war das sicher absolut vernünftig. Sie kann Weihnachten ebenso wenig abgewinnen wie ich Tante Hildegards Anwesenheit auf diesem Planeten. Dennoch frage ich mich, was bei Silvio schiefgelaufen ist? Wie viele Schrauben müssen bei jemandem locker sitzen, der sich unter die Knute dieses Weibes begibt?

Ich meine, er hätte sich genauso bei einem Freund einquartieren können, bei seinen Eltern, irgendjemandem. Da ist es ja in jeder vollurinierten Bahnhofsmission netter. Man hat doch immer eine Wahl, vor allem wenn das Verhältnis zwischen den Geschwistern so übel ist. Stattdessen hockt er im schlimmsten Fall auf Jahre bei ihr fest und lässt sich gnadenlos unterjochen. Warum?

»Der arme Silvio«, schnieft Ruprecht. »Wie groß muss seine Not gewesen sein? Und wie traurig ist das, wenn man nicht einmal zu Hause ungehemmt seinen Neigungen nachgehen kann.«

Er meint die Weihnachtsdekoration, zweifelsohne.

»Nicht einmal ein paar Kerzen oder irgendetwas Selbstgebasteltes«, entrüstet er sich. »Niemals wäre ich dort eingezogen. Nie!« Er stoppt kurz. »Eher würde ich bei dir auf der Couch schlafen.«

Ruprechts Komplimente bauen auf.

»Dabei haben wir im Forsthaus immer ein Bett frei«, fährt er fort. »Wenn Silvio nur etwas gesagt hätte. Womöglich würde er dann noch leben.«

Bei den Gmeiners gibt es nur eine unbelegte Schlafstatt. Und die gehört mir, seit dem 1. November 1981. Zugegeben, ich benutze sie nicht oft, also vielleicht ein oder zwei Mal im Jahr, vielleicht auch etwas weniger, aber wenn man an meine Gewohnheitsrechte geht, bin ich empfindlich. »Du kennst ihn erst seit gestern«, werfe ich ein.

Ruprecht schnieft. »Ich sollte mit dem Opa reden. Wir müssen einfach großzügiger sein. Dann kann sich jeder melden, der kein Dach über dem Kopf hat, also bevor er zu seiner Schwester muss.«

Der Opa wird begeistert sein. Achtung! Ironie. Aber das ist ein Ding zwischen ihm und Ruprecht. Der arme Silvio jedenfalls macht mir mein Zweitbett garantiert nicht mehr streitig. Dafür bin ich mir nicht sicher, was mit dieser Antonia los ist. Sie jedenfalls konnte ihren Bruder nicht ausstehen. Das kommt in den besten Familien vor, siehe Ruprecht und den Schrumpfkopf. Die fahren allerdings mit Ignoranz und Distanz recht gut. Dagegen muss Silvio seiner Schwester wie eine Landplage vorgekommen sein, in jeder Hinsicht. Ich meine, man muss das mal aus ihrer Perspektive sehen. Sie macht sich mühevoll das heruntergekommene Häuschen von Oma Rudolf schick und zack, hockt die tätowierte Wanze da drin. Zu allem Überfluss darf sie ihn auch noch durchfüttern. Jede Wette, dass Doktor Großvater Diplomagraringenieur da seine Finger im Spiel hatte. Alles für den Superenkel. Das wäre mir an Antonias Stelle auch ziemlich sauer aufgestoßen, vor allem bei Silvios Sitzfleisch. Ich meine, eine Weihnachtsbaumplantage, hallo! Um daraus Erträge ziehen zu können, braucht es ein paar Jahre. So schnell wäre Antonia das liebe Brüderchen nicht losgeworden. Das ist schon mal klar. Es sei denn …?

Kurzum, Kain hat Abel für weniger erschlagen. Was ist schon der Zorn Gottes gegen einen penetranten Weihnachtsbaumbauern vom Stamme Nimm? Und dass sie als Schwester von seiner Nussallergie wusste, davon sollte man ausgehen, da kann sie mir gegenüber noch so abgebrüht gucken. Punktum. Antonia steht ab jetzt unter meiner Beobachtung. Da braucht es schon etwas mehr, um mich wegzubeißen.

Der Fußweg vor dem Haus der Familie Lorenz gleicht einem Supermarktparkplatz am Schnäppchendonnerstag. Ich quetsche mich zwischen den Autos durch, steige die paar Treppen zur Haustür nach oben und klingle. Nichts passiert. Womöglich wollen die unter sich bleiben. Immerhin ist Weihnachten. Ich kann das einwandfrei nachvollziehen und drücke noch einmal auf den Klingelknopf. Meine Triebkräfte sind stärker als die profane Weihnachtsruhe fremder Leute.

»Maaargit!« Der wütende Schrei, der nun aus dem Haus nach außen dringt, lässt mich an meinem Vorhaben zweifeln. Zu spät. Die Tür geht auf und vor mir steht eine Frau, die mir äußerst plastisch verdeutlicht, was der Opa meint, wenn er sagt, ich sollte mir erst die Mutter anschauen, bevor ich mich auf die Tochter festlege. Da Mandy die Latte meiner optischen Vorlieben per se reißt, greift Opas Rat hier nicht, aber wenn ich nun schon einmal da bin … Grundgütiger! Der liebe Gott hat im Fall der Lorenz-Frauen womöglich einen lustlosen Tag erwischt oder er war sich bewusst, dass es die Mühe nicht lohnt, jedenfalls muss er mit Pauspapier gearbeitet haben. Die alters- und gewichtsbedingten Ausreißer beim Prototyp sind zwar nicht unerheblich, aber ab irgendeinem Punkt geht es nun mal nicht schlimmer.

»Du kommst drei Wochen zu spät, du Depp. Hicks«, nuschelt Margit Lorenz mit schwerer Zunge.

Irgendwie scheint dieser Witz bei uns im Dorf gerade in zu sein. An mir prallt das ab. Ruprecht wäre da empfindlicher. Aber der ist schon nach Hause gegangen, also erst zum Blaschke, um Meldung zu machen und dann nach Hause. Er sagt, sein dünnes Nervenkostüm kann nur Antonia oder Otto vertragen. Beide zusammen packt er nicht. Dafür will er sich um unser Mittagessen kümmern. Das bedeutet, er holt Marlies mit dem Handwagen ab. Drei Gänge für drei Personen plus Dackel sowie die Konditorwaren für den Weihnachtskaffee kriegt sie allein nicht schadfrei ins Forsthaus gebracht. Und bei Opa isst auch das Auge mit.

»Du bist allein«, lallt Margit weiter. »Wo ist denn der verlauste Kobold?« Allein die zwei Sätze müssen ihr Gleichgewicht so gestört haben, dass sie ein wenig Schlagseite bekommt. Der Türrahmen verhindert Schlimmeres.

»Du bist nicht eingeladen«, lallt sie.

Dass sie das Mittagessen meint, bedarf keiner Erklärung. Meine Nase funktioniert hervorragend. Zudem trägt Frau Lorenz eine Schürze, die so aussagekräftig ist, wie eine Fotowand vor einem chinesischen Schnellimbiss. Ich tippe auf Rotkraut und Braten mit brauner Soße. Echte Thüringer Klöße sind auch dabei. Der angetrocknete Kartoffelbrei an ihrer linken Hüfte ist unübersehbar. »Ist Otto zu Hause?«, frage ich.

»Der und die ganze verdammte Sippe, sogar aus Coburg sind sie gekommen«, entgegnet sie, dreht ab und wankt zurück ins Haus. Die Tür lässt sie offen. Ich bin von Natur aus dreist und begreife das als Aufforderung. Kaum bin ich im Haus, werde ich Ohrenzeuge einer familiären Weihnachtszusammenkunft, die Tante Hildegard und mich fast in den Schatten stellt.

»Hau dem Kerl in die Fresse!«, brüllt jemand mit tiefer Stimme und trampelt dazu energisch auf den Fußboden.

»Volle Kanne. Genau!«, feuert ein anderer an. »Der hat es nicht anders verdient. Mach sie kalt, die Sau!«

»Das Blut soll spritzen«, fordert ein Dritter. Ein undefinierbares Poltern folgt. »Genau so, Junge. Der Abschaum versteht keine andere Sprache.«

So sieht also ein friedliches Weihnachtsfest im Kreise der Familie Lorenz aus, denke ich. Der Schwächste wird herausgepickt und plattgemacht. Und die Hausherrin ist blau wie eine Haubitze. Man hört ja viel über Gewalt und Alkoholmissbrauch an den Festtagen, aber dass das direkt vor der eigenen Haustür stattfindet, daran denkt man nie.

»Aber dem neckischen Kerl im Unterhemd passiert nichts, oder?«, sagt eine weibliche Fistelstimme. Sie klingt ehrlich besorgt und in mir keimt die Hoffnung, dass im Hause der Familie Lorenz doch noch so etwas wie Menschlichkeit vorhanden ist. Dass für Stil hier kein Platz ist, habe ich schon an Margits Plüschhausschuhen gesehen. So abgehärtet, erschreckt mich eine Weihnachtsgesellschaft in Feinripp auch nicht mehr.

»Das ist Bruce Willis, du dumme Pute«, antwortet einer der Männer genervt. »Den kann man nicht töten.«

Ruhe.

Ich zucke. In die kurze Stille drängt sich ein Dialog, der mir bekannt vorkommt. Da spricht Bruce Willis, aus Ottos Dolby-Surround-Anlage. Meine Güte, ich sollte meinen Alkoholkonsum einstellen.

»Oh!«, jauchzt sie. »Aber der muss überleben. Sagt mir, dass der überlebt.«

»Halt die Klappe!«, faucht der, der auf viel Blut scharf war. »Und halt dem Kind die Augen zu. Jetzt kommt gleich eine Szene, die ist etwas brutal. Nichts für Mädchen.«

»Wie brutal?«, fragt sie nach einer deutlich zu langen Pause. »Dann hätten wir doch den Märchenfilm gucken sollen. Ich habe es dir gleich gesagt.« So wie das klingt, hätte sie niemals den Bizeps von Bruce gegen die Schenkel des Froschkönigs getauscht.

»Ruhe verdammt!« Das ist Otto. Den erkenne ich sofort. »Das ist mein …«

Das Heulen eines kleinen Mädchens übertönt seine Worte. Nach einem kurzen Gerangel herrscht Stille.

Ich wage einen Blick um die Ecke. Tatsächlich. Über einen riesigen Flachbildschirm robbt der Held meiner Jugend und ballert auf alles, was sich bewegt. Davor sitzen sechs Erwachsene plus ein Kleinkind und wirken von dem ununterbrochenen Knallen und den flackernden Farben, die sogar den quietschbunten Weihnachtsbaum in den Schatten stellen, wie hypnotisiert. Vor ihnen auf dem Couchtisch reiht sich eine ganze Batterie bunter Teller aneinander, die so überquellen, dass ich mich frage, wo die Süßigkeiten noch Platz gefunden haben, deren leeres Einwickelpapier die Tischplatte verdeckt. Da der Zucker irgendwann ein Gegenmittel braucht, gibt es auch noch drei Sixpacks Bier, die dringend einer Nachfüllung bedürfen, und eine Flasche Cremelikör. So präpariert, kann das Mittagessen kommen. Ohne großartig auf mich aufmerksam zu machen, lehne ich mich schließlich in den Türrahmen des Wohnzimmers und schaue den Film. Ich weiß nicht, wie lange ich hier stehe. Nicht lange genug, denn das Böse ist noch nicht besiegt. Aber das nützt nichts, denn das kleine Mädchen, das auf dem Schoß einer jungen Frau sitzt, die ich aufgrund der frappierenden Ähnlichkeit für Mandys Schwester halte, hat mich entdeckt.

»Der Weihnachtsmann will auch Schießen gucken«, piepst sie mit lang gestrecktem Hals und ohne mich aus den Augen zu lassen.

»Der kommt nicht zu uns«, entgegnet die Frau leidlich motiviert und ohne die Augen vom Bildschirm zu lassen.

»Doch!«, antwortet die Kleine energisch.

Ich schüttle den Kopf und hoffe, dass ihr Interesse schleunigst nachlässt. Immerhin kommt gleich die beste Szene. Damit bin ich der einzige Erwachsene, der dem Kind ein wenig Aufmerksamkeit schenkt. Das erweist sich als Fehler.

»Er besucht alle Kinder, sogar die schwarzen«, erklärt die Kleine nörgelnd.

Selbstverständlich! Im Augenwinkel sehe ich, wie der farbige Polizist seinen Wagen zerlegt. Und da soll einer mal sagen, Bruce-Willis-Filme würden keinen Wert auf Diversität legen.

»Den Weihnachtsmann gibt es nicht. Genug davon!«, wirft einer der Männer ein, ohne weiter auf sie zu achten.

Pädagogisch nicht sehr wertvoll, aber korrekt, denke ich, und konzentriere mich wieder auf den Film.

»Du lügst«, kreischt das Mädchen. »Er steht dahinten und sieht so aus wie Kevin, wenn seine Mama keine Zeit hat, ihn vor dem Kindergarten zu kämmen.«

Ich hätte Ruprecht doch mitnehmen sollen oder zumindest dessen Rute.

Die Frau stößt ein gequältes Lachen aus. Ich bin mir nicht sicher, ob das den platten Sprüchen des Helden oder der überbordenden Fantasie der Kleinen gilt. Irgendwann scheint sie unsicher zu werden. Jedenfalls dreht sie den Kopf und schaut mich mit weit aufgerissenen Augen an. Ich gebe zu, dass ich nicht viel anders dreinblicke. Mit einer blondierten Ausgabe von Mandy hatte ich nun wirklich nicht gerechnet. Der liebe Gott hat Humor. Das muss ich sagen. Drei Frauen dieses Typs auf die Menschheit loszulassen, lässt sich jedenfalls nicht anders erklären.

»Opa, hast du einen Weihnachtsmann bestellt?«, fragt sie und ich kann hören, dass ihr das mächtig gegen den Strich geht. »Wir haben uns dagegen ausgesprochen. Das weißt du. Maggy Marga soll ohne autoritäre Männerfiguren aufwachsen.«

Und ohne Gewalt, denke ich. Läuft gut für Maggy Marga.

Zwölf Augenpaare richten sich gleichzeitig auf mich. Maggy Marga sieht zu, wie die Etage eines Bürogebäudes in die Luft fliegt.

Ich hebe die Hand zum Gruß. »Der Nikolaus muss mit Otto sprechen«, sage ich. »Dringend.«

Otto mault irgendetwas, von dem ich nur ahnen kann, dass es nicht nett ist. Dann widmet er sich wieder dem Fernsehgerät.

»Was ist das denn für ein Typ?«, fragt einer der Kerle, dessen dunkelrot leuchtende Wangen auf einen guten Bierkonsum hindeuten. »Ist der pervers oder was? Schleicht sich in diesem Fummel in unser Haus und erschreckt unsere Frauen und Kinder. Und das an Weihnachten!« Er erhebt sich vom Sofa und schiebt die Schultern in Zeitlupe nach hinten. Ich vermute zunächst, dass er Rückenschmerzen hat, aber nachdem er diese Bewegungen mehrfach hintereinander ausführt und sich dabei auch noch auf seine Zehenspitzen stellt, komme ich drauf. Das soll eine Drohgebärde sein. Bei Männern von der Körpergröße eines Schulkindes beindruckt mich das ganz besonders.

Ich schaue auf Maggy Marga und auf deren vermeintliche Mutter. Bruce hat gerade einen der Halunken aus dem Fenster des dreißigsten Stocks geworfen. Schade, dass wir uns im Erdgeschoss befinden. Ich hätte das gern mal ausprobiert.

»Ich muss Otto sprechen«, wiederhole ich, wobei ich darauf verzichte, meinen Tonfall zu verschärfen. Ich brauche Gegner, keine Opfer.

Meine Ignoranz scheint den Burschen zu überrumpeln. Jedenfalls schmeißt er sich wieder auf das Sofa und tut so, als wäre ich überhaupt nicht da.

»Der Nikolaus! Der Nikolaus!«, frohlockt Maggy Marga. »Hast du mir etwas mitgebracht?«

Ich zucke mit den Schultern. Dafür ist Knecht Ruprecht zuständig.

»Es gibt keinen Nikolaus«, erklärt die junge Frau vehement. Die Linie hält sie, das muss man schon sagen. Ob das ihre Glaubwürdigkeit bei dem Nachwuchs erhöht, wage ich zu bezweifeln. Mit ausladender Geste richte ich meine Mitra. Danach klopfe ich mit meinem Bischofsstab zweimal hintereinander auf den Fußboden, mit ordentlich Bums, sodass auch der letzte Dummkopf mitbekommt, dass der Nikolaus auch am ersten Weihnachtsfeiertag Hausbesuche macht.

»Du lügst!«, schreit Maggy Marga und ihrem wutzerknautschten Gesicht entnehme ich, dass gleich Tränen fließen werden. Und da haben wir den Hauptgewinn. Ihre Mutter ist wenig begeistert und wirft mir einen vorwurfsvollen Blick zu. Also wer hat sich denn hier offensichtlich zu weit aus dem Fenster gelehnt? Na? Das kann ich leiden.

»Otto!« Ich bringe mich in dem Durcheinander noch einmal in Erinnerung.

»Erst der Film«, entgegnet Otto sichtbar fuchswild.

Das ist mir auch recht. Dann kann ich heute Nachmittag nahtlos mit dem zweiten Teil fortfahren.

»Mittagessen!« Margits herzliche Aufforderung übertönt sogar die Explosion der Handgranaten, und dabei ist sie nicht einmal zu sehen.

»Erst der Film, verdammt!«, brüllt Otto zurück.

Niemand bewegt sich.

»Wenn ihr nicht gleich erscheint, werfe ich den Fraß zu den Schweinen«, plärrt Margit nun außer sich. Wer kann es ihr verdenken. So wie das hier aussieht, hat sie schon vor Anbruch des Tages in der Küche gestanden, um für ihre Lieben ein wunderbares Weihnachtsessen zu zaubern. In Thüringen braucht halt alles seine Zeit, vor allem die Klöße.

Otto lässt seinen Oberkörper unwirsch kreisen. Schließlich drückt er auf die Fernbedienung, als wollte er sie zerquetschen. Bruce friert schlagartig ein. Wegen einer Konserve verplempere ich hier meine Zeit. Nicht zu fassen.

»Mal sehen, was sie heute zusammengemanscht hat«, sagt er und steht langsam aus seinem Sessel auf.

Die Rüpel, die er zu seiner Familie zählt, feixen.

Ich rühre mich nicht und warte, was passiert. Otto ist stattlich und kommt unmöglich an mir vorbei. Er weiß das und baut sich vor mir auf.

»Der Nikolaus«, sagt er verächtlich.

»Opa!«, protestiert die junge Frau hinter ihm. Maggy Marga kriegt einen neuen Heulkrampf.

»Was willst du?«, fragt Otto wenig zugänglich.

Unbemerkt steht plötzlich Margit hinter mir. »Das hat Zeit bis nach dem Essen. Die Ochsenbäckchen schmecken aufgewärmt nicht.« Ochsenbäckchen ist ein schweres Wort, wenn man eins acht im Turm hat.

Acht Erwachsene und zwei Bäckchen, mehr zumindest würde ich Edelbert nicht unterstellen. Ich kenne mich nicht aus, aber das Rindvieh war ein Greis und wenn bei denen die Wangen genauso einfallen wie bei uns Menschen … Puh! Üppig. Aber wenn Margit die Soße ordentlich streckt, wird es schon gehen. Mehl macht auch irgendwie satt.

»Es dauert nicht lange«, sagt Otto in Richtung seiner Brut.

Die quetscht sich daraufhin an uns vorbei. Sollen die ruhig schon mal anfangen. So lange wie die brauchen, um Edelberts Überreste durchzukauen, kommt Otto unmöglich zu spät.

»*Er* kann doch mitessen«, vermeldet Margit und ich bin

mir ziemlich sicher, dass sie sich nicht mehr daran erinnern kann, mich hereingelassen zu haben, geschweige denn auch nur den Hauch einer Ahnung zu haben, wer ich bin.

»Das fehlte noch«, blafft Otto seine Frau an. »Als ob wir nicht genügend Kostgänger am Tisch hätten.«

»Dein Stück Fleisch habe ich sichergestellt«, lallt Margit.

Also doch hohlwangig. Alles klar. Abgesehen davon hätte Otto mir letztes Jahr ein ganzes Schwein geschenkt und eine Kiste Schnaps obendrauf, wenn ich mit seiner Tochter Mandy angebändelt hätte. Wie Sauerbier hat er sie angepriesen. So ändern sich die Zeiten. Die Nächstenliebe geht sogar an Weihnachten flöten, wenn sie unterjährig keine Gegenleistung bekommt.

Der Wichtigtuer von eben tritt erneut auf den Plan. »Wenn du Hilfe brauchst …«

»Ruft er die 112«, entgegne ich kurz vorm Platzen.

Otto winkt ab. »Kein Ding. Solche erledige ich auf nüchternen Magen.«

Otto ist extrem nachtragend. Schon klar. Ich gönne ihm diesen Moment der Rache.

»Du kannst mal deine Schwester anrufen. Wenn sie noch etwas vom Mittagessen abhaben will, soll sie sich beeilen«, kommandiert Otto. »Es ist mir ohnehin unbegreiflich, wieso sie heute noch mal in die Kirche wollte. Eine Leiche reicht ihr wohl nicht.«

Mandy hat also einen Bruder. Das ist mir neu.

Otto scheint meine Verwunderung zu bemerken. »Drei Kinder, zwei Jungs und die Kindergärtnerin«, sagt er. Und ist sich auch nicht zu fein, ein »Wenn du Schneid hättest, wüsstest du das lange« nachzuschieben.

Gegen Vorwürfe jedweder Art bin ich immun. Und mit Schneid hat das nichts zu tun.

»Der Rest gehört zu meiner Schwester, aber die ist an Weihnachten immer auf Malle und irgendwo müssen die Kinder sich ja satt essen«, erklärt er weiter und klingt dabei, als ob ihm das tierisch gegen den Strich geht.

Ich für meinen Teil habe es im gleichen Moment schon wieder vergessen.

Der junge Mann bleibt bei uns und während er nach Mandy telefoniert, mustert er mich verächtlich.

»Also, was willst du?«, blafft Otto.

»Es geht um Silvio Ernst, um seinen Tod«, hebe ich an.

Ohne hinzusehen, fällt mir auf, dass Mister Wichtig ein nervöses Zucken um die Augen bekommt.

»Und? Was habe ich damit zu tun?«, will Otto gereizt wissen.

»Du hast dir mit ihm die Rolle des Ochsen geteilt«, antworte ich. »Du warst das Hirn und Silvio der Arsch. Keiner war zu seinem Todeszeitpunkt näher an ihm dran. Immerhin könnte dir etwas aufgefallen sein.«

»Was soll mir denn aufgefallen sein?«, will Otto wissen. »Ich habe hinten keine Augen.« Er schnauft. »Wir haben uns vorab kurz abgesprochen, das Kostüm übergezogen und los ging es. Irgendwann habe ich mich umgedreht und Silvio war verschwunden. Mehr weiß ich auch nicht. Du warst doch auch dabei. Hast du irgendetwas anderes gesehen?« Da ich nichts erwidere, macht Otto dicke Backen. »Ich esse immer pünktlich.«

»Hast du Silvio vor dem Krippenspiel Lebkuchen oder etwas Ähnliches gegeben?«, frage ich hartnäckig nach.

»Welche Lebkuchen?«, fragt Otto.

»Keine Ahnung. Irgendwelche«, entgegne ich. »Es ist Weihnachten, da ist es nicht abwegig, solches Zeug zu haben.«

»Nee. Ich esse keine Lebkuchen, also habe ich auch keine.« Er schüttelt den Kopf und schiebt seine Unterlippe nach vorn, als wollte er damit glaubwürdiger aussehen.

»Nicht einmal, wenn du sie umsonst bekommst?«, bohre ich nach. Ich denke an die großzügigen Geschenke des Blaschke Bürgermeister und an dessen Aussage, Otto damit gesehen zu haben.

»Nicht einmal, wenn ich sie von zwei nackten Weibern serviert bekomme. Verstanden!«, herrscht Otto mich an. »Was soll der Blödsinn mit dem Pfefferzeug? Du bist wohl noch besoffener als sonst, was?«

Nicht so voll wie deine Frau, denke ich. Angesichts dessen, dass Otto ein wichtiger Zeuge sein kann, verkneife ich mir diesen Hinweis jedoch. »Hast du Silvio etwas essen sehen?«

Otto lacht schallend auf, worauf sein Sohn mit einfällt. »Jetzt hör dir das an. Da ist ja das Drehbuch jedes Russenfilmes besser.«

»Frage. Antwort«, fahre ich Otto an. »Jetzt.«

Er verdreht die Augen. »Er war hinter mir. Fällt dir was auf?«

»Schon vor der Kirche?«, frage ich schnippisch.

Otto macht schmale Augen. »Nein, natürlich nicht. Ich bin erst ein paar Minuten vor dem Beginn hinter der Bühne gewesen, keine Ahnung, was Silvio vorher gemacht hat.«

Hat er »hinter der Bühne« gesagt? Dicktun scheint in der Familie zu liegen.

»Wieso warst du zu spät?« Ich hasse es, den Leuten alles aus der Nase ziehen zu müssen.

»War ich nicht«, mault Otto. »Der Blaschke hat mir erst kurz vorher gesagt, dass ich für Edelbert einspringen muss. Als ich auf Silvio getroffen bin, hat Ilse ihm gerade den Schwanz angenäht. Er hat von seinem Einsatz angeblich nur fünf Minuten vor mir erfahren, zumindest hat das Ilse so gesagt. Vielleicht solltest du erst einmal deinen eigenen Leuten auf den Sack gehen. Ihr seid doch im Weihnachtskomitee alle so dicke.« Otto verdeutlicht mir mit seinem aneinanderliegenden Zeige- und Mittelfinger, wie nahe er mich an Ilse wähnt.

Da stehe ich drüber. Überdies sind meine herunterhängenden Mundwinkel nichts für schwache Nerven.

Bei Otto jedenfalls ziehen sie. »War es das?«, blafft er zunehmend nervös. »Von kaltem Rotkraut kriege ich Blähungen.«

Ich überhöre das und versuche einen Schuss ins Blaue: »Und da du lieber den Arsch des Ochsen spielen wolltest, warst du sauer auf Silvio.«

Der Hänfling, den Otto als seinen Sohn bezeichnet, hat seine Mimik nicht unter Kontrolle. »Ist das Mandys Ex?«, will er angefressen wissen. Dabei macht er seltsame Kopfbewegungen in meine Richtung.

In Ottos Knurren fehlt mir der entschiedene Widerspruch. Ich unterdrücke den Drang, die Arme in Abwehrhaltung zu bringen und mich zu schütteln.

»Nee! Mit dem Vorderteil war ich wohl deutlich besser bedient. Das ist doch klar.«

Ich frage mich, ob er sich schon mal mit der Trinkhornmütze gesehen hat. »Ihr habt vor eurem Auftritt gestritten«, widerspreche ich. »Dafür gibt es Zeugen.«

»Scheißkaff«, entgegnet Otto und wischt sich mit dem Handrücken die Spucke von der Oberlippe.

Pause.

»Ich habe ihm mal die Meinung gegeigt, war lange fällig«, murmelt er gefrustet. »Aber Lebkuchen hatte ich trotzdem nicht.«

»Und das musste Heiligabend in der Kirche sein?«, frage ich nach. »Dann hattest du aber echt ein fettes Ding mit ihm, wenn du das nicht an einem anderen Tag erledigen konntest.«

Ottos Miene verfinstert sich. »Wie meinst du das?«, blafft er.

»Noch so ein Spruch und ich zimmere dir eine rein«, droht Ottos Sohn.

Geht's noch Leute? Das war eine vollkommen normale Frage.

Otto winkt ab. »Nikolaus hat doch irgendwie recht«, murmelt er resigniert und ergänzt: »Die Drecksau hat Mandy nachgestellt.«

»Meiner Schwester«, empört sich Ottos Sohn künstlich. Ich kann nicht einordnen, was er von mir erwartet. Entrüstung? Ekel? Schock? Ich richte bedächtig meinen Umhang. Mehr Reaktion geht definitiv nicht. »Das konnten wir uns nicht gefallen lassen«, meckert Mandys Bruder weiter. »Schlimm genug, dass sie keinen abkriegt, aber für die Resterampe ist sie doch zu schade.«

Ich hätte damals all das notieren sollen, was mir Otto für seine Tochter angeboten hat. Da bekommt »Resterampe« eine ganz andere Bedeutung.

»Sprecht ihr von Mandy?« Die Mutter von Maggy Marga taucht plötzlich hinter dem Mini-Mann auf. Sie schlingt ihre Arme um seinen Bauch und lehnt ihren Kopf gegen seine Schulter. Sie könnte ihr Kinn auf seinem Hinterkopf ablegen, so winzig ist der Kerl. Ich werde unsachlich, schon klar, aber solche Leute regen mich auf. Augenscheinlich ist sie jedenfalls nicht Mandys Schwester, sondern ihre Schwägerin. Das will ich zumindest hoffen. »Sie sollte einfach nur den Lippenstift wechseln«, erklärt die junge Frau. »Dann wird das schon. Ich habe ihr schon mehrfach eine Typberatung angeboten, aber sie lehnt ja immer ab.« Sie zuckt mit den Schultern. »Wer nicht will, der hat schon.«

Lippenstift? Dieser Optimismus ist bewundernswert. Und was kommt eigentlich dabei raus, wenn eine hässliche Ente die andere berät? Ein Schwan wird es jedenfalls nicht. So viel steht schon einmal fest.

Mandys Bruder setzt ein schmieriges Grinsen auf. »Es kann eben nicht jeder so scharf aussehen wie mein Püppchen.« Er macht irgendetwas mit seiner Zunge, das ich bei einem erwachsenen, gesunden Mann nie wieder sehen möchte. Nebenbei lässt er seine Hüften kreisen. Das Püppchen scheint es gut zu finden, zumindest würde ich ihr Quieken so interpretieren. Die jungen Frauen sind heutzutage wirklich leicht zu beeindrucken. Mehr kriegt der Blödmann ohnehin nicht gebacken. Ich meine, wie muss man drauf sein, wenn man sich eine Frau sucht, die der eigenen Mutter und Schwester wie aus dem Gesicht geschnitten ist, also dem unansehnlichen? Da ist der Ödipuskomplex noch das geringste Problem.

»Reiß dich zusammen. Es ist Weihnachten«, maßregelt

Otto. »Wenigstens für zwei Tage im Jahr möchte ich etwas Normalität.«

Sprach der Mann, der vor dem Mittagessen mindestens schon drei Flaschen Bier intus hat und der zwischen Leuten sitzt, die ich nicht einmal auf dem Jahrmarkt grüßen würde.

Otto schaut mich an, als wäre der Moment, an dem ich abhauen soll, lange überfällig. Mich juckt das nicht die Bohne. Ich bin hier noch nicht fertig.

»Was heißt, Silvio hat Mandy nachgestellt? Ist er zudringlich geworden? Hat er ihr etwas getan?« Ich gebe zu, ich gerate ein wenig in Rage. Bei so etwas hört bei mir nämlich der Spaß auf.

Der Dummkopf zieht seine Zunge in Sekundenschnelle ein. Endlich. Jetzt schaut er seinen Vater fragend an.

»Nee, nich doch.« Otto wehrt ab. »Wenn der die Griffel nach meiner Tochter ausgestreckt hätte, wäre er tot.«

Ich warte, was passiert. Das kann ich.

Otto geht umgehend auf, was er da gerade von sich gegeben hat, und ihm schießt das Blut ins Gesicht. Sein Sohn nickt in einem fort. Auch noch als Otto zurückrudert. »Das ist nur eine Redensart von mir. Keine Drohung oder so. So etwas sagt man eben. Verstehst du, Nikolaus?« Otto senkt den Kopf und schaut mich von unten an. »Ich habe nur mit ihm einen Ochsen gespielt. Mehr nicht.«

»Was hat Silvio also getan?«, leiere ich.

Der Idiot scheint einen Sprung in der Platte zu haben. Sein Kopf wackelt noch immer. Mich juckt es in den Fingern, ihm eine zu kleben. Dann läuft es bei ihm womöglich wieder rund.

»Er hat sie eben angebaggert«, sagt Mandys Bruder. Die

Gehirnzellen scheinen wieder durchblutet zu werden. Ich freue mich für ihn. »Aufdringlich und auch ziemlich unter der Gürtellinie.«

Hoffentlich lässt er die Zunge drin, denke ich.

»Er ist dazu sogar in den Kindergarten marschiert und hat ihr aufgelauert«, ergänzt Otto. »Von den Anrufen und Textnachrichten mal abgesehen.« Er reibt sich die Stirn. »Da war ein Schweinskram dabei. Das kann ich dir vielleicht sagen.«

Ottos Schwiegertochter macht ein Gesicht, als könnte man ihr dahingehend nichts vormachen.

»O.k. Kapiert«, entgegne ich. »Mandy wollte nichts von ihm wissen und er hat trotzdem nicht aufgehört.«

Alle drei bestätigen das.

»Und dann habt ihr ihm mal ordentlich die Meinung gegeigt«, sage ich. Ehrlich gesagt, verstehe ich das nicht ganz. Nach allem, was ich gesehen habe, und das war so ziemlich alles, sah Silvio gar nicht übel aus. Er war sogar ein paar Jahre jünger als Mandy. Wieso um alles in der Welt hat er sich nicht etwas in seiner Preisklasse gesucht?

»Das kannst du aber annehmen«, echauffiert sich Otto. »Seit Wochen geht das so. Irgendwann reicht mir das. Wir sind schließlich anständige Leute.« Er wartet auf meine Bestätigung. Ich warte, dass er weiterredet. Otto gibt auf.

»Man hat den Kerl doch nie im Dorf gesehen. Der war doch immer nur bei seinen Bäumen im Wald. Aber an Heiligabend hat es gepasst. Ich konnte ja nicht wissen, dass er wenig später tot ist. Dann wäre ich vielleicht nicht so grob gewesen.« Er senkt den Kopf auf die Brust und stiert Löcher in den Fliesenboden.

Otto jedenfalls wusste, was Silvio am Wolfsacker treibt. Ruprecht sollte sich echt ein neues Hobby suchen. Der Tunnelblick könnte irgendwann gefährlich werden.

»Das passt schon so, Vater«, beschwichtigt Mandys Bruder. »Jeder muss mal sterben.«

»Du bist so klug, mein Bärchen«, haucht Ottos Schwiegertochter ihrem Liebsten ins Ohr. Erstaunlich, wie deutlich die Worte noch vernehmbar sind, also wenn man bedenkt, wie viel von dem Knorpel sie dabei im Mund hat.

»Kein Ding«, entgegnet er mit stolzgeschwellter Brust. »Du weißt ja, du kannst mich alles fragen.«

Das kann sie wohl tun, aber sie wird niemals dahinterkommen, welchen geistigen Dünnschiss Bärchen absondert. Der Halbtagsdoofe kriegt davon ja selbst nichts mit. Aber Hauptsache, sie sind glücklich und lassen mich in Ruhe.

»Mandy hat Silvio nicht irgendwie Hoffnung gemacht und ihn angestachelt?«, will ich dennoch wissen. Schließlich muss ich alle Eventualitäten abchecken. Irmgard wird das auch tun. Und hey, ich war dabei, als Mandy nur im Schlafanzug am Fenster stand. Das Bild würde ich am liebsten für immer aus meiner Erinnerung streichen. Aber wer sagt mir denn, dass Silvio beim Anblick von rosa Frottee mit aufgedruckten Herzchen nicht alle Sicherungen durchgebrannt sind? Sein Geschmack jedenfalls war nicht nullachtfünfzehn.

Die Gesichter der Männer frieren ein. Die Visage von Ottos Schwiegertochter kann ich nicht beschreiben. Sie scheint mir mindestens das Gesicht zerkratzen zu wollen.

»Kein Ding«, wiegele ich ab. »Schon klar. Aber was war der Grund für Mandys Abneigung?«

»Ich habe es verboten«, entgegnet Otto.

»Ich sowieso«, ergänzt sein Sohn wichtigtuerisch.

»Schon klar.« Im Thüringer Wald werden Ehen von den männlichen Familienmitgliedern arrangiert. Ach bitte, Leute, das glaubt euch doch kein Mensch.

»*Das* macht man einfach nicht«, weiß Ottos Schwiegertochter.

»Was?« Ich stehe auf dem Schlauch.

Eisiges Schweigen.

Schließlich ist Otto irgendwann wieder bereit, mit mir zu reden. Die Ochsenbäckchen werden nicht besser. Schon klar. »Man lässt sich nicht mit einem aus dem Nachbardorf ein«, erklärt er bedeutungsschwanger.

Und genau da liegen unsere Probleme.

Marlies ist eine Göttin. Wenn ich einen Wunsch frei hätte, dann würde sie ewig leben, damit sie immer eine Gans zubereiten und Klöße formen kann. Im Kopf muss sie selbstverständlich auch fit sein, denn was nützt das alles, wenn sie diese hervorragende Pflaumenfüllung des Bratens nicht mehr auf die Reihe bekommt. Das hat nichts mit Egoismus zu tun. Marlies liebt das, was sie tut. Und ich würde das jeder Frau wünschen, die so kochen kann wie Opas Nummer eins. Ich hebe mein Weinglas und proste ihm zu.

»Auf Marlies«, erwidert der Opa. »Auf dass sie lange gesund bleibt!« Er nimmt einen Schluck. »Ein Prachtweib, unbenommen.«

Der Opa und ich waren schon immer auf einer Wellenlänge. Ich greife mir einen Kanten Brot, um die Soße aufzusaugen. Die ist das Beste an einem Braten.

»Könntet ihr Euch bitte beeilen«, mahnt Ruprecht.

»Junge!«, ruft der Opa aus. »Es ist das Gänseessen am ersten Weihnachtsfeiertag. Da ist nicht einmal deine Großmutter frühzeitig vom Tisch aufgestanden und die hatte schon Hummeln im Hintern, übrigens ein sehr schönes Exemplar. Wie hieß sie noch gleich?« Er senkt leicht seinen Kopf und kichert verwegen in sein seidenes Halstuch. Der Opa ist gut drauf. Wer kann es ihm verdenken und ich stimme in seine Fröhlichkeit ein. Warum auch nicht? Ich habe hervorragend gegessen, das Weihnachtsdorf ist bald Geschichte und der Wein tut sein Übriges.

»Der Spelzer wird immer seltsamer«, murrt Ruprecht. »Und die anderen auch.«

»Na dann passen wir doch prima dazu«, erwidert der Opa heiter und lässt die Gläser klingen. »Jetzt mach nicht so ein Gesicht. Deine Frondienste für unser Dorf passen jetzt schon kaum auf eine Kuhhaut, da musst du nicht auch noch unser letztes freies Zimmer opfern.« Der Opa zwinkert mir zu. »Außerdem hat Adam da ein Wörtchen mitzureden.«

Ich kann den Reflex, erleichtert auszuatmen, kaum unterdrücken.

»Ja, ja, aber jetzt beeilt euch mal!«, nörgelt Ruprecht, schaut demonstrativ auf seine Uhr und erhebt sich. »Es ist eine Überraschung.« Ruprecht steht nun hinter seinem Stuhl wie ein Kellner, der nicht schnell genug den Tisch für neue Gäste freibekommen kann.

»Eine Planänderung?« Opa könnte nicht skeptischer dreinschauen. »Junge, du weißt, dass die Weihnachtstage auch von den Traditionen leben. Ritualisierte Abläufe sind in meinem Alter enorm wichtig. Ich werde sonst schneller gaga.« Er schlägt sich mit der flachen Hand vor die Stirn.

Opa will in die Badewanne, schon klar. Danach spielt er Schach gegen Herrn Fuchs. Angeblich hat Opa noch nie eine Partie gegen den Dackel verloren, aber ich kenne mich damit nicht aus.

»Man muss sich auch einmal auf etwas Neues einlassen«, widerspricht Ruprecht. »Gepflogenheiten können sich ändern.« Er legt den Kopf zur Seite. »Und die frische Luft tut dir auch gut, vor allem nach dem deftigen Essen.«

»Mit über achtzig Jahren?«, echauffiert sich der Opa. »Ich bitte dich. Da ist das Leben schon genug unkalkulierbares Risiko, jeden Morgen.« Er zwinkert keck. »Da muss ich immer erst einmal prüfen, ob ich aufgewacht bin.«

»Aber der Sauerstoff«, nörgelt Ruprecht. »Der ist gut für dein Gehirn.«

»Ja, wenn wir Schnee hätten.« Der Opa hebt die Stimme, legt den Kopf leicht nach hinten und lässt seine ausgestreckten Arme mit weichen Bewegungen durch die Luft kreisen. »Ein schöner klarer Frosttag, ja, der hätte die Arthrose in Schach gehalten. Wenn ich daran leiden würde«, fügt er etwas gedämpfter hinzu. Dann dreht er seinen Kopf zum Fenster und schaut skeptisch hinaus. »Aber dieses Lungenentzündungswetter …« Er schüttelt sich, trinkt einen Schluck Wein und lächelt milde. »Weißt du, dass die meisten Leute in meinem Alter an so etwas sterben …« Dramaturgische Pause. »… noch schneller, wenn sie vor die Tür gehen.« Betroffener Seufzer.

Umsonst. Selbst Ruprecht hat seine Prinzipien.

»Opa!«, mault Ruprecht. »Nikolaus geht auch mit.«

Das wüsste ich aber. »Ich habe eine Verabredung mit Bruce«, entgegne ich gelassen.

Der Opa stutzt. »Welche Folge?«

»Videosammlung«, antworte ich knapp. Das was Otto kann, kann ich schon lange.

»Alle Teile?«, will der Opa wissen.

Ich bestätige das.

»Hol her den Kram«, fordert er. »Ich besorge das Salzgebäck und einen guten Bordeaux habe ich auch noch im Keller.« Er reibt sich freudig die Hände. »Der Dackel ist ohnehin ein Langweiler.«

Ruprecht schaut uns entsetzt an. »Das könnt ihr doch nicht ma…«

»Eure Haustür ist nicht richtig zu.«

Herr im Himmel. Ich fahre herum. Mitten in der Küche steht der Funke Tischler, na ja, noch hält er sich aufrecht, aber so viel Seegang wie der hat, kann sich das jeden Moment ändern. »Und quietschen tut sie auch gewaltig. Hicks«.

»Am Öl kann es nicht liegen«, entgegnet der Opa, als würde es jeden Tag vorkommen, dass der Funke hier aufschlägt. »Es ist keins dran.« Er erhebt sich, geht zum Küchenschrank und holt ein dickes Bierglas heraus. Da kommen die Salzstangen rein. Ich mag das Zeug nicht, aber Opa ist, was Salzigkeiten angeht, auf dem Stand von 1970. Es ist eben alles eine Frage der Gewöhnung. Er sagt, damals wollte die Staatsführung nicht, dass das Volk knabbert, sonst hätte es ja immer ausreichend davon gegeben, und nun muss er seine Defizite ausgleichen. So hält er es übrigens auch mit Lachsersatz und Bananen, aber das führt jetzt zu weit.

»Schwierige Sache«, sagt der Funke. »Die haben noch mehr Regen angesagt.« Er hebt seinen Zeigefinger, den letzten seiner Art, wenn man seine beiden Hände in ihrer Gesamtheit betrachtet. »An Neujahr klart es auf. Ich kann mir nicht helfen, aber irgendwie lief das mit dem Wetter früher runder.« Er kratzt sich nachdenklich das unrasierte Kinn. »Ich weiß ja nicht, was die bei der Regierung so arbeiten, aber das mit dem Wetter … Nee!« Er wirkt nun wie jemand, der die Welt nicht versteht. Bei ihm jedoch ist das an der Tagesordnung.

Der Opa staffiert derweil den Couchtisch mit all den Dingen aus, die er für einen weihnachtlichen Fernsehnachmittag für notwendig hält. Ich freue mich, denn so häufig kommt das nicht vor, also dass Opa der Sinn nach Actionkrachern steht. Ruprecht dagegen fährt gerade den Rekord im Schmollen ein. Aber Opfer gibt es immer.

»Äh. Ich würde mich dann mal setzen, ja?« Nachdem der Funke Tischler seinen Monolog beendet hat, bin ich eigentlich davon ausgegangen, dass er abzieht. Jeder kann sich mal in der Tür irren. Damit man dabei nicht ganz so blöd aussieht, fängt man eben einen kleinen Plausch mit den Hausbewohnern an. Aber was soll das denn jetzt? Der sucht doch nicht etwa Anschluss oder schlimmer noch, ein warmes Bett? Ruprecht wird doch nicht …? Der tut aber nichts dergleichen.

Der Opa schaut mich fragend an. Ich kann nur mit den Schultern zucken.

»Du solltest dich auch beeilen«, sagt Ruprecht schließlich und nimmt dem Ganzen ein wenig die Peinlichkeit, die die Situation hätte, wenn der Funke Tischler nicht der Funke Tischler wäre.

Der ist schmerzbefreit, in jeder Hinsicht. Deswegen latscht er jetzt auch zu Opas Fernsehsessel und lässt sich aus dem Stand hineinfallen. Die Regentropfen, die sich dabei von seinen quatschnassen Arbeitsklamotten lösen, fliegen bis auf Opas Salzstangenarrangement und die frisch polierten Rotweingläser.

Dem Opa ist das nicht entgangen und er brummt ungehalten.

Der Funke hingegen ruckelt seinen Hintern so lange zurecht, bis er die bequemste Position zu haben scheint, greift sich das dicke Bierglas und beginnt, eine Salzstange nach der anderen in sich hineinzuschieben. Dabei wendet er eine Technik an, die ich normalerweise nur von Hauskaninchen kenne, die an einem Grashalm mümmeln. Dass die Tiere das sauber hinkriegen, ist mehr als man von unserem Tischler behaupten kann. Der hat sich im Nu von oben bis unten vollgekrümelt. Der Opa läuft derweil nach dem Handstaubsauger.

»Nicht übel bei euch«, kommentiert der Funke und schaut sich interessiert um. Dann heben und senken sich seine Nasenflügel. »Gans?«

»Alle«, entgegne ich, noch bevor Ruprecht seinen Mund öffnen kann. Lieber schaffe ich die letzte Keule in den Keller, sollte Reinecke irgendwann wieder Lebensgeister zeigen. Es würde mich zwar wundern, denn das Tier ist seit vierundzwanzig Stunden breit, aber man weiß ja nie. Ruprecht würde der Tod eines weiteren Statisten ziemlich mitnehmen. Meine Güte, wenn man darüber einmal genauer nachdenkt, was so ein Weihnachtsfest bei uns für Opfer fordert. Ich weiß nicht, ob das alles noch gesund ist. Aber momentan ist zumindest der Fuchs noch am Leben, irgendwie.

»Tja, kann man nichts machen, mit der Gans«, entgegnet der Funke. Dann dreht er das Glas mit Opas Gebäck, auf dessen Boden sich nur noch ein paar abgebrochene Reststückchen befinden, in seinen drei Fingern und schüttet den Inhalt schließlich in seine andere Handfläche, die er umgehend mit einer zackigen Bewegung gegen seinen Mund klatscht und ableckt. Nachdem er damit fertig ist, sagt er: »Als ich klein war, gab es bei uns an Weihnachten auch immer Salzstangen.«

Der Opa schaut ihn an, als wäre er für die DDR-Mangelwirtschaft verantwortlich gewesen.

Ich frage mich, ab welchem Zeitpunkt dem Funke die Evolution ein Schnippchen geschlagen hat. Dass es ziemlich früh gewesen sein muss, ist vollkommen klar.

»Das Blöde ist, man bekommt davon immer Durst«, redet der Funke weiter und stiert dabei auf die bereits geöffnete Weinflasche.

Opa ist kein Unmensch und holt ihm ein Glas Leitungswasser.

Der Funke schaut auf das Glas, als käme es vom Mond. Sein Brand scheint derweil spontan verflogen zu sein. »Es ist Weihnachten«, murmelt er und klingt dabei wie jemand, der beim Schwarzfahren erwischt wurde.

»Und deswegen müssen wir jetzt los«, drängelt Ruprecht.

Der Funke dreht langsam den Kopf in seine Richtung. »Dein linker Arm ist länger als der rechte«, sagt er nahezu tonlos.

Er versucht Zeit zu schinden, vermutlich bis zum Nachmittagskaffee. Aber bei uns löst das eine mittelschwere Katastrophe aus. Abgesehen davon, ist das mit rechts und links genau andersherum, was wiederum erklärt, wieso das mit seiner Tischlerei nur mäßig läuft. Nichtsdestotrotz bringt uns das Geplapper vom Funke verdammt in die Bredouille. Der Opa, dem Ruprechts halb herausgerissener Ärmel zweifelsohne schon lange aufgefallen ist, wirft mir einen flüchtigen Seitenblick zu.

»Der Junge steht nur schief«, kontert er zügig.

Zu spät.

Ruprecht reißt den Mund sperrangelweit auf und gibt

keinen Ton von sich. Ich weiß nicht, wie man eine Schockstarre löst, also bleibe ich cool und beobachte. Der Opa scheint noch weniger beunruhigt, denn er beginnt damit, die Sauerei vom Funke wegzumachen. Der wiederum wartet demonstrativ auf Nachschlag bei den Salzstangen.

»Wir müssen los«, sage ich in dieses beängstigende Schweigen hinein. Ich gebe zu, ich hatte schon bessere Ideen. Egal. Es wirkt. Den scheelen Seitenblick vom Opa kann ich wegstecken, Hauptsache, mein bester Freund kehrt wieder in diese Welt zurück. Wenn der Funke verschwindet, wäre das auch ein willkommener Nebeneffekt. Ersteres zumindest klappt.

»Ja, natürlich«, entgegnet Ruprecht, noch immer ein wenig neben sich stehend.

Aber er spricht.

»Nikolaus, kannst du …«, haucht er.

»Sicherheitsnadeln, natürlich«, entgegne ich. Kurz darauf habe ich das Problem gelöst. Damit sich Ruprecht möglichst schnell wieder besser fühlt, setze ich ihm auch gleich noch seine hässliche Fellmütze auf. Angeblich soll es ja einen Zusammenhang zwischen der Kleidung und der Psyche eines Menschen geben. Wenn das so ist, weiß ich wenigstens, wieso es bei mir in den letzten drei Wochen nicht so läuft. Verwaschenes Rot ist ein Testosteron-Killer. Wieso sonst sollte die schicke Pfarrerin so schnell verschwunden sein? Das kann nur etwas Unterbewusstes sein. Und Amelie. Na ja, wer weiß das schon? Dagegen scheint braunes Sackfell Glückshormone zu befeuern. Ruprechts Mundwinkel jedenfalls zeigen wieder nach oben.

Zwischenzeitlich hat der Opa das mit der Teppichreinigung aufgegeben. Ich meine, solange der Funke noch im Haus ist, macht das so viel Sinn, wie eine Gartenbewässerung im Regen. Stattdessen legt er vor dem Garderobenspiegel seinen Schal an. Der Opa hält zu seinem Enkel. Da gibt es nichts. Wir stehen schon vor der Haustür, da zuckt der Opa zusammen und fasst sich an den Kopf.

»Jetzt habe ich doch glatt was vergessen«, sagt er, dreht den Schlüssel im Schloss und drückt die Tür so weit auf, dass gerade mal sein Kopf durchpasst. »Funke«, ruft er ins Haus hinein. »Der Hund mag keine Fremden, also pass auf, dass du ihm nicht in die Quere kommst.« Opas schelmisches Grinsen ist legendär.

»Ich habe den Lichterbaumbauern mit einem Mädchen gesehen«, ruft der Funke und schon allein an seinem gequälten Ton kann ich hören, dass sich Herr Fuchs bereits im Angriffsmodus befindet. Der Dackel macht keine Gefangenen. Der Funke hätte ja auch nicht so dreist hocken bleiben müssen. Nun allerdings ist mir klar, was den Tischler zu uns ins Forsthaus getrieben hat. Aber anstatt gleich mit der Sprache herauszurücken, spekuliert der Nassauer erstmal auf ein Stück vom Weihnachtsbraten und ein paar Umdrehungen in flüssiger Form. Das spart ihm die Zeche im Hirschen, schon klar. Aber da hat er die Rechnung nicht mit Opa und mir gemacht. Ruprecht zählt momentan nicht. Der hängt gedanklich in einer anderen Schleife fest.

Der Opa merkt auf. »Funke, wenn das ein Trick von dir ist, um an meine Salzstangen zu kommen …«

»Nee doch, Kurt …«, kreischt der Funke. »Am Heiligabend, vor der Kirche. Wenn ich es sage. Und wo der Nikolaus doch … das sagt auch der Blaschke Bürgermeister.«

Es vergehen keine zwei Sekunden, dann stehen wir alle wieder in der Wohnküche des Forsthauses. Der Tischler hat seinen Platz nicht verlassen. Aber wenigstens lümmelt er nicht mehr so unverschämt in dem Möbel, sondern presst seinen durchgedrückten Rücken fest in die Lehne, wobei er den dicht vor ihm sitzenden Dackel nicht aus den Augen lässt. Für einen greisen Dackelrüden gibt Herr Fuchs eine wirklich beeindruckende Vorstellung.

»Was hast du gesehen?«, frage ich ohne Umschweife. Ich mache mir zwar nicht viel aus den Weihnachtstagen, aber ausgerechnet mit dem Funke will ich sie mir auch nicht verderben lassen.

»Erst den Kampfhund da«, fordert der Funke nervös.

Der Opa schnalzt mit der Zunge. Unser ungebetener Gast ist erlöst. Herr Fuchs hätte mit seinem Hüftleiden ohnehin kaum länger stehen können.

»Der Tannenbauer, also dieser junge Kerl, der jetzt tot ist«, hebt der Funke an. »Der war vor der Kirche, mit einem Mädchen. Wie die rumgeknutscht haben.« Der Funke haut sich vor Entzücken auf die Schenkel, dass das Sägemehl fliegt, und er lacht so, dass ich die Arbeit seines Zahnarztes bewundern könnte, wenn er denn regelmäßig einen aufsuchen würde. »Da ging es fast zur Sache, das sage ich euch.«

»Wer war die Frau?«, hake ich nach.

Der Funke bläst die Wangen auf. »Nie gesehen, keine von uns.«

»Bist du sicher?«, frage ich. Der stetige Alkoholkonsum hat seine Synapsen merklich ausgeleiert, darauf muss ich Rücksicht nehmen. »Kann es Mandy gewesen sein?« Woher soll ich denn wissen, ob Mandys Triebe nicht die Ansage der

Männer in ihrer Familie zunichtegemacht haben. Ich meine, so oft bekommt sie keinen ansehnlichen Kerl auf dem Silbertablett serviert, nicht mal einen unansehnlichen. Da kann man schon mal alle Prinzipien über Bord werfen, sogar die lokalpatriotischen. Oder läuft das schon unter dörflichem Siedlungsrassismus?

Der Funke macht ein unbeschreiblich blödes Gesicht. Dann fällt der Groschen. »Die Kindergärtnerin?«

Ich nicke.

Er streckt die Zunge heraus und begleitet diese herzige Geste mit krächzenden Geräuschen. »Ich weiß, was ein schönes Weib ist und was nicht«, wirft er ein. Dann breitet sich ein schmieriges Grinsen auf seiner Visage aus. »Und das war eine ganz Scharfe. Allein der Rock, den die anhatte …« Er hebt seine Hüften leicht und verdeutlicht uns mit der über seine Oberschenkel fahrenden Handkante, wie kurz das Teil gewesen sein muss. »Nicht länger als so, nicht länger.« Er schmatzt lüstern.

Meine Fresse, ist das ekelhaft.

»Die hat ein Plätzchen nach dem anderen in ihren Mund geschoben … so dicke Lippen.« In den Abstand zwischen seinem Daumen und Zeigefinger passt ein Fahrradreifen. »Und dann hat er ihr jedes zweite abgenommen, immer nur mit den Lippen.« Der Funke feixt. »So ein tolles Programm aber auch. Viel besser als dieses bescheuerte Krippenspiel danach.«

Ich werde hellhörig. »Was waren das für Plätzchen?«, will ich wissen.

Der Funke zuckt mit den Schultern. »Weihnachtsplätzchen? Lebkuchen?« Er fährt sich mit dem Handrücken über den Mund, als bräuchte er kurz, um nachzudenken. Meine Hoffnung wird enttäuscht. »Mir hat keiner eins angeboten«, antwortet er schließlich mit tiefem Bedauern in der Stimme.

»Die Erotik von Lebensmitteln«, wirft der Opa genüsslich ein. »Aber Christgebäck, mhm. Interessant.«

»Und du bist dir ganz sicher, dass Silvio davon gegessen hat?«, frage ich.

»Wer?« Der Funke wirkt irritiert.

»Silvio, der Tannenbauer«, gebe ich genervt zurück.

»Wie soll ich mir denn die Namen von all den Leuten bei uns im Dorf merken?«, blafft der Funke.

Klar doch. Bei hundertfünfzig Hanseln und einer Fluktuation, die gegen null tendiert, ist das ein Ding der Unmöglichkeit. »Hat er nun Plätzchen gegessen oder nicht?«

»Freilich!«, ruft der Funke aus. Dann grinst er wieder überheblich. »Anderenfalls wäre er doch blöd gewesen, Mensch! Von der hätte ich sogar Linsensuppe genommen.« Seine Augen leuchten.

Der Funke Tischler hasst Linsensuppe. Das weiß ich, weil Kurt im Hirschen einmal im Jahr eine Linsensuppenwoche macht. Das hat er sich aus seiner Armeezeit behalten. Die Linsen sicherlich auch, denn ich kann mir nicht vorstellen, dass die Supermärkte heutzutage Waren mit NVA-Aufdrucken verkaufen. Der Keller des Hirschen ist voll davon. Aber was weiß ich schon. Mit ordentlich Fleischbrühe und Kartoffeln kriegt man Kurts Restbestände schon runter. Nur der Funke nicht. Für den gibt es dann Fettbrot, denn Kurt ist ein feiner Kerl.

»Die Erotik von Linsensuppe«, murmelt der Opa nachdenklich. »Das ist dann wohl eher etwas für den provinziellen Typ.« Der Opa kann den Funke nicht sonderlich leiden und manchmal muss er ihm das auch zeigen, wobei ich bezweifle, dass unser Tischler das mitschneidet.

Der Funke nickt eilig und die Ahnungslosigkeit steht ihm ins Gesicht geschrieben.

»Was ist danach passiert?«, frage ich weiter.

Die Gesichtszüge des Funke hellen wieder auf. »Erst habe ich gedacht, die Show ist zu Ende, also weil die Kleine abgezogen ist, aber dann ...« Er bleckt die Zähne. »Das glaubt ihr nicht.« Sein eifriges Nicken befördert den Rest des Unrates auf seiner Kleidung in Opas Wohnküche. »Dann stand da noch so eine Biene, die den Burschen abgefangen hat, und die war fast noch neckischer. Die ist dann auch mit in die Kirche gegangen.«

Ich weiß nicht, was das jetzt geben soll, aber es gefällt mir nicht. »Auch mit Plätzchen?«, leiere ich.

»Nee, nur mit Zunge«, gibt der Funke mit Schmackes zurück.

Ich bin Mitte vierzig, ohne Bauchansatz, dafür mit vollem Haupthaar und zwei geschlossenen Gebissreihen. Irgendjemand hat sogar einmal gesagt, dass ich für einen aus unserem Dorf recht passabel aussehe. So weit zur Bestandsaufnahme. Jetzt zum Problem: Wie um alles in der Welt kann es sein, dass dieses halbgrüne bemalte Baumbürschchen eine Frau nach der anderen klarmacht, noch dazu solche, die es bei uns hier draußen eigentlich überhaupt nicht gibt? Amelie ausgenommen, zumal sie erst zugezogen ist. Was mache ich falsch? Mittlerweile habe ich ja schon Sorge, dass ich, beeinflusst durch mein Umfeld, einen Tunnelblick entwickelt habe, so wie Ruprecht, nur ohne Weihnachten. Wo um alles in der Welt hat dieser Silvio die Weiber aufgetan, im Wald bei seinen Bäumen? Das gibt es doch alles gar nicht. Und fragen kann man diesen Idioten auch nicht mehr. Ich zweifle an mir selbst.

»Die Frauen, die der Funke beschrieben hat, gibt es nur im Fernsehen«, sagt Ruprecht, während er neben mir läuft und sich immer wieder an seinen Ärmel fasst, als müsste er prüfen, ob dieser noch da ist. »Der hatte bestimmt Halluzinationen vom vielen Alkohol.«

Was die Halluzis unseres Tischlers angeht, bin ich nicht überzeugt. Zwei Mal so dicht hintereinander schlagen die nicht einmal bei ihm zu. Es mag sein, dass er des Öfteren junge, schöne Frauen fantasiert, aber die stellt er sich garantiert nicht in Begleitung von Silvio vor. Das bringt nicht einmal der Funke. Nein, nein, irgendetwas muss an seinem Bericht dran sein. Die Frage ist nur, wo finde ich den Schmollmund mit der Plätzchentüte?

»Dieser junge Mann muss ein richtiger Casanova gewesen sein«, frohlockt der Opa. »Gleich zwei Damen am Heiligen Abend. Keine schlechte Quote. Beachtlich.«

Das ist nett von jemandem, der zur gleichen Zeit von Marlies, Edwina, Marie und Waltraud Weihnachtsleckereien einkassiert hat und das waren nur die vollreifen Schnecken, die ich mitbekommen habe.

»Wisst ihr, was ich nicht kapiere«, hebe ich an.

»Wie die gute Mandy hier ins Bild passt«, antwortet der Opa wie aus der Pistole geschossen.

»Genau«, entgegne ich. »Wenn du den Hauptgewinn haben kannst, nimmst du dann freiwillig den Trostpreis?«

Der Opa kichert verlegen. »Nichts für ungut. Sie ist wirklich ein nettes Mädchen, aber …«

Das Aber bringt es auf den Punkt. Silvio baggert, was das Zeug hält, legt sich mit der halben Familie Lorenz an, lässt sich von Otto sogar in der Kirche beschimpfen, um ein Aber abzuschleppen, während er eine fulminante Auswahl an Wows zu haben scheint? Da stinkt doch etwas gewaltig.

»Nymphomanie ist eine Krankheit«, doziert der Opa. »Ihre Symptome machen auch vor Mandy nicht Halt.«

»So etwas gibt es bei uns nicht. Im Thüringer Wald sind die Leute normal«, widerspricht Ruprecht vehement.

Darauf würde ich nicht wetten wollen. »Immerhin ist Silvios Vielweiberei ein erster Anhaltspunkt. Nicht alle Frauen stecken eine Nebenbuhlerin locker weg, vor allem nicht, wenn die gleich in Gruppen auftreten«, sage ich.

»Mord aus Eifersucht«, konstatiert der Opa und hört sich dabei ein wenig enttäuscht an. »Wie ihr wisst, bin ich ein Mann, der die Frauen mehr als schätzt, aber«, er seufzt, »für unseren Weihnachtsmord hätte ich mir schon ein etwas kniffligeres Motiv gewünscht. Na ja, man kann nun mal nicht alles haben, und ich bin ja froh, dass wir überhaupt …« Er stockt. »Vergesst es, Jungs.«

»Die mit den Plätzchen würde ich gern einmal sehen«, mischt sich Ruprecht ein.

Er nimmt das Gerede vom Funke Tischler für bare Münze.

»Interessant wäre mal zu wissen, ob Nüsse drin waren«, wirft der Opa ein und spricht damit exakt das aus, was mich gerade umtreibt.

»Ein Todeskuss der Liebe«, haucht Ruprecht entsetzt.

»Mit Nussspucke«, ergänzt der Opa belustigt und stößt mir sanft seinen Ellenbogen in die Rippen.

»Wo gehen wir eigentlich hin?« Ich wechsle das Thema, damit ich die Nussspucke möglichst schnell vergessen kann. Und dass der Doktor mit seiner schwachsinnigen und vor allem an den Haaren herbeigezogenen Erklärung auch noch richtigliegen könnte, piept mich noch mehr an.

»Ich würde meinen, wir kehren wieder um«, sagt der Opa. »Der Funke ist bestimmt schon weg und der Tisch gerichtet.«

Hervorragende Idee.

»Ich wollte es euch nicht vorher sagen, wegen der Überraschung und so«, erklärt Ruprecht. »Aber nun ... ach. So gefällt mir Weihnachten überhaupt nicht mehr. Dabei sollte es ein in der Geschichte unseres Weihnachtsdorfes unvergesslicher erster Weihnachtsfeiertag werden. Die Idee dafür stammt von mir, wisst ihr ...«

Ich weiß nicht, ob mich das ängstigen oder freuen sollte.

Opa scheint es ebenfalls die Sprache verschlagen zu haben.

»Wir gehen zu Kurt in den Hirschen«, presst Ruprecht, begleitet von hektischen Atemzügen, hervor.

Aus meiner Sicht hätte es schlimmer kommen können. Das tut es auch.

»Es gibt Weihnachtskino«, erklärt Ruprecht nun feierlich.

Die jetzt entstehende Pause ist verdammt lang. Ich erinnere mich, dass ich mit Ruprecht als Kind immer Filmvorführung spielen musste. Er hatte vom Opa einen Diaprojektor geschenkt bekommen und war der Meinung, dass man die Dias nur schnell genug hintereinander einschieben müsste, um einen Spielfilmeffekt zu haben. Über die Zeit hat er das nahezu perfektioniert, also ich konnte die Handlung von ›Frau Holle‹ einwandfrei nachvollziehen. Aber womöglich lag das auch irgendwie daran, dass wir nur diese eine Bildergeschichte hatten und die rauf und runter geguckt haben. Mangelwirtschaft macht eben auch vor Diapositiven nicht Halt.

»Mit einer echten Leinwand und Popcorn mit Lebkuchengeschmack«, ergänzt Ruprecht stolz.

Abgesehen davon, dass mir eine Glühheidi gerade irgendwie lieber wäre, frage ich mich, ob Ruprecht wohl auch den Film ausgesucht hat. Nachdem ich neulich erst eine dreistündige Dokumentation über Borkenkäfer mit ihm anschauen musste und er so viel Begeisterung dabei gezeigt hat, wie ich bei einem in der Karibik gedrehten Porno, habe ich etwas Sorge, was diesen Nachmittag angeht.

»Blöd ist nur, dass der Blaschke Bürgermeister darauf bestanden hat, den Film auszusuchen«, schiebt Ruprecht nach. »Aber er ist nun mal der Vorsitzende des Weihnachtskomitees.«

Da hätte ich lieber die Borkenkäfer gehabt.

»Oje«, stöhnt der Opa. »Hoffentlich hat Kurt genug Hochprozentigen vorrätig.«

Mein Reden.

»Gott sei Dank, wir sind noch nicht zu spät«, ruft Ruprecht erleichtert aus, während wir auf den Hirschen zusteuern.

Ulf und Inge haben sich rechts und links vom Eingang

postiert und knipsen Eintrittskarten ab. Schon von Weitem kann man erkennen, dass sich Ulfs Problem mit seiner Gesichts-Harz-Maske noch verschärft hat. Augenscheinlich hat er versucht, dem Kram mit Wasser und Seife beizukommen. Dass er mit einem Frotteehandtuch kräftig nachgerubbelt haben muss, einem dunkelblauen, ist unbestreitbar. Der arme Ulf sieht aus wie die Sparausgabe der Blue Man Group.

»So ein Pech aber auch«, erklärt der Opa mit ein wenig zu übertriebener Entrüstung. »Ich habe meine Brieftasche vergessen.«

Netter Versuch. Leider vergeblich.

»Ich habe die Karten für uns schon gekauft«, entgegnet Ruprecht mit geschwellter Brust. »Das ist mein Weihnachtsgeschenk an euch.« Er wedelt mit drei Tickets vor unseren Nasen herum.

Geschenke an Weihnachten werden überbewertet.

»Ach Junge«, erwidert der Opa seinem Schicksal ergeben. »Na dann, auf ins Getümmel.« Aus ihm spricht die nackte Verzweiflung. »Du musst doch kein Geld für mich ausgeben.«

Da Ruprecht die Karten noch immer wie eine Trophäe von sich streckt, kann ich einen Blick auf deren Preis erhaschen. Zwanzig Euro pro Nase. Das ist happig, hebt aber meine Hoffnung auf einen anständigen Streifen.

Der Weg vorbei an Ulf und Ilse ist keine Hürde. Durch den lang gezogenen Flur des Hirschen kommen wir auch noch irgendwie. Blöd ist nur, dass Kurt ausgerechnet an Weihnachten auf die Idee gekommen ist, seine Hütte zu renovieren, oder wieso sonst hat er sein Sofa nebst Sessel,

Fernseher und Esstisch hier in den Durchgang gestellt? Wir quetschen uns an seinen Möbeln vorbei und mit dem Eintritt in Kurts Gastraum, den er eigentlich nach der offiziellen Schließung seiner Kneipe auch als Wohnzimmer nutzt, wird mir das ganze Ausmaß des Elends bewusst. Auf den knapp vierzig Quadratmetern, auf denen die Männer des Dorfes an den meisten Abenden abhängen, drängeln sich rund achtzig Leute und hinter uns reißt der Strom nicht ab. Da es aussichtslos ist, die Massen inklusive Gestühl unterzubringen, haben die Weihnachtsstrategen auf ein solches verzichtet. Stehkino, alles klar. Wie das jedoch bei einem Publikum mit einem Altersdurchschnitt von Ü 60 ankommt, bleibt abzuwarten. Der Opa jedenfalls hat den Kaffee auf, das steht ihm ins Gesicht geschrieben. Das wiederum kann ich nur erkennen, weil ich an ihm klebe, wie eine Büchsensardine an der anderen. Bei dem schummrigen Licht, das hier vor sich hin funzelt, kann man nämlich kaum die Hand vor Augen sehen. Das ändert sich mit dem plötzlich aufleuchtenden Spot, der den Blaschke anstrahlt, als wäre er ein Jünger des Lichts. Der weiße Hintergrund tut dabei sein Übriges. Denn vor Kurts Schrankwand inklusive des darin eingebauten Aquariums hängen zwei große weiße Bettlaken. Die werden nur dadurch gehalten, dass Ulf die Ecken des Stoffes in die oberen Schranktüren geklemmt hat. Wie hat Ruprecht so schön gesagt? Eine echte Leinwand. Das da muss sie dann wohl sein. Der Blaschke beginnt nun damit, seine Rede herunterzustammeln. Soweit ich das erkennen kann, hat er mit Zellstoff gegen das Baumharz gekämpft. Auch nett.

»Liebe Leute«, schreit er. »Eine hervorragende Faifon liegt hinter unf. Wir dürfen unf glücklich fchätfen.«

Ob das Silvio auch so sieht?

»Jetft heift ef Müfiggang.« Er beklatscht sich selbst. »Defwegen habe ich mir für den ersten Weihnachtfeiertag etwaf ganf befonderef überlegt. Familie, Feierlichkeit. Faffbraufe.« Es ist nicht zu fassen, der Blaschke freut sich wie verrückt über seine drei »F«.

Ich hätte Fafbraufe durch Fanatismus ersetzt, zumal Kurt seit 1987 keine Brause mehr im Sortiment hat. Alkoholfreies läuft einfach nicht bei uns. Aber wen interessiert schon meine Meinung? Erstaunlicherweise scheint Ruprecht ebenso wenig angetan zu sein. Ich kann hören, wie er hinter mir tief ausatmet. Ich spüre es sogar im Nacken, so eng wird er von den Massen an mich gepresst. Der Blaschke, die Egomanensau, hat sich die Idee mit dem Weihnachtskino auf die Fahne geschrieben. Einfach bei Ruprecht geklaut, da wäre ich auch sauer.

»Ihr erlebt die Premiere von …«, frohlockt der Blaschke Bürgermeister. Was wird das, eine dramaturgische Pause, ein Texthänger? Oder ist es einfach nur die normale Dämlichkeit des Kerls? »Äh.« Er schnauft. Dann reißt er die Arme in die Höhe. »Weihnachten in Familie mit Frank Fchöbel. Daf Original.«

Das Volk schweigt.

Es kann schon sein, dass für all jene, die im Hausflur und auf der Eingangstreppe verblieben sind, die Akustik miserabel ist und sie deswegen nicht in Jubelschreie ausbrechen, aber was hat der Rest?

»Weihnachten in Familie«, brüllt der Blaschke, als stünde er vor achtzig Schwerhörigen.

Daraufhin kommt von irgendwoher ein frenetisches Klatschen. Ulfs Loyalität kennt keine Grenzen. Ich hoffe nur, er behält das Tempo bei, nicht dass ihm die Hände zusammenkleben. Wie dem auch sei, Ulfs Einsatz zeigt Wirkung und einer nach dem anderen lässt sich von der erzwungenen Begeisterung anstecken.

Nur Opa, Ruprecht und ich stimmen nicht ein. Moment mal, Ruprecht? Ich drehe mich herum und schaue ihn fragend an.

Er senkt den Kopf und sagt: »Ich habe Angst, dass mein Ärmel ganz abreißt. Kannst du bitte für mich mitklatschen.«

Spontaner Krampf, beidseitig. Ich tue so, als hätte ich ihn nicht verstanden, und wende mich wieder dem Blaschke zu. Der hat nichts mehr zu sagen und sonnt sich in seinem Erfolg.

»Wenn ich mich recht entsinne, ist diese Sendung Mitte der 1980er-Jahre gelaufen«, sagt der Opa. »Habe ich was verpasst?«

Ich brauche darauf nicht zu antworten, denn das bunte Bild, was nun über Kurts Bettwäsche flackert, spricht für sich. Frank Schöbel ist darauf kaum so alt wie ich jetzt und die Falten, die sich über sein Gesicht legen, haben einzig allein etwas damit zu tun, dass nach dem Tod von Kurts Trude das Bettzeug nicht mehr gebügelt wird.

»Achtziger, ganz klar«, bemerkt der Opa. »Was ist daran die Premiere?«

»Opa!«, vermeldet Ruprecht vorwurfsvoll. »Dass die Sendung bei Kurt im Hirschen gezeigt wird.«

Absolut nachvollziehbar.

»Jungs, ich glaube, die Gans war doch zu fett. Irgendetwas stimmt mit mir nicht. Ich höre nur jedes zweite

Wort.« Der Opa schüttelt seinen Kopf, als hätte er beim Baden Wasser ins Ohr bekommen.

Der Vogel hat damit nichts zu tun. Das ist eher eine Frage der schlechten Internetverbindung. Der Blaschke, das Betrügerschwein, streamt die alte Aufnahme aus dem DDR-Fernsehen über ein Videoportal, kostenfrei versteht sich. Und dafür hat er locker zweitausend Scheine kassiert.

»Sag mal«, ich wende mich wieder Ruprecht zu, »legal ist das aber nicht.«

Ruprecht ist zu keiner Antwort fähig.

Opa schnalzt mit der Zunge. »Eine schöne Frau, damals wie heute«, sagt er. »Ich kann mich aber nicht erinnern, dass sie so viele Pigmentflecken hatte. Dass die sich bewegen, ist mir auch neu. Dabei habe ich die Show mit Ruprechts Großmutter öfter gesehen und unser Fernsehgerät war mit Farbe. Christa stand auf den Schöbel und ich, na ja, ich kann es nicht verhehlen, ich hatte ein Auge auf seine rassige Frau geworfen.«

»Die Laken sind schon älter«, antworte ich. »Da geht nicht mehr alles raus. Und das an ihrem Kinn sind Kurts grüne Sumatrabarben.« Neben dem Backfisch, den ich mir regelmäßig reinziehe, sind die Barben die einzigen Flossentiere, die ich kenne. Kurt kann stundenlange Monologe über ihre Schönheit halten. Er sagt, ihm kommen nur grüne Viecher ins Haus. Da ist er eigen. Da die dahingehende Auswahl eher mäßig ist, war er froh, dass er auf die Idee mit dem Aquarium gekommen ist.

»Ach, siehst du. Ich sage es ja«, schmunzelt der Opa. »Und ich hatte schon Sorge, dass mich meine Erinnerungen an eine schöne Frau im Stich lassen.«

»Ich bin Beamter.« Ruprecht hat nun auch seine Sprache wiedergefunden. Allerdings hängt er gewohnheitsmäßig in der Unterhaltung etwas nach. »Ich darf nichts Illegales.«

»Mir schlafen die Füße ein«, verkündet der Opa. »Nicht, dass mir die Gans wirklich nicht bekommt.« Er tritt von einem Fuß auf den anderen und ich bekomme Sorge, dass seine Wackelei eine satte Kettenreaktion nach sich zieht. Nachher trällert der Schöbel »Morgen, Kinder wird's was geben« und bei den Massen gibt es kein Halten mehr. Am Ende sammelt der Notarzt die Bewusstlosen ein.

»Ich haue ab«, sage ich und quetsche mich, ohne weiter auf die beiden zu achten, zum Ausgang. Einer muss ja den Anfang machen. Nichts gegen Frank Schöbel, aber der Blaschke hat doch wohl eine Vollmeise. Draußen angekommen, schauen mich einige der Ausgeschlossenen mit großen Augen an. »Ich opfere mich, damit ihr auch noch reinkommt«, rufe ich. Ein paar halten mir ihre ausgestreckten Daumen hoch und nicken dankbar. Wenn die wüssten, dass sie da drin abgezockt werden. An ein Bier ranzukommen, ist auch aussichtslos. Vom Popcorn rede ich erst gar nicht. Was für ein erbärmlicher erster Weihnachtsfeiertag.

»Mir ist gleich wohler.« Der Opa hat den Durchbruch auch gewagt. »Also so etwas aber auch.« Er kichert. »Dass der sich nicht schämt, die Leute so zu veräppeln.«

»Es war so eine schöne Idee …«, murmelt Ruprecht trotzig. »Und jetzt ist das Internet komplett abge…«

Deswegen ist er mitgekommen. Alles klar. Ich warte kurz, da es nicht ungewöhnlich ist, dass seine Gedanken ein paar Schleifen drehen, bevor sie aus seinem Mund kommen. Gerade jedoch tut sich nichts und so schaue ich ihn fragend an. Ruprecht allerdings hat die Augen so weit aufgerissen, dass sie ihm bald herauszufallen drohen. Er starrt auf die Bank vor Kurts Haus. Dort sitzt eine junge Frau. Sie hat wunderschöne geschwungene Lippen und trägt einen Rock, der auch als Gürtel durchgehen könnte. Aber was noch entscheidender ist, sie heult sich die Augen aus.

»Das wird schon wieder, Kindchen«, tröstet Opa und nickt allwissend. Er sitzt am Küchentisch im Forsthaus und schmiert Leberwurstbrote. Fünf hat er schon fertig, wobei er diese akkurat viertelt und mit sauren Gurkenstreifen verziert auf einem Teller anrichtet. Der Opa stellt sich auf ein großes Drama ein. Ich merke das. Fünf Schnitten gab es bei uns früher nur, wenn Irmgard versucht hat, Ruprecht mit dem Expander zu erwürgen und er mal wieder eine Nahtoderfahrung gemacht hat.

Bei zwölf Leberwurstbrotscheiben jedenfalls liegt unser persönlicher Rekord. An dem Tag ist meine Mutter in den Westen abgehauen, zusammen mit Ruprechts Mutter, aber das ist nichts, woran ich mich erinnern möchte. Jedenfalls kennt der Opa in emotionalen Notfällen nur ein Mittel: Leberwurst. Ich habe schon mal gehört, dass Kinder anderenorts mit Schokolade oder Keksen aufgeheitert werden, aber bei uns im Thüringer Wald … egal. Auf Leberwurst lasse ich nichts kommen.

»Jetzt erzähl mal, Mädchen. So schlimm kann es doch nicht sein«, fordert der Opa und schiebt den Teller zu ihr herüber. Derweil arbeitet er an Nummer sechs.

Melissa, so der Name der unbekannten Schönheit, schnieft in ihr Taschentuch. »Silvio ist tot. Gibt es noch etwas Entsetzlicheres?« Dicke Tränen kullern über ihre Wangen.

Mir fallen spontan seine Tattoos ein. Ich werde jedoch nicht gefragt und so kann ich Melissa in Ruhe in Augenschein nehmen. Ruprecht tut das auch. Das Blöde dabei ist nur, dass dieses apathische Stieren bei den Frauen normalerweise nicht so gut ankommt, vor allem, wenn man kleine Spuckebläschen um den Mund hat. Bei Ruprecht ist das nur ein Zeichen von Aufregung. Aber woher soll Melissa das denn wissen? Sie tut das, was alle Frauen in Ruprechts Nähe tun, sie ignoriert ihn, so gut es geht. Melissa ist höchstens achtzehn Jahre alt und sieht wirklich nett aus. Der Funke Tischler hatte recht. Sie kann nicht von hier sein.

»Nimm dir ruhig«, fordert der Opa sie auf. »Leberwurst hilft immer.« Er lächelt milde.

»Ich bin Vegetarierin«, schluchzt sie.

Ich würde mich nicht zwei Mal bitten lassen, aber meine Seelenpein scheint nicht annährend so groß wie die von der Kleinen. Immerhin leide ich nur unter einer Advents- und Weihnachtspsychose und sie ist *Vegetarierin*.

»Das bisschen Leber sieht der liebe Gott gar nicht.« Das Unverständnis steht dem Opa ins Gesicht geschrieben.

Melissa schnieft vor sich hin.

Der Opa macht sich tapfer an die siebte Scheibe. »Du hast dich also mit Silvio getroffen«, hebt er erneut an.

Wie sie jetzt guckt, zeigt, dass getroffen noch weit untertrieben ist.

In mir könnte Neid aufkommen, aber ich bin nicht so. Wieso auch? Mein Schlachtfeld befindet sich weit abseits dieser Altersklasse. Ganz so oberflächlich bin ich dann doch nicht. Abgesehen davon weiß ich sehr wohl, wie das läuft. Die Mädels suchen jemanden, der sie in seinem Auto durch die Gegend kutschiert und hin und wieder etwas springen lässt. Das ist mir zugegebenermaßen zu doof, zumal ich mir das Auto und die Kohle von Ruprecht leihen müsste.

»Wir waren füreinander bestimmt, Seelenverwandte«, entgegnet sie mit schwacher Stimme.

Diesen Bockmist hat mir Sabine, meine Ex, auch erklärt, als sie mit ihrem Finanzbeamten durchgebrannt ist. Mir war bis dahin überhaupt nicht bewusst, dass die Leute vom Finanzamt eine Seele haben könnten.

»Schön, schön, Kindchen.« Der Opa hat es auch nicht so mit der Esoterik. »Ihr wart also verlobt«, schlussfolgert er und rückt den Teller noch ein Stück näher zu ihr rüber.

Melissa rümpft die Nase. »Ich bin nicht so altmodisch«, erklärt sie. »Aber wir wollten ein Kind.« Ihr Blick senkt sich und bleibt an den belegten Broten kleben.

Früher oder später kriegen wir mit unserer Leberwurst alle, selbst die Vegetarier.

»Ein Kind, aha«, sagt der Opa. Er erkennt die Brisanz dieser Situation und greift zu Nummer acht.

»Silvio wäre sicherlich ein toller Vater gewesen«, werfe ich ein. Manchmal fürchte ich mich vor mir selbst.

Sie lächelt beseelt. »Er hatte affengeile Tattoos, nicht wahr?«

»Beeindruckende Erbanlagen«, bemerkt der Opa wie nebenbei.

Ich warte, ob Melissa noch etwas anderes über Silvio beizusteuern hat, werde aber enttäuscht. Na ja, das mit dem

Charakter wäre ihr womöglich spätestens aufgegangen, wenn der Nachwuchs auf der Welt gewesen wäre. Überraschungstüten sind ja auch nicht immer nur mit Ramsch bestückt. Und ein bisschen Risiko macht das Leben irgendwie auch spannender. »Wie lange kanntet ihr euch denn schon?«, will ich wissen.

»Ich bin in den Weihnachtsferien bei meiner Oma. Sie besteht darauf, den Baum schon am zwanzigsten Dezember zu holen«, antwortet sie. »Dann kann er sich an das warme Wohnzimmer gewöhnen, sagt sie. Alles andere ist Stress für ihn. Sagt sie. Bäume sind schließlich auch Lebewesen. Überhaupt glaube ich, dass viel mehr Dinge eine Seele haben, als wir uns vorstellen können. Meine Oma sieht das auch so.« Melissa würde also auch keine Bäume essen. Einwandfrei. Und sie kommt ins Plaudern. Dabei scheint sie nicht zu bemerken, dass sie sich Gurke für Gurke vom Teller angelt. Ich verkneife mir, ihr zu sagen, dass diese dick in der Leberwurst gelegen haben und entsprechend verseucht sind. Wenn sie alt genug für ein Kind mit Silvio ist, dann sollte sie damit zurechtkommen. Da sie sich nicht spontan übergeben muss, hysterische Schreikrämpfe bekommt oder wegläuft, scheint alles in Ordnung zu sein, in bester sogar, denn sie holt sich umgehend Nachschlag.

Derweil erwacht Ruprecht schlagartig aus seinem Delirium. Regelverstöße werden registriert und konsequent geahndet. Schon klar. Der Baum wird kollektiv am vierundzwanzigsten Dezember zwischen zehn und elf Uhr eingeständert. Anordnung vom Blaschke Bürgermeister. Ich weiß das, weil ich der Idiot war, der das mit dem Baum für den Opa organisiert hat, im Wald wohlgemerkt, denn von Silvios Hazienda wusste ich nichts. Alles was Ruprecht dorftechnisch nicht mitscheidet, bleibt auch mir verborgen. Nachdem ich unseren Baum also am dreiundzwanzigsten endlich in dem beschissenen Ständer hatte, durfte ich das Teil wieder in den Schuppen bringen. Ruprecht hätte sich sonst geweigert, ihn zu schmücken. Mir ist das gleich, aber der Opa besteht auf die Kugeln von seiner Christa, die letzten Überbleibsel, wie er sagt. Von mir bleibt irgendwann nicht mal Weihnachtsschmuck. Die Nachwelt wird es mir danken.

»Welches Jahr?«, hakt der Opa nach und drückt die Gurken fest in die Leberwurst.

So werden Leberwurst-Junkies gemacht.

Melissa stutzt.

Ich ahne, dass dem Opa die Antwort nicht gefallen wird. In Liebesdingen ist er noch alte Schule. Ansonsten auch.

»Dieses?« Melissa ist sichtlich überfordert. Da helfen nur Gurken.

»Dann kanntet ihr euch vier Tage«, bemerke ich, um die Sache abzukürzen. Das erklärt, wieso die beiden nur bis zu den Tattoos gekommen sind. Ich übe Nachsicht mit Melissa.

Sie nickt. »Oma und ich haben bei ihm auf der Plantage den Baum gekauft, ja.« Sie kriegt einen verträumten Blick. »Es hat zwischen uns sofort gefunkt.« Das Schnipsen ihrer Finger soll uns zeigen, wie schnell so etwas gehen kann. »Gegen die Liebe ist man vollkommen machtlos, wissen Sie.« Gegen Leberwurst offenkundig auch. Melissa jedenfalls. Sie kaut appetitvoll und Opa genießt seinen Triumph innerlich.

Das ganze Dorf wusste von Silvios Geschäft, nur Ruprecht nicht. Ich gebe zu, das entbehrt nicht einer gewissen Komik.

»Was auf Silvios Acker war denn schon erntereif?«, will ich wissen. Alles, was wir gesehen haben, passt in eine Blumenvase. Wer sagt mir denn, dass die Kleine sich nicht einfach nur wichtigmachen will? Die Weihnachtsfeiertage können verdammt dröge sein.

»Ich weiß nicht«, antwortet sie irritiert.

»Sie meinen doch die Plantage am Wolfsacker?«, hake ich nach.

Sie lächelt versonnen und mir schwant, warum Silvio die alte Köhlerhütte aufgemöbelt hat. Der Typ scheint es echt draufgehabt zu haben. Ein zivilisatorisch abgeschiedenes Liebesnest erleichtert so manches. Und wenn ich an Silvios Schwester denke ... Puh! Klasse Schachzug. Dagegen bin ich ziemlich blauäugig unterwegs. Ich schleppe die Frauen, also sollte es mal dazu kommen, durch meinen häuslichen Gazastreifen und riskiere dabei ein Zusammentreffen mit Satans Rache. Die sitzt im Erdgeschoss und wartet nur darauf, mir die Nummer zu versauen. Das scheint ihr Lebensinhalt zu sein. Oder wieso sonst zieht sie nachts um eins im Hausflur einem toten Karnickel das Fell ab, im Nachthemd und ohne Zähne? Da steckt doch System dahinter, die sexuelle Zermürbung des Gegners, ganz klar. Silvio war schlauer. Hut ab!

»Am Wolfsacker stehen nur Setzlinge«, erklärt Ruprecht eifrig. »Das kann nicht sein.«

Mit dem Augenaufschlag, den wir jetzt geboten bekommen, wird Melissa einmal Männer töten können. »Es ist, wie ich es sage.« Sie zieht einen Schmollmund und kramt nach ihrem Handy. Wenig später hält sie uns das Foto eines geschmückten Baumes entgegen. Ein zwei Meter hoher Albtraum in Schweinchenrosa. »Noch Fragen?«, leiert sie und erfreut uns mit immer neuen Perspektiven der pinken Hölle.

Jede Menge, denke ich. Die dringlichste wäre, wie man die Feiertage in der Nähe dieses Ungetüms ohne bleibende Schäden überstehen kann? So etwas brennt sich doch unwiderruflich in die Erinnerung ein oder etwa nicht? Bei Melissa garantiert, also zumindest so lange, wie der Speicher auf ihrem Mobiltelefon mitspielt. Sie hat das Teil dutzendfach abgelichtet, also scheint sie es zu mögen. Entsprechend schiebe ich mein Anliegen beiseite und konzentriere mich wieder auf Silvio. »Jetzt noch mal, dass ich das klarkriege«, hebe ich an. »Silvio und Sie waren vier Tage zusammen und wollten ein Kind ...«

Ich habe den Satz noch nicht beendet, da steht ihr schon wieder das Wasser in den Augen. Opa reagiert umgehend und holt ein Glas Blutwurst aus dem Kühlschrank. Wir sind doch nicht etwa streichwurstmäßig blank? Er sieht meinen besorgten Blick und schüttelt sanft den Kopf. Der Opa zündet die nächste Stufe, alles klar. Außerordentliche Umstände bedürfen besonderer Maßnahmen, vor allem bei Vegetariern. »Wann haben Sie Ihren Freund das letzte Mal gesehen?«, frage ich.

»Vor dem todbringenden Krippenspiel«, entgegnet sie mit tränenerstickter Stimme. »Ich habe ihm noch gesagt, er soll das lassen, aber er wollte nicht auf mich hören. Er konnte immer so verbissen sein, richtig anstrengend war das.«

Das Wörtchen »immer« klingt auf vier Tage hochgerechnet nach einer wahren Leidenszeit. »Wieso sollte Silvio nicht mitspielen? Immerhin hatte er eine Hauptrolle, quasi?« Der war für Ruprecht, ich gebe es zu.

Er dankt es mir umgehend mit einem huldvollen Nicken.

Sie winkt ab und macht auf betont gleichgültig. »So eine Prominenz holt nur die Chicas auf den Plan, solche, die sich Männern wie Silvio für nichts an den Hals werfen. Ich weiß nicht, wie ihr das seht, aber ich brauche mir diesen Stress nicht zu geben.«

Aha. Da liegt die Wurzel all meinen Übels. Nächstes Jahr lasse ich mir von Ilse einen Restfetzen Bademantel an den Hintern tackern und mutiere damit zum Aufreißer Nummer eins. Oder besser noch, ich lege mich in die Krippe, groß genug war sie ja, und mime das Jesuskind. Das ist dann die ultimative Hauptrolle bei dem Spektakel und ich werde mich vor Angeboten nicht retten können. Der Begriff Sexgott wird für mich neu erfunden werden müssen. Schönes Wortspiel, oder?

»Ja, ja, die Versuchungen, die auf uns Männer einströmen, sind nicht zu unterschätzen. Da braucht es einen starken Charakter, sonst erliegt man so manchem Strumpfband.« Der Opa erfreut sich an seiner Erinnerung. Das ist unübersehbar.

»Genau«, kontert Melissa voller Inbrunst. »Besser ist, wenn man ein Auge auf die Männer hat. Das sagt meine Oma übrigens auch.« Leiser fügt sie noch hinzu: »Deswegen habe ich mir auch dieses langweilige Krippenspiel reingezogen. Wirklich viel Gefahr bestand ja in der Kirche nicht, eigentlich nur Mandy.« Sie seufzt. »Silvio hat das wirklich gut gemacht, also bis auf seinen ersten Auftritt.« Sie heult wieder.

»Das Krippenspiel ist immer der Höhepunkt in unserem Weihnachtsjahr«, wirft Ruprecht pikiert ein. »Aber ich gebe zu, dieses Mal hatte es Schwächen.«

Das Krippenspiel hatte also Schwächen. Verstanden. So kann man es natürlich auch beschreiben, vorausgesetzt, man ist eine Frohnatur wie Ruprecht. Meine Wahrnehmung ist da eine andere. Maria und Josef sind über das Fremdeln nicht hinausgekommen, von Jesus gab es bis auf das unkontrollierte Geplärre keinen Mucks zu hören und die Heiligen Drei Könige hatten noch nicht einmal ihre Taschen gepackt, um das Morgenland zu verlassen. Das Ganze dauerte kaum fünf Minuten und alles, was wir geboten bekommen haben, war eine zusammengewürfelte Horde Tiere, die entweder fäkaliert hat, stoned in der Gegend herumlag oder wie ein Preisboxer zu Boden ging. Wieso sieht eigentlich niemand außer mir, dass hier etwas schiefläuft?

»Sonst ist es besser, was?«, will Melissa, schon wieder etwas gefasster, wissen. Sie hat doch tatsächlich nun auch Ruprecht bemerkt.

»Viel besser«, entgegnet Ruprecht aus tiefster Überzeugung.

»Und da stirbt auch niemand?«, hakt Melissa nach.

»Selten«, antwortet Ruprecht.

Der hat Nerven. Meine Fresse.

»Na ja, mal sehen, ob ich nächstes Jahr wieder bei Oma und Opa bin«, sagt Melissa nun fast schon gleichgültig. »Irgendwie wächst man ja da auch mal raus.

Ich schaue auf Ruprecht und den Opa und bin froh, dass es nicht so ist.

»Wer ist eigentlich Ihre Oma, Kindchen?«, mischt sich

der Opa wieder ein. »Es würde mich ja ärgern, so eine weise Frau nicht zu kennen.« Er schmunzelt vor sich hin.

Heinrich Gmeiner kennt sie alle. Aber er ist der Meister der falschen Bescheidenheit.

»Na Annemarie«, entgegnet Melissa ein wenig fassungslos, sodass man fast den Eindruck haben muss, ihre Großmutter wäre tatsächlich irgendeine Berühmtheit.

Der Opa hebt beide Brauen. Offenkundig scheint sie das irgendwie auch zu sein. »Die süße Anni.« Er schnalzt mit der Zunge. »Ihre Makronen sind ein Gedicht und die Eierschecke erst. Mhm. Aber diese Nussoblaten …«

Annemarie, sieh an! So schließt sich der Kreis. Von ihr stammen die Lebkuchen für den Nikolaustag im Kindergarten, deren Restbestände das Volk heute Morgen von seinem überaus edelmütigen Oberhaupt spendiert bekommen hat. Annemarie hat backtechnisch so aufgedreht, dass ihr Zeugs im ganzen Dorf im Umlauf zu sein scheint. Eigentlich ergibt sich daraus eine Unkontrollierbarkeit der Pfefferkuchenströme, wenn da nicht ihre Enkelin Melissa wäre, die mit unserem verblichenen Silvio nicht nur Halma gespielt hat.

Der Opa stutzt. »Sag mal Kindchen, hat die Anni in diesem Jahr eigentlich wieder dieses hervorragende Nusspfefferzeug gebacken? Die mit den Oblaten?« Er schaut verschwörerisch auf mich. Wir kennen die Antwort, aber sie noch einmal zu hören, kann ja nicht schaden. Und Opa muss wissen, wo er bei seinen Frauen steht. Schon klar.

Ich spitze die Ohren.

Melissa nickt eifrig. »Sie wollte Ihnen schon lange eine Kostprobe vorbeibringen«, sie senkt leicht den Kopf und schaut uns von unten an, »aber ich war schneller.« Er breites

Grinsen überzieht ihr Gesicht. Reue sieht definitiv anders aus.

Der Opa legt den Kopf zur Seite und wartet geduldig.

»Na ja, die sind echt lecker. Und so schnell, wie die weg sind«, gesteht sie. »Silvio fand das übrigens auch.«

Genau ein Mal würde ich meinen.

Der Opa gibt einen bedauernden Seufzer von sich. Er ist außen vor, während der Blaschke den Süßkram wie abgelaufene Kamelle verteilt. Die Wunderbäckerin Annemarie hat es soeben auf die hintersten Plätze von Opas persönlichem Ranking katapultiert. Da ist der Opa knallhart.

»Und daran ist er schließlich gestorben«, bemerkt Ruprecht mitleidsvoll und ohne dass ich es verhindern kann.

Melissa wird hellhörig. »Wie jetzt?«, will sie von mir in aggressivem Tonfall wissen. Sie kommt mir so nah, dass ich unweigerlich zurückweiche. Nicht weit genug, um ihren Zwiebel-Knoblauch-Leber-Atem nicht mitzubekommen.

»Silvio hatte eine Nussallergie«, antworte ich gezwungenermaßen. Schon möglich, dass sie nichts davon weiß. Ich meine, wie denn auch? Dann hätte er sich schon ein paar Nüsse auf das Sixpack kritzeln lassen müssen, rot durchgestrichene wohlgemerkt. Die Sache ist nun unglücklicherweise in der Welt und ich versuche dem Ganzen die Brisanz zu nehmen. Man weiß ja nie, wie die Dinge so laufen, und Täterwissen gibt selbst die Kripo nur dosiert frei. »Also das behauptet zumindest sein Hausarzt, aber das ist noch nicht von der Polizei …«

Melissa beginnt schwer zu atmen und mit jedem Auf und Nieder ihres Brustkorbes wird sie bleicher. Ihre eigentlich sanften Gesichtszüge verhärten sich auf unschöne Weise, was ihren ausdrucklosen, ja fast schon ein wenig entrückten Blick noch kranker wirken lässt. Ich sollte ihr stecken, dass sie in diesem Zustand locker zehn Jahre älter aussieht. Ich komme nicht mehr dazu.

Melissa hat jetzt einen Anfall. Ich weiß nicht, wie ich das sonst beschreiben soll. Sie schüttelt den Kopf, wie es ansonsten nur eingefleischte Heavy-Metall-Fans tun, stampft mit den Füßen auf und kreischt ohrenbetäubend.

Ruprecht flüchtet sich daraufhin in die Gästetoilette. Das macht er immer, wenn es brenzlig wird.

Den Opa hingegen scheint das nicht zu beirren. Da sieht man mal wieder, was eine langjährige Erfahrung so ausmacht. Er hebelt mit langsamen Bewegungen eines Esslöffels einen anständigen Brocken Blutwurst aus dem Glas und schiebt ihn sich in den Mund. Bedächtig kauend beobachtet er Melissa.

Ich lehne mich zurück, verschränke die Arme und tue es ihm nach, bis auf die Blutwurst, die kriege ich pur nicht runter.

Melissa überspringt gleich drei Oktaven in einem Ritt.

»Wenn Kurt das nächste Mal schlachtet, würde ich ein paar Gläser Wurst mehr nehmen«, sagt der Opa, als ob nichts wäre. »Ein Mann sollte immer vorbereitet sein.«

Ich nicke.

Die unartikulierten Laute unseres Gastes gehen nun wieder in anständige deutsche Sätze über. Allerdings kriegt sie das mit der Lautstärke nicht heruntergeregelt. »Ich mache sie fertig!«, schreit Melissa wie von Sinnen. »Diese verfluchte Bitch! Die ist erledigt. Das hat sie nicht umsonst getan. Hah! Fuck you!«

Wir streichen das Wörtchen »anständig« und mit dem Deutsch gewinnt Melissa auch keinen Blumentopf. Das ändert nichts daran, dass sie so einiges loswerden muss. Netter und vor allem für Außenstehende begreiflicher wird ihr Wortschwall leider nicht mehr. Irgendwann scheint sie aus ihrer Sicht alles gesagt zu haben, springt auf und verlässt uns im Sprint.

Das Zuschlagen der Haustür lässt den Opa aufatmen. »Kennst du dieses Fräulein Bitch?«, fragt Opa ungerührt. Formvollendet ist sein zweiter Vorname.

Ich zucke mit den Schultern. Anglizismen beleidigen meine Gehörgänge, falsch eingesetzte erst recht. Das Blöde an der Sache ist nur, ich sollte »Fräulein Bitch« finden. Vielleicht kann die den Vier-Tages-Rekord brechen und damit etwas Erhellendes zur Sache beitragen.

---

»Heinrich!« Lange Vokale sind etwas Feines. Das begeisterte Funkeln in den Augen der Frau, die uns gerade die Tür geöffnet hat, ist auch nicht von schlechten Eltern. Allerdings möchte man, was ihre Körpersprache angeht, meinen, dass ihr Mann gerade das Schlafzimmer betritt, während ihr Liebhaber noch im Kleiderschrank hockt. Die Schnappatmung, in die sie verfällt, runden das Bild ab. Es ist unübersehbar, wir kommen zu einem ungünstigen Zeitpunkt, also der Opa, mich nimmt sie überhaupt nicht wahr. Dabei trage ich mein Nikolauskostüm und der Opa nur einen dunkelblauen Stresemann. Wer fällt bei uns hier draußen wohl eher auf? Der Stresemann, schon klar. Ach, vergessen wir das einfach.

»Annemarie!« Der Opa lächelt, als befinde er sich auf Brautschau, und um sich seiner Wirkung ganz sicher zu sein, deutet er auch noch eine leichte Verbeugung an. So ein alter Charmeur aber auch.

Annemarie hat keine Chance. Ihr schmales Gesicht färbt sich dunkelrot und sie blickt gebannt zu Boden. »Ach Heinrich«, säuselt sie und tritt einen Schritt zurück, um uns hereinzubitten.

»Wie reizend von dir, meine Liebe«, entgegnet der Opa zuckersüß. »Wir wollten dir nur ein frohes Weihnachtsfest wünschen und uns auf keinen Fall aufdrängen, aber wenn du meinst …« Was Annemarie wirklich meinen sollte, spielt keine Rolle, der Opa steht schon im Flur und beginnt damit, seinen Mantel abzulegen. Noch bevor Annemarie die Tür wieder zumacht, schlüpfe ich auch noch hinein. Meine Fresse, so überflüssig kam ich mir lange nicht mehr vor.

Der Opa scheint sich auszukennen, zumindest steuert er zielsicher auf eine von der Diele abgehende Tür zu. Annemarie hingegen hat es nicht so eilig, sie schleicht ihm förmlich nach. Ihr Ehemann ist zu Hause, jede Wette.

Opas Klopfen und Eintreten sind eins. Annemarie gewinnt nun auch an Tempo und betritt kurz nach ihm das Wohnzimmer. Die Peinlichkeit, dass der Opa hier herummarschiert, als wäre er der Hausherr, will sie sich dann womöglich trotzdem nicht geben.

Das Erste, was mir ins Auge fällt, ist das pinke Monstrum. Anders als auf den offenkundig nachbearbeiteten Bildern von Melissas Handy misst der Baum kaum einen Meter und sechzig. Damit ist er noch immer weitaus größer als alles, was Silvios Acker zu bieten hatte, aber das nur nebenbei. Optisch erträglicher jedenfalls macht ihn das nicht. Leider. Um den Baum herum türmt sich das Geschenkpapier. Rosa scheint hier die Farbe der Saison zu sein, jedenfalls findet es sich in allen Nuancen auf den zerknitterten Resten des Verpackungsmülls, der nicht nur den kompletten Fußboden des kleinen Raumes bedeckt, sondern sich auch an manchen Stellen bis zu knapp einem Meter Höhe aufhäuft. Was um alles in der Welt haben die ausgepackt, eine Silbermannorgel? Erst jetzt fällt mir auf, dass in diesem pinken Supergau menschliches Leben möglich ist. Auf dem Sofa sitzen, wie die Orgelpfeifen aufgereiht, vier kleine Mädchen und schauen mich mit großen Augen an. Tja, bei dieser Zielgruppe kann der Stresemann nicht mithalten. Daneben hockt noch jemand, aber der lässt nicht einmal ansatzweise Ehrfurcht erkennen. Im Gegenteil.

»Heinz!«, grüßt der Opa freundlich.

»Heinrich!«, kontert Heinz merklich unterkühlt.

»Frohe Weihnachten!«, ruft der Opa noch aus. »Ich hoffe, es geht gut.«

»Geht.« Pause. »Bier?« Heinz, der bis gerade eben regungslos geblieben war, erhebt sich unwillig, was eine ganze Ladung Puppensachen von seinem Schoss rutschen lässt.

»Wenn du hast, lieber ein Gläschen Bordeaux«, antwortet der Opa. An seinem Tonfall kann ich hören, dass er nichts Brisantes an dieser Situation erkennen kann. Wie denn auch? Es sind ja die Frauen, die ihm nachstellen und nicht andersherum. Ohne auf eine Aufforderung zu warten, setzt er sich auf den zweiten Sessel, direkt gegenüber von Heinz, und schneidet Grimassen für die Kinder. Dass Annemarie nun in ihrem eigenen Wohnzimmer stehen muss, ist erst einmal nicht so wichtig.

»Haben wir so etwas?«, raunzt Heinz seine Annemarie an. Die nutzt den Moment, um aus dem Zimmer zu kommen, wobei sie mich in ihrer Nervosität fast umrennt. Ob ich ebenfalls Durst haben könnte, steht nicht zur Debatte. Dafür müsste mich hier irgendjemand wahrnehmen, also jenseits der Minderjährigen. Die Erwachsenen verstricken sich gerade in ihrer Ménage-à-trois, zumindest machen Annemarie, die gerade hektisch Richtung Küche verschwunden ist, und ihr Mann einen verdammt betretenen Eindruck.

Heinz sitzt nun wieder und achtet nicht weiter auf uns. Stattdessen bemüht er sich angestrengt, einer Barbie die Bluse anzuziehen, wobei das größere der Mädchen ihm erklärt, wie er es richtig macht, natürlich nicht, ohne mich aus den Augen zu lassen.

»Bloß keine Umstände«, bemerkt der Opa und zieht dabei ein Gesicht, als sei ein Glas Rotwein das Mindeste, was man für ihn tun könnte.

»Ihr habt nur Mädchen, was«, sage ich, nur um überhaupt etwas von mir zu geben. Wir brauchen die Aussage von Annemarie, aber solange die sich in der Küche versteckt, will ich hier nicht nur total blöd in der Gegend herumstehen.

Heinz schaut kurz auf, lässt seinen Blick über den Nachwuchs streifen, als müsste er sich dessen vergewissern, und brummt irgendetwas, was ich nicht verstehen kann. An seiner Stelle würde ich auch lieber auf dem Fußboden liegen und Autorennen fahren, als viel zu mageren langbeinigen Püppchen an der Schluppe herumzufummeln.

Ich beschließe, das mit der Konversation sein zu lassen, und begutachte stattdessen die Wohnungseinrichtung. Scheiße, was ist das? In der hintersten Ecke hat sich das Papier bewegt. Ich schließe kurz die Augen und schaue nochmals hin. Tatsächlich, in einem der Haufen raschelt es. Die haben noch ein Enkelkind unter dem Müll? Womöglich gibt es doch einen Jungen? Haben die den etwa versteckt? Im schlimmsten Fall sogar vergessen? Wie ich immer sage, das männliche Geschlecht gerät durch diesen ganzen Emanzipationskram mehr und mehr ins Hintertreffen. Jetzt fangen die Leute schon an, ihre männlichen Enkel zu unterschlagen. Oder Annemarie und Heinz gehören zu den Leuten, die lebendige Tiere unter den Weihnachtsbaum legen? Ich meine, ein Kätzchen würde sich hier anbieten oder ein Pony – aber pfui Teufel! Tiere sind keine Weihnachtsgaben. Tatsache, das schwarze Fell, das jetzt zum Vorschein kommt, könnte … Himmel!

»Irmgard, du auch hier? Wie nett«, ruft der Opa aus und es klingt nicht nach Freude, sondern eher nach einer Warnung an mich.

Ich war glücklicherweise schon im Mitschneidemodus. Kein Kätzchen, leider.

Der Schrumpfkopf sieht ziemlich angefressen aus. Womöglich hat sie ihr Spiegelbild in Annemaries Vitrine gesehen und festgestellt, dass Rosa absolut nicht ihre Farbe ist. Worauf hockt die überhaupt, auf einer Fußbank? Soll das Tarnung sein oder was?

»Kann jetzt hier mal endlich jemand diesen Saustall aufräumen«, faucht Irmgard und beginnt ungehalten damit, dass sie umgebende Einwickelpapier wegzuschnippen.

»Ach Irmchen«, ruft Annemarie gekünstelt fröhlich beim

Hereinkommen aus. Sie trägt ein volles Tablett und tut so, als ob sie genau auf uns gewartet hätte. Ich sehe zwei Flaschen Bier, Gläser und Wein und spüre die Hoffnung in mir aufkeimen. »Wir wollten doch erst die Bescherung für unsere Süßen machen. Es ist Weihnachten und die Mädchen warten schon seit dem Mittagessen«, fährt Annemarie fort. »Sie sind doch so geduldig unsere Kleinen, aber irgendwann kann man den Weihnachtsmann einfach nicht mehr aufhalten. Und wir sehen sie doch so selten. Deswegen machen wir, solange sie hier sind, jeden Tag einen Bescherungsnachmittag …«

Was Annemarie sonst noch so plappert, rauscht an mir vorbei.

»Das wäre für heute ja nun erledigt oder kommt noch so eine Wagenladung?«, meckert Irmgard ungehalten.

Die Kleinste fängt an zu schluchzen. Falls sie damit auf Mitleidspunkte spekuliert, wird sie enttäuscht werden. Irmgard kennt keine Gefühle. Der Zwerg sollte eher aufpassen, dass er nun nicht vollkommen plattgemacht wird.

»Ruhe!«, keift Irmgard. »Das hier ist eine polizeiliche Befragung!«

Ich sage es ja. Irmgard hat ein Händchen für Kinder.

Dann wendet sie sich an Opa und mich. »Ihr trinkt aus und verschwindet.«

»Also Irmgard«, echauffiert sich der Opa, »seit wann sind Weihnachtsbesuche bei meiner guten Freundin Annemarie verboten?« Pause. »Und bei Heinz?«

Ich kann sehen, wie Annemarie dem Opa eine kleine Tüte Nussoblaten zusteckt. Wenn das die sind, die Silvio gegessen hat, dann sollten wir die Beweismittel genau untersuchen, kurzum: Ruprecht muss kosten.

Der Opa bedankt sich mit einem koketten Augenzwinkern, aber das kann nicht darüber hinwegtäuschen, dass Annemarie ihren alten Status nie wieder zurückerlangen wird.

Wie der Zufall es will, schneidet Heinz das Geflirte genau mit. Ich werde doch den Opa nicht noch hier heraushauen müssen? Glücklicherweise wird diese Peinlichkeit umgehend durch eine andere abgelöst.

»Wieso ist die Tante so hässlich?«, will eines der Mädchen wissen. Abgesehen davon, dass es nur eine potenzielle Tante in diesem Raum gibt, lässt der starre Blick der Kleinen in Irmgards Richtung keine Zweifel aufkommen.

Heinz hebt nun wieder den Kopf und schaut Irmgard an. Das Heben und Senken seiner Schultern lässt sich so verstehen, als könnte er sich das ebenfalls nicht erklären. Überdies unternimmt er nicht ansatzweise den Versuch, seine Enkelin für ihre schonungslose Offenheit zu maßregeln. Warum auch?

Annemarie überspielt das Ganze, indem sie die Getränke verteilt.

»Der liebe Gott bestimmt darüber, wie wir aussehen«, erklärt der Opa. »Und wenn er schlechte Laune hat, dann sieht man das auch.«

Volle Breitseite. Einwandfrei.

»Austrinken!«, fordert Irmgard.

Opa prostet seiner Enkelin zu, stellt sein Glas dann aber demonstrativ zurück auf den Couchtisch.

Die Verachtung steht Irmgard ins Gesicht geschrieben. Sie kennt den Opa aber gut genug, um zu wissen, dass er Sitzfleisch hat und sie im schlimmsten Fall mehrere Stunden hier ausharren muss. Ihrer Miene nach zu urteilen, scheint sie genau das gerade abzuwägen.

»Weihnachtsbesuch, ja?«, giftet sie. »Seit wann verlässt du an den Feiertagen das Haus? Du hasst das.« Irmgard ist misstrauisch, aber das soll uns nicht weiter jucken.

»Ach weißt du, meine Liebe«, hebt der Opa süßlich an. »Wir waren im Hirschen unser Weihnachtsgeschenk einlösen, mhm, eine echte Konzertpremiere, ganz wundervoll. So beschwingt wollten wir nicht gleich wieder nach Hause gehen und haben beschlossen, mit weihnachtlichen Wünschen bei unseren Freunden vorbeizuschauen. In einer guten Dorfgemeinschaft tut man so etwas, weißt du Irmgard.«

Heinz hat von seinen Puppensachen abgelassen und schaut den Opa an, als würde er ihn ermorden wollen – auf der Stelle. Annemarie hingegen lächelt mit glasigem Blick, so als würde bei ihr ein ganz anderer Film ablaufen – ein nicht jugendfreier. Eines ist klar, hier brennt gleich die Luft. Und der Opa nippt tiefenentspannt an seinem Wein.

»Annemarie«, kreischt Irmgard wie auf dem Exerzierplatz, »die Lebkuchen, die du Heinrich gerade zugesteckt hast, sind das die, die im ganzen Dorf seit dem Nikolaustag die Runde machen?«

Dem Schrumpfkopf entgeht von Natur aus nichts. Ich hätte es mir denken können.

Annemarie fühlt sich ertappt. Heinz' hängende Mundwinkel gehen ganz einwandfrei als Vorzeichen für eine Prügelei durch, mindestens für einen kollektiven Rauswurf. Angesichts seiner vier Enkelinnen reißt er sich jedoch zusammen und tobt innerlich. Das entlädt sich auf das Püppchen in seiner Hand. So eine Mini-Bluse lässt sich auch viel leichter an- und ausziehen, wenn der Puppe ein Arm fehlt.

»Welche Plätzchen?« Annemarie schnappt nach Luft, wobei ihr Blick zwischen dem Opa und Irmgard hin- und hersaust. »Wieso sollte ich Heinrich denn Plätzchen schenken?«

Irmgard bläht die Nasenlöcher. »Hast du Nusslebkuchen für das Dorf gebacken?«, fragt sie so messerscharf, dass alle vier Mädchen gleichzeitig zu heulen anfangen.

»Ja«, antwortet Annemarie jammervoll. »Zwanzig Kilo.«

Ich sehe, wie Opa mit seiner Hand über die äußere Sakkotasche fährt und die Größe seines Geschenkes prüft. Annemarie hat ihr Lebtag von Heinrich Gmeiner nichts mehr zu erwarten.

»Alle mit Nüssen?«, verhört Irmgard weiter.

Das kleinste der Mädchen hat sich mittlerweile hinter einem der Sofakissen versteckt. An Heinz' Stelle würde ich meine Enkelinnen in Sicherheit bringen, aber er steht so dermaßen unter Anspannung, dass es ihm gleich zu sein scheint, ob sie an diesem Weihnachten so dermaßen traumatisiert werden, dass sie noch in zehn Jahren nicht ohne psychotherapeutische Behandlung auskommen werden.

»Nusslebkuchen, Irmgard«, haucht Annemarie und wird dabei zusehends ängstlicher. Erstaunlicherweise huschen ihre Hilfe suchenden Blicke immer wieder zu Opa und nicht zu ihrem Mann. Was um alles in der Welt hat sie zu verbergen? Dass es etwas mit Silvio zu tun haben könnte, bezweifle ich. Annemarie macht nicht den Eindruck, als checke sie dahingehend die Lage. »Aber ich weiß nicht, warum du das alles wissen willst, Irmchen. Das mache ich doch jedes Jahr«, lamentiert sie. »Nur die Sorten wechseln. Dieses Jahr war dann eben Nuss dran.«

»Walnuss oder Haselnuss?«, bohrt Irmgard weiter.

»Beides, aber vor allem Walnuss. Der Geschmack ist irgendwie feiner«, flüstert Annemarie. »Möchtest du das Rezept haben? Ich schreibe es dir gern auf ...«

Irmgard winkt ab. Erstaunlich, dass ihre dürren Arme dabei nicht durchbrechen. Sie öffnet den Mund, was stark an eine Muräne erinnert. Mich würde es jedenfalls nicht wundern, wenn sich in Irmgards Rachen ein zweiter Kiefer verstecken würde, den sie bei Bedarf herausschnellen lassen kann. Normal ist bei ihr irgendwie gar nichts. Aber wir sind es nicht anders gewöhnt. Noch bevor Irmgard eine neuerliche Angstbotschaft absondern kann, knallt irgendwo eine Tür so heftig ins Schloss, dass die Gläser in der Schrankwand vibrieren. Wenig später steht eine ziemlich ramponiert wirkende Melissa im Zimmer. Ihre Haare sind zerwühlt, die Jacke zerrissen und auf ihrer Oberlippe zeigt sich eine schmale angetrocknete Blutspur. Ohne von irgendjemandem Notiz zu nehmen, stapft sie auf das Sofa zu und wirft sich zwischen ihre kleinen Schwestern, die unter lautem Gekreische ausweichen, legt ihre in hohen Stiefeln steckenden Füße auf dem Couchtisch ab und starrt auf ihr Handy.

Ich kenne Silvio nicht persönlich, also in lebendiger Form, aber dass er Melissa für reif genug gehalten hat, ein Kind zu bekommen, spricht Bände!

»Melissa, um Gottes willen!«, ruft Annemarie aus. Die Nüsse sind vergessen. »Bist du überfallen worden? Hattest du einen Unfall? Kind, rede doch, was ist passiert?« Annemarie ist außer sich.

Melissa scheint eine interessante Nachricht bekommen zu haben, denn sie kann gerade offenbar unmöglich auf ihre Großmutter reagieren.

»Wie sieht die andere aus?«, will ich wissen. Ich gebe zu, ich vergreife mich etwas im Ton, aber anders kommt man dieser Zicke nicht bei.

Der Opa schaut mich an und formt mit seinen Lippen die Worte: »Fräulein Bitch«.

Ich deute ein Nicken an.

Ich hätte es wissen müssen. Irmgards Radar ist immer auf Sendung. Und sie ist einfach zu schlau, um nicht zu schnallen, was hier abläuft.

»Mit wem hast du dich geprügelt?«

Melissa überhört die Frage mit penetranter Gleichgültigkeit, was nur bedeuten kann, dass sie Irmgard noch nie über den Weg gelaufen ist. Das rächt sich erbarmungslos.

»Ich habe gefragt, mit wem du dich geprügelt hast?«, wiederholt sie.

Mit Irmgard zu sprechen, wenn sie wütend ist, ist in etwa so, wie bei einem Heavy-Metal-Konzert direkt vor den Boxen zu stehen. Auch Melissa scheint das soeben aufzugehen. Sie reißt ihre Augen so weit auf, als hätte sie einen Geist gesehen, was bei Irmgards Anblick mehr als verständlich ist. In ihren durchaus noch kindlich naiven Gesichtszügen sieht man sehr deutlich, dass sie abwägt, was aus ihrer Sicht nun das Klügere ist. Einige Sekunden vergehen und sie entscheidet sich für die Mitleidsnummer: Ihre Unterlippe beginnt langsam zu zittern und gerät dann so enorm in Schwingung, dass man meinen könnte, ein Fax gehe ein, wobei ich bezweifle, dass Melissa weiß, was das ist. Das Ganze flankiert sie mit dicken Krokodilstränen, die ihr schwarzes Augen-Make-up, das sie zweifelsohne vor ihrem Zusammentreffen mit der Bitch noch einmal gerichtet hat, unschön zerlaufen lässt. Was bei Annemarie und Heinz quasi auf Knopfdruck wirkt, lässt Irmgard absolut kalt. Das kann man Melissa nicht vorwerfen. Sie wusste es schlichtweg nicht besser.

»Was ist passiert, Spätzchen?«, flötet Heinz, der sich nun ebenfalls mit auf das Sofa gequetscht hat und Melissa fest an sich drückt, während Annemarie erneut in die Küche eilt. Ich für meinen Teil wette auf einen heißen Kakao oder ein Brot mit Nussnougatcreme, aber ich habe gerade Sendepause, und dass ich hier auch irgendetwas abbekomme, davon habe ich mich lange verabschiedet.

»So ein Gesäusel kann ich vielleicht leiden«, kommentiert Irmgard. »Du hast zwei Sekunden, um es auszuspucken, sonst ist die Bitch dein geringstes Problem.«

Lernt man bei der Polizei auch Lippenlesen? Ich gebe zu, Irmgard wird mir immer unheimlicher.

»Du musst Irmgard alles sagen, was du weißt, hörst du«, erklärt Heinz und hört sich dabei an, als wollte er einem Schimpansen das Zählen beibringen.

»Was denn?«, fragt Melissa und wird sich so langsam ihrer Misere bewusst. »Silvio hat mich betrogen. Ist es das, was ihr wissen wollt?«, presst sie mit tränenerstickter Stimme heraus. »Der Mann meines Lebens hat einer anderen auch ein Kind versprochen.«

Annemarie kommt genau im richtigen Moment. Das nenne ich einen Auftritt. Der Kakao in ihrer Hand bekommt gefährlich Schlagseite und ein anständiger Schwapp landet auf ihrer weißen Bluse. Das scheint sie jedoch kaum zu bemerken und starrt wie paralysiert auf ihre Enkelin. »Ein Kind?«, japst sie. »Bist du schwanger? Von diesem Silvio aus der Baumschule? Du hast ihn doch nur einmal gesehen. Jesses.«

»Der Apfel fällt nicht weit vom Stamm«, poltert Heinz und rückt so fix von seiner Enkelin ab, dass sie, wenn sie nicht sitzen würde, umgehend umgefallen wäre. Dann lässt er sich zurück in seinen Sessel fallen und widmet sich der Puppenschneiderei. Er hat noch vier Hoffnungsträgerinnen in petto und die müssen gepflegt werden. Ich verstehe das.

Annemarie für ihren Teil braucht ihren Mann dieses Weihnachtsfest nicht mehr anzusprechen.

»Silvio war also mehrgleisig unterwegs«, stellt Irmgard trocken fest. »Interessant.«

Ich beiße mir auf die Zunge. So weit waren wir schon lange.

»Was soll das denn heißen?«, beschwert sich Melissa.

Ihre Großmutter sieht ihre Chance gekommen. »Meine Enkelin hat sich da in irgendetwas verrannt. Sie ist ja noch so jung und unerfahren.«

»Tzzz.« Heinz hat dazu eine eigene Meinung.

»Wer waren die anderen?«, herrscht Irmgard Melissa an.

Melissa pumpt wie ein Maikäfer. »Die anderen, die anderen«, lamentiert sie. So viele waren das ja nun auch nicht.« Sie zieht ihre Nase hoch. Wie sich das anhört.« Ein tiefer Atemzug. »In jedem Fall die fette Lorenz aus dem Kindergarten, die war eine davon«, mault sie und beginnt damit, sich die Haare zu richten. »Die wusste ganz bestimmt auch von Silvios Allergie. Wieso er ausgerechnet der davon erzählt hat …«

»Mandy?!«, schreien Annemarie, Heinz und Irmgard wie aus einer Kehle.

Dass Mandy von Silvios Allergie gewusst haben soll, ist mir neu. Dass er sie auch schwängern wollte, passt zu dem, was ihre Familie berichtet hat. Das macht sie aus meiner Sicht trotzdem nicht verdächtiger. Ansonsten sind wir über diesen Punkt lange drüber. Der Schrumpfkopf lahmt, aber wenn ich ihr das sage, nimmt sie mich im schlimmsten Fall in den Schwitzkasten, also halte ich meine Klappe. Ich kann mich auch stumm freuen.

Irmgard fasst trocken zusammen: »Wir halten mal fest.« Sie hebt ihren knorrigen, schiefen Zeigefinger in die Luft. Und wieder fragt man sich, was Mutter Natur da eingefallen ist… »Silvio stirbt an den Folgen seiner Nussallergie. Annemarie bringt zwanzig Kilo Nusslebkuchen unters Volk. Melissa, ihre Enkelin, turtelt mit Silvio. Er sieht das nicht so eng und turtelt auch noch anderweitig. Fällt euch Spatzenhirnen etwas auf?«

»Sie ist noch ein Kind«, kreischt Annemarie.

»Strafmündig«, entgegnet Irmgard kalt. »Liebe macht blöd. Schon mal gehört?«

Ich weiß nicht, woher Irmgard diese Weisheit hat. Aus eigener Erfahrung spricht sie ganz sicher nicht.

»Sie wusste bestimmt nichts von seiner Allergie. Und wennschon. Warum sollte sie den Jungen auch umbringen? Nur weil er eine andere hatte?«, kontert Annemarie spitz. »So etwas kommt doch in den besten Familien vor, wenn deswegen alle auf einander losgehen würden…« Sie bläst die Wangen auf.

Heinz kann der Auffassung seiner Frau bezüglich Treue

augenscheinlich nicht sonderlich viel abgewinnen. Sein Blick zumindest ist etwas mordlustig.

»Irmgard, das ist alles Unsinn«, schlussfolgert Annemarie. »In meinen Nusspfefferscheiben ist kein Gift und Melissa ist ein gutes Kind. Punkt.« Annemarie kämpft für ihre Lieben, das muss man schon sagen. Und Heinz, die Lusche, bindet gerade wieder Schleifchen.

»Du kannst behaupten, was du willst«, erwidert Irmgard unbeeindruckt. »Entscheidend ist, wieso der Depp die Lebkuchen gegessen hat. Was hat sie mit ihm angestellt, die kleine Circe?« Irmgard mustert Melissa eingehend, während sie nachzudenken scheint. »Gib mir ein Plätzchen!«, fordert sie schließlich.

»Ich habe keine mehr«, antwortet Annemarie und ich kann nicht deuten, ob sie nur dichtmacht oder wirklich abgebrannt ist.

Irmgard kneift die Augen zusammen. Ob ich mir das mittlerweile warme Bier vom Tisch nehmen kann? Alkohol würde den Anblick erträglicher machen. »Nusslebkuchen, aber zackig!«

Ich wage es nicht, den Opa anzuschauen.

»Sie sind alle«, schreit Annemarie außer sich.

Der Opa kramt souverän in seiner Jackentasche und zieht, ohne ein Wort darüber zu verlieren, die Tüte hervor. Wenig später kaut Irmgard auf einem der letzten Beweismittel. Nun bin ich sicher. Sie hat einen zweiten Kiefer. Gruselig.

Als sie fertig ist, sagt sie: »Der Geschmack nach Nüssen ist unverkennbar.«

Mir ist lange aufgegangen, worauf sie hinauswill. Die

Rechtsmediziner haben garantiert keine Rauschmittel in Silvios Blut gefunden. Er muss nüchtern gewesen sein und wäre in diesem Fall niemals so dämlich gewesen, Nüsse zu essen, da er genau wusste, das er daran sterben kann. Und selbst wenn er aus purem Leichtsinn nicht genau hingesehen hätte, was man ihm da gerade in den Mund steckt, hätte er es am Geschmack erkannt und noch den Notarzt rufen können. Wie man es auch dreht, Silvio hatte die Möglichkeit, den Kram auszuspucken. Da die Polizei die halbe Kirche auf Spuren untersucht hat, vermute ich mal, dass sie nicht fündig geworden sind. Noch dazu hätte er jeden um Hilfe bitten können, denn er war vom Betreten der Kirche bis zu seinem Tod zu keinem Zeitpunkt allein. Für mich ist die Sache klar. Der arme Kerl hat nichts von dem Attentat auf ihn mitbekommen. So abwegig scheint die Theorie der Nussspucke also nicht zu sein. Der Spelzer hat es drauf. Kompliment. Da fällt mir ein, dass ich mich durchaus mal wieder von ihm durchchecken lassen könnte. Wenn ich bei Amelie landen will, kann ein kerngesunder, gestählter Körper nicht schaden. Letzteres ist zweifelsohne bereits gesetzt. Aber man kann ja immer noch eine Schippe drauflegen. Das habe ich mir von Silvio abgeguckt. Der wusste, wie es läuft, wenn man von den Tattoos absieht.

»Hast du auch von dem Pfefferzeug gegessen?«, schnauzt Irmgard Melissa an, wobei sie diese Unhöflichkeit erneut mit einem abschätzigen Blick begleitet. Melissa sieht nicht aus, als würde sie überhaupt etwas außer Salat mit einem Esslöffel Essig zu sich nehmen. Aber wenn ich selbst die Optik eines Besenstiels hätte, wäre ich mit derartigen Urteilen äußerst vorsichtig. Immerhin lassen sich bei Melissa durchaus weibliche Formen erkennen, während bei Irmgard … Puh! Die Ekelbläschen.

»Ja«, haucht Melissa vorsichtig. Sie scheint sich zu fragen, ob auch das schon eine Straftat sein könnte.

»Zusammen mit Silvio?«, hakt Irmgard nach.

Melissa wirft mir einen flüchtigen Blick zu. Na Mädel, jetzt wird's interessant. Angeblich fand der gute Silvio den Süßkram ja so toll. Ich bin gespannt, wie sie aus dieser Nummer rauskommt.

»Nein«, antwortet Melissa fast tonlos. »Ich habe ihm mal eine Kostprobe in den Wald gebracht, aber er hat abgelehnt. Nicht mal meine Überredungskünste haben geholfen.« Sie grinst für meinen Geschmack ein wenig zu lasziv. »Ich dachte erst, er ist sauer auf mich, aber dann hat er gesagt, dass er nichts Süßes mag, wegen der Kalorien oder so.«

»Du hast den großen Beutel mit der rosafarbenen Schleife genommen?« Annemarie hätte zuerst nachdenken sollen, bevor sie ihrer Enkelin in die Parade fährt. Jeder der anwesenden Volljährigen schnallt, für wen die Leckereien ursprünglich reserviert waren. Melissa, das Früchtchen, hat ihre Großmutter um so einiges mehr als nur um eine Tüte Lebkuchen gebracht.

»Mhm.« Melissa fühlt sich ertappt. »Omileinchen, die waren sooo lecker.«

Omileinchen sieht halbwegs besänftigt aus.

»Und die letzte Intimität mit dem Kerl, vor oder nach den Lebkuchen?«, will Irmgard so zartfühlend wie eh und je wissen.

»Häh?« Melissa hat es schwer unter so vielen Erwachsenen.

Annemarie bläht erneut die Wangen auf.

Die Nussspucke geistert in meinem Kopf herum. »Hast du Silvio geküsst, nachdem du die Tüte leergefuttert hast?«, frage ich dazwischen. Bevor Melissa schnallt, was Irmgard von ihr will, ist es Abend. Aber das muss man Irmgard nachsehen. Sie hat von körperlicher Nähe so viel Ahnung wie ein Akrophobiker von dem Ausblick von einem Gipfelkreuz.

Melissa braucht kurz, um mich zu verstehen. »Nee«, sagt sie schließlich. »Ich habe ihn an Heiligenabend zur Kirche gebracht. Mehr nicht. Das wisst ihr doch schon.«

Irmgard mutiert gerade zum Wutwichtel. »Du bist dir ganz sicher?«, blafft sie, wobei sie mich mit ihrem fiesen Blick förmlich häutet.

»Ja, doch, ich darf so kurz vor dem Abendessen nichts Süßes«, entgegnet Melissa und sucht zeitgleich den bestätigenden Blick ihrer Großmutter.

Annemarie liefert zuverlässig.

Glücklicherweise bläst Opa zum Rückzug. Er kann seine Enkelin auch nicht länger als dreißig Minuten am Stück ertragen. Weihnachten ist da keine Ausnahme. Und ich konstatiere: Melissas Nussspucke kann Silvios Tod nicht herbeigeführt haben. Damit fehlt uns noch die Erste in der Reihe, also wenn man sich auf den Dunstkreis der Christnacht beschränkt. Dass auch die schöne Unbekannte die Nussplätzchen von Annemarie abbekommen hat, ist anzunehmen, so inflationär, wie das Zeug bei uns im Dorf verteilt wurde. Da Silvio mit seinen Intimitäten nicht nur sehr freigiebig war, sondern diese auch noch am Fließband verteilt hat, könnte Melissa rein theoretisch auch etwas von der Nussspucke ihrer Mitbewerberin abbekommen haben. Aber das tut ja eigentlich nichts zur Sache. Entscheidend ist, wie lange Silvio von Nummer eins über Nummer zwei bis zum Anbringen des Ochsenschwanztoupets und schließlich seinem Einmarsch in die Kirche gebraucht hat und ob er nicht zwischendurch schon hätte tot sein müssen. Dass Nummer eins unmöglich Mandy gewesen sein kann, darüber sind wir uns doch einig, oder?

Eigentlich wollte ich mich nur schnell umziehen. Ich hätte es lassen sollen, aber wie soll man das vorher wissen. Ein Weihnachtsnachmittag in meiner ausgeleierten Unterhose und dem idiotischen Kostüm wären jedenfalls besser gewesen als eine Begegnung mit dem personifizierten Bösen aus dem Erdgeschoss. Die komplette Adventszeit habe ich es irgendwie hinbekommen, Tante Hildegard nicht über den Weg zu laufen. Ich hatte schon die leise Hoffnung, dass sie die Fürsorge abgeholt hat oder ich irgendwann durch einen fiesen, süßlichen Geruch geweckt werde. Ich habe mich zu früh gefreut. *ES* guckt aus der Kanalisation und tyrannisiert seine Mitmenschen. Na ja, das mit der Kanalisation war leicht übertrieben. Die Schreckschraube schaut mich durch ihre halb geöffnete Küchentür an. Der Geruch, der daraus entweicht, kann es aber ganz gewiss mit jeder Kloake aufnehmen.

»Du!«

Das Personalpronomen ist mehr, als sie mir ansonsten zugedenkt. Nicht provozieren lassen. Ich lasse sie links liegen und steuere die Treppe nach oben an.

»Du!«

»Wer?« Einsilbigkeit ist mein Ding.

»Reinkommen! Dumpfbacke.« Tante Hildegard schwelgt im Weihnachtsfrieden. Das ist spürbar.

»Keine Zeit.« Ich habe schon die erste Stufe erreicht.

»Sofort oder ich erzähle jedem im Dorf, was du für ein Schwein bist.« Tante Hildegard grinst dermaßen genüsslich, dass ich schwer mit mir kämpfen muss, sie nicht die Kellertreppe herunterzustoßen.

»Wo liegt der Unterschied zu sonst?«, frage ich im weiteren Aufstieg begriffen.

»Nikolaus, bitte.« Die Stimme, die da aus der Hexenküche tönt, kommt mir bekannt vor und sie gehört nicht zu meinem persönlichen Hausdrachen.

Der lehnt im Türrahmen und gibt sich nicht einmal Mühe, seine Schadenfreude zu verbergen.

Ich stoppe. Das war Mandy, kein Zweifel. Was will die denn hier? Zwischen ihrer Familie und mir war doch alles geklärt. Nicht, dass sie von ihrer Sippe wieder scharfgemacht wurde. Ich war heilfroh, dass sie gerade ein wenig von mir abgelassen hatte. Bin ich denn der einzige attraktive Mann im Dorf? Tausendprozentig, wenn man bedenkt, dass Silvio, der Zugezogene, seit Kurzem kalt ist.

Unwillig kehre ich um und gehe langsam, aber zielgerichtet in Tante Hildegards Muffhöhle. Da man das niemals unvorbereitet tun sollte, kneife ich die Augen so weit es möglich ist zusammen und drossle meine Atmung auf ein Minimum. Dass ich nachher umgehend duschen und meine Klamotten zum Lüften aufhängen muss, versteht sich von selbst.

In Tante Hildegards Wohnung mieft es erfahrungsgemäß schlimmer als in jeder heruntergekommenen Abdeckerei.

Erstens, und da bin ich mir absolut sicher, dunstet die Alte diesen Gestank aus, jeder hat ja so seine persönliche Marke. Und zweitens darf man auch nicht unterschätzen, was ein Kochvorgang so alles bewirken kann. Tante Hildegard tut den lieben langen Tag nichts anderes, als die dampfenden Töpfe auf ihrem Herd hin und her zu schieben. Die Ware will verarbeitet werden.

»Nikolaus?«, ruft die Frau mit Mandys Stimme erneut.

Ja, verdammt noch mal. Angeekelt schiebe ich mich an Tante Hildegard vorbei. Tatsache. Auf dem verschlissenen Kanapee hockt Mandy und schaut mich mit großen runden Augen an. Obwohl ich keinen direkten Blickkontakt aufnehme, sticht mir die seltsame Färbung ihrer Nase sofort ins Auge. Sie ist dicker als sonst, was ich nicht auf Mandys Übergewicht schiebe. Dazu leuchtet sie zu dunkelrot und so oft, wie Mandy mit ihrem Taschentuch daran herumtupft, würde ich sagen, sie hat einen ordentlichen Schlag mitbekommen. Die roten Flecken auf dem Kragen ihrer Jacke sprechen ebenfalls dafür. Wenigstens hat die Blutgerinnung schon eingesetzt und mir bleibt dieses Elend erspart. Dafür gibt es jedoch ein anderes. Das sitzt in Persona einer jungen, mir unbekannten Frau neben ihr und sieht nicht weniger lädiert aus als Mandy. Der Unterschied: Die Fremde ist im Normalzustand ausgesprochen apart und sie hat einen Schmollmund, von dem jeder Mann nur träumen kann. Das ist die geheimnisvolle Lebkuchenschönheit, kombiniere ich scharfsinnig.

»Na Mädels, seid ihr vom Blaschke Bürgermeister für die Weihnachtsbesuche bei den Minderbemittelten und Überflüssigen abgestellt?«, frage ich betont unschuldig.

Tante Hildegard schwillt der Kamm. Ich bin auf dem richtigen Weg.

»Und auf dem Weg hat man euch ausgeraubt?«, füge ich noch an.

Mandy wirkt auffallend perplex.

Ihre Begleitung scheint ebenfalls nicht zu wissen, welcher Film hier gerade abläuft. Wer kann es ihr verübeln, sie ist definitiv nicht von hier und mit unseren rauen Gepflogenheiten entsprechend unvertraut.

»Wir wollten nur mit dir reden«, hebt Mandy zögerlich an. »Du bist doch mein... du hast... eventuell... kannst du...«, stammelt sie mit hochrotem Kopf. »Na ja, das ist jedenfalls Kleo, die Austauschschülerin von den Peikers.«

»Der kann nichts, glaub mir das, Elefantenmädchen«, bemerkt Tante Hildegard und klingt, als ob sie Komplimente verteilen würde.

Ich schalte auf Durchzug und denke nach. Die Peikers wohnen neben Mandys Familie. Das Ehepaar hat das siebzigste Lebensjahr locker gerissen, also jeder für sich, und kinderlos sind sie auch. Wieso nehmen die eine Austauschschülerin auf, also ich meine, gegen was tauschen sie? Gegen ihren Wellensittich? Ich kapiere das Prinzip nicht. Wenn das mit dem Austausch jedoch ohne Gegenleistung funktionieren sollte, dann mache ich auch mit. Diejenige hätte bei mir einiges zu tun, mit Hausarbeiten habe ich es nämlich nicht so.

»Wo kommst du her und wie lange bleibst du?«, frage ich die hübsche Kleo. Eine Ausländerin bei uns im Dorf ist schon irgendwie eine kleine Sensation. Die Peikers trauen sich was.

»Meck-Pomm«, antwortet Kleo und so wie sich das anhört, möchte man meinen, sie hätte ordentlich einen gegen den Kiefer bekommen. »Ende der Ferien fahre ich wieder nach Hause. Meine Eltern wollten nur mal, dass ich etwas anderes von der Welt sehe.«

Eine fremde Kultur, Sitten und Gebräuche. Ah ja. Alles klar. Na dann. Ich muss ziemlich blöd aus der Wäsche gucken, denn Tante Hildegard wittert Morgenluft.

»Die beiden sind schwanger und du bist der Vater«, frohlockt sie. »Deswegen hast du sie auch verprügelt. Nicht wahr?« Ihr niederträchtiges Lachen wird mich noch verfolgen, wenn sie lange in der Hölle angekommen ist. »Hättest du mal vorher aufgepasst. Aber dazu müsstest du denken können. Hohlkopf.«

»Freilich«, entgegne ich ungerührt.

»Du hast da was falsch verstanden, Tantchen«, hebt Mandy an. »Der Adam ist ein ganz netter.« Die rollenden Augen kenne ich schon und sie schrecken mich nicht mehr sonderlich. »Ganz sicher, Tantchen.«

Tantchen? Spinne ich oder was?

»Ich bin angegriffen worden und Kleo war so lieb, mir zu Hilfe zu kommen«, erklärt Mandy weiter. »Und das mit dem Kind ist auch nicht so, wie du meinst.«

»Du hast dich von dem Mistvieh da drüben schwängern lassen, das genügt doch schon«, kichert Tante Hildegard böswillig.

Mandy murmelt etwas Unverständliches, dann übernimmt ihre Freundin.

»Wir wollten nur spazieren gehen, plötzlich kam Melissa auf Mandy zugeschossen, hat ihr eine verpasst, sie beschimpft, wegen Silvio, das war alles so crazy, ging verdammt schnell,

Mandy ist irgendwann hingefallen«, sie holt tatsächlich kurz Luft und schaut Mandy mitleidig von der Seite an. »Melissa war sooo brutal, aber das kann ich auch, zack auf die Schnauze und Ruhe.« Sie schaut mich an, als erwarte sie meine Dankbarkeit, ein Geschenk oder so etwas.

»Melissa behauptet, ich hätte etwas mit Silvio gehabt...«, sagt Mandy. »Dabei stimmt das nicht, Adam, ich schwöre es.« Sie macht doch tatsächlich eine Schwurhand. »Sie sagt auch, er hätte mich nur genommen, weil ich mir ein Baby habe andrehen lassen...«

»Sie hat es krasser ausgedrückt, aber der Kern stimmt«, bestätigt Kleo.

Mandy nickt unangenehm berührt. »Es war ganz schrecklich und so peinlich«, sagt Mandy. »Alle haben es mitbekommen, auch dass ich schuld an seinem Tod sein soll. Das wüsste sie angeblich von dir.« Sie traut sich nicht, mich vorwurfsvoll anzusehen, aber ich kriege es trotzdem mit.

Manchmal könnte ich Ruprecht erwürgen. »Unsinn«, entgegne ich. Kurzes Überlegen. Das mit Silvios Babywunsch muss eine echte Manie gewesen sein. »Wusstet du eigentlich von Silvios Nussallergie?«, frage ich bemüht beiläufig.

»Ich weiß nur, dass er echt ekelhaft sein konnte«, entgegnet Mandy erbost, und ich kann ihr ansehen, dass der Kerl ihr wirklich übel mitgespielt haben muss. »Es gab keine Unterhaltung zwischen uns, niemals. Er hat mich immer nur einseitig zugetextet« Wieder die Schwurhand. »Nichts Normales, ganz sicher.«

»Brauchte der auch nicht. Alles andere reichte schon«, frohlockt Kleo und ich entnehme ihrem breiten Grinsen mehr als ich wissen will.

Meine Güte! War ich in dem Alter auch schon so auf das Wesentliche fixiert?

»Kleo!«, mahnt Mandy. »Silvio war kein Mann, mit dem man sich einlassen sollte. Das gibt nichts.« Sie schaut betroffen zur Seite.

»Mich jedenfalls hat der nicht angerührt«, betont Mandy.

Nicht wieder schwören, Mandy. Das glaubt dir jeder auch so.

»Mich schon.« Kleo zuckt mit den Schultern, als wäre das etwas, das ihr mit jedem Passanten auf der Straße passieren könnte.

Die Lippen, na klar. »Du hast Silvio am Heiligabend vor der Kirche getroffen?«, frage ich.

»Auch, ja«, entgegnet Kleo stolz. »Wir wollten uns wenigstens an diesem Tag noch einmal kurz sehen. Silvio hätte dann erst morgen wieder frei gehabt. So ein Tree-Business frisst echt Zeit.« Sie wartet kurz und ich befürchte, den zweiten Weinkrampf des heutigen Tages miterleben zu müssen. Fehlanzeige. Kleo ist ein harter Knochen. »Daraus wird ja nun nichts, aber ich bin in ein paar Tagen ohnehin wieder weg. Live goes on …«

»Kleo!«, empört sich Mandy. »Ein Mensch ist gestorben, dazu auch noch unfreiwillig.«

Ich sehe aus dem Augenwinkel Tante Hildegards Irritation. »Wer ist tot?«, will sie grimmig wissen. Tante Hildegards drei Gehirnzellen sind nun auch in Fahrt, besser spät als nie. Dass die Information neu für sie war, ist offensichtlich. Wie soll die alte Schreckschraube das denn auch mitbekommen haben? Wer Hausverbot in unserer Kirche hat, der bleibt auch ansonsten außen vor. Das Leben ist kein Ponyhof. »Wieso hast du nichts gesagt, du nichtsnutziger Kerl?«, schimpft sie in meine Richtung.

»Deine Zuständigkeit liegt nicht bei denen, die in den Himmel kommen«, entgegne ich.

»Tot ist tot«, faucht sie. Dann hebt sie ihre rechte Hand und zählt von eins bis sechs. »Es war ein Kerl, der hops ist, ja?«, fragt sie in die Runde. Ich reagiere nicht, aber die beiden Mädels nicken. »Wie ärgerlich, dann wird es sechs Frauen bei uns aus dem Dorf treffen. Die Raunächte fordern immer ihren Tribut.« Sie haut mit der Hand auf die Lehne eines Sessels, dass der Staub nur so fliegt, und murmelt: »So ein Mist aber auch, dann ist der Blaschke wieder nicht dabei. Der Funke auch nicht, Kurt …«

Meine Fresse, die Alte hat ihre Liste schon gemacht. »Sechs Weiber, ja?«, frage ich und grinse sie hoffnungsvoll an. Meine Weihnachtsstimmung ist plötzlich großartig.

Sie spuckt in Richtung ihrer Spüle, verfehlt diese aber um gute zwanzig Zentimeter. Ich weiß schon, warum ich dieses Terrain für gewöhnlich nicht betrete. Ich spüre die Aphten in einem Affentempo nahen.

»Tantchen, er wurde ermordet«, wirft Mandy betroffen ein. »Dann gilt der Aberglaube nicht.«

»Der macht keine Ausnahmen«, blafft Tante Hildegard. Dann kommt sie ins Grübeln. »Hatten wir das letztes Jahr nicht schon mal?«

»Der Pfarrer«, antwortet Mandy beiläufig.

Tante Hildegard macht eine wegwerfende Handbewegung. »Und jetzt hat es den Tannenbaumbock getroffen. Meinetwegen.«

Ich erinnere mich an das Theater, das sie im letzten Jahr

wegen des Mordfalls gemacht hat. Davon ist heute nichts mehr zu erkennen. Alles nutzt sich eben mal ab. Außerdem frage ich mich, woher Tante Hildegard Silvio nebst dessen Hobbies gekannt hat.

»So habe ich das niemals gesagt«, beschwert sich Mandy. »Silvio war kein guter Mensch, also nicht so wie Adam, aber das hat er nicht verdient.«

Tante Hildegard scheint sich an ihrer eigenen Boshaftigkeit verschluckt zu haben und sagt keinen Ton. Moment mal, womöglich erstickt sie auch gerade? Ich warte voller Vorfreude. Umsonst.

»Sau bleibt Sau«, konstatiert Tante Hildegard. »Dass er aus dem Nachbardorf ist, hätte allein schon genügt.« Sie schüttelt verständnislos den Kopf. »Was die nur hier bei uns wollen? Lästiges Pack.«

Geschnallt. Tante Hildegard weiß, wie sie Mandy die Sachen aus der Nase zieht, eiskalt berechnend, versteht sich. Mandy wiederum freut sich über die scheinbare Vertrautheit, die zwischen ihr und meinem einzigen Familienmitglied besteht. Für das Komplettprogramm bin ich allerdings wohl etwas zu früh nach Hause gekommen.

Kleo feixt, aber für die scheint die Welt ohnehin eine einzige bunt glitzernde Kugel zu sein.

»Sag mal Kleo, hast du Silvio von den Lebkuchen gegeben, die du vor der Kirche bekommen hast?«, frage ich.

Sie zieht die Stirn in Falten, legt den Kopf leicht schräg und lässt ihr Kinn immer wieder nach vorn schnippen. »Wer will das wissen?«

Ich liebe diese Art der Gesprächsführung. So kommen wir hier garantiert weiter. Ich werde darauf nicht antworten.

Stattdessen schaue ich sie nur an, mit einem Ausdruck im Gesicht, als wäre ich der Papst oder irgendeine zweifelhafte Autorität, mit der Kleo etwas anfangen kann.

»O. k.«, antwortet sie im Singsang. »Ich hatte nur Butterplätzchen von Ina und Rolf, also den Peukers. Ich mag keine Lebkuchen. Aber sag mal, irgendwie krass ist das schon, dass bei euch im Dorf so gar nichts geheim bleibt, häh? Da wird man sogar beim Essen beobachtet. Abgefahren.«

Voll krass. Meinetwegen auch abgefahren. Genau. »Und da waren keine Nüsse drin?« hake ich nach.

»Scheiße, Mann! Welcher Spacko macht da denn Nüsse rein? Nee! Ich war dabei, als Ina die gebacken hat, null Komma nix an Nüssen.« Sie verschränkt die Arme vor ihrer Brust und wartet auf meine Reaktion. »Silvio wusste das auch, weil er mich danach gefragt hat. Er mochte wohl keine Nüsse.«

Ich glaube ihr und zeige das mit einer zustimmenden Kopfbewegung.

»Ich will hier nur noch mal festhalten, dass ich nicht so eine bin«, erklärt sie nun mit selbstsicherer Miene.

Darauf sage ich lieber nichts.

»Wenn ich weiß, dass jemand irgendetwas nicht essen kann oder will, dann biete ich ihm davon auch nichts an. Verstehst du?« Wieder diese provozierende Kinnbewegung.

Ich bin der deutschen Sprache mächtig. Ja, danke.

»Das ist wie mit Weizenmehl, Fleisch und so. Meine Freundin kann zum Beispiel auch keinen Alkohol.«

Was? Herstellen? Erkennen? Oder womöglich doch trinken? Warum gibt sich eigentlich kaum noch jemand Mühe mit seiner eigenen Sprache?

»Silvio fand die Plätzchen total geil und hat die voll geschrotet. Das hätte er doch nicht gemacht, wenn er wüsste, dass er davon krepiert, oder?«, sagt Kleo.

»Nein, sicherlich nicht.« Was soll ich sagen, so ist es natürlich und das bestätigt auch die Beobachtung vom Funke.

»Der Typ war gar nicht so übel, für jemanden, der so alt ist«, fährt Kleo fort. »So richtig viel ist ja hier bei euch auch nicht los, also ich hatte es mir irgendwie hipper vorgestellt. Mehr Party oder auch voll das fette Survival.« Sie zieht einen Flunsch. »Na ja, da ist ein fast Dreißigjähriger besser als nichts.«

Ich liebe diese Art der Komplimente. Und ich habe noch gute fünfzehn Jahre mehr auf dem Buckel als der smarte Silvio. Was das Überlebenstraining angeht, das kann sie haben, nicht bei den Peikers, die sind zu nett. Aber so ein Tag bei Tante Hildegard, mit Plumpsklo und Florian Silbereisen, der gibt einem ein echtes Gefühl von ungebändigter Wildnis, noch dazu, wenn Tante Hildegard mithilfe der dritten Zähne einer Orange die Pelle abzieht und dann freimütig die Stücke verteilt. Auch das Nüsseknacken mit dieser Methode ist gern gesehen. Puh! Meine Mutter hat früher alle unverpackten Lebensmittel, die aus der unteren Etage kamen, umgehend in den Mülleimer befördert. Der liebe Gott weiß warum. Zack, nun ist es da, das Ekelbläschen.

»Dass er noch anderweitig unterwegs war …«, sie hebt und senkt die Schultern, »wer ist das nicht? Das Leben ist einfach zu kurz, um sich einzuschränken. Findet ihr nicht?«

»Na ja«, murmelt Mandy. Einschränkung bedeutet für sie etwas völlig anderes.

»Dass Melissa, die Blödschnalle, allerdings bis heute nicht mitgeschnitten hat, dass Silvio und ich schon in seiner Köhlerhütte zu Gange waren, während sie sich draußen noch die Schuhe krummgetreten hat, ist echt witzig.« Kleo grient voller Genugtuung.

Das ist selbst für einen wie mich etwas zu fett. Ich meine, es ist Winter und Melissa hätte ja auch zu Hause warten können.

»Für Mandy tut es mir leid.« Kleo fasst nach Mandys Hand und drückt sie fest. »Sie kommt gut, also charaktermäßig. Und sie hat das nicht verdient, zumal sie wirklich nichts mit Silvio zu schaffen hatte.« Kleo beugt sich nun ziemlich weit in meine Richtung und schaut mich mit einem indifferenten Blick an. »Es gibt eben auch Frauen, die auf ihren Traummann warten …«

Ich möchte den Satz beenden mit »… bis sie schwarz werden«, schweige aber höflichst.

»Und wer kriegt nun das Kind?«, plärrt Tante Hildegard dazwischen. Eine derartige Neuigkeit bringt den alten Klepper in Wallung.

»O nee!«, nölt Kleo. »Also ich zumindest nicht.« Sie stupst Mandy freundschaftlich in die Seite. »Da passe ich schon auf.« Jetzt fängt sie ausgelassen an zu lachen. »Dahingehend war Silvio schon ziemlich schräg drauf. Alter echt.«

»Wie meinst du das?«, frage ich nach.

»Das war gleich das Erste, was er gefaselt hat«, erklärt Kleo. »Der konnte sich gar nicht beruhigen. Sein größter Wunsch, bla, bla, bla. Ich habe ihm gesagt, er soll sich einen Hund kaufen, wenn er einsam ist. Wo kommen wir denn da hin, wenn ich anfange, mich zu vermehren?«

Ja, wo kommen wir denn da hin?

Ich dusche jetzt seit geschlagenen zehn Minuten. Auch in meine Nasenlöcher habe ich den Wasserstrahl laufen lassen. Tante Hildegard ist sogar geruchstechnisch penetranter als jeder Waschbär in einem mit Küchenabfällen gefüllten Komposthaufen. Dass Mandy in ihrem grenzenlosen Mitteilungsbedürfnis ausgerechnet von meinem privaten Luzifer abgefangen wurde, ist nun mal nicht zu ändern. Die Tante lauert nur darauf, an meinem Leben teilzuhaben oder besser gesagt, es zu vermiesen. Wieso ihre abschreckende Wirkung ausgerechnet bei Mandy nicht zieht, begreife ich nicht. Normalerweise vergrault Tante Hildegard mit hundertprozentiger Treffsicherheit alle, sogar den Postboten, wenn er mir mal eine Ansichtskarte von Ruprecht bringt, der ab und zu auf Dienstreise ist. Aber bei Mandy passiert irgendwie immer das Gegenteil. Sie hockt sich mitten in die Räuberhöhle, tut so, als ob die Hygiene noch nicht erfunden wäre, und macht auf trautes Familienglück. »Tantchen«, wenn ich nur an dieses Gefasel denke, wird mir übel. Dafür hat sich die Angelegenheit mit der »Bitch« wenigstens geklärt, für mich zumindest, bei Melissa bin ich mir nicht sicher. Aber das ist nicht meine Baustelle. Kleo jedenfalls war die Nummer eins auf Silvios Weg in die Kirche, was die Beobachtungen vom Funke angeht. Damit hätte ich zumindest diesen Puzzlestein gesetzt, den Irmgard unter Garantie noch sucht. Schadenfreude, schönste Freude.

Alles andere bringt mich jedoch nicht weiter. Die Butterplätzchen sprechen eindeutig gegen sie als Täterin. So leicht wie sie das alles nimmt, fehlt mir bei ihr ohnehin das Motiv. Die eifersüchtige Melissa hat dahingehend schon eher etwas vorzuweisen. Sie arbeitet sich aber lieber an der vermeintlichen Konkurrenz ab, als dass sie ihrem Traummann ein Haar gekrümmt hätte. Abgesehen davon scheint sie wirklich ziemlich begriffsstutzig zu sein, zumindest was die Machenschaften ihrer großen Liebe angeht. Mandy plattmachen zu wollen, grenzt schon irgendwie an wenig Urteilsvermögen oder anders formuliert: Es ist dämlich. Die Frage ist nur, wer war es dann? Womöglich hatte Silvio noch mehr Hasen im Rennen, von denen ich noch nichts weiß. Ich sollte Ruprecht fragen, wie es mit dem Weihnachtsbesuch unserer Leutchen bestellt ist. Das Weihnachtskomitee führt unter Garantie Einreiselisten. Die Nummer mit der Austauschschülerin wird vermutlich keine Nachahmer finden, aber man weiß es nicht. Was es allerdings mit der Baby-Manie des promiskuitiv veranlagten Weihnachtsbaumbock-Ochsenpops auf sich hat, begreife ich nicht. Eventuell gehörte er zu den Menschen, die Sorge haben, dass sie umsonst gelebt haben könnten, und deswegen krampfhaft nach einem Sinn suchen. Dann ist die Methode »viel hilft viel« aber irgendwie auch schräg. Oder es ist eine moderne Masche, die Weiber klarzumachen. Aber welche Frau fällt denn auf so etwas rein, also außer Küken wie Melissa und Co.? Nun gut, Beifang gibt es immer. Dennoch kann das ganz schön schiefgehen. Ich stelle mir vor, dass die ein oder andere den Blödsinn mit dem Nachwuchs ernst nimmt und mitzieht. Alter! Das muss man dann aber auch wollen.

Ich muss wohl oder übel noch einmal mit Silvios Leuten reden. Nur leider werden die mir auch nicht sagen können, wie die Nüsse unbemerkt in seine Blutbahn gekommen sind.

Warmes Wasser beflügelt zwar das Denken, trotzdem

beschließe ich, meine Körperhygiene zu beenden und zum gemütlichen Teil des Tages überzugehen. Permanente Gedankenakrobatik macht hässlich. Das lebendige Beispiel ist Irmgard. Ich knalle mein Handtuch in die Ecke und mache mich mit der luftigen Leichtigkeit meiner kompletten Pracht auf den Weg in mein Schlafzimmer. Im Wohnzimmer fällt mir der Eimer mit den Erdnussflips, die Ruprecht mir gestern geschenkt hat, wieder ein. So viel Zeit muss sein, denke ich, nehme das Teil unter den linken Arm, trete ans Fenster und schaue hinaus, während ich mir eine Handvoll Flips nach der anderen in den Mund schiebe. Die Sonne ist mittlerweile schon untergegangen und da der blöde Blaschke Bürgermeister sogar die weihnachtliche Halogen-Beleuchtung unserer Fichte untersagt hat, angeblich da das zu viel Aufmerksamkeit erregt, wird meine Wohnung nun ausschließlich von den in der Nachbarschaft blinkenden Lichterexzessen illuminiert. Das ist ausreichend, um sich ohne Blessuren zwischen den Möbeln bewegen zu können. Ruprecht sagt, bei mir ist es nun fast richtig gemütlich, also was die Beleuchtung angeht. Zufrieden kauend betrachte ich die vor mir liegende verwaiste Straße. Irgendwo da draußen läuft jemand herum, dem es ohne den Tannenbaumbock wahrscheinlich besser geht. Bei meiner Ehre als Nikolaus, jetzt fasele ich auch schon einen Blödsinn wie Ruprecht, also bei meiner Ehre als Adam Märker … Egal, ich will den Mörder finden. Dabei habe ich keine Ahnung, ob Silvio wirklich der Lieblingscousin von Amelie war oder der Blaschke Bürgermeister nur wieder Lügengeschichten verbreitet hat, um mich zu ködern. Eigentlich spielt das auch keine Rolle. Ich bin überzeugt, dass Frauen auf Helden stehen. Das werde ich für mich nutzen. Seit dem letzten Jahr bin ich ja schon als Mörderjäger unterwegs und das sollte den weiblichen Bevölkerungsteil dann endgültig von mir überzeugen.

Denn das erfordert Mut, Scharfsinn und Instinkt, alles Eigenschaften, die mich normalerweise nicht auszeichnen. Aber gut. Das hat sich bis zu Amelie möglicherweise noch nicht herumgesprochen. Ich sollte es dem Opa gleichtun, offensiver Angriff und dabei den Eindruck machen, man sei über alles erhaben. Passt. Morgen früh marschiere ich zu Amelie und ihrer Großmutter und statte einen Weihnachtsbesuch ab. Dann werden wir doch mal sehen, wie lange sie einem Helden wie mir noch widerstehen kann. Motiviert reibe ich mir den nackten Bauch und genieße meinen Erdnussflip-Rausch. Es ist Weihnachten, da kann es insbesondere ein Nikolaus ruhig angehen lassen. Irgendwann setzte ich mich wieder in Bewegung, wobei ich ausgiebig mein Genital kratze. Ein freier Mann zu sein, ist doch einfach herrli…«

Vor mir steht Ilse.

Scheiße, wer?

Vor mir steht noch immer Ilse.

»Der Stern von Bethlehem leuchtet auf deinen Schniedelwutz«, sagt sie, als bete sie ihre Krankenversicherungsnummer herunter!

Obwohl das Wort Schniedelwutz nicht zu meinem sonstigen Sprachschatz zählt, weiß ich in sofort, was sie meint. Das ist auch wirklich keine Hürde. Sie starrt ja unverwandt darauf. Das macht die Sache für mich irgendwie unangenehm. Ich bin eigentlich nicht prüde, also ganz und gar nicht, aber das hier hat etwas Beklemmendes. Das liegt an der Einseitigkeit, ganz sicher, also ich bin splitterfasernackt und Ilse sieht aus, als käme sie direkt aus dem ewigen Eis. Die Beleuchtung allerdings passt. Strip-Club-Rot trifft auf unregelmäßig aufblitzende Leuchteffekte aus dem kompletten Farbkreis.

»Ach nee«, hebt Ilse wieder an. »Ich habe mich geirrt. Das ist doch nicht der Weihnachtsstern. Das ist Hertas roter Herrnhuter.« Sie wirft einen kurzen Blick aus dem Fenster, sicherlich um den Einfallswinkel von Hertas Weihnachtsschmuck zu prüfen, konzentriert sich dann aber umgehend wieder auf mein rötlich angestrahltes Gemächt.

»Huch, man könnte fast denken, du hättest eine fiese Entzündung da unten.« Nun lacht sie, als hätte sie etwas Schönes entdeckt.

Ich lasse ihr das Vergnügen. Immerhin wird es ewige Zeiten her sein, dass sie mal einen anständigen Kerl gesehen hat. Nun, sie ist mit Ulf verheiratet. Nackt habe ich ihn zwar noch nie gesehen, aber ich habe Fantasie. Ehrlich gesagt weiß ich nicht, wie ich aus der Nummer hier halbwegs cool herauskomme. Wenn ich jetzt aufschreie und wie ein junges Mädchen aus dem Zimmer stürze, mache ich mich lächerlich. Ein Sofakissen als Schutzschild zu benutzen, so wie die es im Fernsehen ab und zu machen, sieht auch doof aus, vor allem, da ich keine Kissen habe. Eigentlich bleibt nur der Eimer mit den Erdnussflips. Aber echt, wer bin ich denn? Ilse steht unangekündigt in meiner Wohnung und nicht andersherum. Habe ich da gerade Tante Hildegards schauriges Lachen gehört? Wenn es nach der Hexe ginge, wäre meine Wohnung so gut frequentiert wie die Toiletten am Erfurter Hauptbahnhof. Tante Hildegard schickt einfach jeden zu mir nach oben. Neulich erst waren die Jungs von der Müllabfuhr da und haben gefragt, ob sie einmal meine Toilette benutzen können. Da kann ich von Glück sagen, dass bei uns am Haus kaum Passanten vorbeikommen. Ich sollte mir angewöhnen, meine Tür abzuschließen, aber dafür müsste ich den Schlüssel finden. Den hat der alte Drachen garantiert auch auf dem Gewissen.

»Huch!«, ruft Ilse aus. »Nun ist er blau. Auch nett.«

Damit ist es achtzehn Uhr, denke ich, Zeit für das Abendessen. Das weiß ich, weil meine Nachbarn von gegenüber, also die neben Herta, mit einer Zeitschaltuhr arbeiten. Dass sie in diesem Jahr komplett auf blaue Schneemänner umgerüstet haben, liegt daran, dass sie dem blöden Blaschke alles nachmachen, aber nach mehr als drei Wochen habe ich mich auch daran gewöhnt. Unbeeindruckt lange ich in den Eimer mit den Flips und stärke mich. Das hier kann länger dauern. Das wird mir immer klarer. Es vergeht eine Weile, da meldet sich Ilse wieder.

»Nikolaus«, sagt sie.

»Ilse.« Die aus dem Nachbarhaus bei mir einfallenden Blautöne dominieren alles. Kurzum, Ilse wird bis Mitternacht keine farblichen Veränderungen mehr an mir beobachten können. Damit scheint sie das Interesse zu verlieren. Manchmal muss man eben einfach nur warten können.

Sie schaut mir nun tatsächlich ins Gesicht. »Ulf hat mich geschickt«, erklärt sie mit wichtiger Miene.

Aha. »Und?«, frage ich, als sei diese Situation noch immer das Normalste auf der Welt.

»Er kann nicht selbst kommen.« Sie seufzt. »Spielenachmittag.«

Das klingt aus ihrem Mund wie »eitriger Blinddarm«.

»Seine Mutter ist da. Und ihre Freundinnen aus dem Pflegeheim«, redet sie weiter. Dabei scheine ich jedoch nicht der Adressat zu sein. Ilse muss sich einfach mal die Last von der Seele reden. »Die kommen jedes Jahr. Fünf Frauen. Edwina und Käthe tragen Windeln. Das geht noch.« Sie seufzt. »Zu einem Weihnachtsbraten gehört nun mal Rosenkohl.«

Ich brauche nicht mehr Details.

»Der Sekt muss auch warm sein, und süß.« Sie verzieht den Mund. »Kennst du eigentlich noch Leute, die auf der Heizung vorgewärmte Büchsenmandarinen in ihren Sekt nehmen?« Sie japst. »Und wehe ich vergesse diese unsägliche Büchse ein paar Stunden vorher dort hinzustellen.«

Ich muss ihr die Antwort schuldig bleiben.

»Jedenfalls spielen sie vor dem Mittagessen ›Mensch ärgere Dich nicht‹ und Ulf guckt zu, wie seine Mutter alle anderen betrügt. Sie zählt die Felder ab, wie es ihr gerade in den Kram passt. Weißt du?«

Mhm. Wie spielt man zu sechst ›Mensch ärgere Dich nicht‹? Ich würde vermuten, die Runde ist darauf ausgelegt, dass zwei der Seniorinnen immer wegnicken, aber das ist reine Spekulation. Interessant. Wirklich. Aber so langsam wird mir kalt, untenherum.

»Dann tafle ich auf. Pah! Wie alte Leute so viel Fleisch in sich hineinstopfen können, ist mir schleierhaft. Jedenfalls müssen alle danach ruhen, Ulfs Mutter in meinem Bett, versteht sich. Und danach kloppen sie Karten. Siebzehn und Vier, gegen Geld. Ulf hat jetzt schon die Rücklage für meinen neuen Staubsauger verloren, so einen aus der TV-Werbung mit Orangenduft. Na ja, den kann ich nun abschreiben.«

Ulf lässt sich also von den Omas abzocken. Er ist einfach zu gutmütig. Wie auch sonst könnte er so gut mit dem Blaschke Bürgermeister auskommen?

»Jedenfalls habe ich das Abendbrot auf den Tisch gestellt. Die Damen wünschten Fleischsalat mit extra viel Ei. Tzzz…«

»Sag mal, Ilse«, unterbreche ich sie. »Habt ihr eigentlich einen Weihnachtsbaum?«

Sie biegt ihren Oberkörper leicht nach hinten, als weiche sie vor mir zurück. »Selbstverständlich!«, platzt es aus ihr heraus. »Für wen hältst du uns denn?«

»Schon gut«, wiegele ich ab. »Ich will nur wissen, wo ihr den geholt habt.«

»Na, bei Silvio auf der Plantage«, antwortet Ilse, als gäbe es nichts Selbstverständlicheres. »Unsere heimischen Bäume sind noch immer die schönsten. Außerdem unterstützt man einen so eifrigen jungen Unternehmer einfach.« Sie neigt den Kopf zur Seite. »Etwas teuer war das Teil schon, also für mein Gefühl, aber es ist ja für Weihnachten…« Sie winkt ab. »Das kann schon was kosten.«

Erstaunlich, denke ich. Silvios Kundenstamm war größer als zunächst vermutet. »Wie groß ist euer Baum?«

Ilse streckt den linken Arm in Richtung Zimmerdecke. »Mindestens.«

Irgendetwas stimmt da nicht, ganz sicher. Silvio kann die Bäume, die er verkauft hat, unmöglich aus seiner eigenen Zucht genommen haben. Sicherlich hat er auf Zukäufe von sonst woher gesetzt, das ist nicht unüblich. Aber dass unsere Leute darauf reinfallen, verwundert mich. Weihnachtsbäume aus nichteinheimischer Erde gelten bei uns noch weniger als die Leute aus den Nachbardörfern. »Selbst geschlagen?«, hake ich nach.

Ilse schüttelt den Kopf. »Silvio hat das alles erledigt. ›Full-Service‹, wie er es nannte. Aber wieso willst du das wissen? Schlimm genug, dass wir nun nächstes Jahr keinen mehr haben, der sich um so wichtige Dinge kümmert.«

Ich frage mich, wie wir all die Jahre ohne Silvio ausgekommen sind. Da hat sich doch auch keiner daran gestört, einfach in den Wald zu marschieren und sich einen Baum zu besorgen. Stattdessen sage ich: »Das ist alles sehr schade, Ilse, sehr, sehr schade.«

»Genau.« So schnell, wie Ilse das Thema wechselt, scheinen sie andere Dinge mehr zu beschäftigen. »Jedenfalls habe ich die Scheißeier in den Salat geschnippelt und bin zu dir rübergekommen. Tante Hildegard hat mich reingelassen. Du warst ja unter der Dusche.«

Und davon lässt sich ein durchschnittlich anständiger Mensch nicht abschrecken? Ilse. Ilse.

»Sag mal, du hast Silvio doch den alten Bademantelgürtel angenäht, oder?«, frage ich.

»Was?« Ilse kann mir nicht folgen.

»Den Ochsenschwanz«, wiederhole ich.

»Ach so, ja.« Sie lächelt versonnen. »Ein überaus netter junger Mann und er roch so gut.« Ilse hebt leicht den Kopf und schließt die Augen. »Ein wirklich feiner Duft.«

Wenig später nicht mehr. »War noch jemand bei euch?«, will ich wissen.

»Na Otto, wegen seiner Hörner«, entgegnet Ilse und man kann ihr noch jetzt anmerken, dass sie über diese Störung wenig erfreut war.

»Und?«

»Was und?«, fragt Ilse. »Die wollten einfach nicht aufrecht stehen.«

»Mhm. Gab es sonst noch irgendetwas? Streit? Wie war Silvio drauf? Hat er etwas gegessen?«, hake ich nach.

Ilse schüttelt den Kopf. »Otto hat rumgebrüllt, aber das kennen wir ja. Irgendetwas mit Familienehre oder so. Silvio hat sich davon aber nicht beeindrucken lassen. Er hat so getan, als wäre Otto Luft für ihn. Nicht einmal angesehen hat er ihn, mich allerdings auch nicht.« Ilse zieht einen Flunsch. Dann scheint sie zu überlegen. »Gegessen? Nee. So kurz vor dem großen Auftritt isst man doch nichts.«

Ilse und Ruprecht sind gemeinsam im Weihnachtskomitee, kein Zweifel.

»War sonst noch jemand bei Silvio?«, frage ich weiter. »Ist dir irgendetwas Ungewöhnliches aufgefallen?«

»Nein. Ich habe ihm drei Mal über die rechte Schulter gespuckt und ihm viel Glück gewünscht und dann ging es los.« Sie hält inne. »Hätte es die linke Schulter sein müssen? Habe ich was falsch gemacht?« Sie scheint einen Moment zu überlegen und entscheidet sich dann dagegen. Etwas anderes benötigt ihre ungeteilte Aufmerksamkeit. Und wir wissen alle, was das ist.

Ich hingegen verkühle mir gerade alles Wesentliche.

»Ich soll dir das geben«, sagt Ilse.

Erst jetzt fällt mir auf, dass das Ding, das die ganze Zeit über ihrer Armbeuge gehangen hat, nicht ihre Handtasche ist. Es ist ein Weihrauchfass, wie wir es in der Kirche haben, das sie mir da entgegenhält.

»Lass mal, ich bin lange aus dem Geschäft mit dem geklauten Kircheninventar raus. Das lohnt kaum noch«, entgegne ich.

So wie Ilse nun schaut, versteht sie den Witz nicht. Das macht nichts. Sie ignoriert das einfach.

»Ulf und ich mussten nach dem gestrigen Gottesdienst die Kirche wiederherrichten«, erklärt sie. »Wir dürfen sie zwar auf Anordnung des Herrn Bürgermeisters momentan nicht benutzen, aber eine gute Vorbereitung ist wichtig. Dazu gehört natürlich auch das gründliche Polieren des Weihrauchfasses.«

Ich könnte mir am ersten Weihnachtsfeiertag nichts Schöneres vorstellen. Der Blaschke ist ein wahrer Menschenfreund.

»Und jetzt schau dir an, was ich darin gefunden habe«, empört sich Ilse, wobei sie das Fässchen wieder an sich zieht, den Deckel aufschraubt, auf mich zukommt und mir den verkohlten Inhalt unter die Nase hält. Dass ich immer noch nicht bekleidet bin, scheint sie nun nicht mehr zu interessieren. Das hier ist wichtiger als mein Schniedelwutz. Kaum zu glauben, aber wahr!

»Ich sehe nichts«, antworte ich.

»Meine Güte! Hast du kein anständiges Licht in deiner Bude?« Ilse macht noch einen Schritt auf mich zu und drückt mir das Weihrauchfass in die Hand. »Dafür ist hier eine Affenhitze.«

Für mich fühlt sich das nicht so an. Aber das ist jetzt nebensächlich, denn Ilse knöpft sich gerade den Mantel auf. Ich fühle mich ein wenig bedroht von dieser Eile.

»Adam.« Die Stimme vom Spelzer erklingt unerwartet in meinem Wohnzimmer.

Ich gebe es zu. Der Moment ist ungünstig: Ilse, die sich da so eilig entblättert, und ich nackt und Weihrauch schwenkend vor ihr. So etwas könnte man falsch interpretieren, noch dazu bei den Lichtverhältnissen.

»Adam, wenn ich dich einen Moment unterbrechen dürfte«, sagt der Spelzer mit einem Gleichmut, als hätte er mich beim Blumengießen vorgefunden. Der Doktor ist nun mal eine coole Sau, da gibt es nichts.

Aber das kann ich auch. »Wir sind gleich fertig«, entgegne ich ebenso ungerührt und widme mich demonstrativ meiner Sparringspartnerin.

»Kein Ding«, bemerkt der Spelzer, und ich kann schemenhaft erkennen, wie er seinen Mantel ablegt und es sich auf meinem Sofa bequem macht.

Ilse ist die unerwartete Störung scheinbar nicht einerlei. Sie unterbricht das Aufknöpfen und beäugt den Doktor argwöhnisch. »Das ist nichts, was für fremde Augen und Ohren bestimmt ist«, sagt sie harsch. »Das habe ich meinem Ulf versprochen.«

»Ich könnte so lange vor der Tür warten«, schlägt der Doktor vor.

Jetzt wird mir das zu bunt. »Was hast du in dem Fass gefunden?«, frage ich ungeduldig. Ich meine, wer hat denn hier nicht einmal Hauslatschen an?

Ilse stutzt. »Aber …«

»Was?«

»Walnussreste«, flüstert Ilse. »Verkohlte.«

»Pah!« Der Doktor hat hervorragende Ohren.

»Du meinst, da hat jemand Nüsse in unserem Weihrauchgefäß verbrannt?«, versichere ich mich und werfe einen gründlicheren Blick in das Behältnis. Tatsache, die runden Auswölbungen der Walnussschalen lassen sich noch gut erkennen. Bei der Menge, die da jetzt noch drin ist, würde ich überdies darauf tippen, dass das Teil mächtig voll gewesen sein muss.

»Und dafür auf Weihrauch verzichtet«, antwortet Ilse. »Genau. Deswegen hat es zur Heiligen Nacht in unserer Kirche auch so seltsam gerochen.«

Ich dachte, das war die Schafscheiße.

»Ulf meint, es könnte sich um einen Sabotageakt gehandelt haben. Der Mord passt ja auch irgendwie dazu«, erklärt Ilse. »Er denkt, du solltest das wissen. Immerhin bist du als Nikolaus im Dorf für die Sicherheit verantwortlich.«

Wieso meinen eigentlich alle, dass dieser Weihnachtsdorfblödsinn, auf den sie abfahren, so bedeutsam ist, dass er Missgunst und damit gezielte Zerstörungswut hervorruft? Abgesehen davon kann ich einen Zusammenhang zum gewaltsamen Tod von Silvio noch nicht erkennen. Dem ist irgendeine seiner zahlreichen Schnecken zum Verhängnis geworden, davon bin ich überzeugt. Und was heißt überhaupt, der Nikolaus kümmert sich um die Sicherheit? Wie bekloppt ist das denn? Ich kümmere mich lediglich um mich selbst und damit habe ich schon genug zu tun.

»Tzzz.« Der Doktor ist auch noch da. Ich erinnere mich.

»Gut«, sage ich. »Habt ihr eine Ahnung, wer die Nüsse da hineingepackt hat?« Ich habe keinen Schimmer, ob das irgendeine Rolle spielt, aber da das mit den Nüssen bei uns so langsam eskaliert, gehe ich lieber auf Nummer sicher.

»Wir waren es jedenfalls nicht, falls du das denkst«, kreischt sie. »Wir arbeiten absolut korrekt.«

Ich bezweifle das nicht. Mir fällt dazu eigentlich nur der Blaschke und dessen übertriebener Sparwahn ein. Nussschalen sind garantiert billiger als Weihrauch. Mehr steckt da nicht dahinter.

»Am Vormittag hat Ulf den Weihrauch aufgefüllt und das Fass dort hingelegt, wo es hingehört. Mit dem Einzug der ersten Gäste wird das Kraut angezündet, wegen der Atmosphäre und so. Den Weihnachtsbrauch muss man riechen können, sagt der Herr Bürgermeister, und das sehen wir auch so!«

Dann sollte er lieber den Glühweinkocher anwerfen. Der riecht geiler. Nichtsdestotrotz löst sich meine Spartheorie gerade in Luft auf.

»Wo wird das Fass aufbewahrt?«, hake ich, dem Ernst der Lage angemessen, nach.

»Geheim«, nuschelt Ilse. »Anweisung vom Blaschke, wegen Diebstahl und so.«

Bei uns im Dorf kann nichts geheim bleiben. Das ist der reine Unsinn. »Wo?«, insistiere ich.

»Sakristei«, flüstert Ilse schnell.

Wie originell. »Und die Schlüssel dafür habt ihr?«

»Ja«, haucht Ilse. Dann ergänzt sie zügig: »Das sagt aber nichts, denn wenn wir alles für einen Gottesdienst vorbereiten, schließt Ulf auch die Sakristei auf. Es kann also jeder hinein.«

Es geht doch nichts über ein sicheres Versteck. Quasi jeder kann sich also den Scherz mit den Nüssen erlaubt haben. »Verstanden«, sage ich, aber eigentlich nur, um Ilse nun endlich loszuwerden. Ich kann mit ihrer Entdeckung nichts anfangen und ich glaube auch nicht, dass es etwas bringt, darüber nachzudenken.

»Dann brauchst du mich jetzt hier nicht mehr«, schlussfolgert Ilse ein wenig enttäuscht. Sie hat keinen Bock nach Hause zu gehen und den Mitternachtskaffee vorzubereiten, absolut nachvollziehbar. »Ich lasse dir das Beweismittel hier. Das ist besser, als es Irmgard zu geben.«

Ich nicke.

Ilse schaut mich kurz an, vergewissert sich dann ausgiebig, dass meine tieferliegenden Regionen noch keine neue Farbentwicklung durchgemacht haben, und zieht dann endlich ab.

Das bringt den Doktor wieder auf den Plan. »Adam.«

»Doktor.«

»Ich wollte nur kurz bei dir reinsehen. Hausbesuch bei Hildegard. Da lagst du auf dem Weg«, erklärt er typisch monoton.

»Totenschein?«, entgegne ich.

»Erstmal nur Hustenstiller«, antwortet der Doktor.

»Mhm.«

»Soll ich bei dir auch gleich mal gucken?«, fragt er.

»Das hat Ilse schon getan«, scherze ich.

»Gut so.«

»Mhm.«

»Warum ich da bin.«

»Ja?«

Der Doktor hat keine Eile.

Die Frostbeulen müssen mittlerweile an meinen Knien angekommen sein. Der Flipseimer ist auch leer. Und das Weihrauchfass wird so langsam ziemlich schwer in meiner Hand.

»Nun«, knurrt der Spelzer. »Ich habe ja gerade so einiges mitbekommen.«

Das juckt mich nicht. Und er weiß das.

»Manchmal genügt es, wenn die Allergene auf die Haut kommen, weißt du«, doziert er.

Ach das meint er. Auch gut.

»Ich habe von einem Fall mit Erdnussbutter gelesen. Ein Pärchen hat sich beim Liebesspiel damit eingerieben. Sie war wenige Minuten später tot. Das war in Amerika, aber das hat heutzutage ja nichts mehr zu sagen. Der Weihnachtsmann kommt ja auch von dort. Irgendwann machen wir alten Europäer eben alles nach.«

Absolut. Ich nehme lieber Joghurt. Das riecht nicht so schnell ranzig. Außerdem hat es weniger Kalorien. Leichter aus der Bettwäsche geht es auch. Aber was rede ich? Das alles existiert ohnehin nur noch in meiner Erinnerung. Manchmal beschleicht mich das Gefühl, dass ich nun auch schon zu den alten Männern gehöre, deren Sexualität nur noch theoretisch existiert und die meinen, dass sie darüber nur ausgiebig reden müssen, wenn sie nicht ganz trockenlaufen wollen.

»Das geht übrigens auch über die Lungen, das mit der Allergie«, redet der Spelzer weiter.

Ich werde hellhörig. »Du meinst, während Silvio auf Ochsenhintern gemacht hat…«

»Wird er geatmet haben, anzunehmen«, ergänzt der Doktor.

Jetzt checke ich es. »Das Weihrauchfass hat die Allergene schön gleichmäßig in der Kirche verteilt.«

»Korrekt«, bestätigt der Doktor.

»Silvio hatte demnach keine Chance«, schlussfolgere ich.

»Nur, wenn er als Ochsenanus nicht geatmet hätte«, bemerkt der Doktor.

❦❦❦

»Na endlich, Adam!«, jauchzt der Opa bei meinem Eintreffen im Forsthaus. »Das Abendessen ist gerichtet.«

Ich mache einen langen Hals und inspiziere die Auslagen. »Tapas?«

»Genau«, entgegnet der Opa. »Ein gutes Dutzend Kostproben der besten Mayonnaisesalate, die die Thüringer Küche zu bieten hat. Wir müssen uns durchtesten und dann die Bestellung für Silvester aufgeben. Die Damen brauchen ein wenig Vorlauf, damit sie auch garantiert nur die besten Zutaten verarbeiten.« Er hüstelt voller Vorfreude. »Schnaps?«

»Aber so was von«, erwidere ich. Mich fröstelt immer noch von meinem Abenteuer mit Ilse.

Ruprecht verdreht die Augen. »Seitdem er von Annemarie zurück ist, hat er die Flasche beim Wickel«, mosert Ruprecht. »Gab es dort irgendetwas Außergewöhnliches?«

»Den Schrumpfkopf«, antworte ich und hocke mich an den Tisch.

»Ach so, na dann.« Ruprecht setzt sich ebenfalls und schneidet das Brot auf.

Der Opa tänzelt durch die Wohnküche und singt.

»Wie geht es dem F.u.c.h.s.?«, buchstabiere ich.

»Er ist noch warm«, entgegnet Ruprecht. Dann schaut er wieder besorgt zum Opa rüber. »Irgendetwas stimmt mit ihm nicht.«

»Wir suchen uns eine Bitch«, frohlockt der Opa, während er sich seinen Stuhl zurechtrückt.

»Siehst du«, nölt Ruprecht. »Auf solche Ideen kommt er doch sonst nicht, vor allem am ersten Weihnachtsfeiertag.«

»Könnte mir einer von euch bitte den Lachssalat reichen?«, fragt der Opa und streckt schon seine Hand in Richtung der entsprechenden Schüssel.

Ich folge seiner Bitte. »Wir brauchen nicht mehr suchen«, antworte ich und berichte von Tante Hildegards Besuch. Ilse und Ulfs Entdeckung schiebe ich gleich auch noch hinterher. Die Auskunft des Doktors ebenfalls. Nur meine unkomfortable Situation unterschlage ich. Ruprecht würde sich darüber nur wieder ärgern. Nicht über das verspätete Weihnachtsgeschenk für Ilses Augen, sondern darüber, dass ich die Flips bereits am ersten Tag niedergemacht habe.

»Das ist wahrlich ein perfider Mord«, konstatiert der Opa. »Damit entwickelt sich die Geschichte doch noch vortrefflicher, als ich zunächst vermutet hatte. Es muss ein kluges Köpfchen sein, dem das eingefallen ist.« Er beugt sich zu mir herüber und fasst meinem Unterarm. »Ich will dich nicht entmutigen, aber das wird schwer, mein Junge, nahezu unmöglich.«

»Der Täterkreis ist damit unüberschaubar«, bemerkt Ruprecht.

»Das meint der Opa«, sage ich und schaufle mir Eiersalat auf meinen Teller.

»Ich habe ein wenig umdisponiert. Die Eier kommen in diesem Jahr von Bärbel. Nun, wollen wir mal sehen, was sie draufhat.« Er stibitzt mit seiner Gabel ein wenig von meinem

Teller und schiebt es sich in den Mund. »Nun, ich glaube, ich habe der Guten bislang sträflicherweise nicht genügend Aufmerksamkeit zuteilwerden lassen.«

Annemarie wurde umgehend disqualifiziert, denke ich und muss grinsen. Normalerweise liefert sie den Großteil der Eiergerichte.

Der Opa leckt genüsslich seine Gabel ab. »Tja, wer nicht gern gibt, sollte gar nicht geben.« Er zwinkert mir zu. »Und mit etwas Routine kann Bärbel locker nachziehen.«

Ich kenne zwar Bärbel nicht, aber dann hätten wir das auch geklärt. »Sagt mal, haben wir eigentlich einen Überblick, welche Fremden sich über die Weihnachtsfeiertage bei uns im Dorf aufhalten?«, frage ich und bin mir dabei vollkommen im Klaren darüber, wie krank diese Überlegung eigentlich ist. Nicht so krank wie die Antwort.

»Selbstverständlich!« Ruprecht hebt den Kopf und bläht seine Nasenlöcher. »Also in Teilen zumindest«, fügt er dann etwas gedämpfter hinzu.

Ich hatte es befürchtet.

»Es müssen die Gäste angemeldet werden, die am Heiligen Abend mit in die Kirche zum Gottesdienst wollen. Wie ihr wisst, gibt es nur eine begrenzte Platzanzahl. Das muss organsiert werden. Der Blaschke Bürgermeister fühlt sich verpflichtet gegenüber seinen Bürgern, also alle Einheimischen sind zuerst dran und die freien Bänke können mit Fremden aufgefüllt werden. Ich finde das sehr großzügig von ihm.«

In einer Diktatur fühlt man sich doch gleich besser aufgehoben.

Der Opa schaut mich fragend an.

Ich denke an Melissa und habe da so eine Vermutung. »Wie viele Anmeldungen gab es in diesem Jahr?«

»Vier«, schießt es aus Ruprecht heraus. Er ist der Schriftführer des Weihnachtskomitees und muss es wissen.

»Alles Mädchen im Alter zwischen achtzehn und fünfundzwanzig, nehme ich an«, sage ich.

Ruprecht macht große Augen. »Das Alter nehmen wir nicht auf, nur die Namen.« Er schnauft. »Ich wusste, dass das ein Fehler ist. Soll ich nachsehen?«, fragt er, schon im Begriff, die vor ihm liegende Tischschublade aufzuziehen und sein Vereinsheft herauszukramen.

Wenig später wissen wir es genau. Neben Melissa hatten auch noch zwei weitere weibliche Personen das Vergnügen, dem grauenhaften Krippenspiel beizuwohnen. Bei Nummer vier handelt es sich um einen männlichen Vornamen, der zählt nicht.

»Du meinst, die waren wegen Silvio da?«, fragt der Opa ungläubig.

»Unmöglich ist es nicht«, antworte ich. »Durch seinen Weihnachtsbaumverkauf kannten ihn alle und wenn du deinem Besuch in den Ferien etwas bieten willst, nimmst du ihn mit, um den Baum auszusuchen. Es ist also nicht unwahrscheinlich, dass die Mädels den schmucken Baumbauern zumindest gesehen haben. Bei Melissa und Kleo jedenfalls war es so.«

»Annemarie«, seufzt der Opa leise.

»Das ist doch mein Reden«, echauffiert sich Ruprecht. »So ein Weihnachtsbaummarkt ist eine Attraktion und jetzt liegt alles darnieder … Wie ärgerlich. Hoffentlich findet sich jemand, der die Tradition wieder aufgreift.«

Ich verkneife mir, ihm zu stecken, dass er bis zu Silvios Tod nichts von dem Treiben wusste. Er identifiziert sich nun mal mit diesem Blödsinn und gut.

»Selbst wenn, konnte aber noch niemand wissen, dass Edelbert die Hufe hochmacht und Silvio für ihn einspringt«, gibt der Opa zu bedenken.

»Nein, natürlich nicht«, entgegne ich. »Die Mädchen könnten trotzdem gehofft haben, ihn zu treffen. Da liegt ein Gottesdienstbesuch an Weihnachten nahe. Oder er hat sogar erwähnt, dass er dort sein wird. Nach allem, was wir wissen, war ihm das Fest sehr wichtig. Und dass er keine Hemmungen hatte, wild zu baggern, wissen wir ja.«

»Du hast immer noch die Sache mit der Eifersucht im Fokus«, sagt der Opa und nickt bedächtig.

»Hast du eine andere Theorie?«

»Nein«, antwortet er. »Ich hätte nun ein Lüstchen auf den Schichtsalat. Könnte bitte jemand …«

Ruprecht ist dieses Mal schneller.

»Die Sache ist doch so«, fahre ich fort. »Bei uns im Dorf gibt es eine sehr überschaubare Anzahl an Frauen, die in Silvios Beuteschema passen oder die sich auf ihn eingelassen hätten.«

»Wenn nicht mal Mandy ihn wollte …«, wirft Ruprecht ein.

»Mhm.« Der Opa reibt sich die Hände. »Für meinen Geschmack ist der Mandarinenanteil zu hoch.«

»Etwas Frischfleisch sollte Silvio also gerade recht gekommen sein«, fahre ich fort.

»Dann müssen wir uns die zwei anderen Frauen noch ansehen, also wenn es überhaupt schon Frauen sind«, bemerkt

Ruprecht. »Melissa jedenfalls ist raus. Die ist die Enkelin von Annemarie.« Er blättert sein Heft wieder auf. »Dann sind da nur noch die zwei, die haben den gleichen Nachnamen und gehören zur Familie von dem netten Herrn Scherzer.«

»Ist das der, der immer vor der Kirche sitzt und Löcher in die Luft starrt?«, will der Opa wissen.

»Siegmar. Genau«, antwortet Ruprecht. »Ich glaube, er will eigentlich rein, aber der Blaschke hat strenge Öffnungszeiten für unsere Kirche. Er sagt, die nutzt sich sonst zu schnell ab.« Ruprecht nickt wichtig. »Die Scherzers haben immer viel Besuch.« Er schließt seine Aufzeichnungen wieder. »Dann ist das ein Aufwasch und wir haben mehr Zeit für das Wesentliche.«

»Ich würde es zumindest versuchen, ja«, entgegne ich und in mir steigt ein wenig Sorge darüber auf, was er mit »das Wesentliche« meint. Morgen ist der zweite Weihnachtsfeiertag und ich dachte, dann bin ich erlöst.

»Ach Jungs, was für ein herrliches Leben wir doch haben«, freut sich der Opa. »Ich würde vorschlagen, wir werfen gleich den Videorekorder an.«

Ruprecht schaut mich an und zuckt mit den Schultern.

Ich finde nichts Seltsames an Opas Benehmen und gehe weiter meinen Überlegungen zum Mordfall nach. »Die zentrale Frage ist aber dennoch, wer eigentlich von Silvios Nussallergie wusste«, werfe ich ein.

»Der Spelzer, die Helferinnen vom Spelzer, wobei die Schweigepflicht haben. Dann wäre da natürlich noch Silvios Familie …«, zählt Ruprecht auf. »Sicherlich auch engere Freunde«, er hält inne, »wobei ich mir nicht vorstellen kann, dass er die bei uns gehabt hat, wo er doch aus dem Nachbardorf stammt.«

»Geht man mit so etwas hausieren?«, überlege ich laut und ohne auf die kranken Vorurteile einzugehen.

»Ich würde es euch sofort sagen«, quengelt Ruprecht.

»Wir wüssten es auch so«, kontere ich lachend.

Der Opa stimmt ein. Dann bemerkt er: »Na ja, seinen Bettgeschichten hat der Bursche dieses intime Detail jedenfalls nicht preisgegeben. Dafür war das wohl zu oberflächlich.« Er schmunzelt. »Es könnte aber auch sein, dass dieses unschöne Leiden irgendwo vermerkt ist, im Impfausweis oder auf sonstigen Dokumenten. Schließlich ist das lebensgefährlich, wie wir gesehen haben. Den Heringssalat bitte.«

»Gibt es dafür nicht diese Tattoos?«, fragt Ruprecht und macht sich schon daran, sein Mobiltelefon hervorzukramen und die Fotos aufzurufen. »Früher gab es zum ersten Weihnachtstag immer Pasteten zum Abendessen«, beschwert er sich nebenbei, ohne dass ich einen Zusammenhang zu unserem Gesprächsthema erkennen kann.

»Das stimmt schon«, sage ich und spüre ein unangenehmes Brennen an meinem Gaumen. Wie kommt er eigentlich darauf, dass Leute per Körperbemalung über ihre Allergien informieren? Ist das sinnvoll? Und vor allem, stört das nicht die Erotik, die unzweifelhaft auch damit verbunden sein sollte?

»Siehst du, Opa, Nikolaus hätte auch lieber Pasteten gehabt«, nörgelt Ruprecht und öffnet ein Bild nach dem anderen. Meine Güte, wie oft hat er den toten Silvio denn abgelichtet? Gibt es da eine dunkle Seite, die ich an meinem ältesten und besten Freund noch nicht kenne?

»Das meine ich nicht«, entgegne ich.

Ehe ich weiterreden kann, legt Ruprecht wieder los. »Ich habe noch einen kleinen Vogel auf dem dritten Rippenbogen entdeckt, aber sonst nichts.«

»Kein fetter Aufdruck: Achtung, bitte keine Walnüsse füttern?«, feixt der Opa.

»Das mit der Allergie sagt man nur denjenigen, die einem gefährlich werden können, also die für einen kochen, einen zum Essen einladen ... ihr versteht schon.«

»Und dem Kneiper seines Vertrauens«, bemerkt der Opa nachdenklich.

»Kurt?«, fragt Ruprecht ungläubig.

»Kurt«, wiederhole ich. Außer Hackepeter gibt es im Hirschen keine frisch zubereiteten Speisen. Da ist ohne Frage keine Nuss drin, aber bei allem anderen, was Kurt so aus seiner Tiefkühltruhe holt, kann man das nicht wissen. Wenn Silvio bei Kurt etwas essen wollte, hätte er sich immer nach der Zutatenliste erkundigen müssen. Bei einem Mann wie unserem Wirt hätte diese Frage ganz automatisch nach einer Beleidigung geklungen. Deswegen hätte Kurt garantiert eine Diskussion vom Zaun gebrochen. Er hält große Stücke auf seine Fertiggerichte aus dem Großmarkt und diese Meinung verteidigt er mit absoluter Konsequenz.

»Wenn Silvio kein Hausverbot im Hirschen riskieren wollte, musste er sich offenbaren«, erklärt der Opa mit wichtiger Miene.

»Dann hätte Silvio es auch in die Zeitung schreiben können«, ergänze ich. »Kurt kann nichts für sich behalten. Nicht einmal Informationen, die einem Dritten absolut nichts nützen.«

»Es sei denn, er plant einen Mord«, gibt der Opa zurück. Dann jauchzt er albern auf. »In die Zeitung, genau. Das Medienverhalten so junger Leute wie Melissa und der Bitch erklärt natürlich, warum sie davon nichts wussten.« Der Opa ist trotz alledem zum Scherzen aufgelegt. Das freut mich.

»Die Bitch heißt übrigens Kleo«, bemerke ich, um dieses unangenehme Wort nicht noch öfter hören zu müssen. Außerdem wird das dem Mädchen, bei all seinen Schwächen, nicht gerecht.

Der Opa geht nicht darauf ein. »Nehmen wir einmal an, Kurt hat Silvios Geheimnis verbreitet ...«

»Dann wird der Täterkreis nicht kleiner«, füge ich an.

»Nun ja«, der Opa wiegt den Kopf. »Es ist aber höchstwahrscheinlich, dass der Täter ein Mann ist.«

Damit könnte der Opa recht haben. Im Hirschen finden sich hauptsächlich die Männer des Dorfes ein. Denen ist es egal, wie es aussieht, Hauptsache das Bier schmeckt. Für Kurts Speisekarte gilt das im Übrigen auch. Wie passt das dann aber zu meiner Theorie mit der eifersüchtigen Geliebten?

»Und der Mörder ist aus unserem Dorf«, fügt Ruprecht leise hinzu, wobei er sich vorsichtig umschaut.

Und damit stehe ich wieder am Anfang.

Ich trage mein bestes Sweatshirt, also das, was ich ansonsten nur hervorkrame, wenn ich in der Stadt um die Häuser ziehe oder Ruprecht zum Sommerfest der Fortwirtschaft bekleide. Darüber hinaus setze ich auf Jeans, Chucks und meine Lieblingslederjacke. Es tut gut, mal wieder klamottentechnisch ich selbst zu sein. Ich gebe es zu, so sehr wie Amelie auf diesen Weihnachtsblödsinn abfährt, habe ich doch tatsächlich zunächst erwogen, auf Nikolaus zu machen, aber es dann schnell verworfen. Ich weiß nicht, ob es an dem Kleid liegt oder an den langen Unterhosen, möglicherweise auch an der Farbkombination, aber irgendwie fühle ich mich in dem Fummel nicht als richtiger Mann. Denn, und das habe ich extra noch einmal nachgelesen, der echte Nikolaus war tatsächlich männlichen Geschlechtes. Dass er sich in seiner Klamotte wohlgefühlt hat, halte ich für ein Gerücht. Obwohl, er soll ja ein katholischer Bischof gewesen sein, also quasi nur ein Halbmann. Dann passt das womöglich wieder. Ich mache mir zu viele Gedanken, schon klar.

Noch ein prüfender Blick in den Spiegel und dann bin ich so weit. Aber was um alles in der Welt ist das? Quer über meine Stirn, also kurz unter dem Haaransatz, verläuft ein ziemlich fies aussehender roter Streifen. Das sieht aus wie ein sich anbahnendes Kopfhaut-Ekzem oder so. Puh! Wie kommt das denn da hin? Spontan würde ich auf irgendetwas tippen, das ich mir in Tante Hildegards Wohnung geholt habe. Wenn da unten sogar noch Stämme von Leprabakterien nachweisbar wären, würde es mich jedenfalls nicht überraschen. Vorsichtig schiebe ich meinen rechten Zeigefinger über die Stelle. Was um alles in der Welt …? Die Mitra. Fünfundzwanzig Tage Dauerdruck durch eine schlecht sitzende Bischofsmütze hinterlassen ihre Spuren. So kann ich unmöglich unter die Leute, geschweige denn eine Braut klarmachen. Ich überlege. Ich könnte mir Opas Hut leihen, aber wie geht der denn mit meinem restlichen Outfit zusammen? Nein, eine solche Geschmacklosigkeit kann ich nicht bringen. Es hilft nichts, ich muss meine Haare kämen.

Halbwegs hergerichtet schlendere ich über unseren Dorfanger. Ulf und Ilse hantieren an dem Absperrband, das den Zugang zu unserer Fichte verwehren soll. Ruprecht steht daneben und schaut zu. Dass er sein Kostüm trägt, brauche ich nicht zu erwähnen.

»Guten Morgen Niko…, äh, Adam«, flötet Ilse, kaum, dass sie mich von Ferne erspäht hat. Ihre freudige Verzückung ist unübersehbar.

Das sind ja ganz neue Töne, denke ich. Was so eine Nacktbegegnung alles bewirken kann, erstaunlich. Ilse jedenfalls scheint es gefallen zu haben. Ich hebe die Hand zum Gruß und steuere direkt auf die drei zu. »Wart ihr nicht gestern erst hier zu Gange?«, frage ich, um wenigstens halbwegs sozial zu wirken.

»Tja«, antwortet Ulf und reibt sich das Kinn. »Ein Bürger hat uns heute früh gegen sechs alarmiert. Jemand hat das Band geklaut.«

Die Dorfopposition hat zugeschlagen, direkt gefolgt vom Dorfdenuziantentum, alles klar. »Man sieht sich«, entgegne ich und setze mich in Bewegung.

»Wo willst du hin?«, fragt Ruprecht und macht einen anständigen Satz, um auf meiner Höhe zu landen. »Du hast das Frühstück verpasst und wir haben uns schon Sorgen gemacht. Marlies war da und hat uns auf besonderen Wunsch vom Opa Rührei mit Krabben in die Pfanne gehauen. Angeblich hatte er mal eine Freundin aus dem hohen Norden und daran erinnert er sich gern. Ich dachte ja immer, Oma war die erste und einzige, aber die Eier waren wirklich lecker.«

»Mhm.« Mein Magen zieht sich zusammen. Kein Wunder, mein Nahrungsmittelvorrat bestand einzig und allein aus Erdnussflips und die sind lange Geschichte. Ich hätte doch zum Frühstück ins Forsthaus gehen sollen, aber dann hätte ich Fragen riskiert. Jetzt habe ich die natürlich auch so. Dennoch, es war die richtige Entscheidung. Abgesehen davon spekuliere ich auf ein gemeinsames Frühstück mit Amelie und da kann ich wohl kaum mit vollem Magen aufschlagen. Frauen sollen bekanntermaßen beim Essen zugänglicher sein und ich bin momentan gegenüber Amelie noch in keiner besonders sicheren Position, was bedeutet, ich muss alle Hilfsmittel voll ausschöpfen. Ruprecht jedoch muss davon nichts wissen.

»Du gehst doch sonst nie spazieren«, redet Ruprecht einfach weiter. »Was hast du überhaupt an, den guten Pullover?« Er hält kurz inne. »Hast du getrunken?« Ich sehe im Augenwinkel, wie sich seine Nasenflügel aufblähen. »Es ist noch früh am Morgen, Nikolaus!«

»Nein, habe ich nicht«, knurre ich. »Das ist nur mein Deo.«

»Das riecht nach Bier?«, will er irritiert wissen.

Mist! Ich habe eine halbe Flasche davon auf meinem Kopf verteilt, aber ich hätte daran denken müssen, dass es neben der in Form gebrachten Frisur noch einen anderen Effekt hat. Wie ärgerlich. Hoffentlich fällt das Amelie nicht auf.

»Du lügst mich doch nicht an, oder?«, jammert Ruprecht.

»Nein.« Ruprecht ist mein Freund und damit sind Unwahrheiten tabu, also zumindest die im großen Stil.

»Nikolaus!«

»Nein!«, maule ich genervt.

»Dann kannst du mir auch sagen, wo du hingehst«, insistiert Ruprecht.

»Zu Amelie«, murmle ich. Wieso muss er aber auch immer alles wissen?

»Ihr seid verabredet?«, hakt er nach. »Davon hast du mir gar nichts erzählt?«

Wie gesagt, er muss nicht alles wissen.

»Das ist aber … also wirklich, wenn sie dich schon an Weihnachten einlädt.« Er macht dicke Backen. »Selbstverständlich ist das jedenfalls nicht.« Er fängt an, während des Laufens zu tänzeln. Das macht er immer, wenn er sich über irgendetwas freut. »Diese seltsamen Verwandten, also Silvios Leute, werden ja hoffentlich nicht zu Besuch da sein. Ach nein, die sind in Trauer und da schickt sich das nicht. Nein, nein, mach dir keine Gedanken, wenn sie dich einlädt, dann will sie garantiert auch mit dir allein sein.«

»Sie hat mich nicht eingeladen«, sage ich und gebe mir Mühe, dass nicht das halbe Dorf unsere Unterhaltung mitbekommt.

»Wie?« Ruprecht verschluckt sich fast.

»Keine Einladung«, brumme ich noch einmal.

»Du hast doch getrunken. Ich wusste es«, echauffiert er sich. »Nein.« Gelassenheit ist mein zweiter Vorname. »Sie weiß nicht, dass ich komme. Es ist eine Überraschung, ganz so wie der Opa es mit seinen Kochfrauen macht. Verstehst du?«

»Nee.«

»Ein offensiver Angriff«, erkläre ich. »Worauf soll ich denn warten, auf meinen nächsten Brechdurchfall?«

»Du magst schon recht haben«, entgegnet Ruprecht und ist unüberhörbar wenig von meinem Argument überzeugt. »Bei Opa ist das aber etwas anderes.«

»Außerdem kann ich sie auch gleich nach Silvio und dessen Familie fragen.« Ich versuche mein Vorhaben zu rechtfertigen, schwerer Fehler.

»Mhm.« Pause. »Dann ist es besser, wenn ich dich begleite«, konstatiert Ruprecht forsch. »Mir wäre sonst nicht wohl.«

Ich mag Ruprecht wirklich, aber er hat eine Gabe, einem auf den Keks zu gehen, die ist grenzenlos. Und er weiß nicht, wann er überzieht.

»Das ist nicht notwendig«, entgegne ich.

»Keine Ursache, mache ich gern«, antwortet er.

Thema erledigt.

»Adam! Ruprecht!« Kurt guckt aus dem Fenster des Hirschen und winkt uns erfreut zu. »Morgenspaziergang?«

»Nikolaus will zu Amelie«, erklärt Ruprecht in seiner typischen Arglosigkeit, bei der er zudem wenig Gefühl für die Lautstärke seiner Worte zu haben scheint.

Ich versuche mich in ruhigem Atmen.

»Oh, là, là.« Kurt gefällt der Gedanke so sehr, dass seine fleischigen, nach oben gedrückten Wangen aus seinen Augen schmale Schlitze machen. »Die würde ich auch nicht von der Bettkante schubsen«, brüllt er über den Dorfanger. Wenn jetzt um uns herum die Fenster aufgehen würden, wäre ich nicht verwundert. Glücklicherweise bleibt alles so verschlafen wie immer. »Dass du mit der Enkelin von Oma Brütting was am Laufen hast, hat sich noch gar nicht bis zu mir herumgesprochen. Kompliment! In deinem Alter war ich auch so gut dabei. Trude war sehr tolerant, vor allem, wenn sie nichts davon wusste«, fährt Kurt kichernd fort. »Du hast dahingehend nichts zu befürchten, du hast ja keine Trude. Ein guter Rat, weil du mein Freund bist, die Familie von Amelie ist etwas speziell, aber das muss uns ja nicht abhalten.«

Uns? Will Kurt jetzt auch noch mit oder was? Dann kann ich gleich noch Ilse und Ulf herüberholen. Ilse zumindest könnte meine Vorzüge bei Amelie in den schillerndsten Farben schildern, im wahrsten Sinne des Wortes.

»Anderes Thema«, sage ich. Dass Kurt von meinen Absichten weiß, geht ohnehin schon zu weit. Wir müssen das entsprechend nicht noch näher erörtern. »War Silvio Ernst eigentlich manchmal bei dir in der Kneipe?«

Kurt überlegt kurz. »Der Fichtelbauer?«

Ich nicke.

»Vom ersten Tag an«, erklärt Kurt mit stolzgeschwellter Brust. »Es spricht sich eben auch unter den Zugezogenen rum, wo es etwas Anständiges zu essen gibt. Der richtige Garpunkt eines Fertig-Cordon bleu ist nichts für Dilettanten.«

Freilich nicht. Und einen Eimer Kartoffelsalat aufmachen kann auch nicht jeder. Kurt hat es drauf.

Der Wirt beugt sich so weit es geht zu uns hinunter. »Wenn ihr mich fragt, wollte Silvio nicht unbedingt nach Hause«, flüstert er hinter vorgehaltener Hand. »Manchmal haben wir sogar die Sportschau zusammen geguckt. Aber er hat nie viel gesprochen.« Kurt winkt ab. »So ein verschlossener Charakter ist auch was wert. Meine Trude war auch kein Kind der großen Worte. Aber wir sind immer gut hingekommen.«

»Und Silvio und du, kamt ihr auch zurecht?«, frage ich weiter.

»Bestimmt nicht«, mischt sich Ruprecht ein. »Silvio konnte doch ni…« Mein Fußtritt sitzt.

Kurt scheint zunächst etwas perplex, denkt sich dann aber nichts dabei und plappert weiter. »Am Anfang habe ich ihn für einen Schnösel aus der Stadt gehalten. Er hat mir dann aber relativ schnell erzählt, dass er aus dem Nachbarort stammt, da konnte ich ja nur Mitleid haben.« Kurts Oberkörper wackelt, so sehr schüttelt ihn sein Amüsement. »Die arme Sau!« Er grunzt passenderweise dazu. »Habt ihr nachher übrigens Gulasch-Hunger? Ich habe extra zwei Portionen für unsere Dorfsheriffs zurückgehalten.«

»Äh, mal sehen. Momentan sind wir enorm viel unterwegs«, rede ich mich raus. Beim Opa gibt es heute Schweinefilet im Parmesanmantel. Ich habe gesehen, wie er gestern Abend das Hauptgericht bei Marlies per SMS bestellt hat. Nichts gegen Edelberts Komplettverwertung, aber nach Ochse steht mir irgendwie momentan nicht der Sinn.

»Aber wir…« Ruprecht versucht es schon wieder. Auch der zweite Tritt verfehlt sein Ziel nicht.

»Wird schon irgendwie passen«, sage ich. »Noch mal wegen Silvio…«

Kurt fällt nun fast aus dem Fenster. »Das ist ja nichts, mit dem man hausieren geht, aber der hatte da so eine Sache. Uhh.« Kurt wackelt mit der rechten Hand und macht ein betroffenes Gesicht. »Übel, übel. Das kann ich euch aber sagen.«

Wenn ich nicht wüsste, worauf Kurt hinauswill, würde ich glatt meinen, wir reden über eine ansteckende Geschlechtskrankheit. Ich trete einen Schritt näher heran und strecke meinen Kopf nach vorn.

Kurt deutet das als Aufforderung. Genau so wollte ich es auch verstanden wissen. »Der Kerl durfte keine Nüsse essen, also überhaupt keine. Könnt ihr euch das vorstellen?« Kurt lehnt sich vor Entsetzen über diese Einschränkung so weit nach hinten, das man meinen könnte, er knallt jede Sekunde um. Bevor das passiert, schwingt er sich wieder nach vorn. »Ich mag ja Nüsse nicht sonderlich, aber meine Trude ... die hat die händeweise verschlungen. Wenn ich mir vorstelle, das hätte ihr irgendjemand verboten.« Er lacht. »In dessen Haut hätte ich nicht stecken wollen.«

»So gar keine Nüsse?«, frage ich nach. Das ist nicht die feine englische Art, ich gebe es zu, aber irgendwie muss ich ihn ja unauffällig ausquetschen. Wenigstens Ruprecht hält jetzt die Klappe.

»Null Komma null«, erklärt Kurt wichtig. »Den kompletten Verpackungskram meines Speisenangebots musste ich anschleppen. Erst nachdem er alles genau studiert hatte, konnte ich die Mikrowelle anwerfen.« Kurt schüttelt den Kopf. »So ein Zeugs will man auch nicht am Wanst haben. Das sage ich euch, Jungs. Da bin ich mit meinen paar Zipperlein gut bedient, also für mein Alter. Dabei war der Fichtelbauer noch jung.« Er wischt sich mit der Handfläche über seinen Mund. »Also beim Essen hört bei mir die Freundschaft auf. Da braucht mir keiner kommen. Ich esse das, was mir schmeckt, sollen die Ärzte sagen, was sie wollen. Aber Silvio …«, Kurt pumpt, »der war absolut eisern …«

»Mhm.«

Kurt legt die flache Hand auf seine Brust. »Popelige Nüsse! Ich werde darüber bis heute nicht fertig. Die Jungs vom Stammtisch konnten es auch kaum glauben. Dinge gibt es, puh!«

Die Jungs vom Stammtisch, so, so. Silvio hatte schon verloren, kaum dass der harte Kern von Kurts Gästen an seinem Tisch Platz genommen hatte. Das ist bitter.

»Ach, schau doch mal wie nett«, jubiliert Ruprecht, während er die Gartenpforte zu Oma Brüttings Haus aufschiebt. »So viele Eisbären und sogar ein Junges ist dabei.« Er schlägt sich die Hand vor den Mund. »Ist das ein Iglu? Nikolaus, das ist ein Iglu!«

Ich habe in meinem ganzen Leben kaum etwas Erschreckenderes gesehen. Außer natürlich Tante Hildegards Zahnbrücke, wie sie ganz oben auf meiner Zuckertüte gelegen hat. Angeblich hatte die Olle sie just an dem Tag meiner Einschulung verlegt. Dabei ist doch mal klar, wer heimlich in meinen Süßigkeiten gewühlt hat. Im ersten Moment habe ich mich furchtbar erschrocken, zumal die Mädchen beim Anblick der gelben Zahnreihe losgeschrien haben. Aber wenig später war ich die coolste Sau auf dem Schulhof und der mit der fettesten Schokoladenausbeute, denn umsonst durfte die Teile nur Ruprecht anfassen. Aber der wollte nicht. Jetzt steht er neben einer Igluattrappe und betastet das Material. »Das ist Kunststoff«, stellt er fest. »Wirklich edel. Das kann sich nicht jeder leisten.«

Ich beobachte die nächste Regenwolke, die heranzieht.

»Da merkt man gar nicht, dass der Schnee fehlt«, freut er sich.

Die Schneehütte steht auf einer fetten grünen Grasnarbe. Die Eisbärenfamilie übrigens auch. Aber eine positive Einstellung ist alles. »Du kannst ruhig nach Hause gehen. Du hast doch sicherlich noch etwas anderes zu tun«, starte ich einen erneuten Versuch, meinen Freund loszuwerden. Zu zweit bei einer Frau aufzuschlagen, noch dazu unangekündigt, könnte etwas seltsam rüberkommen.

»Amelie, du schöne Amelie, wir kommen!«, trällert Ruprecht.

»Halt die Klappe!«, fahre ich ihn an. »Wenn das jemand mitbekommt.«

Im gleichen Moment geht die Haustür auf und Amelie strahlt uns an. »Das ist ja nett. Mit euch beiden hätte ich überhaupt nicht gerechnet.« Sie hält inne und mustert mich. »Heute so ganz ohne Nikolaus«, sagt sie in einem übertrieben weinerlichen Tonfall und mit zur Seite geneigtem Kopf. »Oh, wie schade. Aber wenigstens Ruprecht hat daran gedacht. Er sieht so schmuck aus wie immer.«

Sie verarscht mich. Ganz klar. Was soll das sonst sein? Und was heißt überhaupt, daran gedacht? Natürlich habe ich daran gedacht. Aber nur, weil ich daran denke, sehe ich in dem blödsinnigen Kostüm auch nicht besser aus. Was will sie, einen Mann oder eine Anziehpuppe?

Ruprecht läuft knallrot an und seine Atmung wird hektisch. Das normalisiert sich auch nicht, als wir schon eine

Weile bei Oma Brütting in der guten Stube hocken und darauf warten, dass Amelie uns Kaffee und Eierlikör bringt. Die Oma sieht dabei aus, als hätte sie sich seit unserem letzten Besuch im vergangenen Jahr nicht von der Stelle bewegt. Sie liegt mehr auf ihrem Ohrensessel, als dass sie sitzt, von dicken Wolldecken umhüllt, ich würde auf vier oder fünf tippen, und schaut uns aus ihren kleinen funkelnden Augen misstrauisch an. »Haben die von der Kirche kein Geld mehr?«, fragt sie irgendwann in das unangenehme Schweigen hinein.

Ruprecht schaut mich fragend an.

Ich hebe die Achseln.

»Nun sagt schon, seid ihr zum Betteln gekommen oder was?«

»Wir besuchen Amelie, Oma Brütting«, erklärt Ruprecht höflich.

»Wer ist Oma Brütting? Soll die auch noch kommen?«, kreischt die Oma und in das Ungetüm aus Decken kommt ein wenig Bewegung. »Hat die Eierlikör mit? Aber unter einer Kiste geht hier nichts, das könnt ihr der gleich stecken.«

Ich bin so ein Idiot, so ein verdammter Idiot. Niemand macht mit leeren Händen einen Weihnachtsbesuch, außer der Opa natürlich, aber der kann es sich erlauben. Entsetzt und voller Ärger über meine eigene Dummheit suche ich den Raum nach etwas Verwertbarem ab, einer Flasche Wein, meinetwegen auch einem Buch, einem Blumentopf, nach irgendetwas. Ich würde es im Nachhinein auch wiedergutmachen, ganz sicher.

»Ihr bettelt, das sehe ich doch«, erregt sich die Oma.

Ruprecht versucht das in den freundlichsten Worten zu widerlegen.

Ich hingegen habe gerade auf einer Anrichte ein kleines Sammelsurium an Flaschen entdeckt. Langsam erhebe ich mich und strecke meine Glieder. »Ach, ich habe mir letzte Nacht irgendetwas verlegen«, stöhne ich und fasse nach meiner Schulter.

»Schlafen Sie auf der Bank im Bushäuschen?«, will Oma Brütting wissen.

»Nein, Oma.« Ruprechts Geduld ist schier grenzenlos. »Das ist doch der Nikolaus, der hat ein richtiges Bett.«

Ich schlendere vorsichtig auf den Schrank zu. Einwandfrei. Die Auswahl ist famos. Von Cognac über Himbeerlikör bis zu einem Kräuterbrand ist alles dabei. Und die Schraubverschlüsse sind auch noch intakt.

Oma Brütting bekommt einen Lachanfall. »Der Nikolaus, der da?«, kreischt sie. »Du armer Knecht Ruprecht. Die von der Kirche haben dir einen Lumpensammler aufgedrückt und du hast es nicht gemerkt.« Ihr Deckensarkophag kommt in Bewegung und schneller, als ich es für möglich gehalten hätte, schießt eine Hand mit ausgestrecktem Zeigefinger heraus. »Der soll Mitleid erregen und damit braven Leuten wie mir das Geld aus der Tasche ziehen.« Sie schaut mich abschätzig an. »Allein schon wie der aussieht und das an Weihnachten. Gesoffen hat er auch. Das rieche ich drei Kilometer gegen den Wind.« Ihr kleiner Finger wackelt unaufhörlich. »Und von mir willst du einen Euro, damit der weitersaufen kann.«

Ich versuche nicht zuzuhören und schiebe mir den Himbeerlikör in die Innentasche meiner Jacke. Der passt irgendwie besser zu Amelie.

Ruprecht setzt gerade zu meiner Verteidigung an, da geht die Tür auf und Amelie kommt herein. »Na Ömchen, hast du dich gut mit Nikolaus und Knecht Ruprecht unterhalten«, flötet sie mit einem breiten glücklichen Lächeln. Meine Güte, ich bin immer wieder erstaunt, wie scharf sie aussieht, vor allem, wenn sie sich eine Haarsträhne aus dem Gesicht schiebt. Aber wo hat sie die Getränke? Wollte sie nicht Kaffee holen? Den könnte ich dringend gebrauchen. Die gute Oma könnte eine Morgenration Eierlikör meines Erachtens auch gut vertragen. Mit etwas Glück nickt sie davon ein. Und Ruprecht muss aufs Klo. Dann hätte ich doch tatsächlich die Gelegenheit, ein wenig mit Amelie allein zu sein.

Oma Brütting erwidert nichts, sondern betrachtet nur voller Glückseligkeit ihre Enkelin. Nein, eigentlich schaut sie an ihr vorbei, und zwar auf den Typen, der das Tablett trägt und direkt hinter Amelie ins Zimmer kommt. Dass Amelie einen Bruder hat, ist mir neu, aber so weit waren wir in Sachen Annäherung auch noch nicht gekommen. Seltsamerweise sieht er ihr überhaupt nicht ähnlich.

»Darf ich vorstellen«, hebt Amelie an. »Das ist Tom, mein Verlobter.« Sie dreht sich ein wenig zu ihm herum und bedenkt ihn mit einem Augenaufschlag, von dem ich nur träumen kann. Und siehe da, dem Blödling fällt nichts weiter darauf ein, als diesen Blick zu erwidern. Ja spinne ich oder was? »Das sind übrigens Nikolaus und Knecht Ruprecht«, redet sie weiter. »Sie sind Freunde von der Oma und besuchen sie hin und wieder.«

»Vor allem in der Adventszeit, was?«, sagt Tom und ich möchte ihm meine Faust in seine gebleichten Zahnreihen drücken und das nicht nur, weil der Spruch so platt war. Und was heißt überhaupt »Freunde von der Oma«? Wer bin ich denn?

Tom, Tim, Tina oder wie auch immer der Kerl sich nennt, geht zum Tisch und stellt das Tablett ab. Sind das Muskeln oder hat der Luftpolsterfolie in seinen Klamotten stecken? Ehe ich mich versehe, geht er auf mich zu und streckt mir seine Hand entgegen. Mit jedem Schritt, den er mir näher kommt, scheint er zu wachsen. Jetzt überragt er mich schon um einen ganzen Kopf. »Originelles Kostüm«, höre ich ihn sagen. Fresse! Widerwillig erwidere ich seinen Gruß. Mein Versuch, ihm seine Hand zu zerquetschen, scheitert. Er ist schneller. Scheiße, tut das weh. Ich unterdrücke den Reflex, mir meine Fingerknöchel zu reiben.

»Und du musst Knecht Ruprecht sein.« Er wendet sich Ruprecht zu. Der Typ hält den Weltrekord im Blitzmerken, ganz eindeutig. »Schöne Idee, das mit der Verkleidung«, sagt er und klingt wie John Wayne nach einem zwölfstündigen Ritt durch die Prärie.

*Das mit der Verkleidung*. Wie spricht der denn überhaupt? Und was meint er mit Verkleidung? Das hört sich ja an, als wären Ruprecht und ich zwei Transvestiten. Was bildet der sich ein? Verlobter? Pah! Was soll das denn sein? Kein Mensch verlobt sich heutzutage noch. Der hält sich wohl für was Besseres? Ich war zuerst hier. Da kann der sich nennen, wie er will. Der bettelt ja förmlich darum, dass ich ihm eine mitgebe. Das Blöde ist nur, mir ist gerade nicht danach. Der hat ein Schwein, der Kerl.

»Unsere alten Menschen an Weihnachten zu besuchen, nett«, plaudert er weiter, als würde das hier irgendjemanden interessieren. Mich zumindest nicht. Amelie, Oma Brütting und Ruprecht jedenfalls hängen ihm an den Lippen. »Anständig von euch. Nebenbei noch Mörderjagd. Doppelt anständig. Bedauernswert, das mit Silvio, auch wenn ich ihn kaum kannte.«

Amelies Mundwinkel zucken. Die will den Kerl doch nicht noch vor mir küssen. Das wagen die sich nicht. Noch dazu mit dessen eklatantem Sprachproblem. Vollständige deutsche Sätze kommen ohne ein Verb nicht aus, du Fettbrot. Ich kann es nicht fassen, dass Amelie sich mit so einem Sprachverstümmler eingelassen haben soll. Der passt doch überhaupt nicht zur ihr.

»Dörfliche Gemeinschaften und Traditionen, was Feines. Nicht wahr? Wenn Amelie und ich erst richtig hier wohnen«, er tritt neben Amelie und legt seinen Arm um ihre Taille, »dann sind wir auch beim Weihnachtskomitee dabei. Ehrensache. Natürlich nur, wenn wir mit unseren vielen Kindern Zeit dafür haben.«

Amelie schmunzelt ein wenig genant.

Ich muss einen Hörsturz haben.

»Oh!«, ruft Ruprecht verzückt aus. »Das wird toll! Wir haben mit dem Weihnachtsdorf so viel zu tun, dass wir jede helfende Hand gebrauchen können. Und auch noch Nachwuchs …« Er klatscht erfreut in die Hände. Tom markiert sein Revier und Ruprecht schneidet es nicht mit.

Der im Weihnachtskomitee? Dass ich nicht lache. Mit den Pranken zerdrückt der nur die Kugeln. Und wie soll denn die Nachzucht aussehen? Wenn Amelie Pech hat, kommt die nach dem Schwachmaten. Das grenzt dann aber schon an Umweltverschmutzung.

Oma Brüttings Deckenlager bebt. »Tom beschützt mich dann, vor allem vor so Hausierern wie ihr es seid.«

Amelie und Luftpolsterärschchen finden das witzig. Ruprecht kann sich offenkundig nicht festlegen. Und ich muss hier raus. Ehe ich jedoch den Rückzug antreten kann, löst sich Amelie aus der Umklammerung des einzigen Mannes, der hier absolut überflüssig ist, und kommt ganz nah an mich heran. »Was du für Silvio und damit für unsere Familie tust, werde ich dir niemals vergessen, Adam«, haucht sie und drückt mir einen Kuss auf die Wange. Das wäre mein Preis gewesen.

Wenigstens habe ich noch die Flasche Himbeerlikör. Die knappe Hälfte. Die andere musste schon dran glauben. Ruprecht sagt, es ist besser, wenn wir uns sofort wieder in unsere Ermittlungsarbeit stürzen. Das würde mich von meiner Schmach ablenken. Ich halte das für Unsinn und setze lieber noch einmal die Flasche an. Auf nüchternen Magen hat man ordentlich etwas davon. Scheißweihnachten!

»Das finde ich superlieb von dir, dass du der Oma Brütting einen Likör mitbringen wolltest«, lobt mich Ruprecht. »Schade, dass du das Überreichen vergessen hast.« Er seufzt. »Aber das ist ja irgendwie auch kein Wunder, wenn da so ohne Vorankündigung ein Verlobter steht.« Er stoppt und schaut mich von der Seite an. »Du wusstest doch nichts von diesem Tom, oder?«

Ich beantworte seine Frage mit einem anständigen Schluck aus meiner Flasche. Puh! Das Aufstoßen von künstlichem Himbeerarmoma ist aber auch keine Wonne.

»Zu blöd. Sie hätte es dir auch vorher sagen können«, erregt sich Ruprecht. »Aber womöglich ist es so auch besser. Diese seltsame Familie hätte ohnehin nicht zu uns gepasst. Und du findest garantiert jemand besseren.«

Echt? Wo? Hier bei uns im Dorf? Auf dem Suhler Bahnhof? Im Katalog? Prost! Alkohol dämpft alles, sogar meine gekränkte Eitelkeit. Wenn ich wenigstens die Gelegenheit gehabt hätte, sie anständig anzubaggern. Aber nicht einmal diesen Trumpf konnte ich ausspielen. Stattdessen hockt sich irgend so ein dahergelaufener Vogel in das Nest, das eigentlich für mich bestimmt war, und das Ganze schon lange, bevor ich es mitschneide. Und ich Depp mache auf Dorfsheriff und wähne mich in dem Glauben, dass es irgendjemanden ernsthaft beeindrucken könnte.

»Weißt du, ich bin der festen Überzeugung, dass jeder Topf sein Deckelchen findet«, redet Ruprecht weiter. »Man muss nur warten können. Und offenkundig ist Tom der richtige Deckel für Amelie. Darüber solltest du dich freuen.«

Was bitte? Tom-ich-komme-ohne-Verben-aus fummelt an dem einzig steilen Zahn in meiner Umgebung und ich soll mich auch noch freuen? Niemals!

»Seit wann lungert der Typ eigentlich bei uns im Dorf rum?«, haue ich Ruprecht zugegebenermaßen ein wenig zu forsch an. Auch Himbeeren greifen das Nervensystem an. Ich bin der angetrunkene Beweis.

»Ich habe ihn im Sommer das erste Mal gesehen«, antwortet Ruprecht treuherzig. »Da hat er Oma Brütting zwei Einkaufstaschen ins Haus getragen.«

Ich bleibe stehen. »Und da hast du nichts gesagt?«

Ruprecht wird ein wenig weiß um die Nase. »Aber ich habe doch gedacht, er kommt von der Altenpflegestation, die die Oma zwei Mal die Woche besucht«, rechtfertigt sich Ruprecht.

»Und gläubig ist er auch nicht«, wettere ich.

»Hättest du dann ein besseres Gefühl, also für Amelie?«,

fragt Ruprecht unbedarft. »Ich wusste gar nicht, dass dir das wichtig ist.«

»Sie waren beide nicht zum Gottesdienst«, sage ich mit schwerer Zunge. »Die Oma auch nicht.« Allein deshalb hätte mir schon aufgehen müssen, dass irgendetwas schiefläuft. Amelie hat, seitdem sie hier wohnt, noch nie etwas von diesem Schwachsinn ausgelassen. »Und das an Heiligabend.«

»Na ja, dafür wollten sie ja gestern dabei sein. Vielleicht war der Oma nicht wohl. Bei so alten Leutchen weiß man ja nie«, bemerkt Ruprecht. »Du bist zu streng.«

»Was ist, wenn sie ganz bewusst am wichtigsten Tag des Jahres nicht dabei waren, zum Beispiel, weil Tom es nicht wollte und sie aus fadenscheinigen Gründen davon abgehalten hat«, spekuliere ich weiter.

»Wie meinst du das?«, will Ruprecht wissen.

»Ein Mann, quasi aus unserem Dorf … Merkst du was?«

»Nee.«

»Das ist unser neues Täterprofil.« Ich lasse die Aussage wirken. »Die meisten Mörder kommen aus dem familiären Umfeld beziehungsweise aus dem Freundeskreis«, ergänze ich.

»Und?«

Ich bleibe stehen und schaue Ruprecht mit verschwörerischer Miene an.

Er reißt die Augen weit auf und schlägt sich die Hand vor den Mund. »Du meinst, Tom könnte …«, nuschelt er. »Aber warum?«

»Genau, das meine ich. Und warum? Weil er ein kranker Psychopath ist, darum!«, antworte ich. »Oder denkst du, er hat uns umsonst mit der Nase darauf gestoßen, dass er Silvio angeblich so gut wie überhaupt nicht gekannt hat? Ich habe mich in dem Moment schon gefragt, wieso er uns diese unsinnige Information reindrückt, aber so langsam wird mir das immer klarer. Ein Verlobter kennt die Familie, in die er einheiraten will, noch dazu, wenn Silvio keine fünf Häuser weit entfernt gewohnt hat. Vor allem, wenn er schon mindestens seit dem Sommer bei Amelie herumlungert. Das ist ja wohl mal Fakt!«

»Es sind acht«, entgegnet Ruprecht und ich kann ihm ansehen, dass meine Ansage noch nicht bei ihm angekommen ist. »Und das muss alles nichts zu bedeuten haben. Du weißt nicht, ob die alle überhaupt Kontakt miteinander haben. Ich denke, Tom wollte einfach nur etwas Nettes sagen. Du interpretierst da irgendetwas hinein, weil du ihn nicht sonderlich leiden kannst.«

Was heißt hier: nicht sonderlich leiden? Ich hasse diesen Kerl! »Er hat Dreck am Stecken. Das rieche ich eine Meile gegen den Wind«, knurre ich und nehme noch einen anständigen Schluck. Ich rieche momentan überhaupt nichts außer billigen Beerenfusel, aber jeder Mensch braucht ein Feindbild und meines hat sich mir soeben mit voller Wucht aufgedrängt.

Ruprecht atmet vor sich hin. Irgendwann legt sich bei ihm im Gehirn offenkundig ein Schalter um. »Aber dann ist Amelie in Gefahr«, japst er aufgeregt. »Nikolaus, wenn du recht hast, würde das alles ändern.«

»Das kläre ich.« Ich war noch nie so entschlossen. Das bekommt auch der Klingelknopf am Wohnhaus der Familie Scherzer zu spüren. Dort sind wir nämlich gerade angekommen. Hinter diesen Gardinen hocken zwei registrierte Weihnachtsgottestdienstbesucher und warten nur darauf, von uns über ihr Verhältnis zu Silvio befragt zu werden. Und ich bin in genau der richtigen Stimmung dafür.

»Ein gesegnetes Weihnachtsfest auch dem heiligen Nikolaus und seinem getreuen Gefährten Knecht Ruprecht …«, ruft Scherzer Siegmar angetan aus, um dann zugleich nachzulegen: » … auch wenn Letzterer zweifelsohne nur eine Erfindung von ein paar pädagogisch nicht bewanderten Menschenkindern ist.« Aus ihm strahlt so viel Gutmenschentum, dass es für das ganze Land reicht.

»Genug geredet«, maule ich und schubse ihn aus der Tür. »Rein da! Ich brauche Antworten.«

Hinter mir brabbelt Ruprecht entschuldigend irgendetwas von zu viel Himbeerlikör, was dem braven Mann vormittags um kurz vor elf Uhr wenig tröstlich vorkommen mag.

Ungeachtet dessen stürme ich in Richtung Wohnzimmer, immer den frommen Gesängen und dem Flötengedudel nach. Ich gebe es zu, mein Auftritt hätte ein wenig zurückhaltender ausfallen können, vor allem, weil ich an der Türschwelle stolpere und quasi hineinfalle. Wenigstens bleibt dabei die Flasche in meiner Hand unversehrt. Davon bediene ich mich auch gleich noch mal, bevor ich mich bei den Scherzers auf das Sofa plumpsen lasse.

»Jetzt zu euch«, lalle ich. »Wer von Euch war vorgestern wegen des Weihnachtsbaumpoppers in der Kirche?«

Niemand reagiert, was dazu führt, dass ich mir nicht mehr ganz sicher bin, ob überhaupt jemand im Zimmer ist. Ich suche mir einen fixen Punkt und starre darauf, um meine

Konzentration zu schärfen. Es klappt nur mäßig. Weihnachtsbäume mit echten Kerzen eignen sich einfach nicht dafür. Das Flackern scheint die Symptome meiner Trunkenheit noch anzufachen. »Inferno«, murmle ich und lasse meine Augen weiterwandern. Unter dem Baum steht eine Krippe. »O Kacke, nicht noch ein Jesuskind. Das gleicht ja einer Epidemie«, kreische ich, halte mir die Hände vor die Augen und lasse meinen Oberkörper auf meine Oberschenkel hinabsinken. Ich ändere meine Haltung aber umgehend wieder, um das Karussell zu bremsen, das in meinem Kopf gerade auf Hochtouren anfährt. Es hilft. Vorsichtig und ohne meinen Kopf allzu viel zu bewegen, schaue ich mich um. Hier sieht es aus wie im Kölner Dom. Ich war noch nie dort, aber ein riesiges Kruzifix mit Dornenkranz und allerlei Schnickschnack findet sich dort unter Garantie auch. Sind das bunte Fenster? Nee. Topfpflanzen. »Wo ist eigentlich der Fernseher?«, frage ich zugegeben nicht mehr ganz taktfest, was den richtigen Rhythmus der Worte angeht. »Was ist denn hier überhaupt los? Da ist es ja in jeder Gruft aufregender.«

Da! Vor der Bücherwand gibt es menschliches Leben. Frau Scherzer schaut mich über den Rand ihrer dicken Brille mit einer Mischung aus Entsetzen und Abscheu an. Ihre Lippen schweben dabei kurz über dem Mundstück ihrer Flöte. Sie wirkt wie jemand, der sich bei seiner Weihnachtsmusik nur ungern unterbrechen lässt und deswegen allzeit auf Abruf steht, um fortzufahren. Ihre Band besteht noch aus gut und gern fünf oder sechs anderen Leuten, die sich auf ein Klavier, mindestens zwei weitere Flöten, eine Geige und irgendetwas, was ich nicht identifizieren kann, verteilen. Jeder Einzelne davon klammert sich an sein Instrument, als hätte er den Leibhaftigen gesehen.

»Frohe Weihnachten alle miteinander!« Ruprecht ist nun endlich auch angekommen. »Wir wollen nicht stören, aber …«

»Wollen wir doch«, widerspreche ich. »Wer kann irgendetwas zum Tod von Silvio Ernst sagen? Raus mit der Sprache! Ich habe nicht den ganzen Tag Zeit.«

Die Mitglieder der Combo einschließlich ihres Vorturners, für den ich den Scherzer halten würde, schauen sich betreten an. Irgendwann ergreift er sichtbar befremdet das Wort. »Möchten Sie vielleicht ein Glas Wasser, Herr Märker?«, fragt er.

»Ja und bitte einen Kaffee, einen starken«, mischt sich Ruprecht eilig ein. »Wir hatten heute früh schon einen wichtigen Termin und der war emotional sehr aufwühlend, um es einmal so auszudrücken.«

Herr Scherzer wirkt jetzt ehrlich mitfühlend und eilt Richtung Küche. Niemand sonst rührt sich.

»So, mein Lieber …« Herr Scherzer ist gefühlte Stunden später zurück. »Trinken Sie, dann geht es Ihnen gleich besser. Und wenn Sie mal jemandem Ihr Herz ausschütten möchten, meine Tür steht Ihnen immer offen. So ein Weihnachtsfest kann mitunter sehr starke Gefühle auslösen, auch weniger schöne. Wenn man an diesen besonderen Tagen um Christi Geburt dann aber noch auf so etwas Grausames wie ein gewaltsam beendetes menschliches Leben trifft, kann einen das schon umwerfen.« Er sitzt nun neben mir auf dem Sofa und achtet penibel darauf, dass ich die Getränke auch zu mir nehme. Ich bin ein höflicher Mensch und tue, was man mir sagt. Das Koffein klart meinen trüben Kopf tatsächlich ein wenig auf und somit leiste ich auch keine Gegenwehr, als Herr Scherzer mir behutsam den Himbeerlikör abnimmt und außer Reichweite parkt.

»Der war für meine Amelie«, jammere ich.

Herr Scherzer streichelt meine Hand.

»Wir müssen aufgrund des Mordfalls alle Gäste unseres Weihnachtsfestes überprüfen«, höre ich Ruprecht wichtigtuerisch sagen.

»Vor allem die Weiber«, fahre ich dazwischen.

Herr Scherzer verstärkt den Druck auf meine Hand. »Aber! Aber!« Dann erklärt er pflichtschuldigst: »Wir haben unseren Baum bei dem jungen Mann gekauft. Meinen Sie, das könnte etwas mit seiner Ermordung zu tun haben?«

»Natürlich!«, rege ich mich auf, wobei mein Oberkörper nach vorn schnellt. »Jeder ist verdächtig. Und Sie waren an Heiligabend im Gottesdienst, mit zwei fremden Frauen.«

Herr Scherzer drückt mich in das Sofa zurück und schaut auf seine Frau.

Die rümpft die Nase. »Eugenie und Lobelia, würdet ihr bitte Herrn Märker und Herrn Gmeiner ebenfalls ein gesegnetes Weihnachtsfest wünschen«, sagt sie in strengem Ton.

Es treten zwei halbwüchsige Mädchen hervor, die so unscheinbar sind, dass ich Mühe habe, sie in meinem Rausch auszumachen. Sie sagen ihren Spruch auf und verschwinden wieder in der Unkenntlichkeit.

Bevor ich etwas sagen kann, ergreift Frau Scherzer wieder das Wort. »Das sind die Töchter meines Schwagers. Wir haben für sie die letzten beiden Plätze im Weihnachtsgottesdienst ergattert. »Leider ist meinem Schwager selbst und seiner Frau«, sie deutet auf eine graue verschwommene Masse, »die Freude eines gemeinsamen Gottesdienstes verwehrt geblieben. Aber angesichts der Ereignisse hat Gott wohl daran getan, sie zu verschonen. Nur für die Mädchen ist das ein wahres Drama.« Sie senkt den Kopf.

Eule und Lila oder wie immer sie auch heißen, schauen, als hätte ich ihnen ihre Flöte geklaut und wäre darauf herumgetrampelt.

»Das tut uns sehr leid, Frau Scherzer«, erklärt Ruprecht tief betroffen. »Das war nicht unsere Absicht. Das müssen Sie uns glauben.«

»Wieso? Meines Wissens haben wir den Ochsenpops nicht umgebracht«, töne ich.

Eurasia und … egal, können sich nur schwerlich das Grinsen verkneifen. Nun muss ich auch lachen. Ich finde, das sollte man an Weihnachten ohnehin öfter tun. »Ochsenpops, Ochsenpops, Ochsenpops«, trällere ich. Herr Scherzer weicht ein wenig von mir und schaut mich sorgenvoll an.

Den Mädchen gefällt es. Kein Wunder, so viel Stimmung hatten die an Weihnachten noch nie.

»Aber unsere zwölfjährigen Töchter sollen das getan haben oder was?«, meldet sich eine weibliche Stimme, die ich nicht zuordnen kann.

»Nein, nein, bitte verstehen Sie uns nicht falsch«, beschwichtigt Ruprecht. »Wir müssen nur jeder Spur nachgehen.«

»Und deswegen frage ich Sie, waren die Mädchen bei Ihrem Weihnachtsbaumkauf dabei?« Bevor mir irgendjemand antworten kann, wende ich mich Herrn Scherzer zu. »Silvio war kein Kostverächter, wenn Sie verstehen, was ich meine.« Ich drücke mein rechtes Auge zu, damit er auch garantiert versteht, auf was ich hinauswill.

Er schaut betreten zur Seite. Er hat es also geschnallt.

»Das spielt doch in diesem Fall gar keine Rolle«, wimmert Ruprecht.

»Wieso? So hässlich sind sie doch nicht«, werfe ich ein.

Herr Scherzer rückt noch ein Stück weiter von mir ab.

Die Mädchen beißen vor Lachen fast in ihre Flöten.

»Nein, sie waren beim Baumkauf nicht dabei!«, ereifert sich Frau Scherzer. »Die Kinder«, sie überdehnt das Wort, »werden erst nach dem Christnachtgottesdienst in das Weihnachtszimmer gerufen. Dann sehen sie den Baum zum ersten Mal. Er ist schließlich ein wesentlicher Bestandteil der Gaben, die uns der Herr zuteilwerden lässt.«

»Aha.« So ist das also. Die Mädchen bekommen den Baum geschenkt. Da werden sie sich aber gefreut haben.

Ruprecht starrt mich an, wobei er unaufhörlich mit beiden Augenbrauen wackelt. Dazu gibt er Zischlaute von sich. Ich kann nicht deuten, was er von mir will.

»Was hat der Herr denn sonst noch so springen lassen?«, will ich wissen. »Für die Kinder?« Wetten, ich kriege das Wort noch länger gezerrt als die eingefrorene Brillenschlange dort.

Jetzt scheint auch bei Herrn Scherzer der Geduldsfaden kürzer zu werden. »Wir erfreuen uns an der gemeinsamen Zeit, Gebeten und dem Musizieren«, sagt er monoton, aber nicht ohne einen gewissen aggressiven Unterton. »Natürlich lesen wir uns auch gegenseitig aus der Bibel vor.«

Ich gähne ausgiebig.

»Ach wie schön«, freut sich Ruprecht und kriegt umgehend wieder dieses nervige Zischen. »Nikolaus, wir müssen los«, flüstert er in meine Richtung. »Komm jetzt!«

Jetzt scheint auch Herr Scherzer seine Chance zu wittern. »Sie haben sicherlich noch weitere wichtige Termine, Herr Märker«, sagt er.

»Nee.«

»Doch!«, widerspricht Ruprecht.

»Nee. Ich will bleiben!«, insistiere ich. »Der Herr hat mich schließlich zu euch geschickt. Das ist Vorsehung … Nur der liebe Gott kann den Fluch der Weihnachtsgurke brechen. Ihr müsst ein gutes Wort für uns einlegen.« Ich lege meine beiden Zeigefinger so übereinander, dass sie ein Kreuz bilden, und halte sie dem Scherzer entgegen. »Denken Sie an Silvios Gurke.«

Die Mädchen schütten sich aus vor Lachen und werden aus dem Zimmer geschickt.

Ich darf trotzdem nicht bleiben. Meine Gegenwehr nützt nichts. Herr Scherzer scheint die Meinung seines Herrn in diesem speziellen Fall nicht zu interessieren. Ehe ich mich versehe, zerren er und Ruprecht mich von der Couch und befördern mich nach draußen. Ich persönlich glaube ja, dass die Scherzers nur nicht zugeben wollten, die richtigen Geschenke für Euter und Lobster gespart zu haben. Die Evangelikalen halten ihre Taschen zu, das weiß man ja, und damit das niemand mitbekommt, schieben sie ihren Herrn vor das Loch. Ich komme jedoch nicht mehr dazu, meine Ansichten kundzutun. Die kalte Luft trifft mich mit der Härte einer Betonwand. Ende. Aus. Filmriss.

»Er liegt da wie der F.U.C.H.S«, höre ich Ruprecht aus der Ferne sagen. »Ob ich ihm auch etwas zu Essen hinstellen soll? Immerhin hat er heute unter Garantie noch nichts Festes zu sich genommen.« Es folgt ein tiefer Seufzer. »Hoffentlich macht *er* wenigstens irgendwann die Augen wieder auf.«

»Nun ja, wir hoffen das Beste«, erwidert der Opa und scheint dabei ganz in meiner Nähe zu sein. »Liebeskummer ist immer auch ein bisschen wie Genitalherpes.«

»Opa!«, echauffiert sich Ruprecht in einer empfindlichen Lautstärke. »Das kann man nicht vergleichen.«

»Mhm. Es brennt und man ist lahmgelegt«, antwortet der Opa souverän.

Töpfe klappern.

»Mir geht es gut«, murmle ich. Das Innere meines Mundes fühlt sich an wie eine Staubhölle, was aber noch nichts gegen die Krämpfe ist, die sich in meiner Magengegend abspielen. Ich hatte noch nie Genitalherpes, also soweit ich weiß, deswegen fällt mir der Vergleich ein wenig schwer. Und Liebeskummer? Nachdem Sabine mich damals verlassen hat, stand mir drei Tage nicht der Sinn nach Erdnussflips. Das könnte so etwas gewesen sein.

»Einwandfrei. Dann können wir mit unserer Suche nach dem Mörder endlich weitermachen«, frohlockt der Opa.

»Kann ich erst etwas essen?«, frage ich, während ich mich langsam aufrichte und mit meinen Handflächen meine Gesichtshaut in Form schiebe.

»Beeil dich!«, fordert der Opa. »In meinem Alter weiß man nie, ob man in der nächsten Stunde noch alles mitschneidet.« Seine Nasenflügel blähen sich. Er beugt sich vertraut zu mir herunter und raunt mir unter vorgehaltener Hand zu: »Der Mann von Welt schwört auf Haarwachs. Bier war gestern.« Er zwinkert.

»Opa!« Ruprecht eilt herbei, breitet ein Platzdeckchen auf dem Couchtisch aus und legt ein Besteck dazu. Ich glaube, er trägt über seinem Kostüm die mintgrüne Küchenschürze von Marlies. Aber da er wenig später eine anständige Portion des Weihnachtsessens vor mir abstellt, ziehe ich ihn nicht damit auf. Vor allem, weil er sogar an die Kroketten gedacht hat. Ich zähle zwölf, denke an die Apostel und beginne gierig zu kauen. Dabei entgehen mir die eigenartigen Blicke der beiden nicht. Sie beaugapfeln mich, als wäre ich ein rohes Ei auf einem Nagelbrett.

»Was ist?«, will ich wissen. Egal was vorhin passiert ist, meinem Ruf im Dorf kann es nicht geschadet haben. Um den ist es bereits seit meiner Geburt nicht so rosig bestellt. Aber was kann die beiden sonst umtreiben? Am Essen von Marlies kann es nicht liegen. Womöglich ist der F.U.C.H.S. tot?

»Nun ja«, hebt der Opa bedeutungsschwanger an. »Wir denken, deine Theorie mit den eifersüchtigen Gespielinnen von diesem Silvio greift nicht.«

Ach so.

»Es gibt einfach zu wenig junge Frauen bei uns«, konstatiert Ruprecht. »Und die, die da sind, kommen nicht infrage.«

Ach.

Der Opa schwenkt den gut gefüllten Rotweinkelch in seiner Hand. »Die Eifersucht ist ein Leiden, das auch die Männer befällt, weißt du. Eventuell hat Silvio mit seiner offenen

Einstellung zu den Frauen den ein oder anderen Mann verprellt. Wir sollten Ausschau nach einem Gehörnten halten, würde ich meinen.«

Ich schiebe mir eine Krokette quer in den Mund, um nicht antworten zu müssen. Eifersüchtige Männer sind nichts, über das ich mich momentan auslassen möchte.

»Das soll keine Kritik an dir sein«, sagt Ruprecht und mustert mich besorgt. »Dass in sexueller Hinsicht irgendetwas mit diesem Silvio nicht stimmt, liegt doch auf der Hand.«

Was soll da nicht stimmen? Silvio Ernst war dahingehend absolut normal. Ich bin der Außenseiter.

»Wir haben irgendetwas übersehen«, sage ich, weil mir nichts Klügeres einfällt.

Der Opa klatscht sich mit seinen Handflächen auf die Oberschenkel. »Das ist doch mein Reden, Junge!«, ruft er euphorisch. »Wir fangen einfach noch mal von vorn an. Bis Silvester ist ohnehin tote Hose und wir haben eine sinnvolle Beschäftigung.« Wieso klingen die beiden eigentlich die ganze Zeit, als müssten sie mich zu irgendetwas überreden, oder wollen sie mich schlichtweg nur aufbauen? Ich kann jetzt nicht darüber nachdenken. Was soll ich sagen? Vergeudete Endorphine lähmen, da liegt der Opa goldrichtig. Ich genieße den Leerlauf in meinem Kopf. Seit Heiligabend bin ich dazu nicht mehr gekommen. Gilt das nach der zweiten Leiche eigentlich auch schon als Tradition oder kommt man da erst ab Nummer drei hin? Ich lege das Besteck auf meinem noch gut gefüllten Teller ab und lehne mich mit geschlossenen Augen zurück.

»Schmeckt es dir nicht?«, fragt Ruprecht hörbar bange.

»Unsinn!«, widerspricht der Opa. »Marlies ist ganzjahresstabil.« Ich höre, wie er einen Schluck Wein nimmt. »Möchtest du ein Gläschen zum Essen, Junge?«

Ruprecht knurrt.

Ich winke ab.

»Nachtisch?«, fragt Ruprecht und so wie sich seine Stimme überschlägt, heult er gleich. »Es gibt auch noch Schnittchen.«

»Lass mal«, hauche ich.

Schweigen.

»Ich könnte eine Platte auflegen«, sagt der Opa. »Nach was steht dir der Sinn, Adam?«

»Mhm.«

Ich höre es rascheln und ein paar Minuten später klingt leise Jazzmusik durch das Forsthaus. Dazu knattert die Kaffeemaschine und verbreitet einen angenehmen Duft nach Wohligkeit. Der Opa summt leise zur Musik und Ruprecht deckt das Kaffeegeschirr auf. Ich weiß nicht, wie lange dieses traute Zusammensein andauert. Jedenfalls bringt es mich zu der Erkenntnis, dass es wirkliche, ehrliche Nähe nur unter Männern zu geben scheint. Meine philosophische Annäherung an dieses Thema dauert jedoch nicht lange an. Es klingelt an der Haustür. Niemand von uns rührt sich.

»Äh, hallo?«, ertönt ein schüchterner Ruf aus der Diele. »Ift jemand tfu Haufe?«

Die Frage ist so überflüssig wie der Blaschke Bürgermeister selbst, denn er steht dabei schon in der Wohnküche und starrt uns aus glasigen Augen an. »Äh, ich will nicht ftören. Immerhin haben wir Weihnachten … ach und ihr efft gerade …« Er trippelt dabei nervös auf der Stelle, als stünde seine Blase kurz vorm Platzen.

»Na ja, nun bist du ja drin«, sagt der Opa ohne ihn anzusehen und klingt dabei nur bedingt freundlich.

»Ja, Heinrich«, entgegnet der Blaschke ungewöhnlich devot. Ein tiefer Seufzer folgt. »Ich bin nur gekommen, weil ich dringend mit euch reden muff.«

Das Klappern seiner Sohlen auf den Fliesen macht mich nervös. Ich schaue den Opa fragend an. Er scheint abzuwägen, denn er lässt sich mit seiner Antwort Zeit.

»Setz dich doch erstmal«, sagt Ruprecht und ich kann dem Opa ansehen, dass dies nicht in seinem Sinne ist. In meinem übrigens auch nicht.

Das lässt sich der Blaschke nicht zwei Mal sagen. Wie ein Pennäler hockt er mit zusammengepressten Knien auf dem Rand des Sessels und reibt sich in einem fort über die Oberschenkel. »Ef gibt Gefchehniffe in unferem Dorf, über die ihr Befcheid wiffen folltet«, hebt er an, wobei er nicht uns, sondern meinen nur halb geleerten Teller ansieht.

Der Opa kann sein Desinteresse an einer Unterhaltung mit dem Bürgermeister nicht verbergen. Ich schließe die Augen und hoffe, dass ich eingeschlafen bin, bevor er uns mit seinen Neuigkeiten beglückt.

»O nein«, ruft Ruprecht. »Das Weihnachtsbingo fällt doch nachher nicht etwa aus?«

Ich sehne mich nach der Flasche Himbeerlikör. Die ist jedoch garantiert bei den Scherzers verblieben. Aber ich kann gönnen. Soweit ich die Lage dort mitgeschnitten habe, braucht diese Weihnachtsgesellschaft den Fusel dringender als ich.

»Nee!«, plärrt der Blaschke. »Dafür habe ich mich eingefetft und daf wird durchgezogen, komme, waf wolle. Daf wird genaufo ein Erfolg wie daf Weihnachtfkino!«

»Ich würde nun doch ein Glas Wein nehmen«, sage ich an den Opa gewandt. Der reicht mir gleich seines herüber.

Ruprechts Erleichterung über meine mentale Rückkehr ist unübersehbar und geht so weit, dass er den Blaschke unnötigerweise mit einer Tasse Kaffee beglückt.

»Ich mache ef kurtf«, erklärt der Bürgermeister, wobei er schon das Porzellan am Mund hat. »Ef gab eine erfte Verhaftung.«

Jetzt gehen bei mir alle Alarmglocken an.

»Was soll das denn?«, empört sich der Opa.

Ruprecht jault auf. Er hat sich beim Schnittchenschneiden das Messer in den Finger gehauen.

Der Blaschke hebt abwehrend die Hände. »Keiner von unf, also nicht so fchlimm.«

Wie? Natürlich ist das fchlimm. Der Schrumpfkopf liegt ganz offenkundig vorn, während sich unsere Vermutungen alle zerschlagen haben. Wie war das mit meiner Ehre? Kein Ansehen. Keine Frau. Keine Erdnussflips.

»Ach«, stöhnt der Blaschke, beugt sich über den Tisch, zieht mein Mittagessen zu sich heran und macht sich gierig über die Reste her. »Feit geftern kriege ich nur kaltef Nierenragout, früh, mittagf und abendf. Es muff mal ein anderer Gefchmack auf der Tfunge her und etwaf Warmef«, schmatzt er mit vollem Mund. »Daf macht dir doch nichtf, Märker.« Das war keine Frage, sondern eine Feststellung. Deswegen schenke ich mir die Antwort. »Irmgard hat Amelief Verlobten Tom abholen laffen«, redet der Blaschke weiter.

Hat sie noch mehrere Verlobte oder warum erwähnt er den Namen extra? Vor allem, wieso weiß er von dem Kerl, wenn ich erst seit wenigen Stunden im Bilde bin? Moment mal, unser Bürgermeister war eingeweiht und hat mich trotzdem ins Rennen geschickt? Ich hatte nie eine echte Chance bei Amelie. Für eine Mörderjagd war ich allerdings gut genug und alles nur, weil der Kerl Schiss vor Irmgard hat. Und sein plötzliches Auftauchen hier bei uns ist unter Garantie nicht seinem Redebedarf geschuldet. Der feine Herr Bürgermeister will irgendetwas, ganz klar. Der Blaschke ist eine dermaßene Drecksau.

»Wir haben ihr den Tipp gegeben«, erkläre ich abgebrüht.

»Genau!«, konstatiert der Opa.

Ruprecht fällt vor Schreck das Messer aus der Hand.

Der Blaschke schluckt eilig, was ein Fehler ist, wenn man nur auf der Felge kaut und die Bissen nicht richtig klein kriegt. Er verschluckt sich mörderisch, aber solange er nichts auf Opas Teppich spuckt, ist mir das egal. Rache ist süß und in meinem Fall auch gehässig. »Waf?«, japst er mit hochrotem Kopf. »Ihr hattet Tom im Vifier?«

»Freilich«, antworte ich überaus überzeugend, wenn ich Ruprechts Gesichtsausdruck richtig deuten kann.

»Wiefo weif ich davon nichtf?«, blafft der Blaschke.

Ich lehne mich mit verschränkten Armen zurück und übe mich in Geduld. Arrogantes Auftreten bei grenzenloser Planlosigkeit. Absolut mein Ding. Ich habe keinen Schimmer, wieso der Schrumpfkopf ausgerechnet diesen Tom verhaftet hat. Dass er der überflüssige Verlobte von Amelie ist, wird dafür kaum ausgereicht haben. Da der Blaschke Bürgermeister niemals die Backen halten kann, werden wir es aber gleich erfahren.

»Fchon gut«, nuschelt der Blaschke, wobei er nun endlich auf den Dreh gekommen ist, die Kroketten in der Soße zu Brei zu verarbeiten. Aus der Sicht eines Gebissamputierten macht das Sinn, im Hinblick auf meine Ekelbläschen weniger. »Weihnachtfbaumdiebftahl im grofen Ftil«, knatscht er mitgenommen. »Taufende, ach waf fage ich, Tfehntaufende.« Er winkt ab. »Irgendwo auf dem Norden, Dänemark oder Polen.«

Irmgard hat dazu also nichts Genaues rausgelassen. Das gibt unserem Bürgermeister wenigstens genügend Raum für Dramatik. Damit er sich nicht ganz blamiert, hätte sie ihm vielleicht auch noch ein paar geografische Grundkenntnisse mit auf den Weg geben sollen. Aber was erwarte ich?

»Daf muff man fich erft einmal vorftellen«, fährt er fort. »Daf Fchönste, waf ein Menfch befitfen kann, einfach fo geraubt. Ohne Rückficht auf Verlufte.« Er wackelt mit seinem Oberkörper hin und her, als würde davon die halbzerkaute Masse in seinem Mund leichter herunterrutschen.

Ich glaube gern, dass ein Tannenbaum das Schönste ist, was der Blaschke noch hat. Seine Angetraute wird dafür gesorgt haben.

Ruprecht kämpft mit den Tränen. Ich kann es sehen. Er mochte Tom, aber Ruprecht mag jeden. Deswegen ist das auch kein Merkmal von Qualität.

Der Blaschke lässt derweil einen monologischen Sabbel über die Bedeutung des Baumsymbols für das Weihnachtsfest ab. Die Schweißtropfen stehen ihm auf der Stirn und ich frage mich, ob das von der ungewohnt üppigen Mahlzeit oder von der Aufregung über dieses schauerliche Verbrechen herrührt. Womöglich galoppieren auch schon seine Harnsäurewerte. Ich weiß zwar nicht, wie der Blaschke dahingehend aufgestellt ist, aber eine auf Purinen basierende Mangelernährung wird Folgen haben. Noch dazu war Edelbert, was seine Innereien anging, auch nicht besonders taufrisch.

Der Bürgermeister schnappt mehr nach Luft, als dass er atmet. Wie nebenbei schiebt er den Teller wieder zu mir herüber und bedeutet mir gönnerhaft, dass ich aufessen kann. Wie überaus großzügig! Hoffentlich ist die letzte verbliebene Krokette nicht zu üppig für meinen angeschlagenen Magen. Ach nein, ohne Fleisch und Soße wird es schon gehen. Wie kommt er überhaupt darauf, dass noch irgendjemand auf diesem Planeten den Teller anrühren könnte, über dem er mit seinem Sabber gehangen hat? Der Blaschke ist doch so ein … Nein, ich reiße mich am Riemen. Immerhin ist Weihnachten und Irmgard hat mir ein wunderbares Geschenk gemacht.

»Ich fage ef euch, wer Weihnachtfbäume klaut, ift tfu allem fähig«, zetert der Blaschke und wackelt unruhig auf seinem Platz hin und her.

Der schubst auch Welpen in die Pfütze, denke ich und genieße den Moment meines Triumphs. »Wie viel Schaden haben denn Tom und sein Kompagnon Silvio angerichtet?«, will ich wissen, wobei ich jeden einzelnen Buchstaben mit Wonne ausspreche.

Ruprecht schaut mich an, als könnte ich die Lottozahlen voraussagen, und der Opa grinst sich eins.

»Wenn du ohnehin fchon allef weift …«, schnauft der Blaschke und verzerrt dabei das Gesicht. »Kann ich mal eurer Klo benutfen? Daf ungewohnte Effen … und tfu Haufe …« Er seufzt.

Ich habe es geahnt. Das ist der wahre Grund seines Kommens. Die Blaschkin verwehrt ihrem Mann seine häuslichen Grundrechte. Das hat jedoch nichts mit dem Wunderglauben in den Zwölf Nächten zu tun. Das ist die reine Boshaftigkeit. Oder kann man auch an Unterkackung sterben? Vermutlich. Männer sind dabei besonders gefährdet.

Der Opa schwankt augenscheinlich zwischen Nächstenliebe und dem Gedanken daran, Weihnachten die Toilette putzen zu müssen. Ich schwanke zwischen Unhöflichkeit und dem Donnerbalken im Garten.

Und Ruprecht? Der bringt den Blaschke zum Gäste-WC. Weichei.

»Silvio hat also krumme Geschäfte gemacht«, konstatiert der Opa, nachdem der Blaschke verschwunden ist.

»Weißt du«, sage ich, »die Baumschule auf der Lichtung am Wolfsacker kam mir gleich so seltsam vor. Selbst wenn er das Stück ordnungsgemäß gepachtet haben sollte…«

»…ist es zu klein für jemanden, der sein Geld mit einem Baumverkauf verdienen will«, beendet der Opa meinen angefangenen Satz.

Ich nicke. »Zudem sind die Bäume noch nicht so weit. Dass er mit Zukäufen gehandelt hat, war mir schnell klar.«

»Zukäufe ist das falsche Wort«, antwortet der Opa breit lächelnd. »Aber ich gebe zu, ich empfinde ein gewisses Maß an Amüsement darüber, dass in nahezu allen Wohnzimmern im Dorf nun ein paar Dänen oder Polen anstatt echter Thüringer eingeständert worden sind. Wenn das jemand von unseren Leuten spitzbekommt, gibt es eine Revolution.«

»Nikolaus!« Ruprecht ist zurück. Er steht vor Opas Baum und betrachtet ihn kritisch. »Du schwörst, dass er von uns ist, ja?« Er bückt sich und beginnt damit, die Zweige herumzudrehen und von allen Seiten zu betrachten. »Nichts gegen ausländische Bäume, aber das widerspricht den Gepflogenheiten.« Er streichelt die Nadeln. »Die Thüringer Fichte ist eine Institution. Daran darf sich niemals etwas ändern. Immerhin geht diese Tradition schon auf den Urweihnachtsbaum zurück.«

Was es alles gibt.

»Wusstet ihr, dass über achtunddreißig Prozent der Thüringer Wälder aus Fichten bestehen? Die überholen sogar noch die Buchen«, doziert Ruprecht.

Ich weiß das aber nur, weil die deutschen Tannenbauern gerade für meine Brötchen aufkommen.

»Dafür dürften sich die Bestände im Norden«, Opa dehnt das letzte Wort übertrieben, »merklich reduziert haben.«

Ich feixe.

»Ich weiß nicht, was ihr daran so witzig findet«, meckert Ruprecht. »Das ist ein Skandal!« Er liebkost noch ein letztes Mal den Baum und setzt sich dann wieder zu uns. »Silvio hätte es bei uns weit bringen können. Er hatte echt Potenzial.«

Potenzial ist in diesem Zusammenhang ein großes Wort. Jung genug, um den Quatsch lange genug durchzuhalten, und zu blöd, um den himmelschreienden Weihnachtsunsinn zu durchschauen – so würde ich die Eigenschaften beschreiben, die bei uns im Dorf zählen. Dann habe ich einen Geistesblitz. »Ruprecht, du hast recht«, sage ich und mein einziger Freund nimmt das voller Rührung entgegen. »Silvio hätte es weit bei uns gebracht, denn das war Teil des Plans.«

»Wie meinst du das?«, will Ruprecht wissen.

»Die Plantage am Wolfsacker, die schicke Köhlerhütte ... das alles ist eine reine Alibiveranstaltung«, erkläre ich.

»Nein, ich habe das mit eigenen Augen gesehen«, widerspricht Ruprecht.

»Du meinst, das gesamte Geschäft war nur auf Diebstahl ausgerichtet, und damit das nicht jedem sofort ins Auge fällt, haben die Burschen eine kleine, niedliche Baumschule angepflanzt.« Der Opa hat es kapiert. »Nicht dumm. Das muss man ihnen lassen.«

»Es kann ja sein, dass sie irgendwann in der Legalität ankommen wollten, mit größeren Anbauflächen und nach ein paar eigenen Ernten ...« Ich kratze meine Kopfhaut und habe dabei das Gefühl, dass jedes einzelne Haar schmerzt. Himbeerlikör ist Gift, das ist mir nun klar. »Für den Start ihres Unternehmens galt das jedoch nicht.«

»Aber sie haben nicht mit Irmgard gerechnet«, bemerkt Ruprecht.

»Mit so etwas rechnet man nicht«, antwortet der Opa und schaut in Richtung Flur. Er hat Sorge um seine Toilette. Wer kann es ihm verdenken? »Diese Form des Armageddon kann man sich nicht ausmalen.«

»Ich würde sogar behaupten, dass Silvio sein Unternehmen ganz bewusst hier bei uns im Dorf aufziehen wollte«, werfe ich nachdenklich ein. »Also mal abgesehen davon, dass er umsonst bei seiner Schwester wohnen konnte und dass das ziemlich praktisch ist, da hier alles auf Weihnachten so versessen sind.«

»Der Weihnachtsblödsinn«, entgegnet der Opa und klingt dabei ziemlich begeistert von unseren Gedankenspielchen. »Natürlich!«

»Genau«, bestätige ich. »Silvio konnte zwei Fliegen mit einer Klappe schlagen. Und für die guten Startbedingungen seines Geschäfts hat er sogar seine grauenvolle Schwester in Kauf genommen. Abgesehen davon eignet sich die Einöde hier hervorragend für alles Illegale, würde ich meinen. Womöglich aber war sein Schwesterherzchen sogar auch eingeweiht und ihre Antipathie nur gespielt. Sich von der kriminellen Verwandtschaft zu distanzieren, wenn es ans Eingemachte geht, wäre nicht ungewöhnlich, vor allem, wenn die Verwandtschaft davon nichts mehr mitbekommt.«

»Das passt dermaßen zusammen«, freut sich der Opa. »Hervorragend!«

»Was?« Ruprecht kann einfach nicht so durchtrieben denken.

»Weihnachtsbäume aus dem Weihnachtsdorf. Die Marketingstrategie ist clever …«, hebe ich an.

»Silvio und Tom wollten von unserer Berühmtheit profitieren«, ruft Ruprecht mit abgrundtiefem Entsetzen aus. Jetzt hat er es geschnallt.

»Psst!«, maßregelt der Opa. »Der Feind hört mit.«

»Silvio und Tom wollten von unserer Berühmtheit profitieren«, flüstert Ruprecht noch einmal. »Sie wollten sich an unseren Ruhm dranhängen und abkassieren, ohne jemals etwas für unser Dorf getan zu haben. Schämen sollten die sich, alle beide.«

»Immerhin hat sich Silvio für eine Rolle beim Krippenspiel hergegeben«, gebe ich zu bedenken. Eine absolut idiotische Rolle noch dazu.

Ruprecht bläht die Wangen auf und lässt die Luft geräuschvoll entweichen. »So eine kleine Sache. Ich bitte dich!«

Das hat sich vorgestern noch ganz anders angehört, denke ich. »Jedenfalls bin ich mittlerweile überzeugt davon, dass Silvio den Ochsenhintern nicht frei von egoistischen Motiven gegeben hat.«

»Er wollte sich bei den Frauen beliebt machen«, wirft der Opa ein. »Der knackigste Ochsenpops aller Zeiten.« Er kichert.

»Er wollte sich beliebt machen, aber nicht bei den Frauen«, antworte ich. »Ihm ging es darum, dazuzugehören, einer von euch zu sein.« Ich schaue auf Ruprecht. »Das funktioniert hier nur, wenn man sich als Weihnachtsfan outet und darüber all seinen Stolz vergisst.«

»Wie meinst du das?«, fragt Ruprecht arglos.

Egal. »Silvio brauchte den festen Platz in der Gemeinschaft. Er musste etwas gelten im Dorf. Damit konnte er sein Unternehmen auf feste Füße stellen.«

»Aber so viele Weihnachtsbäume sind das doch hier gar nicht«, gibt Ruprecht zu bedenken. Er macht ein Gesicht, als überschlage er die Zahl im Geiste.

»Na ja, wie man es nimmt«, antwortet der Opa.

Ich verdrehe die Augen. Dank des Blaschke gleicht unser Dorfanger ab dem ersten Dezember einem Nadelwald. Dazu kommt die Weihnachtsbaumpflicht für jeden Haushalt. Um die hundert Bäume konnte Silvio allein bei uns im Dorf locker absetzen, jedes Jahr. »Jedenfalls wird er auf diese sichere Einnahmequelle spekuliert haben«, sage ich.

»Außerdem hat der wahnsinnige Blaschke schon dafür gesorgt, dass man uns mindestens bis Erfurt kennt«, jauchzt der Opa. »Ich könnte mir vorstellen, dass die Leute für ein paar durchgeknallte Dörfler einige Kilometer Fahrtweg auf sich nehmen, noch dazu, wenn sie mit einem Original Thüringer Baum nach Hause kommen können. Das ist wie ein Ausflug in den Zoo mit Zuckerwattenbeigabe. Denkt an den Nikolaustag im letzten Jahr. Da sind sie mit Bussen gekommen. Mit dem Hintergrund konnten die Betrüger gleich zehn Euro mehr für den Meter Weihnachtsbaumglück nehmen. Wenn man bedenkt, dass sie keinen Cent für die Bäume bezahlt haben, muss das sehr einträglich gewesen sein.«

»Ihr meint wirklich, dass das ein abgekartetes Spiel war?«, vergewissert sich Ruprecht und man kann ihm die tiefe Enttäuschung über all das ansehen.

»Es sieht ganz danach aus«, bestätige ich. »Dennoch muss das ja nicht gleichzeitig bedeuten, dass Silvio Weihnachten und unser Dorf nicht mochte. Immerhin hat er sich die Tattoos stechen lassen«, lenke ich ein wenig ein. Ruprecht ist schon mitgenommen genug. »Und ein Weihnachtsbaumverkauf steht einem Weihnachtsdorf gut zu Gesicht, keine Frage.« Ich zwinkere dem Opa zu.

»Womöglich hat er seinen Körper auch nur als Werbefläche missbraucht«, gibt Ruprecht desillusioniert zu bedenken. »Wer Weihnachtsbäume klaut, dem traue ich alles zu.«

Die Einsatzmöglichkeiten müssen enorm gewesen sein, bei einer Jahresdurchschnittstemperatur im Thüringer Wald um die fünf Grad.

»Jedenfalls ist irgendwas aus dem Ruder gelaufen. Womöglich haben sich Silvio und Tom in die Haare bekommen, sicherlich wegen des Geldes, und dann …« Ich schlage meine rechte Faust auf meine linke Handfläche. »Zack. Und schon musste einer dran glauben.« Schade nur, dass Tom schneller war.

»Und innerhalb der Familie wissen natürlich alle von Silvios Nussallergie, sogar ein Verlobter«, ergänzt Ruprecht.

»Zumindest ist das nicht unwahrscheinlich«, wirft der Opa ein. »Schade nur, dass Irmgard am Ende vorne liegt. So wie ich sie einschätze, hat sie keine Skrupel, die Wahrheit aus diesem Tom herauszupressen. Äußerst bedauerlich, denn das durchkreuzt meine Pläne für die Tage zwischen den Jahren.«

»Wir haben noch meine Videosammlung«, tröste ich.

»Auch wieder wahr«, entgegnet der Opa und man kann ihm ansehen, dass ihn das nicht wirklich überzeugt.

»Und das Weihnachtsbingo«, freut sich Ruprecht. »Jetzt, wo wir nicht mehr nach dem Mörder suchen müssen, können wir da viel gelöster hingehen und das Ganze richtig genießen.«

»Mhm.«

»Mhm.«

»Der Hauptpreis ist eine Rinderkeule«, plappert Ruprecht fröhlich.

Wie originell.

»Uhhh.«

»Er hat es nicht so mit Lüften, mit Reinlichkeit auch nicht.«

Tante Hildegard?

Die Dielen knarren. »Hier links ist das Schlafzimmer und daneben geht es zur Nasszelle. Schau dir ruhig alles in Ruhe an. Du kannst gern auch die Schränke aufmachen, da ist ohnehin nur Müll drin.« Schritte. »Der unnütze Kerl liegt garantiert wieder besoffen im Forsthaus auf dem Kanapee.« Eine Tür geht auf und knallt mit Schwung gegen die Wand.

Tante Hildegard. Was um alles in der Welt hat die alte Krähe in meiner Wohnung zu schaffen?

»Das bisschen abgeplatzter Putz. Das fällt hier ohnehin nicht auf.« Es raschelt. Irgendetwas knallt zu Boden. So wie sich das anhört, könnte das mein Stuhl mit dem Berg dreckiger Wäsche gewesen sein. Ekelhaftes Lachen. Ruhe.

Die wird doch nicht etwa…? Am zweiten Weihnachtsfeiertag…? Wenn brave Bürger eigentlich den Nikolaus beim Weihnachtsbingo mimen…? Das wagt sie sich nicht.

»Wohnzimmer und Küche sind eins. Wenn man das Küche nennen kann. Einen anständigen Herd jedenfalls hat er nicht. Da er sich immer nur bei anderen durchfrisst, reicht das wohl auch.«

O doch, das tut sie! Nosferatu macht Führungen durch mein Allerheiligstes. Jetzt schnalle ich es. Die will meine Bude vermieten. Womöglich meint sie, dass mich ein paar unfreiwillige Untermieter zum Rückzug zwingen. Na die kann was erleben.

»Der Kühlschrank jedenfalls ist leer«, redet sie weiter. »Da habe ich gestern schon reingeschaut.« Hüsteln. »Dabei wird der Taugenichts zusehends fetter. Ich bin sicher, dass er sich heimlich an meinem Eingemachten bedient. Das wird immer weniger, vor allem die eingekochten Birnen.«

Die Birnen. Na klar. Die letzte Tranche ist von 1988 und sieht mittlerweile aus wie in Formaldehyd eingelegte große Zehen. Wenn ich nur daran denke, tanzen die Ekelbläschen in meinem Mund.

Die Schritte kommen näher. Na warte, du Satan in Hildegard-Gestalt. Jetzt kannst du etwas erleben. Ich schwöre dir, nach heute wirst du niemals mehr in fremden Wohnungen herumstöbern. Das wird der Schock deines Lebens. Ich drücke die Mitra fest auf meinen Kopf, schleiche mich auf Zehenspitzen in die Dusche und postiere mich hinter dem Duschvorhang. Was Hitchcock kann, kann ich schon lange, seitenverkehrt und mit erhobenem Hirtenstab, aber immerhin. Sie kommen. Die Tür öffnet sich und mir steigt Tante Hildegards Modergeruch in die Nase. Bei der Intensität müssen sie nun direkt vor mir stehen. Der Kunststoff raschelt. Jemand fasst nach dem Vorhang.

Mein Kampfgebrüll und das Schwenken des Krummstabes sind eins. Mit dem Adrenalin, das gerade durch meine Blutbahn jagt, könnte man eine ganze Eishockeymannschaft dopen. Ich merke, wie mir das Blut in den Kopf schießt. Meine Pupillen erweitern sich. Meine Bewegungen werden schneller und kräftiger. Ein Gefühl des Rauschs erfasst meinen ganzen Körper. Wow!

Die Flasche mit dem Duschbad hätte nicht herunterfallen dürfen. Daran lag es. Das Geräusch des Aufpralls holt mich in die Realität zurück. Und die könnte grausamer kaum ausfallen.

Tante Hildegard und der Schrumpfkopf. Beide stehen direkt vor meiner Dusche und schauen mich mit einer Mischung aus tiefster Verachtung und Gleichgültigkeit an. Sie zucken nicht mal.

»Was will das kranke Hirn hier?«, murmelt Tante Hildegard.

»Ich wohne hier«, entgegne ich.

»Aber nicht um diese Zeit«, kontert Tante Hildegard.

Sie hat den C-Plan gelesen. Das ist wohl mal anzunehmen.

»Depp bleibt Depp.« Irmgard muss es ja wissen.

Ich rühre mich nicht vom Fleck und nehme Haltung an. »Gilt das als Einbruch, Hausfriedensbruch oder seid ihr einfach nur ein Doppelpack der abscheulichsten Heimsuchung, die einem Mann passieren kann? Bei den ersten beiden Dingen bin ich mir sicher, dass es gesetzeswidrig ist. Wenn es nach mir ginge, würde ich das mit Punkt drei auch so handhaben.«

»Äh!« Tante Hildegard winkt ab. Dann würgt sie ein »Halt die Fresse!« heraus und dackelt zurück in ihr Reich der Finsternis.

»Unterschlagung von Beweismitteln, schon mal gehört?« Erst jetzt fällt mir auf, dass Irmgard sich nicht einmal die Mühe gemacht hat, die Hände aus den Taschen zu nehmen. »Wo hast du den Weihrauchbehälter, den dir Ilse gestern gebracht hat?«

Der Mossad ist ein Scheißdreck gegen Tante Hildegard.

Ich beschränke mich aufs Atmen. Fehlende Erwiderung bringt Irmgard noch mehr in Rage. Das weiß ich. Sie hasst es, ignoriert zu werden. Ich denke, das ist irgend so ein Kindheitsding, das sie bis heute nicht verarbeitet hat. Inzwischen müsste sie sich doch damit abgefunden haben. Mit hässlichen Kindern will nun mal niemand spielen. Und was für kleine Menschen gilt, trifft erst recht auf die großen zu.

»Raus mit der Sprache, Dumpfbacke!«, fordert sie ungehalten.

»Sonst bist du dran.«

»Womöglich hat er das Teil schon lange verscherbelt«,

kreischt Tante Hildegard aus einiger Entfernung. Sie ist auf der Treppe stehen geblieben, um zu lauschen. Ich hätte es wissen müssen. »Mit Arbeit verdient der jedenfalls sein Geld nicht.«

In Zeitlupe entsteige ich meiner Arena, richte vor dem Spiegel mein Kostüm und begebe mich ins Wohnzimmer. Irmgard folgt mir. Das kriege ich allerdings nur durch ihre Atemgeräusche mit. Bei dreißig Kilo Lebendmasse knarzt nicht einmal ein zweihundert Jahre alter Holzboden.

»Wo?«, keift sie. Wie sie ohne jeglichen Liebreiz Karriere machen konnte, ist mir schleierhaft.

»Zuletzt lag sie auf einem Stuhl in der Küche«, mischt sich Tante Hildegard erneut ein.

Irmgard schießt an mir vorbei.

Wie niederträchtig kann man eigentlich sein? Die Alte weiß genau, wo sich das Gesuchte befindet, und führt Irmgard trotzdem erst einmal genüsslich in fremdem Eigentum herum.

»Na also«, bemerkt der Schrumpfkopf zufrieden. »Ich hoffe nur, du hast nicht allzu sehr darauf herumgetatscht.«

Ich zucke mit den Schultern. »Nur ein wenig meinen Schniedelwutz daran gerieben«, sage ich und kann mir das dreckige Grinsen nicht verkneifen. Irmgard hält das nur für einen meiner blöden Sprüche. Aber ich habe einen Zweifel gestreut, das spüre ich.

»Das ist das Einzige, was der Schweineigel kann«, plärrt Tante Hildegard.

Irmgard schickt sich an zu gehen. Auf der Schwelle dreht sie sich noch einmal um. »Wenn du dich das nächste Mal in Dinge einmischst, die dich nichts angehen, mache ich dich platt«, droht sie. »Eine Mordermittlung ist nichts für Weihnachtskasper.«

»Grüß Tom schön von mir«, entgegne ich. Sie soll ruhig mitbekommen, dass ich nicht mit der Blödheit geschlagen bin, die sie mir seit meiner Geburt unterstellt.

»Tom? Sagtest du Tom?« Irmgard kriegt ihr überhebliches Pferdlachen. »Das mache ich zu gern für dich, Nikolaus«, äfft sie und wiehert noch lauter. Ich kann es noch hören, als sie schon auf der Straße ist. Damit ist eines ja mal klar. Irmgard ist mir um die Länge ihrer Nase voraus und das will was heißen, bei dem Zinken, den sie hat. Was immer der überflüssige Verlobte auch angestellt haben mag, ein Mord jedenfalls gehört nicht dazu. Seltsamerweise kommt bei mir gerade nur mäßige Freude darüber auf.

»Die Neunzehn, Mädchen! Ich brauche die Neunzehn«, plärrt der Funke Tischler in einer seltsam anmutenden Ekstase. Er steht mit einem Bein auf seinem Stuhl, den Oberkörper leicht nach vorn gebeugt, und schwenkt seine Hand, in der er ein halb gefülltes Glas hält wie ein Lasso auf einem Rodeo. Dass das Bier dabei immer wieder auf sein Hemd kleckert, stört ihn augenscheinlich wenig. Dass sein Hosenstall sperrangelweit offen steht und einen ungeschönten Blick auf seine Feinrippunterhose erlaubt, kriegt er in seinem Überschwang ebenfalls nicht mit. Er feuert unverdrossen die vermeintliche Glücksfee an.

In unserem Fall ist das Mandy. In der Not frisst der Teufel nun mal Fliegen. Sie steht in einer weißen Rüschenbluse, die so sehr aufträgt, dass sie bei mir Assoziationen mit einer Lawine weckt, neben Kurts leerem Aquarium und rührt mit ihrem Arm die darin befindlichen nummerierten Tischtennisbälle um. Dabei bemüht sie sich auffallend, nicht hineinzusehen. »Die Neunzehn war schon, Herr Funke«, ruft sie diensteifrig.

»Dann eben noch mal«, fordert der Tischler. »Ich will Edelberts Keule. Dafür muss eine Neunzehn her!«

»Die Neunzehn gibt es nur einmal, wie jede andere Zahl

zwischen eins und fünfundsiebzig auch«, erklärt der Opa, der zwei Tische vor dem Funke sitzt und gespannt auf die nächste Ziehung lauert.

»Ach, aber ab fünfundsiebzig verdoppeln die sich dann oder was?« Ein verächtliches Lachen. »Du meinst wohl, ich gehe dir auf den Leim. Das ist Beschiss!«, beschwert sich der Funke.

»Das sind die Regeln«, piepst die Blaschkin, die neben Mandy steht und die angesagten Zahlen in Schnörkelschrift auf eine alte Tafel malt. »Niemand kann etwas dafür, wenn du sie nicht kapierst.«

»Neunzehn, verdammt! Ich lasse mich nicht hinters Licht führen«, insistiert der Funke Tischler. »Ich zeige euch an.«

»Die Neunzehn war schon«, wiederholt der Opa und ich kann ihm ansehen, dass seine Geduld schwindet. »Deswegen müsstest du sie auf deinem Los bereits abgestrichen haben. Eine zweite gibt es darauf nicht, darum brauchst du auch keine.«

»Woher willst du wissen, was ich brauche?« Der Funke knallt seinen Fuß auf den Boden, was ihn ziemlich aus dem Gleichgewicht bringt. Zwei der umstehenden Männer fangen ihn auf und lehnen ihn gegen einen Tisch. In dieser Position scheint er noch besser mosern zu können, zumindest kriegt er sich nicht mehr ein. Den Feinripp kann man sich auch nicht schöngucken, egal wie lange er ihn uns präsentiert. Aber wir können schon dankbar sein, dass der Funke nicht auf Eingriff steht.

»Hej Funke!«, rufe ich. »Bei dir zieht's.«

Die versammelte Bingo-Mannschaft amüsiert das. Der Funke hört mich nicht einmal.

»Wie heißt es so schön?«, hebt der Opa an. »Wenn der Vogel tot ist, kann der Käfig ruhig offen stehen.«

Die Massen toben. Der Funke ist eingeschlafen.

»Die Zwei«, jodelt Mandy irgendwann verzückt. »Hier haben wir eine Zwei.« Sie hält den Ball mit der Nummer für alle sichtbar in die Höhe. Dazu macht sie halbe Drehungen mit ihrem Oberkörper, was die Botschaft noch neckischer machen soll, aber irgendwie rüberkommt, als hätte sie sich den Ischiasnerv eingeklemmt.

Der Opa klatscht in die Hände. »Sehr gut, Mädchen, sehr gut«, freut er sich.

Mandy lächelt erst den Opa an. Dann erspäht sie mich. Puh! Wenn diese Nummer ausgestanden ist, bin ich der Weihnachtsmann.

»Glück im Spiel, Pech in der Liebe«, jauchzt eine von Opas vollreifen Schnecken, die schräg hinter ihm sitzt und ihn die ganze Zeit interessiert beäugt. Unter ihrem Tisch hat sie einen gut bestückten Einkaufskorb geparkt. Sie wartet auf den richtigen Moment für die Ablieferung, schon klar. Mitunter gestaltet sich diese wie eine Lösegeldübergabe, je nachdem ob die Damen verheiratet sind oder nicht.

Dem Opa jedenfalls gefällt der Spruch. Das würde mir auch so gehen, wenn ich ein gutes Dutzend Frauen in Reserve hätte.

Kurt kommt mit einem vollen Tablett angelaufen. Er hat Mühe, sich an den vielen Gästen vorbeizuquetschen. »Seit wir nicht mehr ins Pfarrhaus können, hat sich mein Umsatz an Weihnachten verdreifacht«, verkündet er stolz. Ich greife mir ein Bier und nicke. Mich freut das für ihn. Auch dass sein Wohnzimmergastraum kein Stehkino mehr ist, finde ich gut. Kurt macht zwei Schritte rückwärts und beugt sich zu mir herunter. »Wenn du nachher dein Bier wegbringst, schau mal bitte nach meinen Sumatrabarben. Sie stehen in dem großen Einkochtopf neben dem Badeofen.«

»Kein Ding«, entgegne ich. Kurt vertraut mir seine einzigen Tiere an. Das will was heißen.

»Du bist zu spät.« Ruprecht steht plötzlich neben mir und klingt wie eine versetzte Braut. »Wir sind schon mittendrin.«

»So wie das aussieht, habe ich nichts verpasst«, entgegne ich.

»Die Eröffnungsrede vom Blaschke Bürgermeister«, erwidert er.

»Habt ihr die live von eurem Klo übertragen oder ist er tatsächlich wieder aus der Versenkung aufgetaucht?«, will ich wissen.

»Er war pünktlich«, antwortet der Meister des Schmollens kurz angebunden.

»Mhm.« Ich frage mich, warum unser blöder Bürgermeister nicht Kurts WC nehmen konnte? Immerhin ist das quasi öffentlich. Ich jedenfalls würde nicht bei fremden Leuten hereinschneien, um mich fast eine Stunde bei ihnen auf die Schüssel zu hocken. Allerdings hätte ich ohne Blaschkes Drang womöglich erst irgendwann von Toms kriminellen Anwandlungen erfahren. In jedem Fall wäre das zu spät gewesen. Ich will ja nicht schadenfroh sein, aber Tom ist bei Amelie unter Garantie raus. Damit hat mein Fest wenigstens einen Höhepunkt. Dass ich noch vor Silvester die Lage im Hause Brütting sondiere, ist damit wohl klar. Amelie braucht unter Garantie eine starke Schulter. Welche könnte sich dafür wohl besser eignen als die eines muskulösen Nikolaus?

Ruprechts Aufmerksamkeit wechselt jetzt nur noch zwischen dem Los in seiner Hand und Mandy an den Bällen.

Ich remple ihn an. »Wieso kann der Blaschke die Leute nicht wenigstens an den Weihnachtstagen in Ruhe lassen?«, frage ich.

Ruprecht gelingt es tatsächlich, sich von seinem Los zu lösen. »Der Blaschke Bürgermeister sagt, in der Weihnachtszeit passieren die meisten Suizide. Dem will er durch gemeinschaftliche Aktivitäten vorbeugen.«

Weihnachtsbingo als Selbstmordprophylaxe. Blöder geht es kaum.

»Die Einsamkeit, die zerstrittenen Familien, die schlecht gewählten Geschenke…«, erklärt Ruprecht bedeutungsschwanger.

»… das eintönige Fernsehprogramm«, füge ich an.

»Du nun wieder«, antwortet Ruprecht. »Geht es dir etwas besser?« Er mustert mich und beantwortet seine Frage umgehend selbst. »Du trägst dein Kostüm, dann geht es dir besser.«

Ah ja. Eigentlich trage ich den Fummel nur noch einmal, um mich nicht komplett zu blamieren, also vor Amelie. Sie soll keinesfalls denken, dass ich das alles nur für sie getan habe. So leicht bin ich nicht zu haben. Dass sie nicht hier sein wird, hätte ich mir allerdings irgendwie denken können. Wenn der Blaschke über Toms Machenschaften informiert ist, dann wissen es im Nu alle. »Irmgard war vorhin bei mir«, raune ich Ruprecht zu.

Er schaut erschrocken.

Ich berichte ihm das Nötigste vom Besuch des Schrumpfkopfs. Meinen Verdacht, dass Tom nicht der Mörder gewesen sein könnte, stelle ich vorne an.

»Interessiert uns die Angelegenheit noch?«, fragt Ruprecht und läuft dabei knallrot an. »Na ja, er war ein Weihnachtsbaumdieb«, erklärt er entschuldigend. »Und Amelie… sie hat dir einen schlimmen Ganoven vorgezogen. Das ist nichts, worüber du einfach so hinweggehen kannst, oder?« Ein Seufzer. »Ich meine ja nur. Wir sind hier unabkömmlich. Der Opa will den zweiten Preis holen.«

»Um was handelt es sich denn, Rippen oder Bauchspeck?«, will ich wissen und wundere mich, dass der Opa so eine gewöhnliche Seite haben kann.

»Einen Monat Freibier hier im Hirschen«, antwortet Ruprecht.

Dann haben wir keine Wahl. Ich schlendere zum Opa und schaue ihm über die Schulter. Er ist so auf seine Zahlenreihen konzentriert, dass er mich nicht bemerkt. Jedem, bei dem ich vorbeikomme, scheint es ähnlich zu gehen. Seltsam, für was sich die Leute so begeistern können. Auf Kurts Fernsehsessel fläzt der Blaschke. Vor ihm liegen gleich drei Lose. Ich mache einen Bogen um ihn und beschließe, den Barben in Kurts Bad einen Besuch abzustatten. Der Weg dorthin führt durch sein Schlafzimmer. Bad en Suite sozusagen, nur dass Kurt seinerzeit nicht auf solche Feinheiten geachtet hat. Pragmatisch wie er nun mal ist, hat er damals einfach einen Wanddurchbruch hinaus in seinen alten Karnickelstall gemacht, ein paar Fliesen geklebt und für seine Trude eine Badewanne und ein Klobecken aufgestellt. Der Hirsch ist einfach zu klein, um noch irgendwo ein Zimmer abzuknapsen. Entsprechend mussten die Kaninchen weichen. Seine Trude war zufrieden und dass alle Gäste über die Bettvorleger marschieren müssen, um sich zu erleichtern, daran kann man sich auch irgendwie gewöhnen. Privatsphäre ist eben auch eine Sache der Auslegung. Wie ich also so in Kurts Schlafzimmer komme, liegt da die Blaschkin lang ausgestreckt auf Kurts Tagesdecke und verzieht das Gesicht.

»Was willst du?«, fragt sie und tut dabei so, als würde ich ihr nachstellen.

»Das Gleiche wie du, nehme ich an«, entgegne ich.

Sie reißt zunächst die Augen auf, scheint mich dann aber richtig verstanden zu haben. »Ich warte schon zehn Minuten, aber da tut sich nichts«, schimpft sie, um dann laut zu werden. »Ich bin auch noch da!«

»Wo ist der Bus mit den Leuten, die danach gefragt haben?«, ertönt eine weibliche Stimme von Kurts Abort.

»Hock dich unter die Fichte und lass uns in Ruhe!«, meldet sich noch eine weitere Frau. »Oder geh gleich auf den Mist.«

»Blöde Schnepfen. Zehn Minuten mähren die schon da drin vor sich hin«, wettert die Blaschkin. Dann dreht sie sich auf die Seite, zieht das Schubfach von Kurts Nachtschränkchen auf und stöbert ungeniert darin herum.

»Sind die zu zweit da drin?«, frage ich verwundert. Ich habe bis heute nicht begriffen, wieso Frauen in öffentlichen Einrichtungen immer zusammen auf die Toilette gehen müssen. Hier im Hirschen mutet das sogar noch seltsamer an. Ich meine, Kurts Bad hat die Geräumigkeit einer Dixie-Toilette und auch die gleiche Aussicht. Kurzum, Kurt kann nur in sein Schlafzimmer lüften.

»Ja. Und?«, mault mich die Blaschkin an.

Ich bin selbst schuld. Ich müsste wissen, dass mit diesem Frauenzimmer eine halbwegs normale Unterhaltung nicht möglich ist. »Und? Dem Gatten geht es gut, wie ich mich vorhin persönlich überzeugen konnte«, provoziere ich sie.

»Das wird sich ändern, alles nur eine Frage der Ausdauer«, antwortet sie gehässig und mit einem Blick, der mich an aufkeimenden Wahnsinn glauben lässt.

Die bleibt tatsächlich dran. Ich überlege, ob ich den Blaschke warnen sollte, verwerfe diesen Irrläufer meiner Mitmenschlichkeit allerdings umgehend wieder. Stattdessen lehne ich mich gegen Kurts Kommode, verschränke die Arme und warte. Natürlich wäre ich in der komfortablen Lage, nach draußen zu gehen, aber mich interessiert, wer sich es wagt, unserer Bürgermeistergattin derartige Widerworte zu geben. Abgesehen davon hat die Bundeswehr konsequent ohne Eingriffe gearbeitet, sodass ich mich umständlich entblößen müsste. Und dank Ilse ist mein Bedarf an unfreiwilligem Exhibitionismus gedeckt. Abgesehen davon schätze ich das Risiko, dass Mandy mich beobachten könnte, als unkalkulierbar ein. Wie soll ich sie denn jemals erfolgreich abwimmeln, wenn sie *den* erst gesehen hat?

Die Blaschkin ist mit Kurts übersichtlichen Habseligkeiten durch. »Ihr könnt mich mal, ihr blöden Weiber!«, plärrt sie schließlich und verschwindet, ohne mich einen Blickes zu würdigen, aus dem Zimmer. Ihr Rückzug wird mit einem schrillen Gelächter seitens der WC-Besetzerinnen kommentiert.

Da ich darauf spekuliere, dass dieser Egoismus allein unserer Bürgermeistergattin galt, bleibe ich stehen und warte, was passiert. Irgendwann müssen die Mädels ja herauskommen.

»Hast du das mit Tom gehört?«, höre ich eine der beiden sagen.

»Das ganze Dorf redet von nichts anderem«, entgegnet die andere. »Die arme Amelie.«

Sie kann dieses Trauma im Handumdrehen überwinden, wenn sie sich für den Richtigen entscheidet, denke ich.

»Der war so nett, eine echte Sahneschnitte. So kann man sich eben täuschen.«

Sahneschnitte? Der? Leiden die Weiber alle an Geschmacksverirrungen?

»Die Kerle taugen durchweg nichts, eine Fehlprogrammierung der Natur. Und wenn man partout nicht ohne einen auskommt, dann muss man eben mit deren Aussetzern leben oder ab und zu den Reset-Knopf drücken.«

Ich kann mir nicht helfen, aber die Stimme kenne ich irgendwoher. Dieses herzliche Wesen auch.

»So kannst du das auch wieder nicht sagen. Es gibt bestimmt irgendwo einen anständigen Mann, einen, der immer für einen da ist, zuhören kann, treu ist und Blumen mitbringt.«

Erstaunlich optimistisches Anforderungsprofil, um nicht zu sagen einfältig.

Ein Auflachen. »Wenn du jemals auf so einen stößt, lass es mich wissen«, entgegnet die andere verächtlich.

Ich würde den auch gern kennenlernen.

Es raschelt. Na endlich. Da drinnen scheint Bewegung reinzukommen.

»Jetzt wein doch nicht!«

Wie weinen? Pinkeln und Abmarsch.

»Es ist alles so schrecklich«, schnieft die, die noch an den Prinzen aus »Drei Nüsse für Aschenbrödel« glaubt. Und der Kerl hatte Strumpfhosen an. Aber ich sollte mich nicht so weit aus dem Fenster lehnen – ich trage seit vier Wochen ein zu kurzes Kleid.

»Wieso hast du nicht eher etwas gesagt?«, höre ich die Männerhasserin antworten. »Ich wäre doch für dich da gewesen.«

»Du hattest doch schon genug am Hals. Meinst du, das wäre besser geworden, wenn ich mich auch noch eingemischt hätte«, antwortet die andere. »Abgesehen davon wollte ich Jennifer-Fanta nicht mit hineinziehen.« Sie kann doch nichts dafür.« Ihre Worte werden zunehmend brüchig.

Jennifer-Wer?

»Es ist alles so schrecklich. Ich bin keine Mutter.« Wenn die sich jetzt da drin auf dem Klo einheult, muss ich mir tatsächlich noch einen Baum suchen. Weiber!

»Unsinn! Du wirst das toll machen«, erwidert sie mitfühlend. »Und das ist so eine schöne Nachricht, da kann man sich doch nur freuen.« Wenn ich nur darauf käme, wer da spricht.

Kurzes Schweigen. Schluchzen. Lautes Schnäuzen.

Das kann dauern.

»Wein doch nicht, bitte. Es gibt keinen Grund«, sie hält inne, »oder hast du ihn …?«

»Spinnst du?«, fällt die Heulsuse ihrer Klofreundin ins Wort. »Wir haben ein paar Mal miteinander … na ja, du weißt schon. Aber wenn ich gewusst hätte, dass er mich so hintergeht.«

»Mein Bruder war das egoistischste Arschloch unter der Sonne«, antwortet die andere abgeklärt.

Moment mal! Das ist doch … na klar. Antonia Ernst, Silvios fiese Schwester. Was treibt die denn zum Weihnachtsbingo in den Hirschen? Die Liebe zum Fest hundertprozentig nicht. Und wer ist die andere Frau? Ich dachte, wir hätten alle Gespielinnen des Ochsenpops aufgetan? Wo kommt die denn nun noch her? Womöglich hat er die aus dem Nachbardorf mitgebracht? Aber dann hätte sie hier keinen Zutritt, also zumindest an den Weihnachtstagen nicht. Ansonsten sieht das Kurt lockerer. Der Umsatz hat für ihn mehr Bedeutung als die ethnische Zugehörigkeit.

»Nie im Leben wäre ich darauf gekommen, dass er zu so etwas fähig ist. Ein bisschen Spaß ist ja gut und schön. Aber so was! Warum? Kannst du mir sagen, warum? Die Konsequenzen müssen ihm doch klar gewesen sein. Jetzt ist Jennifer-Fanta auf der Welt und ich gucke in die Röhre. Das kann ihm doch nicht egal gewesen sein.« Ihre Stimme überschlägt sich. Pause. Sie schluchzt. »Besucht hat er sie auch nie. Ich verstehe das alles nicht.« Hysterie lässt grüßen. »Mensch, ich wollte kein Kind, also nicht jetzt und vor allem nicht von so einem. Und nun hocke ich da und weiß nicht, wie ich das alles schaffen soll.«

Und ich dachte, Jennifer-Fanta ist eine Katze. Puh! Das Tier hatte Glück. Augen auf bei den Verhütungsmitteln, fällt mir dazu nur ein. Und bei der Konsequenzenbenamsung.

»Das solltest du so nicht sagen«, tröstet Silvios Schwester. »Ich bin immer für euch da. Ganz sicher! Silvio hatte eine recht gute Lebensversicherung, die wird ja nun fällig. Ich würde mal sagen, die Ausbeute ist bei seiner Tochter gut angelegt. Und immerhin hat unser Großvater in diesem Fall sein Geld nicht zum Fenster herausgeworfen.«

»Du bist so lieb. Das werde ich dir nie vergessen.«

Moment mal, der Bursche hatte eine Tochter. Und sein Ableben bringt den Hinterbliebenen fette Kohle, über die seine Schwester gerade freimütig verfügt. Ich glaube, ich sollte mich doch noch mal einmischen.

»Los, komm!«, sagt Silvios Schwester und klingt erstaunlich fröhlich. »Nachdem du mich zu dem Blödsinn überredest hast, können wir wenigstens unser Glück beim Bingo versuchen. Das bringt dich auf andere Gedanken.«

Ruhe. Dann rauscht eine Toilettenspülung. Seit wann hat Kurt eigentlich ein Wasserklosett? Egal. Ich sollte mich schleunigst aus dem Staub machen, bevor die mitbekommen, dass ich sie belauscht habe. Auf leisen Sohlen verziehe ich mich hinaus in die Diele. Kurz darauf verlassen zwei Frauen Kurts Schlafgemach. Eine davon ist, wie erwartet, Silvios Schwester Antonia. Und die andere … Du liebe Güte! Die kenne ich ebenfalls. Es ist die Leibliche von der Kirchenbank, die Mutter vom Jesuskind. Puh! Silvio hat offenkundig doch noch ein Bauernopfer für sein Anliegen gefunden. Erstaunlich. Aber das ist nicht die einzige Erkenntnis, die ich verdauen muss. Jesus ist ein Mädchen. Und sein eigentlicher Name ist Jennifer-Fanta. Dann kann der Weihnachtsmann auch Cola-Werbung machen.

»Rein da, alle beide!«, kommandiere ich und versuche die beiden Frauen zurück in Kurts Schlafgemach zu drängen.

»Jetzt werd mal nicht übermütig«, blafft Antonia zurück, baut sich vor mir auf und rührt sich keinen Millimeter.

»Den kenne ich. Der steigt Mandy nach«, raunt die Mutter Jesu ihr zu. Dabei beäugt sie mich, als wäre ich ein gesuchter Triebtäter.

Mandy. Na freilich.

»Los jetzt, wenn ihr keine Zuschauer wollt«, sage ich. Antonia verträgt keine Freundlichkeit, also versuche ich es auf die harte Tour.

»Wage es nicht, uns anzurühren«, fährt sie mich an.

Häh?

»O Nina, wie schön, dass du auch da bist«, flötet Ruprecht, der mit einem Male unerwartet neben mir steht. »Wo ist denn die hübsche Klei…« Er stoppt und weicht zurück. Er hat Antonia gesehen, schon klar. »Guten Tag, Frau Ernst«, sagt er voller Ehrfurcht. »Und noch einmal frohe Weihnachten.«

»Ich fasse es nicht«, echauffiert sich Antonia. »Uns dermaßen plump anmachen wollen und dazu noch freundlich grüßen. Ihr seid doch total krank.« Sie tritt einen Schritt zurück, als müsste sie sich in eine bessere Abwehrposition bringen. Dabei beobachtet sie uns mit Argusaugen.

Ruprecht schaut mich fragend an.

Ich zucke nur mit den Schultern. Womöglich ist Kurts Blümchenbettwäsche das Problem. »Wir müssen reden«, sage ich schließlich, um die Situation etwas zu entschärfen.

Antonia hebt ungläubig die rechte Braue.

Nina starrt auf ihre Fußspitzen.

»Meinetwegen«, sagt Antonia schließlich und zieht ihre Freundin hinter sich her, zurück in Kurts Schlafzimmer.

»Dann schießt mal los. Ihr habt doch sicherlich neue Erkenntnisse über den Mord an meinem Bruder.« Sie grinst breit, was selbst mir ein wenig unpassend vorkommt. »Warum sonst würdet ihr so wichtigtun?«

»Wussten Sie von seinen krummen Geschäften mit Tom?«, frage ich.

Sie hebt und senkt gleichgültig die Schultern. »Wenn das so gewesen wäre, hätte ich ihn angezeigt«, sagte sie.

So wie Nina sie gerade von der Seite ansieht, hatte sie von all dem keinen Schimmer. Aber nach allem, was ich mitbekommen habe, wundert mich das nicht.

»Spielt das noch eine Rolle?«, fragt Antonia forsch. »Tom wird zur Rechenschaft gezogen, und was Silvios Baumplantage angeht, die schenke ich der Gemeinde. Das Land gehört ihr ja sowieso.«

Ruprecht reißt die Augen weit auf. »Alle Bäume?«

»Korrekt.«

»Wow!«, antwortet er mit leuchtenden Augen. »Dann hat sich das echt geloh…«

»Mein Reden«, entgegnet Antonia, die sofort geschnallt hat, was Ruprecht sagen wollte.

»Danke schön! Vielen, vielen lieben Dank!«, ruft Ruprecht begeistert aus.

»Kein Thema«, antwortet Antonia abgeklärt.

»Gut.« Ich beende das und wende mich Nina zu. »Sie waren eine Freundin von Silvio?«, frage ich.

Ruprecht scheint diese Information so zu überraschen, dass er beginnt, seinen künstlichen Bart einzuspeicheln.

»Mhm«, antwortet sie nach einer ganzen Weile. »Lange her.«

»Etwas mehr als neun Monate würde ich schätzen«, sage ich.

»Was willst du damit andeuten?«, haut mich Antonia an. »Nina hat nichts mit dem Mord zu tun. Für sie lege ich meine Hand ins Feuer.«

»Ich bin nur die Mutter von Jennifer-Fanta«, sagt Nina zögerlich, und ich frage mich, was mir das sagen soll. Der Name des Kindes kann noch so oft fallen, für mich wird er trotzdem nicht eingängiger, intelligenter auch nicht.

»Aber Nina, was heißt denn *nur*?«, will Ruprecht wissen. Er steht direkt neben ihr und schaut sie mit treuen Augen an. »Das ist doch so toll! Das gesamte Dorf hat sich über den Neuzugang gefreut. Das kannst du glauben.«

Ich frage mich, was das Dorf damit zu tun hat. Womöglich haben die Sorge, dass wir aussterben, aber was soll Jennifer-Fanta allein dagegen ausrichten?

Nina macht eine Schnute, die wenig Begeisterung vermuten lässt. Je länger ich sie dabei beobachte, umso sicherer bin ich mir, sie vor Heiligabend noch nie gesehen zu haben, zu jung und zu unscheinbar. Ruprecht hingegen tut erstaunlich vertraut, was nur bedeuten kann, dass sie tatsächlich aus unserem Dorf stammt.

»Ich bin erst dreiundzwanzig«, sagt Nina irgendwann und klingt dabei, als sollte das ein Vorwurf sein.

Ruprecht gehen die Argumente aus. Ich kann es ihm ansehen.

»Der Vater des Kindes«, ich vermeide den Namen, um nicht irgendwann Gefahr zu laufen, laut loszulachen, »ist Silvio Ernst.«

»Es ist doch egal, von wem es ist!«, entgegnet sie wütend.

»Nina, bitte«, mischt sich Antonia ein.

»Wenn es vom Heiligen Geist wäre, dann würde ich egal gelten lassen«, erwidere ich. »Aber Silvio ist der Vater und Silvio wurde vor zwei Tagen ermordet. Sie und Jennifer-Fanta waren Zeugen. Schon vergessen?«

Sie senkt den Kopf und schaut uns von unten an. »Wer seid ihr überhaupt, dass ihr mich das alles fragen dürft?«, murmelt sie wütend.

»Nikolaus und Knecht Ruprecht«, antworte ich ungerührt.

Antonia lacht schrill auf. »Das Komikerduo!«

Ruprecht nickt eilig.

Nina schweigt.

»Silvio hat sie bezüglich des Kindes ausgetrickst. Sie wollte noch kein Kind. Die beiden Damen sind stinksauer auf den Kerl. Er ist tot. Und sie bekommen seine Lebensversicherung. Wie sieht das wohl aus?« Ich habe keinen Schimmer, warum jemand unter diesen Umständen so weit gehen sollte, den Vater seines Kindes um die Ecke zu bringen, aber das tut jetzt nichts zur Sache.

»Woher wisst ihr das alles?«, fragt Nina bass erstaunt.

»Das ist unser Job«, entgegne ich fast schon ekelhaft blasiert.

Das scheint sogar bei der spröden Antonia Eindruck zu machen. Für ein paar Sekunden zumindest, dann prescht sie vor. »Ich wiederhole es noch mal: Nina hat nichts mit dem Tod von Silvio zu tun«, haut sie uns an. »Auf eine solche Idee kommt doch niemand, der klar bei Verstand ist. Sie wusste nicht einmal etwas von Silvios Lebensversicherung. Ich habe sie ihr angeboten, für meine Nichte.« Antonia beugt sich nach vorn. »Sie hat nichts mit dem Mord zu schaffen! Verstanden?«, sagt sie noch einmal langsam und deutlich.

»Nein, nein, das denken wir ja gar nicht«, entgegnet Ruprecht.

»Ich schon«, werfe ich ein.

»Nikolaus!«

»Ruprecht!«

»Ich bin keine Mörderin«, sagt Nina tonlos.

Langsam werde ich sauer. »Verdammt noch mal, du schaust zu, wie der Vater deines Kindes direkt vor deiner Nase stirbt, und du sagst kein Wort!«

»Was sollte sie denn sagen?«, geht Antonia dazwischen. »Silvio hat sich quer durch den Thüringer Wald gevögelt und sie hat es eben erwischt. Dumm gelaufen.« Sie stockt und wirft Nina einen unsicheren Blick zu. »Entschuldige. Das war nicht so gemeint.«

Nina nuckelt an einer ihrer Haarsträhnen. Irgendwann fängt sie an zu reden. »Du hast doch recht, mit dem was du sagst.« Pause. »Ich habe gedacht, wenn er sich nicht um uns geschert hat, dann bin ich auch nicht für ihn verantwortlich.« Sie schaut mich unsicher an. »Wie ist er denn gestorben? Unter dem Kostüm konnte man ja nichts Genaues erkennen.«

»Nüsse«, entgegnet Ruprecht.

»Ach so.« Nina scheint sich mit dieser Antwort zufriedenzugeben, was nur bedeuten kann, sie wusste von seiner Allergie. »Ich habe Silvio das letzte Mal im November gesehen. In der Klinik. Wir haben gemeinsam den Termin für den Kaiserschnitt festgelegt.«

»Und danach nicht mehr?«, will ich wissen.

Sie schüttelt den Kopf.

Antonia schnauft wütend.

»Wir haben uns im Frühjahr kennengelernt, kaum dass er zu seiner Schwester gezogen war«, hebt Nina an. »Wir waren ein paar Mal miteinander im Bett. Irgendwann hat er angefangen, von Kindern zu reden. Mir ging das zu schnell und das habe ich ihm auch gesagt. Keine vier Wochen später war ich schwanger.«

»Von ihm?«, frage ich dazwischen.

»Also erlaube mal«, empört sie sich. »Wie viel Auswahl gibt es denn bei uns?«

Auch wieder wahr.

»Dabei haben wir immer aufgepasst.« Nina beißt sich auf die Unterlippe, bis sich kleine Blutpunkte zeigen.

»So was passiert doch«, verkündet Ruprecht und ich staune über seine diesbezügliche Versiertheit.

»Mir nicht«, kontert Nina schnippisch. »Er hat es darauf angelegt. Versteht ihr?«

Nee.

»Du musst denen das nicht erzählen. Es gibt keinen Grund«, mischt sich Antonia ein. »Die haben hier keine Rolle.«

So würde ich das nicht ausdrücken.

Nina winkt ab. »Ich habe keine Geheimnisse«, sagt sie. »Das kann ruhig jeder wissen.« Sie redet sich in Rage. »Silvio hat mich verarscht. Oder meint ihr etwa, die Gummis sind ab Werk schon löchrig wie ein Schweizer Käse«, giftet sie.

»Er hat nachgeholfen«, echauffiert sich Ruprecht.

Danke, mein Freund. Jetzt habe ich es auch begriffen.

»Wieso sollte er das getan haben?« Eigentlich läuft die Geschichte doch irgendwie andersherum, also die Frauen jubeln den Männern ein Kind unter, um sie an sich zu binden, Geld zu kassieren oder weil sie einfach meinen, es sei an der Zeit dafür. Keine Ahnung. Ich hatte glücklicherweise eine solche Begegnung noch nicht. Aber dass ein Mann heimlich seine Freundin schwängert. Das begreife ich nicht.

»Wieso hat er das getan?«

»Weil der Typ gestört war«, antwortet Nina.

»Das reicht mir nicht«, entgegne ich. Ich denke an Melissa und Co. und Silvios nahezu inflationären Vermehrungsdrang.

»Jedenfalls habe ich ihm anfangs nichts von der Schwangerschaft erzählt. Irgendwann konnte ich es nicht mehr verbergen und er ist total ausgeflippt. Da habe ich noch gedacht, das könnte etwas werden mit uns.« Nina schüttelt den Kopf. »Aber da kam nicht mehr viel, also eigentlich nur noch die Geburt. Nur wegen ihm habe ich einen Kaiserschnitt machen lassen. Angeblich sollte das besser für meine Gesundheit sein. Sogar den Termin hat *er* festgelegt. Der erste Dezember, der Geburtstag seines Großvaters.« Sie macht eine kurze Pause. »Das war ihm total wichtig.«

»Mein Großvater hat im Juni Geburtstag«, sagt Antonia und sieht dabei ziemlich verstört aus.

Nina scheint das nicht mitzukriegen. »Zum Termin war er auch im Krankenhaus. Allerdings nur, um sich irgendeine Bescheinigung abzuholen, zumindest hat mir das eine der Schwestern erzählt. Jennifer-Fanta und mich hat er nicht besucht. Seltsam oder? Dabei war der erste Dezember so ein wunderbarer Tag für uns, also schon irgendwie, oder?« Sie stockt. »Was hast du gesagt?« Sie schaut fragend auf Silvios Schwester.

»Niemand in unserer Familie ist am ersten Dezember geboren«, wiederholt Antonia.

»Womöglich ist das irgendeine Form der Perversion«, sagt der Opa, während er den vor ihm auf dem Tisch liegenden Biergutschein immer wieder in die Hand nimmt, um ihn sogleich wieder zutiefst zufrieden abzulegen und sanft darüberzustreichen.

»Ich denke eher an etwas Okkultistisches«, erwidere ich. »Nach allem, was ich von Silvio weiß, kann ich mir das bei ihm irgendwie vorstellen.«

»Eine Zahlenmystik?«, fragt der Opa ungläubig.

»Irgend so etwas in der Art«, entgegne ich. »Ein Hinweis auf den Teufel. Ich habe keine Ahnung von diesen Dingen.«

»Dann hätte er sein Baby niemals beim Krippenspiel in die Wiege gelegt«, entgegnet der Opa. »Das Jesuskind, ich bitte dich.« Er dreht sich zur Küchenzeile um. »Wo bleibt der Junge denn mit meinem Fünfuhrtee? Ein Lüstchen auf etwas Salziges hätte ich auch.«

»Oder vielleicht gerade doch…«, widerspreche ich. »Ein Opfer?« Ich schaue nun ebenfalls Richtung Ruprecht. »Haben wir noch von den Nusslebkuchen? Die von Annemarie, ihr wisst schon.«

»Komme schon!«, ruft Ruprecht, während er mit dem Teeservice hantiert.

»Ach bitte!«, hält der Opa dagegen. »Dann hätten dem

Burschen so gut wie alle Tassen im Schrank fehlen müssen. Abgesehen davon glaube ich nicht, dass so jemand den Ochsenhintern in einer Dorfweihnacht spielt. Das passt nicht zusammen. Teufelsanbeter geben sich nicht für so eine Kinderei her, also zu meiner Zeit war das jedenfalls so.« Er klatscht in die Hände. »Nicht einmal normale Männer lassen sich einen Bademantelgürtel an den Hintern kleben.«

»Hast du eine bessere Erklärung für diese absurde Geschichte?«, frage ich.

»Mhm.« Der Opa nippt an seinem Sherry. »Wenn es ihm wirklich um das Kind gegangen wäre, hätte er sich darum gekümmert. Das ist ja wohl mal klar.«

»Dennoch wollte er es unbedingt haben, sogar mit unlauteren Mitteln und egal von welcher Frau. Denk mal an seine Tattoo-Botschaft. Die Köhlerhütte, die Tannenbäume ... das Baby.«

»So genau habe ich da nicht hingesehen«, erwidert der Opa.

»Der Hund und das Vögelchen«, ergänzt Ruprecht. »Das müssen wir auch noch analysieren.«

»Nebensache. Das Kind, das Datum, dessen Geburt und die absolute Beliebigkeit bei der Wahl der dazugehörigen Mutter. Was ergibt das für einen Sinn?«, frage ich nachdenklich.

Ruprecht kommt angelaufen.

»Ganz korrekt ist das allerdings nicht«, bemerkt er. »Aber im Nachhinein drücken wir da ein Auge zu.«

Der Opa schaut mich achselzuckend an.

»Häh?«

»Die Schummelei mit dem Geburtstermin«, erklärt Ruprecht.

Ich verstehe noch immer nicht.

»Nur deswegen hat Silvios Tochter den Wettbewerb gewonnen«, entgegnet er arglos.

»Welchen Wettbewerb?«, will der Opa wissen.

»Na den Geburtenwettbewerb«, antwortet Ruprecht in einem Tonfall, als würde er zwei geistig Minderbemittelten gegenüberstehen.

»Bitte, was?« Ich muss noch mal fragen, da ich davon ausgehe, die Antwort nicht richtig verstanden zu haben.

»Den Geburtenwettbewerb«, wiederholt Ruprecht mit stoischer Gelassenheit.« Dann zieht er seine Stirn kraus. »Nikolaus, du solltest irgendwann einmal anfangen, den C-Plan zu lesen. Wir machen uns nicht umsonst die Mühe, das aufzuschreiben. Nimm die Sache ernst, sonst wirst du nicht mehr lange den Nikolaus geben können.«

Ist das ein Versprechen? Mich würde es freuen.

»Jedenfalls wüsstest du, dass man bei uns nicht einfach so zum Jesuskind werden kann. Eine derartige Rolle ist nichts Willkürliches«, fährt er fort.

Ich bemühe mich, ihn vor lauter Fassungslosigkeit nicht noch einmal zu unterbrechen.

»Anfang diesen Jahres hat der Blaschke Bürgermeister einen Geburtenwettbewerb ausgerufen«, redet Ruprecht weiter. »Das Kind, dessen Geburtsdatum am nächsten am ersten Dezember liegt, darf am Heiligen Abend das Jesuskind geben.«

»Auch die Mädchen?«, fragt der Opa belustigt.

Ruprecht bestätigt das. »Bei einer Geburtenrate von null

seit acht Jahren durften wir nicht wählerisch sein. Außerdem ist die Kirche, was die Rolle der Frau angeht, auch nicht mehr so streng.«

In meinen Ohren pfeift es. »Der Blaschke hat sich den Folgen des demografischen Wandels heldenhaft entgegengestellt«, sage ich schließlich und kann nicht verhehlen, dass ich das alles noch immer nicht glauben kann.

»Glücklicherweise hat er das nicht per eigener Manneskraft getan«, bemerkt der Opa. »Aber dass ihr mich nicht mit in Kurts Schlafzimmer genommen habt, um die Mutter Gottes zu befragen, verzeihe ich euch nie.«

»Opa! Du hast das Freibier geholt«, entgegnet Ruprecht.

»Auch wieder wahr, Enkelsohn«, frohlockt der Opa.

»Kannst du mal weiterreden«, bitte ich Ruprecht.

»Das Weihnachtsbingo«, entgegnet Ruprecht. »Das weißt du doch.«

»Das Jesuskind«, antworte ich.

»Nina und Silvio haben den Wettbewerb gewonnen«, entgegnet Ruprecht. »Mehr gibt es nicht zu sagen.«

»Ich verstehe es immer noch nicht. Wenn du die ganze Zeit gewusst hast ...«, sage ich.

Ruprecht senkt den Kopf. »Habe ich ja nicht«, murmelt er betroffen. Niemand aus dem Weihnachtskomitee hat das. Nach der Geschichte mit der Weihnachtsgurkenliste von letztem Jahr hat der Blaschke Bürgermeister das zur absoluten Geheimsache erklärt. Nur er durfte die eingereichten Bewerbungen sichten und die Nachweise prüfen.« Umgehend wird er wieder selbstsicherer. »Aber siehst du, wenn wir alle drübergeschaut hätten, wäre das mit dem Kaiserschnitt womöglich sogar rausgekommen. Ein Bürgermeister sollte eben nicht alles allein machen.«

Teilnahmeunterlagen? Nachweis? »Und der Blaschke hat das geprüft?«

Ruprecht nickt wichtigtuerisch.

»Deswegen durfte Jennifer-Fanta in der Krippe liegen«, spreche ich meine Gedanken laut aus.

»Wer?« Der Opa vermutet augenscheinlich ein Problem mit seinen Ohren.

Ich muss ihn enttäuschen. »So heißt das Jesuskind«, sage ich.

»Das ist ein Witz, oder?«, fragt er.

»Leider nein«, antworte ich.

»Ich weiß nicht, was ihr habt«, erregt sich Ruprecht. »Das ist doch etwas Schönes, was sich der Blaschke da ausgedacht hat. Und wenn die Sache mit Silvio nicht passiert wäre, hätte er die Sieger in der Heiligen Nacht vor der gesamten Gemeinde gekürt, also die Pfarrerin hätte das tun sollen. Ihr obliegen ja die christlichen Themen. Das wäre ein toller Höhepunkt geworden, für uns alle.«

So wie ich das einschätze, hätte sie dafür noch einem einen anständigen Schluck aus Opas Flachmann benötigt. Schade eigentlich, dass die Hübsche nie wieder bei uns aufgetaucht ist. Dann jedoch fällt es mir wie Schuppen von den Augen. »Das heißt, die Eltern wussten es vorher?« Wieso sonst hätte Jennifer-Fanta auf Position sein können?

»Der Blaschke hat die Eltern vorab persönlich informiert. Dafür mussten sie eine Geheimhaltevereinbarung unterzeichnen«, antwortet Ruprecht. »Ohne uns vom Weihnachtskomitee in Kenntnis zu setzen. Schön finde ich das nicht.«

»Und das war der einzige Preis, also mehr hattet ihr für das Baby nicht ausgelobt?«, hake ich noch einmal nach.

»Wie mehr?«, fragt Ruprecht verwundert. »Für eine Stunde im Leben der Gottessohn sein zu dürfen«, Ruprecht hebt den rechten Zeigefinger, »und das noch an Weihnachten, gibt es ein schöneres Geschenk?«

»Einen Biergutschein?«, bemerkt der Opa ein wenig zögerlich.

»Zum Beispiel«, entgegne ich. »Andere Gemeinden schenken ihren Neugeborenen eine Erstausstattung, ein Sparbuch oder freien Eintritt ins Schwimmbad, also im Vergleich ...«

Ruprecht winkt ab. »Braucht kein Mensch. Abgesehen davon ist es die Erinnerung, die ein ganzes Leben trägt.«

Ich nehme mir vor, Jennifer-Fanta in ein paar Jahren dazu zu befragen. »Sag mal, und diesen Wettbewerb soll es nun jedes Jahr geben?«, frage ich.

Ruprecht reißt die Augen weit auf. »Woher weißt du das?«

Ich zucke mit den Schultern und denke an Melissa und Kleo, die dieses Jahr definitiv nichts mehr dazu hätten beisteuern können. Silvio hat vorgebaut. Dann fällt mir doch noch etwas ein. »Sag mal, mit wie vielen Gegnern hatte es Jennifer-Fanta eigentlich zu tun?«, frage ich.

Ruprecht zieht einen Flunsch. »Na ja, es hätten mehr sein können«, erwidert er. »Manchmal frage ich mich, warum wir uns im Weihnachtskomitee so viel Mühe machen, wenn es unseren Leuten dann an dem nötigen Engagement mangelt.«

Nötiges Engagement. Das ist eine schöne Umschreibung

für die geburtentechnische Zurückhaltung einer Dorfbevölkerung, die einen Altersdurchschnitt von über sechzig Jahren hat.

»Wie viele?«, hakt der Opa nach.

»Angeblich nur ein Mitbewerber«, presst Ruprecht unzufrieden hervor. »Die Blaschkin wollte mir nichts Genaueres sagen.«

»Die Blaschkin ...« Opa schmunzelt.

»Ein Junge?«, hake ich nach.

Ruprecht weicht meinem Blick aus. »Ich weiß es nicht genau.«

»Oh! Da wäre ich als potenzielle Heilige Familie aber ziemlich sauer gewesen, also wenn ich so ticken würde«, entgegnet der Opa. »Wenn heutzutage die Mädchen den Jungs sogar schon die Rolle als Gottessohn streitig machen... noch dazu per Kaiserschnitt.« Er bläst die Wangen auf. »Die Emanzipation treibt seltsame Blüten.«

Ruprecht winkt ab. »Ich finde, Jennifer-Fanta war ein beeindruckendes Jesuskind.«

Mich würde mal interessieren, ob die Eltern des anderen Säuglings das auch so gesehen haben.

Wir sind zu spät. Ich habe keinen siebten Sinn oder so etwas. Aber meine Augen funktionieren tadellos. Und die sehen hinter der Familienkutsche der Steins einen Opel mit einem Erfurter Kennzeichen in der Einfahrt stehen. Irmgard.

»Höchst ärgerlich«, kommentiert der Opa lapidar. »Drei Mal in zwei Tagen dieser Anblick. Das ist nichts, was bei mir Weihnachtsstimmung auslöst, sollte es so etwas überhaupt geben.«

Er hat den Wagen also auch bemerkt.

»Sie hat gewonnen«, gebe ich angefressen zurück.

»Nun ja, Junge, wenn du das so sehen willst«, entgegnet der Opa diplomatisch. »Aber lassen wir ihr diesen Triumph. Großmut ist nichts, wofür man sich schämen muss.« Er klopft mir auf die Schulter.

Auch wieder wahr.

Ruprecht schweigt und hängt seinen Gedanken nach. Das sehe ich, da sein Schnauzer vollständig in seinem Mund verschwunden ist.

»Meint ihr, wir sollten trotzdem noch … also ihr wisst schon?«, frage ich den Opa und Ruprecht, die mich links und rechts flankieren.

»Jetzt erst recht, Kameraden! Man geht niemals, bevor der Vorhang gefallen ist«, salutiert er. »Außerdem, wenn ich meine Enkelin ärgern kann, bin ich dabei. Und allein schon unser Anblick beschert ihr ein paar Falten mehr. Ich bezweifle zwar, dass die noch ein Plätzchen finden, aber ich lasse es gern darauf ankommen.« Erregtes Kichern. »Außerdem bin ich nach unserem Besuch beim Blaschke noch so richtig auf Krawall gebürstet.«

Der Blaschke ist ein ausgemachter Idiot. Allerdings hätte es die erneute Bestätigung dafür nicht gebraucht. Immerhin wissen wir jetzt, dass es tatsächlich nur noch einen weiteren Bewerber um den Jesus gab und dass dessen Vater nicht gerade erfreut darüber gewesen ist, dass ihm jemand den Rang abgelaufen hat – dazu auch noch mit Kaiserschnitt-Schummelei.

»Aber wir waren noch nie bei den Steins«, entgegnet Ruprecht. »Ich glaube, ich mag Anton nicht besonders. Er hat mich beim Fußball früher immer böse gefoult, nur weil er einfach nicht verlieren kann, der Streber. Und seine Mutter macht mir Angst. Die ist immer so biestig, vor allem, wenn man nicht macht, was sie sagt.«

»Oh la, la«, säuselt der Opa. »So ist sie erst, seit ich Christa geheiratet habe.« Er schnalzt mit der Zunge und kriegt einen verklärten Gesichtsausdruck.

»Opa!« Ruprecht mag es nicht, wenn der Opa uns an seinen vergangenen Amouren teilhaben lässt. Mich macht das eher etwas nachdenklich. Wieso war das mit den Frauen zu Opas Zeiten so viel einfacher? Die evolutionäre Entwicklung kann uns Männern doch nicht so ein Schippchen geschlagen haben, nicht in nur fünfzig Jahren?

»Nun, ich glaube, angesichts der Umstände spielen unsere persönlichen Befindlichkeiten keine Rolle«, sagt der Opa beschwichtigend. »Also los Jungs, greifen wir an und stürzen uns ins Vergnügen« Der beschwingte Tonfall, in dem er das sagt, macht mir die Sache nicht leichter. In solchen Momenten wünsche ich mir, das DDR-Fernsehen würde heute noch ›Zwischen Frühstück und Gänsebraten‹ senden. Dann bräuchte der Opa keine Mordermittlung.

Ich betrachte die unscheinbar wirkende Fassade des alten Bauernhauses. Hier also wohnt der Verlierer des Geburtenwettbewerbs. Und da drin hockt Irmgard und feiert ihren Sieg. Das Leben ist ungerecht. Ich drücke den Klingelknopf. Es bleibt still.

»Vielleicht sind sie nicht da?«, sagt Ruprecht. »Lasst uns gehen.«

Er will seiner Schwester ausweichen, alles klar.

Ich klingle ausdauernder. Seltsam. Wenn man die Polizei im Haus hat, kann man doch trotzdem die Tür öffnen.

Der Opa räuspert sich. »Wackelnde Gardine zur Rechten«, murmelt er.

»Dann müssen wir eben noch mal kommen, um das Geschenk nebst Würdigung der Gemeinde abzugeben«, schreie ich förmlich. »Schade.« Wenn jemand an einem Geburtenwettbewerb teilnimmt, fährt er auch auf so etwas ab.

»Welches Geschenk?«, will Ruprecht wissen.

»Klappe!«

»Lächeln Jungs, da tut sich was«, presst der Opa hinter geschlossenen Lippen hervor.

In der Tat. Wenig später geht die Haustür auf und Anton Stein steht vor uns. »Männer?«

»Frohe Weihnachten!«, flötet der Opa. »Seit Jahrhunderten ist es in der Familie Gmeiner Brauch, den jungen Familien im Dorf an Weihnachten einen Besuch abzustatten.« Der Opa geht schnurstracks mit festem Schritt auf die Haustür zu, was Anton sichtbar überrumpelt zur Seite treten lässt. »Folgt mir Jungs! Es ist Zeit für einen Weihnachtscognac.«

»Äh, Herr Gmeiner, das kommt gerade etwas ungelegen«, wagt Anton einen zögerlichen Einwand. Der nützt ihm jedoch nichts, da Ruprecht und ich nun ebenfalls schon drin sind.

»Ach i wo!«, poltert der Opa aus der Diele. »Dafür ist immer Zeit.«

»Einen Weinbrand hätte ich zu bieten, einen übrig gebliebenen vom Vater«, druckst Anton, nachdem wir in der guten Stube angekommen sind. Das klingt verdammt nach einem Verlegenheitsangebot, denn soweit ich weiß, ist Antons Vater schon über zehn Jahre unter der Erde, aber wir sind nicht wählerisch. Ich zumindest nicht. Moment mal, sollte hier nicht Irmgard …? Ich schaue mich suchend um. Nachher hockt sie wieder in irgendeiner Ecke und lauert uns auf. Vom Schrumpfkopf ist jedoch nichts zu sehen. Im falschen Haus können wir doch nicht sein. Ich taxiere Anton. Unsinn. Wir sind bei der Familie des zweiten Jesusanwärters. Und Irmgard hat sich versteckt, sitzt auf dem Klo oder ist durch die Hintertür raus? Sauber! Ich kann mir das hämische Grinsen nicht verkneifen. Das wiederum scheint unseren unfreiwilligen Gastgeber zu irritieren. Und die Frau auf dem Sofa ebenfalls. Es ist Antons Mutter.

»Sieglinde, wie schön, dich zu sehen«, flötet der Opa, während er mit leichtem Schritt auf Frau Stein zutänzelt, kurz vor ihr eine Verbeugung andeutet und seine Hand nach ihrer ausstreckt. »Frohe Weihnachten! Ich hoffe, es geht gut.«

Sieglinde Stein denkt nicht einmal daran, seinen Gruß zu erwidern. Stattdessen nutzt sie ihre rechte Hand, um abzuwinken. »Hat damals auch nichts gebracht, hat heute erst recht keinen Wert«, grummelt sie und schaut dabei demonstrativ zur Seite. Sie ist Opa immer noch gram. Das nenne ich Ausdauer.

Den Opa irritiert das seltsame Verhalten offenkundig nicht, denn er wählt den Platz dicht neben ihr und hebt erneut an: »Du liebe Güte, Sieglinde, wie lange ist das nun schon her?« Er lacht auf, wobei er ihr seine Hand zärtlich auf das Knie legt. »Wenn ich dich so ansehe, kaum ein paar Jährchen, nicht wahr?« Der Opa gibt alles.

Sieglinde ist ein harter Knochen und antwortet darauf mit einem unappetitlichen Geräusch, das auch als Würgen durchgehen könnte. Ich weiß nicht, was der Opa sieht, aber ich würde sagen, Sieglindes Blütezeit lag weit vor dem Krieg, vor dem ersten.

»Was war das eine tolle Zeit«, fährt Opa fort und haut sich mit seiner freien Hand übertrieben euphorisch auf die Schenkel. »Darauf sollten wir anstoßen.« Er wirft Anton einen herausfordernden Blick zu. Der scheint seine Mutter jedoch nicht mit uns allein lassen zu wollen und rührt sich nicht.

»Wo ist der Weihnachtsbaum?«, fragt Ruprecht in diese befremdliche Stimmung hinein.

Niemand antwortet.

»Das hier ist doch das Wohnzimmer, oder?«, insistiert er in nöligem Ton.

Nach der Einrichtung zu urteilen, liegt das irgendwie nahe.

Stille.

»Der hat genadelt«, entgegnet Anton mit erheblichem Zeitverzug. »Den Anblick wollten wir keinem Besucher zumuten.« Er hat schon in der Schule schlecht gelogen.

»Nach zwei Tagen?«, entgegnet Ruprecht enttäuscht. »Ach, das ist bitter. Da freut man sich das ganze Jahr auf den Duft von frischem Tannengrün im Haus, den Lichterglanz …« Er seufzt. »Also wir haben dieses Jahr unseren direkt hier am Ort gekauft, von Silvio«, absolut unverdächtige Pause, »und der strotzt nur so vor Leben.«

Super Steilvorlage und so unauffällig, dass nicht einmal die Angesprochenen darauf reagieren. Abgesehen davon hat Ruprecht auch schon immer schlecht gelogen.

»Aber ihr habt ansonsten auch keine Dekoration?«, bohrt er weiter.

Ich warte darauf, dass er den beiden droht, sie zu melden, aber glücklicherweise bleibt das aus. Eigentlich passiert auch sonst nichts, aber bei den unsicheren Blicken, die sich Mutter und Sohn zuwerfen, stinkt hier etwas gewaltig. Noch dazu sind beide auffällig nervös.

»Und? Was macht das liebe kleine Enkelkind?«, will der Opa von Sieglinde wissen. »Was man so hört, soll er sich prächtig entwickeln.« Er neigt sich ein wenig zu ihr rüber und schaut ihr tief in die Augen.

Sie kann das nicht ertragen und weicht seinem Blick aus.

»Meine Frau ist mit unserem Sohn bei ihren Eltern«, antwortet Anton eine Spur zu hastig. »Sie wird erst heute Abend zurück sein.«

»Ach wie schade!«, ruft der Opa aus, wobei er in einem fort Sieglindes Knie krabbelt.

»Die haben nur ein Auto«, raunt mir Ruprecht zu.

Ruprechts Hinweis braucht es nicht. Das Babyphone auf dem Couchtisch ist auf Sendung. Die Zweitbesetzung des Gottessohnes liegt garantiert in seinem Bettchen und schlummert friedlich. Die Frage ist jedoch, was Anton mit seiner Frau angestellt hat? Er wird doch nicht …

Betretenes Schweigen.

»Aber dass ihr keinen Weihnachtsbaum habt …« Ruprecht kann sich nicht beruhigen.

»Ich muss mal aufs Klo«, sage ich, weil mir nichts Besseres einfällt. Aber irgendwie muss ich es schaffen, mich im Haus umzusehen.

Anton scheint derartige Bedürfnisse nicht zu kennen, zumindest macht er den Eindruck. Teilnahmslos starrt er in die Luft. Seine Mutter hat genug damit zu tun, den Opa zu ignorieren. Das fällt ihr jedoch immer schwerer, je mehr er sich bei ihr ins Zeug legt.

»Ich muss mal!«, wiederhole ich meine Worte mit Nachdruck und komme mir vor wie im Kindergarten, als wir uns alle vor den Toiletten in einer Reihe aufstellen und warten mussten, bis wir dran waren. Allerdings waren die Kindergärtnerinnen damals redlich bemüht, dass wir die Sache hinter uns bringen konnten. Im Gegensatz zu Anton und seiner Mutter. Ich warte eine Weile und nachdem nichts passiert, mache ich auf dem Absatz kehrt und bewege mich in Richtung Flur.

»Anton!«, kreischt Sieglinde unangemessen scharf. Dabei versucht sie aufzustehen, wird aber von Opas Klammergriff zurückgehalten.

»Schätzelein, bleib doch noch ein bisschen. Es ist doch so nett mit uns beiden«, säuselt er und klingt dabei ein wenig wie ein Psychopath.

Aus dem Augenwinkel sehe ich, dass Anton nicht recht weiß, was zu tun ist. Sein Pech. Mein Vorsprung. Ich mache einen Satz aus dem Zimmer, knalle die Tür hinter mir zu und blockiere die Türklinke mit einem herumstehenden Stuhl. Puh! Das war knapp. Mir bleibt nichts anderes übrig, als darauf zu vertrauen, dass Ruprecht mit Anton fertig wird. Aber er hat ja seine Rute dabei. Dass Opa das Schätzelein niederringt, steht außer Frage.

»Ist da jemand?«, rufe ich in den leeren Hausflur hinein. Niemand antwortet. Dann höre ich ein Glas zerbersten, kurz darauf noch ein zweites. Das Geräusch kommt vom Ende des Flurs. Seltsam, wo doch so gar keiner zu Hause sein soll.

Direkt über Irmgards Kopf baumelt eine ganze Batterie schwarzer Blutwurstblasen. Womöglich war das der Grund, warum ich sie in der spärlich beleuchteten Speisekammer zunächst nicht gesehen habe. An den zotteligen Haaren ist es mir dann aufgegangen. Außerdem sind Blutwürste etwas Schönes, also für meinen Geschmack.

Sie schnauft. Das ist kein Wunder, denn Anton und seine Mutter haben ihr ein Wischtuch in den Mund gestopft. Da sie mit den Händen und Füßen am Regal mit dem Eingemachten gefesselt ist, wird sie den Knebel auch nicht so schnell wieder loswerden können. Dumm gelaufen. Ich stehe eine Weile so da und genieße den Anblick, da fällt mir auf, dass noch jemand im Raum ist. Ich erinnere mich, die junge Frau in der Kirche gesehen zu haben. Sie ist mit Anton verheiratet. Das allerdings hat sie nicht vor Irmgards Schicksal bewahrt. Eilig befreie ich sie aus ihrer misslichen Lage.

»Danke«, haucht sie schwer atmend. »Ich hatte schon befürchtet, die beiden kommen damit durch.« Sie schaut mich aus tränenunterlaufenen Augen an.

Irmgard brummt irgendetwas Unverständliches, was für meine Ohren verdammt aggressiv klingt. Dazu zappelt sie so sehr umher, dass die Gläser im Regal wackeln.

Die junge Frau umfasst derweil mit beiden Händen meine Oberarme. »Ich wollte das nicht. Das müssen Sie mir glauben«, fleht sie. »Unser Kleiner war zwei Wochen zu früh dran. Was sollte ich denn machen? Ich kann ihn ja nicht zurückstecken. Und Anton ist so verbissen, vor allem, wenn es darum geht, seine Mutter stolz zu machen.«

Der Schrumpfkopf versucht angestrengt, auf sich aufmerksam zu machen. Aber auf diesem Ohr bin ich taub.

Lieber nehme ich die junge aufgelöste Frau in den Arm und versuche mich als verständnisvoller Tröster.

»Na, wenn das kein schöner Anblick ist«, frohlockt der Opa schadenfroh, der nun unerwartet ebenfalls im Vorratsraum der Steins steht. »So schöne Blutwürste!«

Gleich hinter ihm taucht Ruprecht auf. Er verzieht sein Gesicht und reibt sich unentwegt das rechte Knie.

»Alles in Ordnung?«, frage ich, an die beiden gewandt.

Beide nicken zeitgleich. Wobei Ruprecht nicht ganz so überzeugt aussieht.

»Das Erdgeschoss ist hier verdammt hoch, also wenn man aus dem Fenster springen muss«, jammert er.

Der Opa lächelt. Er hat die Tür genommen, keine Frage.

Irmgard läuft zu Hochform auf. Das Regal wankt gefährlich.

»Kommen Sie, junges Fräulein.« Der Opa nimmt mir Antons Frau aus dem Arm, tätschelt ihr die Wange und führt sie umsichtig hinaus. »Das ist kein Ort für Sie. Und bitte seien Sie vorsichtig, dass Sie nicht ausrutschen. Hier ist alles ein wenig nass.«

Nun sehe ich die breitgelaufene Pfütze, in der ich gerade stehe, auch. Aber was ist…? Dieser Geruch?

»O nein! Die gute Wurstsuppe«, ruft Ruprecht aus. »Die Gläser müssen aus dem Regal gefallen sein.«

Irmgard knurrt, was mit dem Lappen zwischen den Kauleisten wahrlich anstrengend sein muss.

»Wenn ich das so rieche, bekomme ich direkt Appetit«, sagt Ruprecht und schaut sich interessiert die Vorräte der Steins an. Dabei achtet er geflissentlich darauf, seine Schwester zu übersehen. »Es ist ohnehin längst Zeit für unser Abendessen. Aber vorher sollten wir noch einmal nach dem F.U.C.H.S gucken. Er hatte vorhin schon ein Auge geöffnet. Vielleicht möchte er ein Stück von Edelberts Zunge haben. Damit kommt er schnell wieder zu Kräften.« Er wendet sich um und geht dem Opa langsam nach. »Kannst du mich bitte daran erinnern, dass ich die Angelegenheit mit der fehlenden Weihnachtsdeko gleich morgen früh beim Blaschke Bürgermeister melde. So etwas ist nicht zu dulden.«

»Kein Ding.« Ich lösche das Licht, schließe die Tür hinter mir und folge ihm. Der Weihnachtsgurkenfluch kann mich mal. Irmgard auch. Aber das könnte ihr unter Umständen schon aufgegangen sein.